테사를 찾아서

제이미 린 헨드릭스 지음
정다운 옮김

테사를 찾아서

글

1
제이스

———◆———

늦은 밤, 푸르고 붉게 번쩍거리는 불빛은 심상치 않은 일이 일어났다는 걸 알렸다. 제이스의 이웃 주민들은 이런 상황을 이미 충분히 많이 겪어왔다. 그의 잘못은 아니었다. 유난을 떠는 재주는 테사에게 있었다. 테사는 바닥 위로 떨어진 나뭇가지를 보면 나무가 지붕 위에 쓰러지지 않도록 하려고 조경사를 불렀다. 개가 짖으면 집에 누군가 침입한 것일 수 있다며 야구 방망이를 손에 들었다. 수도꼭지에서 물이 새기라도 하면 집이 침수될 수도 있다며 급히 배관공을 호출하기도 했다. 하지만 이번에 경찰에 전화를 건 쪽은 제이스였다. 그 어디에서도 테사가 보이지 않았기 때문이다.

문을 두드리는 소리가 세 번 들렸다. 현관문 앞으로는 경찰봉이 보였다. 그러자 양치기 개 혈통인 캔디가 큰 소리로 짖기 시작했다. "안돼!" 제이스는 캔디에게 손가락을 겨누며 나무랐다. 캔디는 두어 발 뒷걸음치며 돌아서서는 부엌 한구석에 놓인 자신의 자리로 얌전히 돌아가 털썩 앉고는 한숨을 내쉬었다. 제이스는 테사가 항상 멋있다고 말했던 은색 페이즐리 패턴의 의자에서 일어나 현관문으로 다가갔다.

"안녕하세요. 경찰서에서 나왔습니다. 캐넌이라고 합니다. 신고하신 분 맞으시죠?"

캐넌의 키는 적어도 195cm는 되어 보였고 제이스가 목을 길게 빼서 위를 쳐다봐야만 겨우 눈을 맞출 수 있었다. 그의 체구는 꽤 큰 편이었다.

"네, 제가 제이스 몽고메리입니다. 들어오시죠."

제이스가 현관문을 열어 캐넌을 집 안으로 들이자 문에서 삐걱거리는 소리가 났다. 캐넌이 집 내부로 들어서며 쓰고 있던 모자를 벗으니 전형적인 경찰관의 헤어스타일이 눈에 띄었다.

"현관이 멋있네요." 캐넌이 말했다.

인테리어 디자이너인 테사는 천장이 높은 집의 인테리어를 잘 활용했다. 옅은 은색으로 페인트칠한 벽은 거의 흰색처럼 보였는데, 지금처럼 달빛이 창문을 통해 들어오면 금속 소재의 느낌도 났다. 집 내부를 장식한 초와 그림들도 크롬 소재로 되어 있었다. 머리 위로는 커다란 크리스탈로 장식된 샹들리에가 달려있다. 테사는 언제나 첫인상이 중요하다고 말했다.

"감사합니다. 아내 솜씨예요."

제이스는 움찔하며 본론으로 들어가려고 했다. 집의 인테리어를 평가받으려고 경찰을 부른 것은 아니었기 때문이다.

"제 아내 테사에게 무슨 일이 벌어진 게 분명해요. 실종된 것 같습니다. 여기 좀 보세요."

제이스는 경관을 집의 뒤편으로 데려가 식탁 옆의 창문을 가리켰다. 이 집에서 그가 제일 좋아하는 장소이기도 했다.

반원 모양의 다섯 개의 커다란 창문이 부부가 아침 식사를 하는 테이블을 둘러싸고 있고 그 창을 통해 마당 넘어 집 앞 호수까지 훤히 내다보였다. 뉴저지 외곽에서 볼 수 있는 꽤 괜찮은 크기의 호수인데다 집이 골목 끝에 있어서 호수 경치를 온전히 즐길 수 있는 것은 부부에게 행운이었다. 부부만의 공간이나 다름없었다. 한쪽에는 호수가, 또 다른 한쪽에는 숲이 가로막고 있는.

창 하나가 깨져있었다. 깨진 유리 파편은 세라믹 바닥 타일 위로 흩뿌려져 있었다. 옆에 놓인 1인용 의자에도 파편이 보였다. 평소보다 훨씬 더 많은 양의 테사의 머리카락이 뭉텅이로 바닥에서 발견되었다. 핏방울도 약간 보였다. 사실 약간이라고 하기에는 많은 양의 피였다. 제이스가 이미 갈아입은 옷에 남아 있던 자국과 비슷해 보였다.

"여기 있는 거 혹시 만지셨습니까?" 캐넌이 물었다.

"아니요. 아, 저기 뒷문 손잡이는 만졌습니다. 잠겨 있지 않더라고요. 그래서 이상하다고 생각했어요. 저희는 집에 들어오거나 캔디가 집 안으로 들어오면 항상 이 문부터 잠그거든요. 테사가 집에 없는 걸 알고 이 문을 열어 보았습니다. 어쩌면 뒷마당에서 와인을 마시고 있을 수 있겠다고 생각했어요."

캐넌의 눈썹이 살짝 올라갔다. "밤 9시에요? 그것도 목요일에 말입니까?"

제이스가 머뭇거렸다. "그 전에도 그런 적이 있습니다. 그런데 오늘 테사가 몸이 좋지 않다고 했어요. 그래서 일도 하지 않는다고 했고요. 아, 원래는 집에서 일합니다. 오늘은 수프를 먹고 침대에 누워

있을 거라고 했어요. 아침에 문자로 그렇게 말했습니다. 그게 마지막 연락이었고요."

캐넌은 수첩에 그의 말을 받아 적었다. "다른 일은 없었습니까?"

"제가 집에 조금 늦게 왔습니다. 현관으로 마중 나온 것도 캔디였고요."

"캔디요?"

"반려견 이름이 캔디입니다."

제이스는 몸을 웅크리고 누워 마치 잘 말린 털 뭉치 같은 모습으로 있는 캔디를 가리키며 말했다.

"제가 늦으면 캔디는 보통 테사와 2층에서 함께 지냅니다. 그런데 집이 어둡길래 제가 바로 2층으로 올라갔죠. 테사가 자는 줄 알았거든요. 테사가 주로 자는 쪽 침대 이불이 헝클어져 있었는데, 테사가 보이지 않았어요. 화장실도 확인했는데 거기도 없었고요. 그렇다고 테사가 아파서 병원이나 응급실을 갔을 리는 절대 없습니다. 우버 영수증이 이메일로 오지 않았거든요."

캐넌이 제이스에게 미심쩍은 눈빛을 보냈다.

"테사는 운전을 못 해요. 그래서 어디를 갈 때는 항상 걸어 다니거나 우버를 부르죠. 그래서 다시 부엌으로 내려왔습니다."

캐넌은 여러 번 질문하지 않고도 프로답게 모든 진술 내용을 빠르게 받아 적었다.

"깨진 창문과 핏자국은 그때 발견하신 겁니까?"

"네. 그리고 테사가 가지고 다니는 핸드백도 여기 테이블 위에 있더라고요."

제이스가 자신이 사준 베이지색 마이클 코어 백을 가리켰다.

"핸드폰도 충전기에 꽂힌 상태로 그대로 있었습니다. 이걸 보고 나서야 테사에게 무슨 일이 생겼다고 생각한 겁니다. 여자들이 집에서 나갈 때 보통은 핸드백과 핸드폰을 챙기니까요." 제이스가 손을 머리 위로 가져다 댔다.

"피 말입니다, 경찰관님. 이게 테사 피일까요?"

캐넌이 어깨 위 무전기 버튼을 누르며 말했다. "과학수사대 팀하고 솔로몬 형사님 좀 여기로 보내주십시오. 밸리 레이크 러빗 로드 32번지입니다."

"과학수사대요?" 제이스가 그의 팔을 벽에 기대어 몸을 지탱하며 물었다.

캐넌의 눈썹이 올라가고 두 입술마저 굳게 다물어졌다. "상황이 그렇게 좋아 보이지는 않습니다." 제이스를 향한 캐넌의 말투와 눈빛 모두 날카로워졌다.

"집에는 원래 9시가 넘어야 오시나요?"

"아니요, 항상 그런 건 아닙니다. 저, 제가 오늘 회의가 조금 늦게 끝나서요."

"어디서 근무하시나요?"

"밸리 레이크 은행에서 지점 매니저로 일하고 있습니다. 요새 저희가, 아 그러니까 저하고 저희 동료들이 시내에 새로 들어오는 쇼핑몰에 필요한 자금 유치 프로젝트를 진행 중이거든요."

캐넌 경관은 고개를 저으며 입술을 삐쭉 말아 올렸다.

"그런 대형상가가 결국 동네 자영업자들을 몰아내는 겁니다. 동네 사람들은 시내 상권으로 블록 두 개면 이미 충분하다고 생각한

단 말입니다. 우리가 원하는 건 빅라츠[1]나 TGI Fridays 같은 대기업 상점이 아닙니다."

제이스가 아는 선에서는 새 쇼핑몰이 동네 자영업자들에게 타격을 줄 것 같지는 않았다. 그렇다고 이런 류의 반발을 들은 게 처음도 아니었다. 주민들은 노먼 록웰[2]의 그림에 나올 법한 정통 미국의 모습을 보존하고 싶어 했다. 캐년은 도시 개발계획 발표 현장에 참석하지 않았기에 ―주민 대부분이 불참했다― 20분 정도는 계속 '너 같은 사람들이 동네를 망치는 거야'를 주제로 한 비난을 듣고 서 있어야만 했다.

나머지 수사팀이 도착했다. 남자 대원 한 명과 여자 대원 한 명이 등에 'CSI' 마크가 적힌 채 엉덩이까지 내려오는 자켓을 입고 지문을 채취하기 시작했다. 창문과 바닥에 떨어진 핏방울 샘플은 긴 면봉으로 수거했다. 머리카락… 테사의 머리카락은 투명한 증거 봉투에 담겼다.

과학수사대의 업무가 끝나자 솔로몬 형사로 추정되는 한 남자가 집으로 들어섰는데, 1950년대 범죄 영화에서 막 튀어나온 듯한 모습을 하고 있었다. 그가 입고 있는 베이지색 코트는 무릎까지 내려왔고 머리에 쓴 페도라는 오른쪽으로 살짝 비뚤어져 있었다. 키는 작은 편이었고 전체적으로는 둥글둥글한 인상에 코는 납작하고 빨 갰다. 제이스는 그리 신경 쓰이지 않았지만, 형사는 자신의 왼쪽 사시 눈을 가리기 위한 목적인지 가는 테 안경을 쓰고 있었다. 그에게

---

1 미국 할인 소매판매점
2 미국의 일상생활을 대중적으로 표현한 화가

서 담배 냄새가 지독하게 났다.

형사가 제이스에게 다가와 악수를 청했다.

"몽고메리 씨."

"안녕하세요, 형사님." 제이스가 형사의 손을 꼭 쥐고 인사했다. 형사의 손이 축축했다.

"무슨 일이 있었는지 다시 말씀해주실 수 있겠습니까?"

제이스는 캐넌에게 진술했던 내용을 하나도 빼지 않고 그대로 다시 반복했다. 형사는 깊은 생각에 잠겨서 말을 이어 나갔다. 마치 준비했던 대사를 읊는 것 같았다.

"도난당한 물건은 없으시고요?"

형사는 부부의 거실을 둘러보며 질문했다. 60인치 텔레비전은 여전히 벽에 잘 걸려있었고, 이외에도 스피커나 다른 전자제품들이 원래의 자리에 있어서 도난 사건으로 볼 여지는 없어 보였다.

"아니요. 지금 봐서는 없어진 물건은 없는 것 같아요."

"음, 그럼 강도가 들었다가 아내분을 해쳤을 가능성은 없는 거네요?"

"네, 그런 것 같아요."

"혹시 두 분 사이에 문제가 있거나 하진 않았습니까?"

역시, 항상 의심받는 건 남편이지.

"아니요, 형사님. 저희는 결혼한 지 얼마 안 됐습니다. 메모리얼 데이[3] 주간에 결혼해서 이제 겨우 네달 정도 된 걸요. 서로에게 반해서 제법 일찍 결혼한 케이스입니다."

---

3 우리나라 현충일과 비슷한 미국의 기념일

"그렇군요." 이번에도 형사는 대화 내용을 적어 내려갔다. "연애 기간은 얼마나 되십니까?"

"한 달 정도요." 제이스는 재빨리 말을 지어냈다. 만난 지 한 달도 채 되지 않아서 서둘러 결혼한 것이 새삼스레 명청하게 느껴졌다. "좀 서두른 편이었죠." 이유는 모르겠지만 제이스는 자신의 성급했던 판단을 방어해야겠다고 생각했다.

"그럼 두 분은 어디서 만나셨습니까?"

"바에서요."

제이스는 잠시 멈칫했다. 둘의 첫 만남에 대한 세세한 정보까지 모두 말하고 싶지는 않았다. 당시의 상황은 어떻게 설명해도 위태로운 면이 있었다. 둘의 만남이 시작되던 순간부터 제이스는 테사에게 거짓말을 했지만 그런 내용까지 진술하는 건 적절해 보이지 않았다.

"그렇군요."

지금은 경찰 진술 중이라는 사실을 망각해서는 안 된다.

"주변에 아내분에게 원한을 가질 만한 사람이 있습니까?"

그렇다, 제이스는 그녀의 과거 남자들에 대해서 알고 있었다. 특히 한 남자에 대해서는 더욱 그랬다. 테사가 자세한 이야기를 하지는 않았지만, 과거의 그녀는 꽤 여러 번 불운한 상황을 겪었다.

"예전에 만났던 남자들이 문제가 많았던 거로 알고 있습니다. 몇 몇은 폭력적이기까지 했고요. 전남편도 마찬가지였습니다. 테사 말로는 남자를 쉬지 않고 만나왔다고 했어요. 혼자 있는 게 외로웠답니다. 그래서 그런 남자들을 만나게 됐던 거 같아요."

형사가 노트를 향하던 시선을 제이스 쪽으로 추켜올렸다. 그의 시선은 이제 코끝에 걸쳐진 안경보다 더 위로 올라가 있었다. "이름이 뭐죠? 전 남편 이름이요."

제이스가 어깨를 으쓱하며 말했다. "모르겠어요. 테사가 전에 만났던 남자들을 그냥 '나쁜 새끼'라고 통칭해서 불렀거든요. 이름을 말한 적은 한 번도 없었어요. 다시 떠올리고 싶은 기억은 아니었겠죠." 제이스는 천천히 고개를 저었다. "자세히 말해 달라고 테사를 몰아붙인 적도 없어요. 어쩌면 그게 실수였을 지도 모르겠네요. 그런데 저희 관계가 워낙 빠르게 진전되다 보니 테사를 보호하고 싶은 마음이 컸어요. 남자가 다 그런 건 아니라는 걸 보여 주고 싶었거든요."

아내가 과거에 만난 남자들의 성향을 듣고 나서도 그 생각은 변함이 없었다.

"음." 형사는 질문이 많았다. "아내분은 원래 뉴저지 출신입니까? 나이는 어떻게 되죠? 결혼 전 성은요?"

"서른한 살입니다." 제이스는 테사와 주고받은 대화들을 돌이켜 봤다. "유년시절 기억도 그다지 좋지 않다는 것 말고는 아는 게 많이 없어요. 위탁가정에서 자랐거든요. 아내 가족도 만나본 적 없고요. 다섯 남매인 것까지는 아는데, 이복남매인지 이부남매인지 모르겠어요. 언젠가 본인이 '다섯째'라고 말한 적이 있어서 추측한 것뿐이에요. 고향이 어딘지도 모르겠네요."

제이스는 잠시 침묵했다 말을 이어 나갔다. "결혼 전 성은 Y가 들어간 스미스예요. 아직 몽고메리로 성을 바꾸지는 않았어요. 그래서 아직 테사 스미스입니다." 제이스는 자신의 어리석음을 깨닫고 한 손으로 머리를 짚었다. "스미스가 전남편 성인지 테사의 원래 성인지조차 모르고 있었네요."

"음."

"테사의 유년시절이 순탄치는 않았어요. 그 이야기를 하려고만 하면 테사가 입을 꾹 다물었어요. 정말 테사에 대해서 아는 게 하나도 없네요. 죄송합니다, 형사님."

형사가 한숨을 내쉬었다. 다시 한번 부엌도 관찰했다. 그리고는 캔디를 보고 시선을 멈췄다.

"제 생각에는 범인이 누구든지 아내분과 잘 아는 사이였을 것 같습니다."

"왜 그렇게 생각하시죠?"

"저 개 말입니다." 형사가 자신의 턱을 들어 캔디를 가리켰다. "모르는 사람이 침입했다면 저 개가 가만히 있지 않았겠죠. 공격하거나 하다못해 짖어서라도 아내분에게 위험 경고를 보냈을 겁니다. 혹시 개한테 상처 같은 건 못 보셨나요?"

캔디 쪽을 바라보며 제이스가 대답했다. "그런 것 같지는 않지만 확인해 볼 생각을 못 했네요." 제이스가 손을 흔들어 나긋이 캔디를 불렀다. "이리와, 캔디야."

캔디가 제이스에게 걸어와 자신의 머리를 아래로 내렸다. 마치 베개를 물어뜯는 사고를 친 후의 모습 같았다. 제이스는 캔디의 검회색 머리부터 갈색 점이 박힌 발, 그리고 하얀색 꼬리 끝부분까지 꾹꾹 눌러 보며 살폈다. 혹시나 보이지 않는 곳에 생긴 멍이 눌리면 캔디가 소리를 낼까 하는 마음이었다. 눈에 보이는 상처도 핏자국도 보이지 않았다.

"다친 데는 없는 것 같네요." 제이스가 말하며 캔디의 머리에 입을 맞추었다. "착하지, 괜찮을 거야. 금방 엄마 찾아줄게." 그가 캔디의 귀에 속삭였고 마치 캔디가 사람 말로 대답이라도 해주기를 기다리는 것 같았다.

형사는 자신의 수첩을 덮고 테사의 최근 사진을 요청했다.

제이스는 결혼사진이 보관된 다이닝룸의 서랍 쪽으로 이동했다. 부부는 시청 청사에서 제이스의 핸드폰으로 웨딩 사진을 촬영했고 포토 앱으로 사진들을 출력했었다. 제이스는 서랍 속에 어지럽게 쌓여있는 사진들을 발견했다. 그는 부부가 서로의 눈을 지긋이 쳐다보고 있는 사진을 가장 좋아하지만, 옆모습만 담겨있는 이 사진으로는 경찰 수사에 도움이 되지 않을 거라는 생각이 들었다. 그는 이 사진을 한쪽 구석으로 치우고 두 사람 모두 카메라를 응시하고 있는 사진을 찾아냈다. 제이스는 검은색 정장에 노란색 타이를 했다. 테사는 색을 말할 때 그 색을 가지고 있는 사물의 이름을 붙여 말하는 버릇이 있었다. **노란색, 제일 좋아하는 색. 수선화 색.** 디자이너의 직업병 같은 것이었다.

사진 속 테사는 꽃무늬 패턴의 어깨가 훤히 드러난 하얀색 드레스를 입고 있었다. 팔에는 레이스가 수놓아져 있었고 가슴 부분은 마치 하트 모양의 윗부분처럼 둥글게 처리되어 있었다. 정식 웨딩 드레스는 아니었다. 테사의 어두운색 머리카락이 어깨를 지나 아래로 늘어져 있었고, 폭풍과도 같은 그녀의 눈동자는 행복감으로 가득 차 있었다.

테사는 뛰어난 화장 실력으로 멍 자국들을 잘 가렸다.

제이스는 형사에게 이 사진을 내어주기 전 몇 초간 사진을 꼭 붙들고 있었다.

"사진 속 테사는 앞머리가 있지만, 최근에는 앞머리를 길러 없 앴어요. 귀 뒤로 머리를 꽂아서 넘기는 스타일을 하고 있고요." 제 이스는 테사가 머리를 매만질 때마다 했던 행동을 따라 해 보였다. "제발 꼭 좀 찾아주세요, 형사님." 그가 눈물을 짜내며 말했다.

제이스는 테사가 사라지기 전 둘 사이에 있었던 일을 비밀로 하 고 싶었다. 그는 테사가 자신의 과거에 대해 거짓말을 했다는 사실 을 알고 있다. 그러나 그녀에게는 그럴 만한 이유가 있었다. 물론 사 람들은 누구나 거짓말을 한다. 그렇지만, 그녀가 정말 테사 스미스 일까? 제이스는 여전히 알 수 없었다.

그는 그 주 초에 둘 사이에 있었던 일을 경찰이 알아내지 못하게 해야 했다. 다행히 그 날 아침에 테사에게 남겼던 메모는 이미 없앤 후였다.

2
테사

———◆———

습관의 노예라는 말도 나를 설명하기에는 부족하다. 남자를 만날 때 나만의 패턴이 있기 때문이다. 나는 남자들의 단점을 못 본 척한다. 그 남자들은 모두 비슷한 유형이다. 단점이 얼마나 명백하게 드러나 있는지는 상관이 없다. 내가 만났던 남자들은 모두 '너 아니면 안 돼'라고 적힌 네온사인을 들고 있는 듯했다. 나는 그들을 나쁜 새끼 1번, 나쁜 새끼 2번, 나쁜 새끼 3번… 이라고 부르다가, 그 수를 세는 것을 멈췄다. 그리고 과거의 모든 남자를 통틀어 '나쁜 새끼'라고 부르기 시작했다. 나쁜 새끼의 번호가 뭐 그리 중요하겠는가?

지금의 나는 또 다른 나쁜 새끼에게 맞고서 도망가는 중이다. 또다시. 이제 정말 선을 넘었다. 이번에는 한발 앞서 생각해 보기로 했다. 그 사람이 죗값을 받게 해야지. 밤새 30여 킬로미터를 걷고 나니 어느 마을의 버스 정류장에 도착했다. 그렇다. 이 어둠 속에서 교통 카메라에 잡히지 않도록 먼 거리를 이동한 것이다. 길가를 따라

숨죽이며 걸었다. 다른 해 이맘때보다 날이 따뜻했다. 밤이었는데도 뜨거운 열기가 도로 위 자갈에 반사되었다. 입고 있는 옷이 몸에 들러붙는 지경이었지만 나는 멀리, 더 멀리 떠나야 한다.

현금으로 버스표를 사고 잠시 버스를 기다린다. 주변은 노숙인들이 남긴 체취와 절망의 냄새로 가득하다. 벽에 묻은 노란 소변 자국은 내가 열두 살 때 머물렀던 위탁 가정의 모습을 떠오르게 한다. 이부 언니와 오빠, 그리고 케니와는 떨어져 산 지 오래다. 케니와 나는 같은 부모 아래서 났다. 불행히도 우리 엄마는 모노폴리 보드게임의 보드판 같은 사람이었고, 남자들은 항상 'GO'가 적힌 자리를 지나갔다. 정말 게임이라도 하듯이 늘 200달러씩 받아갔다. 정작 엄마에게 200달러가 있었던 적은 없었다. 마지막으로 전해 들은 소식으로는 케니 오빠에게 각기 다른 여자와 낳은 아이들이 있었다. 이부 오빠 크리스토퍼는 그리 안락한 생활을 하는 것 같지 않았다. 이부 쌍둥이 언니들 사라와 타라는 어디론가 도망갔다고 했다. 그들 중 누구도 막내인 나의 안녕을 신경 쓰지 않았다. 누군가에게 사랑받기 위한 나의 몸부림은 그래서 시작된 걸지도 모른다.

이제 곧 타게 될 버스가 나를 멀리 데려가 줄 거라는 생각에 조금은 들떠 있다. 내가 깊게 엮인 이 상황으로부터 멀어질 것이다. 결혼을 또 하고야 말았다니. 나는 도대체가 깨닫는 게 없다. 처음 맞은 거라면 상대에게 잘못이 있는 거지만, 열 번을 당한 거면 문제는 내게 있는 것 같다. 그리고 이번에 만난 놈은 그것을 감추는 일에 가장 능했다. 다른 나쁜 새끼들과는 달랐다.

첫 번째로 결혼했던 놈은 타투이스트였다. 그놈은 내게 끓는 물을 끼얹었고, 팔에 움푹 들어간 흉터가 남았다. 사실은 나도 그놈도

미성년자였기 때문에 법적으로 결혼했던 건 아니었다. 그다음 놈은 맥주 배달, 트럭 기사, 조경사까지 수많은 직업을 전전했다. 그리고 가장 최근에 결혼한 놈은 9시에 출근해서 5시에 퇴근하는 직장인이었는데 가끔 야근했다. 야근의 이유는 꽤 자주, '접대' 목적이라고 했다. 그래도 안정적인 직업을 가지고 있어서 내게 반복되던 패턴을 벗어나게 해줄 줄 알았다. 그 지옥 같던 '나쁜 새끼' 굴레에서 말이다. '드디어 나도, 어릴 적 보던 로맨틱 코미디 영화의 주인공이 되는구나.'라고 생각했다. 예를 들어, 전 애인이 바람을 핀 후 아무도 믿지 못하게 된 여자주인공이 새로운 남자를 만나 한바탕 소란이 일어나고, 결국 둘이 서로의 차이를 극복해서 사랑에 빠지는 그런 행복한 이야기의 주인공 말이다.

아니었다. 대신 그놈은 구원을 바라는 여자의 냄새를 맡았다. 그리고 여자를 로맨틱 코미디의 주인공으로 만들어주는 척했다. 나는 거기에 속아 넘어갔다. 나중에 놈이 말하기를, 우리가 처음 만났을 때 이미 내 몸에 난 멍 자국을 발견했다고 한다. 그리고 내가 자신의 좋은 샌드백이 되어 줄 거라는 걸, 심지어 맞고도 가만히 있을 사람인 것을 알아챘다고 말했다. 놈이 원하는 것을 무엇이든 다 하게 내버려 둘 그런 사람. 내가 달리 갈 곳이 어디 있겠는가? 나는 놈이 직장 동료와 바람을 피우고 있는데도 모르는 척했다. 상대는 스페인식 이름을 가진 여자였다. 이미 동네에서는 공공연하게 소문이 나 있었지만, '비밀'이었다.

정류장 차고지에 놓인 딱딱한 플라스틱 의자에 앉았다. 엉덩이 감각을 잃어가고 있을 즈음, 핸드백을 열어 그 안의 새로 산 화장품을 만지작거렸다. 쿠션을 꺼내 거울 속을 자세히 들여다보니, 봉합이 필요할지도 모르는 상처와 커다란 혹이 보였다. 그것을 머리카락으로 가릴 수 있어서 새삼 감사했다. 오른쪽 눈 주변에 났던 푸르스름한 색의 멍은 그 색이 바래 구역질 나게 노란빛이 도는 초록색으로 변했다. 이제는 쿠션으로 가리기 힘들어져 퍼프에 크림 제형 파운데이션을 묻혀 두껍게 덮어보았다. 잠을 자지 못해 얼굴에는 주름이 깊게 생겼다. 차고지에는 학교 교실에나 걸어 둘 것 같이 생긴 벽시계가 걸려있다. 시간을 확인하니 붕대를 체크 할 시간은 충분해 보였다.

공중 화장실의 냄새는 그 자체로도 역겨웠지만, 표백제 냄새까지 가득해 더욱 역했다. 새로 산 캐리어를 세면대 옆에 두고 그 위에 핸드백을 올려놓은 후 팔 상단에 붙여 놓았던 거즈를 떼어냈다. 집 부엌에 그럴싸한 현장을 꾸며 놓기 위해 유리로 직접 내 몸에 상처를 냈다. 사실 느낌은 꽤 괜찮았다. 그런데 처음에 의도했던 것보다 많은 양의 피가 흘렀다. 거즈를 한 번 제거하고 나니, 깊게 베인 상처 위로 거즈가 다시 잘 붙지 않았다. 소독하기 전에 연고를 충분히 발랐는지 모르겠다. 상처가 욱신거렸다. 항생제를 약간 발라 놓아서 고름이 올라왔다. 통풍이 필요해 보였는데 경험상 지금은 거즈로 덮어놓아야 할 것 같다. 과산화수소를 뿌려 통풍을 잘 해주고 잠까지 잘 자고 나면 훨씬 좋아지겠지만, 지금으로서는 그마저도 내일이나 가능할 것이다.

상처 위에 연고를 덧바르고 있는데 젊은 여자가 문을 삐걱 열고 힘없이 들어왔다. 뜯어진 가방 하나만 들고 화장실로 들어온 그녀는 나의 멍든 얼굴과 몸을 보더니 약간의 미소를 보였다. 어깨를 으쓱하고는 화장실 칸 안으로 사라졌다. 나는 손을 씻고 건조기로 손

20

을 말리려고 해봤지만 요즘 식당에 설치된 그런 고출력 건조기는 아닌 듯했다. 깃털 하나도 날릴 수 없을 것 같은 차갑고 약한 바람을 뱉고 있었기 때문이다. 손을 거둬서 옷에 쓱 닦았다. 나는 다시 가방에서 두 개의 선불폰을 꺼내 알림을 확인했다. 하나는 쉬는 시간에 사용할 용도이고, 다른 하나는 지인이 내게 연락하는 용도이다. 앞으로 정착하게 될 곳이 어디든 나는 새롭게 스며들 것이다.

북쪽. 북쪽으로 가서 내 마지막 실수와 영영 멀어질 것이다. 그도 걱정하는 척은 하겠지. 아내가 실종되었는데 어떤 남편이 걱정하지 않겠는가? 엿이나 먹어라. 다른 상대를 찾아봐야 할 거다. 물론 내 계획이 먹혀서 그가 체포된다면 다른 목표를 찾지도 못하겠지. 내가 시체로 발견되지 않는다면 체포까지는 힘들지도 모른다. 어쩌면 지금의 상황 자체도 충분히 의심스러워서 그의 안정된 삶 정도는 무너뜨릴 수 있을지 모른다. 두 얼굴로 사는 것이 나의 최대 관심사이긴 하지만 그가 바라는 삶은 아닐 것이다. 더해서, 나에게는 조력자도 있다. 모든 사람이 그의 편은 아니다. 네 주변에는 네 편인 척 연기하는 사람도 있단다, 이 나쁜 새끼야.

짐을 들고 자리를 떠나려는데 화장실 칸에서 코를 훔치는 소리가 들렸다. 그 젊은 여자다. 우는 소리일 수도 있고 약을 하던 습관에서 내는 소리일 수도 있다. 다른 사람 일에 끼어드는 게 최선이 아니라는 것은 잘 안다. 절대 내가 원하는 대로 상황이 흘러가지 않기 때문이다. 다시 돌아온 버스 대기 공간의 스피커에서 낮은 목소리로 안내 방송이 흘러나왔다. 출발을 알리는 방송이라는 건 확실한데, 방송하는 남자의 목소리가 마치 버거킹 드라이브스루에서 주문을 받는 직원의 음성 같다. 머리 위 전광판에 내가 탈 버스의 번호가 뜨고, 나는 어쩐지 우울하게 늘어선 한 무더기의 짐 행렬의 뒤에 따라 섰다. 다른 탑승객들이 내 얼굴에 덮인 멍 자국과 팔에 감긴 붕대를 보는 것이 괴롭다. 저들도 내가 도망치는 것을 아는 것이다. 그렇지만 아무것도 묻지 않는다. 다른 일에 참견해서 좋을 게 없다는 사실을 저들도 아는 것이 분명하다.

물론 나는 도망 중이다. 이렇게 말도 안 되게 이른 시간에 누가 이곳에서 그곳까지 여행하려고 버스를 탈까? 이곳에 있는 모든 사람이 무언가, 혹은 누군가를 남겨두고 떠나고 있다. 삼베옷을 입은 히피 남자와 그 옆에 서 있는 임신한 여자는 같이 도망 중이다. 너무 어려서 결혼으로 가정을 꾸리는 것은 무리라 생각하는 그들의 부모들로부터 도망치는 중일 것이다. 나도 일편 그들의 의견에 동의하지만, 어린 이들은 원래 실수를 하는 법이다.

어찌 내가 그걸 모르겠어.

작은 야구 모자를 쓰고 팔꿈치에 스웨이드 장식이 달린 재킷을 입은 왜소한 체구의 노인 역시 요양원의 삶에서 달아나고 있는 듯 보인다. 바퀴도 달리지 않은 짐가방을 들고 있는 모습을 보니 그는 아마도 자식에게 이런 말을 들었을 것이다. **아버지 이제 더 이상 아버지를 모실 여력이 없어요. 저도 키워야 할 자식이 생겼어요. 애들 숙제도 시키고 방과 후 교실도 데리고 다녀야 하잖아요.** 가족들이 그를 포기했을 것이다. 아니면 노인은 시니어 데이팅 앱에서 만난 파트너를 만나기 위해 떠나는 중일지도 모른다. 내 상상이 맞았으면 좋겠다.

누군가는 도망을 가고 있고 또 누군가는 새로운 여정을 시작하는 중이다. 둘 중 무엇이 내 경우에 맞는지는 아직 알 수 없다. 내가 분명히 아는 건 딱 한 가지다. 나쁜 새끼 몇 번인지도 알 수 없는 그놈이 내게 한 짓에 대해 대가를 치를 때까지, 나는 절대 멈추지 않을 거라는 점이다.

3
제이스

———◆———

그날 밤 제이스는 잠에 쉽게 들지 못했다. 어찌 잠이 오겠는가? 경찰이 그의 집을 들쑤시고 간 후였다. 로지타가 보낸 문자 알림음이 울린 건 아침 일곱 시, 이른 시간이었다.

솔로몬 형사라는 사람한테서 연락이 왔어요. 당신하고 테사 문제라는데. 무슨 일 있는 거예요?

그는 지난밤, 트레이와 로지타에게 연락하지 않았다. 경찰이 떠났을 때는 이미 밤늦은 시간이었고, 그에게는 처리할 다른 문제들이 충분히 많이 있었다. 그는 로지타에게 전화나 문자를 하는 대신 천천히 부엌으로, 테사의 피와 머리카락이 있었던 그 공간으로 걸어갔다. 모닝커피와 그런 증거품들은 어울리지 않았다. 그는 깨진 창문 틈에 쓰레기봉투를 덧붙여 에어컨 바람이 새나가지 않도록 만들었다. 주말에 연락을 취할 곳이 많았다. 깨진 창문이 보험으로 처리되는지, 아예 창문을 갈아 끼울 수 있는지 알아봐야 했다.

제이스가 가는 곳마다 캔디가 뒤를 쫓았다. 쓰레기봉투를 보관하

24

는 수납장에서 투명테이프를 찾아 차고에 있는 두 번째 선반으로 발걸음을 옮길 때도 그의 뒤에 캔디가 있었다. 그는 쓰레기봉투를 사각형 모양으로 자른 후, 창문의 깨진 틈을 메웠다. 그것 말고는 다른 방법이 생각나지 않았다.

금요일 아침이다. 출근하는 게 맞을까?

제이스의 시선이 다시 부엌으로, 그러니까 그의 아내가 남긴 마지막 흔적으로 향했다. 부엌 타일에 남은 얼룩은 그곳에 묻은 무언가를 닦은 뒤 남은 자국처럼 보였다. 유리는 깨끗하게 닦여 있었다. 테사의 머리카락도 사라진 후였다. 과학수사대는 자정이 넘어서야 떠났고 제이스는 끔찍하고 엉망인 잠이라도 들어보려고 억지로 노력했다. 하지만 잠결에 들리는 모든 소리에 화들짝 놀라서 깨버렸다. 잠에서 깨면 그 순간은 악몽에서 벗어날 수 있었다. **뭔가 실수가 있었을 거야.** 혼잣말했다. 그리고 이웃에게 전화를 걸어야겠다고 생각했다.

커피를 내리기 시작한 후, 제이스는 서재로 발걸음을 옮겼다. 테사가 우겨 설치했던 집 전화로 통화를 할 수도 있었지만 부엌으로 돌아와 자신의 핸드폰을 찾아 손에 들었다. 명확한 기록을 남기려는 목적이었다. 뭔가 잘못되더라도 **아내를 찾으려는** 노력을 겉으로 드러나게 하는 게 중요했다. 상대가 전화를 받기까지 들리는 통화음이 그를 초조하게 했다.

"여보세요?" 닉이 전화를 받았다. 아직 커피를 마시기 전인지 그의 목소리가 걸걸했다.

"네, 안녕하세요. 제이스 몽고메리입니다."

"제이스," 닉이 말을 하다 잠시 멈췄다. "캔디가 또 집을 나갔어요?"

캔디는 지난달에만 세 번이나 집을 나갔다. 매번 닉과 그웬 집 수영장의 열린 문 앞을 어슬렁거리다 발견됐다. 닉 부부를 알게 된 것도 캔디의 가출 덕분이었다. 처음 캔디가 없어졌을 때 제이스는 이집 저집의 문을 미친 듯이 두들기고 다녔다. 그러다 캔디가 닉의 집 앞에서 엉덩이를 흔들고 있는 걸 발견했다. 현관문 밖으로 베이컨 굽는 냄새가 은은하게 퍼지고 있었고 그곳에서 캔디는 꽤 만족한 모습으로 배를 불룩 내놓고 있었다.

"아니요, 그런 건 아니고요. 잘 지내시죠?" 제이스가 입을 떼기로 마음먹었다. '테사가 실종됐답니다.' 하는 주제로 바로 넘어가고 싶지는 않았다. 정확히 무슨 일이 있었는지 알아내는 게 더 나은 생각 같았다.

닉이 목소리를 가다듬었다. "아직 숨이 붙어있는 걸 보면, 뭐 잘 지내는 거 같네요. 잘 지내죠?"

"저 혹시 어제저녁에 그웬하고 테사가 혹시 연락했었나요? 와인 마시는 약속을 잡았다든지, 뭐 그런 이유로요."

잠시 정적이 흘렀고, 닉이 대답했다. "어제요? 아니요. 캘럽이 감기에 걸려서요. 그웬이 밤새 캘럽 옆을 지켰어요." 그러다 닉이 말을 멈췄다. 아침 일찍부터 다짜고짜 질문을 쏟아내는 그의 전화가 반갑지만은 않은 눈치였다. "뭐 제가 도울 일이라도 있는 걸까요? 아니면…"

제이스가 한숨을 내쉬었다. "잘 모르겠어요. 실은 어젯밤 테사가 없어졌거든요. 늦게 퇴근해서 와 보니 테사가 보이지 않더라고요."

"없어졌다고요?" 그의 목소리에 의심스러운 반응이 녹아 있었다. "잠시 외출한 건 아닐…"

"어제 경찰이 왔었어요. 부엌 창문이 깨져있었거든요. 피도 있었고요."

"말도 안 돼!"

잠시 웅웅거리는 소리가 들렸다. 닉이 그의 어깨에 수화기를 올려놓고 그웬을 부르는 듯했다. 수화기 넘어 닉이 그웬에게 상황 설명을 하는 소리가 선명하게 들렸다. 커피 끓는 소리가 들리고 콜롬비아 원두 향이 제이스의 주변을 감쌌다. 제이스는 식기 세척기 위 찬장을 열어 머그컵 하나를 꺼내 컵에 커피를 따랐다. 그리고는 테사가 던킨도넛에서 가져온 설탕 두 봉지를 꺼내 손가락으로 설탕 봉지를 탁탁 털어 커피에 넣었다. 그때 제이스가 일찍이 무시했던 문자 이후에 또 다른 문자가 도착했음을 알리는 소리가 났다.

"테사 핸드백과 핸드폰은 집에 있어요. 그래서 경찰이 상황이 좋지 않아 보인다고 생각하는 것 같고요. 혹시 무슨 이상한 소리가 나는 걸 들은 적 없으세요? 처음 보는 차가 세워져 있었다거나 그런 건요? 뭐라도 생각나는 거 없으세요?"

제이스는 질문하는 동시에 핸드폰의 홈 버튼을 눌러 문자를 확인했고 새로운 문자 역시 또다시 로지타에게서 온 것임을 확인했다.

경찰한테 전화 줘야 하니까 그 전에 얼른 연락해요. 문제 일으키고 싶지 않다고요.

제이스의 얼굴이 일그러졌다. 로지타는 살짝 강한 성격의 소유자인데 제이스가 테사와 결혼한 직후 승진을 하자 줄곧 제이스의 자리를 노려왔다. 제이스가 답장했다.

5분만 기다려요.

그웬이 전화를 바꿨다.

"세상에, 괜찮은 거예요? 테사한테 대체 무슨 일이 있다는 거예요?"

캔디 사건 이후에 그웬과 테사가 가까워진 건 굉장히 의외였다. 그웬과 닉 부부는 제이스 또래의 나이였고 캘럽이라는 이름의 4살짜리 아들 하나를 두고 있다. 그웬은 아들에게 꽤 집착하는 헬리콥터 맘으로 통했다. 놀이터에서도 아들 주변을 맴돌았고 예방 접종이 필요하네, 마네 하며 온라인상에서 얼굴도 모르는 이와 다투기도 했다. 아들이 먹는 음식과 입는 옷의 재료가 유기농인지도 늘 확인했고, 음식을 한 입이라도 더 먹이려고 부단히 애썼다. 그웬이 여전히 모유 수유 중이라고 해도 제이스는 놀라지 않을 것이다.

그래서 테사와의 사이가 의외라는 것이다. 테사는 단 한 번도 아이들에게 관심을 보인 적이 없다. 오히려 그 반대였다. 근처에서 아이가 울고 있으면 귀를 막았고 식당 옆자리에 아이들이 있으면 아무리 아이들이 얌전하게 있더라도 옆 눈으로 아이들을 흘겨보았다. 그런데도 테사는 그웬의 집에 가서 엄청나게 많은 시간을 함께 보냈다. 고객을 한 명이라도 더 모아야 하는 시간에 말이다.

"저도 무슨 상황인지 모르겠어요. 테사와 마지막으로 연락하신 게 언제죠?" 제이스가 물었다.

잠시 정적이 흘렀고 제이스는 전화 넘어 닉과 그웬이 작은 소리로 다투고 있다는 걸 알 수 있었다. 뒤에서 캘럽이 악을 쓰는 소리가 들릴 때까지 괴로운 정적이 계속됐다.

곰 인형 찾아줘 엄마! 지금!

"이번 주에는 못 봤어요. 제가 지금 좀 바빠서요. 닉 바꿔 드릴게요."

그렇게 그웬은 사라졌고 닉이 다시 전화를 바꿨다.

"혹시 뭐 필요한 거 있으면 전화 줘요, 알겠죠?" 그가 말했다.

"네, 고마워요. 출근 전에 경찰서에 한 번 들려야겠어요. 새로 들어온 소식이 있나 물어보려고요. 혹시 생각나는 게 있으면 연락 주세요."

전화는 끊겼고 그의 눈에 로지타의 문자가 보였다. 제이스는 연락처에서 그녀의 이름을 찾아 통화 버튼을 눌렀다.

통화음이 한 번 울렸다. 그리고 두 번. 그는 로지타가 지금 그녀의 콘도 어느 편에 있는지 상상했다. 그의 집에서 오 분 거리에 있는 콘도이다. 안방에서 매일 하고 다니는 인조 속눈썹을 붙이고 있을까? 아래만 살짝 탈색한 머리 위로 굵게 웨이브를 주면서 매일 하고 다니는 스타일로 머리를 다듬고 있을까? 아니면 옷을 차려입고 침대에 걸터앉아 스틸레토 힐을 신어 보며 언제나처럼 옷과 신발을 맞춰보고 있을까? 작은 탱크탑 상의를 입고 그 위에 재킷을 걸쳐 입고 있을까? 그것도 아니면 반짝이는 분홍색 립글로스를 도톰한 입술에 칠하고 있을까? 입술을 마치…

"제이스!"

그녀는 혼자 사는 집인데도 불구하고 앙칼지지만 속삭이듯 그의 이름을 외쳤다. 아마도 혼자 있겠지. 혼자 있을 거야 아마. **혼자여야만 해.**

"대체 무슨 일인 건데요? 형사가 나한테 전화를 하냐고요?"

"테사가 사라졌어요. 어젯밤… 우리가 같이 있던 시간에요."

"**우리**라니요. 우리가 아니라 다른 사람도 같이 있었잖아요."

그녀의 목소리에 분노가 느껴졌다.

비스타빌드 사람들에게 접대하자고 했던 건 그녀의 생각이었다. 그들의 본사는 워싱턴에 있지만. 담당자인 앤디와 카일은 지역 사무실에서 근무하고 있었고 제이스의 은행과 다른 두 은행에서 자금을 받기로 한 상태였다. 그리고 로지타는 다른 두 은행보다 우리가 우위에 있길 바랐다. 비스타 빌드 사람들이 떠난 후 로지타는 제이스에게 가까이 밀착해서는 트레이, 앨리샤와 남아 술을 한 잔 더 하자고 권했다. 실제로는 로지타 본인과 마시자는 것이었다. 결국 그날 밤은 커플 데이트가 됐다.

제이스와 로지타만 실제 커플이 아니었다.

"뭐, 어쨌든, 그날 밤 내내 비스타 사람들하고 같이 있었다고 진술했어요." 제이스가 말했다. "아마 내가 그 날 진짜 거기 있었는지 확인하려고 연락한 걸 거예요."

로지타가 씩씩거렸다. "그날 밤 **계속** 있었던 거 아니잖아요."

"무슨 말 하는 건지 알잖아요."

"알아요, 그런데 그 날 밤 당신이 거기 계속 있지는 않았죠. 30 분 정도 어디 나갔다 온 거로 기억해요. 그리고 코피가 났다고 했죠. 트레이가 들어온 직후예요."

젠장, 어떻게 그 말을 들었지? 앤디가 제이스 셔츠에 피가 묻은 것을 눈치채자 제이스는 무슨 말이라도 생각해 내야만 했다. 잠시 제이스는 말이 없었다. **조심하자.**

"차를 옮겨야 했다고요. 길 건너에 주차하면 8시 넘어서는 딱지를 끊거나 견인해 가잖아요. 중심가에 다시 주차할 자리를 찾으러 나갔던 거예요. 그런데 자리가 없더라고요. 그리고 코피도 맞아요. 평소에도 자주 나요. 그렇지만 어쨌든 나는 주차하러 나갔던 거였어요."

제이스가 반복해 말하며 자신의 논점을 명확히 했다. **보라고, 난 아무 짓도 안 했어.**

"그리고 바로 다시 들어온 거예요."

그녀가 입술 위에 립글로스를 바른 후 다듬는 소리가 들렸다. 익숙한 소리였다.

"그래서 제가 뭐라고 말해야 하는 건데요? 거짓말하기는 싫지만 그렇다고 당신한테 문제가 생기는 것도 싫어요."

"사실만 말하면 돼요. 다 같이 퇴근하고 술 마시러 갔다고. 나는 9시 조금 전에 먼저 일어섰고. 그게 **사실**이잖아요."

사실이었다. 그때 그의 머릿속에 한 가지 생각이 스쳤다. 로지타는 그 날 약속에 늦게 나타났다. 제이스가 앤디와 카일을 식당에서 만난 건 6시 조금 넘은 시간이었고, 로지타는 7시가 되어서야 약속 장소에 나타났다. 같은 시간에 은행을 나섰는데. 어디에 갔었던 거지?

"난 오늘 조금 늦게 출근할 거예요. 경찰서에 들러서 새로운 정보가 있는지 알아보려고요. 앤디하고 카일은 언제쯤 온다고 했어요?"

그 둘은 그 주 내내 그의 사무실에 들락거렸다.

"일찍이요. 10시 전에." 로지타가 답했다. "그럼, 어쨌든. 경찰이 테사를 찾기를 기도해보자고요."

로지타는 그렇게 마지막 인사도 없이 전화를 끊었고 제이스는 그녀의 목소리에서 무언가를 느꼈다. 이제 제이스는 경찰서에 들를 것이다. 세탁소에 자신의 셔츠를 맡기고 난 그다음에.

4
테사

———◆———

버스에서 내린 후 머리도 정리하고 양치질도 할 겸 짐을 챙겨 화장실로 향했다. 이른 오후 시간대라 그런지 지난 정류장보다는 확실히 사람이 많이 보였다. 이곳에 있는 사람들은 상대적으로 더 여행을 떠나는 듯한 행색을 하고 있었다. 동물 인형을 손에 꼭 쥔 아이들이 부모들과 함께 있었고 몇몇은 출장길에 나선 듯 옷을 잘 차려입고 손에는 가죽케이스에 담긴 수첩을 들고 있었다.

나는 화장실 칸 안으로 들어가 가방을 열어 현금이 담긴 작은 비닐 홀더를 만지작거렸다. 모두 합해 9,142달러였다. 나를 때리던 남자에게서 도망가는 이런 경험이 처음은 아니지만, 이 정도 액수의 돈은 거의 복권에 당첨된 수준이었다. 뭐든지 할 수 있는 돈이다. 이번에는 제대로 다시 시작하고 싶은 마음이었다. 매번 도망칠 때마다 갈 곳이 없었다. 그래서 새로운 남자들이 하고 싶은 대로 하도록 내버려 뒀다. 내게는 절박함이 명백히 보였고 나는 그들이 나를 이용하도록 했다. 항상.

내게 선택권이라는 건 없었다. 무얼 더 해야 했다는 말인가?

몸을 단장하고 데오도란트도 새로 바른 후 밖으로 나왔다. 날은 화창했고 온도는 여전히 매년 이맘때보다 높았고 내가 지냈던 곳과 비교하면 습한 정도는 덜했다. 택시를 타기 위해 늘어선 긴 줄을 보고 나도 서둘러 줄을 섰지만, 다음 목적지로 향하는 발걸음이 가벼울 리는 없었다.

버스를 타고 이곳에 오는 동안 나는 '그런' 동네를 의도적으로 찾았다. 무수히 많은 빨래방이 있고 특별한 확인 없이 현금을 바꿀 수 있는 곳들이 즐비하며 '금 삽니다' 하는 간판들이 늘어선 그런 동네. 길모퉁이에서 약을 팔거나 몸을 파는 사람들이 모여 있는 그런 동네.

전 남편이 지켜볼 수도 있는 노릇이었다. 그는 내가 자신을 떠나 잘 사는 모습은 생각하지도 못하겠지.

오히려 나를 죽이면 죽였지.

내 차례가 되어 택시에 타니 50대 정도 되어 보이는 배가 불룩 나온 택시기사가 나를 반겼다. 얼룩이 묻은 노란색 티셔츠를 입고 있었는데 예상하건대 분명 저 옷도 처음에는 하얀색이었을 것이다. 기사는 베이지색과 빨간색 격자무늬의 중년 스타일 모자를 쓰고 있었고 양옆으로 삐져나온 그의 머리카락은 하얗게 새어 있었다. 그는 사랑스러운 사람처럼 보였다. 영화에서나 보던 할아버지 같달까. 나는 내 조부모에 관한 이야기를 들은 적은 있지만 실제로 내 그들을 본 적은 없었다. 들은 이야기가 사실이라면 없는 편이 나을 것 같았다. 하지만 그 이야기를 해준 게 엄마였으므로 그 말을 다 믿기는 어렵긴 하다.

그는 내 캐리어를 택시 트렁크에 넣고 내가 준 주소를 내비게이션에 입력했다. 그리고 일종의 러브호텔 격인 나의 목적지로 향한다. 뒷좌석의 인조가죽 시트 여기저기에 난 흠집이 나의 맨다리를 긁었고 차 안 공기에서는 옅은 담배 냄새가 났다. 작동되지 않은 지 오래된 게 분명해 보이는 택시의 에어컨 덕에 나는 이 차에 탔던 지난 열 명의 손님 냄새를 모두 다 맡을 수 있을 것 같았다.

엠파이어 모텔에 도착해 기사가 택시를 리셉션 근처에 천천히 세우자 엔진에서 터덜거리는 소리가 났다. 모텔 간판의 절반은 불이 나갔고 남은 절반의 불빛도 깜빡거렸다. 모텔 주변은 지저분했고 외관도 다 쓰러져 가게 생겼다. 지저분한 정도가 심각했다. 기사가 뒷좌석에 앉은 나를 돌아봤다. "아가씨, 진짜 여기 맞아요?" 나는 기사의 느릿느릿한 남부 말씨와 걸걸한 목소리에 짐짓 놀랐다. 그의 눈썹이 위로 치켜 올라가 있었다. 레이 찰스[4]라도 온 줄 알았다. 나는 입술을 살짝 힘을 주어 물고 치아가 보이지 않게 미소를 지어 보였다. "맞아요. 얼마 드리면 되죠?"

12달러 20센트가 나왔다고 했다. 나는 그에게 15달러를 건네주고 잔돈은 받지 않았다. 그와 나는 동시에 차에서 내렸고 이내 그는 트렁크에서 내 짐을 꺼냈다. 그가 근처에서 얼쩡거리는 남자들을, 특히 팔과 얼굴에 갱단의 문신을 한 남자들을 쳐다봤다. 저쪽 끝에는 유모차에 탄 아기가 소리를 지르고 있었고 아기의 엄마로 보이는 젊은 여자는 아기의 울음소리를 무시했다. 다만 자신의 플립폰에다 대고 고래고래 아동 지원 서비스에 대한 불만을 내뱉었다. 또

4 미국 흑인음악 성장을 이끈 가수

한쪽에서는 매춘부로밖에 보이지 않는 한 여성이 어느 방에서 문을 닫고 나왔다. 자신의 치맛자락을 이리저리 내리며 담배에 불을 붙이고 자리를 떠나고 있었다. 어떤 이들은 악수하는 척하며 맞잡은 손으로 마리화나를 거래한 돈을 주고받았다. 이곳에서 보이는 모든 장면이 얼마나 클리셰인지 체감하는 순간이었다. 경찰들도 이 동네만큼은 순찰하지 않을 것 같았다.

이런 곳에서 하룻밤을 지내야 한다는 사실이 썩 내키지는 않았지만 일을 보러 가야 하는 곳까지 도보로 움직일 수 있어야 했다. 운전도 하지 않고 돈도 여유가 없으니 일자리를 구하기 전까지는 여기저기 택시를 타고 돌아다닐 수 없는 노릇이었다. 들키지 않도록 이곳에 완전히 스며들어야 한다. 그 나쁜 새끼가 내게 사람을 붙였을지도 모른다. 모든 걸 제어하려는 습성을 지닌 자식이다. 이것은 더 큰 계획을 위한 전략이다. 오늘 밤은 살아남아야 한다. 이보다 더한 상황도 경험해봤다. 물구나무를 서고 빈민가에서 하룻밤을 지낼 수도 있다.

"이봐요, 아가씨." 택시 기사가 말을 걸더니 자신의 왼쪽 가슴주머니에서 호버트라는 이름이 적힌 명함을 한 장 꺼냈다. 할아버지같이 친근한 얼굴을 한 그가 명함을 건넸다. "어디 가야 할 일 있으면, 알죠? 급히 가야 할 때, 그럴 때 연락해요. 나는 보통 이 동네에서 일 하니까, 여기로 빨리 올 수 있어요." 그는 뒤에 보이는 지저분한 광경을 다시 한번 돌아봤다. "이런 데서 어떤 사람이 운전하는지도 모르는 택시를 기다리게 하고 싶지는 않네요. 그러니까 아무튼 여기는… 아니에요." 나는 진심을 담아 대답했다. "고맙습니다." 그의 명함을 가방 앞쪽에 잘 넣었다. "만나서 반가웠어요, 호버트. 좋은 하루 보내세요." 그는 나를 보며 머리를 저었는데 그 모습이 여전히 내가 이곳에서 하루를 지내는 게 탐탁지 않은 것처럼 느껴졌다. 그리고는 택시를 운전해 떠났다.

캐리어를 끌기 시작하니 캐리어 바퀴가 주차장 바닥에 끌리며 나는 소리가 들렸다. 모텔 리셉션 문을 열었을 때 느껴지는 실내 공기는 바깥 공기 온도와 조금도 다르지 않았다. 에어컨이 작동되지 않는 또 다른 공간에 도착한 것이다. 내가 지내게 될 방에는 최소한 창문이라도 있었으면 좋겠다고 생각했다. 에어컨 바람이 내 피부를 간지럽히면서 이 답답한 열기를 가시게 하기를 바랐다. 정상적인 날씨의 공기를 느끼고 싶은 마음이 간절했다. 지금보다 더 시원해야 정상인 시기이다. 미구엘이라는 이름표를 가슴에 단 남자가 방탄유리 벽 뒤에 서서 땀을 잔뜩 흘리며 있었다. 그의 어두운색 머리카락이 땀 때문에 얼굴에 붙었다. 그는 입에 이쑤시개를 물고 있었는데 그 모습이 내가 만나왔던 남자들의 모습과 비슷해 보였다. 저런 모습이 너무도 싫었고 그건 지금도 변함이 없다.

그는 내 몸을 위아래로 훑어보고는 한 마리의 포식자처럼 자신의 입술을 말아 올렸다. 이런 남자들을 잘 안다. 작고 예쁜 어린 여자를 보면 그 여자를 본인 뜻대로 휘두를 수 있다고 여기는 그런 남자들. 지난 15년 동안 내가 깨뜨린 코만 해도 세 개는 될 텐데, 거기에 하나 더 추가되어도 문제 될 건 없어 보였다. 예전에 케니 오빠가 손바닥을 아래에서 위로 강하게 올려붙여 다른 사람의 코를 가격하는 방법을 가르쳐 줬었다. 공격한 즉시 흐르는 피와 상대의 고통, 그리고 눈물은 내게 도망갈 시간을 충분히 마련해준다. 당당한 걸음으로 그에게 걸어가 유리 벽을 톡톡 쳤다. 미구엘은 그의 시선을 내게서 거두지 않았다. 마치 『13일의 금요일』에 나오는 제이슨에게서 도망치는 아이의 심장이 이렇게 뛰지 않았을까 싶었다.

"안녕하세요. 하루 묵을 방이 하나 필요한데요."

땀이 흐르고 있음을 들켜서는 안 된다. 눈 앞에 펼쳐지고 있는 모든 장면이 나를 긴장하게 했다. 총을 무서워하지만 않았다면 가방 안에 하나를 가지고 다녔을 것이다. 나는 시선을 떨구지 않으려 노력하면서 당당하다는 듯 미구엘의 눈을 쳐다봤다. 이 공간의 뜨거운 열기가 내가 실제로 땀을 흘리고 있는 이유를 숨겨주고 있어 천만다행이었다. 미구엘은 수납함 안에 종이 한 장을 넣어 방탄유리 벽 반대편에 있는 내게로 밀어 전달했다. 기본적인 정보를 기입 해야 하는 서류였다. 나는 곧 글로리아 골드버그라는 가짜 이름을 지어내고는 주소란에는 '애리조나 피닉스 250번가 메인스트리트 아파트 12B호'라고 아무렇게나 적었다. 여기서 이 정보를 대조해 보기 위해 신분증을 요구하지는 않을 것이다.

여기는 현금이면 무엇이든 다 되는 그런 곳이다. 만일의 경우를 대비해 신용카드 정보를 남길 필요도 없다. 모텔 주방에서 룸서비스로 2005년 산 펀폴즈 쉬라즈 와인에 스테이크를 주문할 것도 아니었다. 여기서 보이는 바에 의하면 '주방'은 주차장 건너편에 있는 간이 바 형태였는데 전광판의 조명이 모두 나가 있었다. 아마도 저 지저분한 생맥주 탭에서 맥주 정도나 판매할 것처럼 보였다. 모텔비로 제시된 39달러는 충분히 흥정할 수 있는 금액이었지만 흥정은 하지 않은 채로 열쇠를, 그러니까 노란색 플라스틱 열쇠고리에 달린, 말 그대로 진짜 쇠로 된 열쇠를 챙겨 나의 임시 지상낙원이 있는 2층 모퉁이 방으로 발걸음을 옮겼다.

모텔방의 전체적인 인테리어는 카지노를 연상시켰고 침대 시트는 어디서 주워온 것을 씌워 놓은 것 같았다. 비록 내가 수년간 인테리어 디자이너 행세를 하며 한 일이라고는 핀터레스트에서 사진이나 들여다보며 홈굿즈[5]에서 그럴싸한 물건을 쇼핑한 게 전부이긴 하지만 그럼에도 이 침대 시트는 너무 거슬렸다. 눈앞에 보이는 것 중에 그 어느 것 하나 제대로 된 것 없이 엉망이었다. 나쁜 새끼들을 처음 만날 때마다 내가 그 도시에 새로 이사를 와서 다시 고객을 만들어 나가는 중이라고 거짓말하는 것도 진절머리가 났다. 대학을 나온 것처럼 말을 지어내야 했다.

화장실에서는 쿰쿰한 곰팡이냄새가 났지만, 겉으로 보기에는 깨끗했다. 보이는 게 전부는 아니겠지만 그래도 작은 세면대와 샤워 스톨이 있었다. 갑자기 화장실을 윤이 나게 박박 문질러 청소하고 싶은 충동이 생겼다. 저 침대 시트부터 바로 벗겨버리고 타겟[6]이나 월마트에 가서 저렴한 새 침대 시트와 고무장갑, 표백제부터 반드시 사고야 말겠다고 다짐했다. 하룻밤이지만 이렇게 지저분한 곳에서 지낼 수는 없었다. 열네 살, 모든 게 엉망으로 흘렀던 바로 그 세 번째 위탁가정 이후로 다시는 그런 곳에서 살 수 없다고 생각했다. 그때는 쌍둥이 언니들이 다른 위탁가정에서 도망쳤다는 소식을 들었을 때였고, 케니 오빠가 생전 처음으로 누군가를 때려눕혔을 때이며, 크리스토퍼 오빠가 첫 감옥 생활을 경험했던 때였다. 내가 알기로는 그게 시작이었다.

---

5 미국 생활용품 할인매장
6 미국 유명 할인마트

아무리 이곳 환경이 나쁘다고 해도 세 번째 위탁가정에 있을 때 보다는 모든 것이 나았다. 순서대로 시작하자. 스며드는 게 우선이다. 챙겨온 물건들 틈에 어두운색 염색약도 있었다. 우선 염색을 시작했다. 삼십 분 정도를 기다렸다가 샤워하면서 염색약을 씻어냈다. 수건에서 약간 뻣뻣한 느낌이 들었다. 장보기 목록에 수건도 꾹꾹 적어 내려갔다. 룸메이드가 이 방에 들어와 내 것을 건드리는 것을 견디지 못할 것 같았다. 다른 방에서 누군가 계속 사용하던 침대 시트를 제대로 세탁하지도 않고 다시 내 침대에 갈아 끼우는 생각을 하는 것만으로 온몸에 소름이 돋았다. 하지만 방 안의 어두운 조명은 그 침대 시트마저도 크리스마스트리처럼 반짝반짝 빛이 나도록 보이게 할 것이다.

머리를 말리고 난 후에 나는 면도칼을 집어 들었다. 머리카락의 7~8센티미터 정도를 잘라냈다. 특별한 이유는 없었다. 비뚤비뚤 잘려나간 머리가 재밌어 보였다. 마치 내 모습 같기도 했다. 앞머리도 다시 냈다. 어울렸다. 나쁜 새끼는 내 앞머리를 좋아하지 않아서 늘 앞머리를 기르도록 했다. 앞머리를 내면 어린 애 같아 보인다나. 가방에서 무릎이 찢어진 오버핏 청바지를 꺼내 입고 상의는 골이 들어가게 짜인 탱크탑을 입었다. 마무리로는 할인마트에서 산 플립플랍을 신었다. 샤워하고 나와서 맨얼굴이었지만, 다시 화장하지는 않았다. 새로운 시작을 위해 멍을 드러내 보일 필요가 있었다.

문을 닫고 나오니 새로운 먹잇감을 향한 눈초리가 여기저기 보였다. 계단을 내려오면서는 스페인어와 영어의 저속한 단어가 쉴 새 없이 들렸고, 아까 약을 거래하던 그 레게 머리 남자는 심지어 내게 '약'을 팔려고 했다. 이 모든 소리를 무시한 채, 나는 꼿꼿이 고개를 들고 크로스백을 몸 중앙으로 잘 멘 후 걸음을 옮겼다. 내가 가려는 신분증 발급 센터는 여기서 고속도로를 따라 1~2킬로미터 떨어진 곳에 있었다. 처음 이곳에 도착했을 때보다 해가 더 지긴 했지만, 여전히 낮이라 날은 더웠다. 청바지가 땀으로 젖어 몸을 휘감았다. 애꿎은 청바지를 탓하는 수밖에 없었다. 어쩔 수 없이 잠시 멈춰 서서 바지 밑단을 말아 올려 공기가 통하게 했다.

삼십 분 정도 걷다 보니 목적지의 문 앞에 도착했다. 문을 열고 들어간 그곳에는 다행히도 스물한 살쯤 되어 보이는 젊은 남자가 카운터에 서 있었다. 그가 나를 보고 미소를 지었다.

"어서 오세요. 뭘 도와드릴까요?"

"안녕하세요."

나는 얼굴에 **네, 제발 도와주세요.** 하는 미소를 띠며 인사했다. 이 젊은 남자는 앞으로 내가 들려주는 이야기를 들을 것이다. 듣고 나면 자신이 나의 구세주가 되어줬다는 생각에 젖게 될 것이다. 그가 내 검은 눈동자를 바라보자 나는 금세 당황스러운 표정과 손짓을 연기했다. 단 일 초면 충분했다.

"도움이 필요해요."

"네, 어떻게 도와드릴까요, 손님?"

입을 크게 벌리고 껌을 씹고 있는 그의 모습이 그리 매력적이진 않았지만 내 이야기를 들으려는 자세는 갖추고 있었다. 내가 바라던 게 이런 것이었다.

"저, 제가… 사실은 제가 며칠 전에 조금… 좋지 못한 상황에서 도망쳐 나왔는데요."

나는 마치 방금 맞기라도 한 사람처럼 움찔하고 놀라면서 말했다. 완벽하게 연기하기 위해 수없이 연습해왔다. 내가 무작정 시작한 이야기에서 그는 내가 느끼고 있는 두려움을 알아챘다. 새로운 신원을 만들어 낼 때마다 몇 번이고 해본 일이었다.

"일자리가 필요한데 그러려면 사진이 들어간 신분증이 필요해요. 문제는 제가 가진 게 아무것도 없다는 거예요. 열여섯 살 때 엄마 남자친구가… 하, 아무튼 그런 일이 있고 나서 가출을 하는 바람에 출생 신고서도 없고요."

눈물을 왈칵 쏟으며 그가 나의 새 아빠 이야기를 믿게 만든다. 실제 이야기는 그보다도 더 지독하지만 그런 이야기까지 할 필요는 없었다. 자세한 이야기는 적게 할수록 좋다.

"제가 가진 거라고는 사회보장카드뿐이에요."

테사 스미스, 스미스 스펠링에 I가 들어가 있는 나의 진짜 신분증. 사회보장번호도 진짜다. 잘 하고 있어, 테사.

대니얼이라는 이름의 이 어린 남자는 불편한 내색을 보이며 내게서 몸을 돌렸다. 지금 그가 부탁받는 것이 서류를 위조해 달라는 것임을 알기 때문이었다. 사실 위조라고 할 수는 없었지만 어쨌든 나의 신원을 증명할 만한 정부 공식 서류 없이 신분증 발급 절차를 진행해야 하는 일이었다. 새로운 인생을 시작하기 위해서는 이 신분증이 **필요**하다. 내 이야기는 예전에도 이미 여러 번 먹혔다.

"여기서 만드는 신분증에 주 정부 날인이 들어간다는 걸 알아요." 나는 말을 이어 나간다. "그리고 면허든 뭐든 허가를 받으려면 여기서 만든 신분증으로 제 신원을 확인받아야 하고요. 달리 방법이 없어요. 제대로 된 신분증이 있어야 일자리도 구하고 집도 얻을 수 있잖아요. 여러 청구서에 적어 넣을 집 주소도 증명해야 할 수 있어야 할 거고요. 도와주세요."

내가 어린 강아지 같은 눈을 하고 말했다. 심지어 얼굴에 난 멍자국마저 내 상황을 대변해 주고 있었다. "지금은 엠파이어 모텔에서 지내고 있어요. 그 남자가 저를 찾으면 안 돼요. 어디로 가야 할지도 모르겠어요." 나쁜 새끼에 대한 사연이 이 남자의 동정심을 살 수 없다면, 그 어떤 것으로도 그의 마음을 살 수 없을 것이었다.

남자가 명확하게 거절의 표현은 하지 않고 있었기에 나는 조금 더 밀어붙였다.

"부탁만 들어주시면 제가 성의 표시도 적지 않게 해 드릴 수 있어요. 현금으로요. 바로 당장 드릴 수도 있어요. 제발 제 사회보장카드로 신분증을 만들어주세요, 제발요."

나는 내 사회보장카드를 카운터에 꺼내 올려놓았다. 진짜 내 것이긴 했지만 저 남자는 내가 지나가는 어떤 할머니의 가방에서 훔친 거로 생각할 수도 있었다.

"전 그냥 살고 싶을 뿐이에요. 저의 힘으로 당장 지금부터 다시 살아보고 싶어요."

이 말만큼은 진심이었다. 대부분은. '당장'이라는 말까지 진심이었는지는 모르겠다. 그는 내 사회보장카드를 집어 들고는 이리저리 살펴봤다. 아마 하루에 수백 번은 더 하는 일일 테다. 이미 마음이 어느 정도 기운듯한 얼굴이었다. 내 이야기에 걸려들 줄 이미 알고 있었다.

"250달러요." 그가 말했다.

역시. 나는 얼굴에 기쁜 감정을 드러내지 않으려고 노력했다. "정말이죠?" 눈물이 흘렀다. 기쁨의 눈물, 억지로 짜낸 눈물이었지만

이 젊은 남자를 영웅처럼 보이게 하기에 충분하다.

고마운 것도 사실이었다. 주 정부 날인이 찍힌 신분증을 사용할 수 있게 됐다. 여기에는 내 이름과 사회보장번호 그리고 사진까지 들어가 있어서 거의 모든 것이 가능한, 효력 있는 신분증 역할을 하게 될 것이다. 나의 진짜 사회보장번호가 가진 최고 장점은 숫자 1이 세 개 그리고 3이 두 개 들어있다는 것이다. 이 사실이 언제나 도움이 됐다.

나는 그가 준 파란색 펜을 들고 양식을 작성하기 시작했고 그는 내 사회보장카드를 다시 확인한 후에 내게 건넸다. 자, 이제는 그에게 사진을 찍어내는 것 같은 기억력이 없기를 기도할 순간이다. 그리고 느낌상 그는 학창시절에 그리 뛰어난 학생은 아니었을 것이다.

"어떻게 감사하다는 말을 표현해야 할지 모르겠어요."

마지막 서명란에 사인하려는 순간 감사의 말을 전했다. 그리고는 그가 준 펜을 이리저리 흔들었다.

"이런, 잉크가 없나 봐요. 다른 펜은 없을까요?" 나는 백만 불짜리 미소를 지어 보였다.

"갖다 드릴게요." 그 역시 능글맞은 미소를 띄워 몸을 돌렸다. 나는 2초도 되지 않는 그 짧은 시간에 내 사회보장번호의 숫자 1을 7로 3을 8로 바꿨다. 스미스에 들어가는 I는 Y로 바꾸어 적었다. 처음 하는 게임이 아니었다. 대니얼이 마침내 새로 펜을 가져다주었고 나는 마지막 서명을 했다. 그는 내 사진을 찍어야 한다고 말했고, 나는 멍을 가릴 수 있도록 화장할 시간을 달라고 말했다. 나중에 신분증을 볼 때마다 과거의 내가 누군가의 샌드백이었다는 사실을 떠오르게 하고 싶지 않다는 설명을 덧붙였다. 그가 내 말에 동의했고 나는 컨실러를 덧발라 재빨리 화장을 마쳤다. 그가 사진을 시스템에 업로드하고 내 거짓 정보를 포함한 다른 정보를 느릿느릿 타이핑하는 몹시도 고통스러운 5분의 시간이 지났다. 그에게는 내 사회보장카드를 조금 더 자세히 검사하고 내가 적어낸 그 어떤 정보도 신분증에 적힌 정보와 일치하지 않는다는 사실을 인지해야 하는 의무가 있지만, 짐작하건대 이 지역 사람 중 대부분이 학창시절 우등생 명단에 이름을 올리지는 않았을 것이다. 마침내 출력된 신분증을 그가 코팅했다. 카운터에 돌아온 그가 내 손에 신분증을 올려놓다가 다시 급히 가져간다.

"250요."

어린놈이! 그렇지만 나는 미소를 잃지 않고 그가 내 돈뭉치를 보지 않을 정도로만 가방 밖으로 돈을 꺼내 그에게 건넸다.

"제 목숨을 살려주신 거나 마찬가지예요."

그는 자신이 내게 속았다는 사실을 모르지만 내 목숨을 구해준 것만은 틀림없는 사실이었다. 나는 지금부터 새로운 인생을 시작할 수 있기 때문이다. 이번 삶에서는 2.5초 만에 사랑에 빠지는 일이 없기를 바라본다. 조금 더 바라보면, 이번에는 정말로 **내가 사랑받았으면** 좋겠다.

나는 수 없이 많은 폭행 피해 여성 그룹 모임에 참석해왔다. 물론 익명으로. 그 모임에 나오는 열에 아홉은 남자를 혹은 누군가와 관계를 이어 나가는 행위를, 심지어는 데이트를 다시 한다는 것 자체를 두려워했다. 불안해하고, 숨고, 두려워하고. 나는 아니었다. 나머지 '열의 하나'였다. 내 인생에서, 그 '하나'에 들어본 적은 이 그룹이 처음이었다. 약을 끊은 지는 십 년이 넘었지만 나쁜 남자들은 여전히 내게 마약 같은 존재였다. 그들이 나를 찾는 건지 내가 그들을 찾아다니는 건지, 매번 누군가를 만날 때마다 나와 남자 중 한 명은 꼭 미친개가 되고야 말았다.

이제 그런 일은 다시 일어나지 않을 것이다.

나는 가방에서 선불폰 하나를 꺼냈다. 나를 도와 그 나쁜 새끼를 내 실종 사건의 용의자로 만들어 줄 조력자에게 문자를 보냈다.

신분증 만들었어요. 계획대로 되고 있고요. 물건은 집에 가져 놓았어요?

그리고 기다렸다. 2분 후 답장이 도착했다.

아직요. 곧 갖다 놓을 거예요. 아직 그가 당신 일을 내게 말하지 않았어요.

5
제이스

———◆———

제이스는 가던 방향을 바꿔 경찰서로 향했다. 그리고 자신의 알티마 승용차를 경찰서 입구 가까이에 있는 주차 공간에 세웠다. 이자리는 경찰서 공무를 위해 방문한 방문객을 위한 주차 공간이다. 실종된 아내를 찾는 일이 경찰 공무에 해당하기를 바라는 마음이었다. 입구에 다가서자 무거운 유리문이 자동으로 열렸고 리셉션에 앉아있는 여자가 보였다. 그녀는 '샐리 로젠'이라고 적혀있는 이름표를 달고 있었고, 헤어스타일을 포함한 전체적인 모습이 성공한 커리어우먼 같아 보였다. 목에는 호피 무늬 체인을 단 안경을 걸어 놓았고 상의는 긴 팔 검정색 니트를 입고 있었다. 제이스는 9월 말 날씨에도 이렇게 옷을 껴입은 그녀의 모습을 이해할 수 없었다. 그녀는 어깨와 귀 사이에 전화를 끼워 넣고 이 지역에 새로 이사 온 누군가에게 공휴일 쓰레기 수거 시간을 설명하는 동시에 컴퓨터로는 무언가를 입력했다. 그런 시시한 일로 경찰서에 전화를 거는 사람이 있다니.

"어떻게 도와드릴까요?" 그녀가 전화를 끊고 제이스에게 물었다.

"네, 저는 제이스 몽고메리라고 하는데요. 제 아내가 어젯밤에 실종돼서 그거하고 관련해서…"

그녀는 제이스에게 검지손가락을 펼쳐 보이며 말을 멈추라는 제스처를 취하고는 우주 시대에나 사용할 법해 보이는 전화기의 버튼 하나를 눌렀다. 저 전화기가 교환대인지 아니면 은하계로 연결되는 버튼인지 짐작도 되지 않았다.

"솔로몬 형사님, 제이스 몽고메리 씨 오셨습니다." 그녀는 전화를 끊고 문 옆에 있는 인조 가죽 소파를 가리켰다. "저기서 기다리시면 돼요."

그녀 역시 이미 소문을 들은 게 분명했다. 밸리 레이크처럼 작은 동네에서 여자가 실종됐다는 소식은 큰일이 아닐 수 없었다. 특히 그런 흔적을 남기고 사라졌다는 건. 납치나… 또 혹시 그럴 일은 없겠지만 살인 사건일 것이다. 하지만 그런 일은 테사가 내게 시청을 강요했던 영화의 배경이 되는 외딴 마을에서나 벌어지는 일이었다.

그런 영화에서 범인은 언제나 남편이었다.

제이스는 갈색 인조가죽 소파에 털썩 앉았다. 그리고 옆에 앉은 자신 또래의 여자와 적당한 간격을 유지했다. 그녀 역시 이곳에서 기다리라는 말을 들었을 것이다. 여성은 무릎 위로 핸드백을 올려놓고는 제이스를 위아래로 쳐다보았다. 제이스는 움찔하며 당황했고 잠시 이 여자도 자신을 알아본다고 생각했지만, 이내 아침 일찍 확인해보았던 온라인 경찰 사건 기록지에 아직 테사의 사건이 공개되지 않았던 사실을 기억해 냈다.

또 다른 남자 경찰이 리셉션 뒤에 난 문을 열고 나타나 샐리에게 무언가 속삭였고 둘의 시선은 곧 제이스를 향했다. 그리고는 다시 속삭였다. 키득키득 웃기도 했다. "몽고메리 씨?" 그 남자 경찰이 다른 편에서 나타나 제이스를 불렀다. "이쪽으로 오시겠어요?" 그는 복도 끝에 있는 문을 가리켰다.

제이스는 일어섰고 자신의 다리가 떨리는 것을 느끼며 경찰이 가리킨 문으로 걸어갔다. 경찰이 문고리를 돌려 문을 열려고 했지만, 문은 잠겨 있었다. 2초 정도 흘렀을까 진동과 함께 소리가 나더니 문이 딸깍 열렸다. 경찰은 문을 열고 안쪽으로 들어가 제이스가 들어오기를 기다렸다. "몽고메리 씨. 저는 랭캐스터 형사입니다. 안 그래도 전화 드리려고 했는데. 솔로몬 형사가 오늘 만나 뵙고 싶어 했거든요." 좋은 신호였다. 경찰이 아주 짧게라도 농담을 하며 웃었다는 건 제이스를 용의자로 두고 있지 않다는 말이었고 이제 그 의심은 사라진 것 같았다.

제이스는 랭캐스터를 따라 좁고 긴 복도를 따라 걸었다. 머리 위로는 형광등이 빛나고 있었다. 벽은 옅은 회색이었는데 테사의 표현을 빌리자면 "잿빛"이었다. 양쪽에 난 문은 빛바랜 파란색, 혹은 "폭풍이 온 하늘색"이었다. 복도 끝 왼쪽에서 랭캐스터 형사는 키카드를 작은 전자박스에 갖다 대어 문을 열었다. 문을 열고 들어서자 제이스는 배에 약간 조이는 느낌이 오는 것을 느꼈다. 솔로몬 형사가 철제 책상에 앉아 같은 재질로 된 의자를 손으로 가리켰다. 그 차갑고 딱딱한 의자에 앉자 제이스는 마치 십 대 시절 반 친구를 괴롭히다 들켜서 잡혀 온 듯한 기분을 느꼈다. 솔로몬 형사의 오른편에는 서류철들이 있었고 그의 바로 앞에는 종이 한 장이 놓여 있었다. 형사의 눈이 그 종이로 향해 있었다. 그리고는 그 종이를 제이스에게 건넸다.

"이게 뭔가요?" 제이스가 물었다.

"테사 말입니다. 아내분의 현재 사회보장번호를 조회해 봤습니다. 지금 제가 '현재' 사회보장번호라고 말씀드리는 이유는, 이게 유효한 번호가 아니기 때문입니다. 존재하지 않는 번호더군요."

제이스는 마른 침을 꿀꺽 삼켰다. 그의 목젖이 불룩 튀어나왔다 내려가는 모습이 그를 의심스럽게 보이기 충분하다는 생각이 들었을 때는 이미 늦은 후였다. 제이스는 테사의 신분증이 진짜가 아니라는 사실을 알고 있었다. "말도 안 돼요. 주 정부 신분증이 있었어요." 그건 진실이었다.

사실만 말하고 있는 겁니다.

"어젯밤에 드렸잖아요."

"음. 차량등록국에서는 조회가 안 되더군요. 면허는 없습니까?" 솔로몬이 물었다.

"네, 운전은 안 합니다."

이건 진짜였을까? 운전하지 않는 이유에 대해서 테사가 한 말을 제이스는 믿었다. 테사가 배우려고 시도하지 않았던 것일까 아니면 돈 때문에 위탁가정을 운영했던 양부모들이 가르쳐 주지 않았던 것일까? **애들이 너무 많아.** 라고 그 양부모는 말했을 것이다. 어쨌든 테사는 걸어 다니는 걸 편하게 생각했다. 제이크가 근무하는 지역인 밸리 레이크에 집을 구입한 이유도 그래서였다. 상점들이 집중되어있는 시내 중심가까지는 1~2킬로미터 밖에 떨어져 있지 않았다. 필요한 게 있으면 테사는 기꺼이 걸어 다녔고 웬만한 것들은 전부 배달로 주문할 수 있는 세상이기도 했다.

"주 정부 신분증은 위조가 불가능하지 않습니까, 형사님?"

제이스는 여러 **이유**로 자신이 뱉은 말을 의심했다.

"공식적인 경로로 조회를 해봤는데, 그렇죠, 위조는 불가능합니다. 아내분의 신분증 자체는 진짜였고요. 그러니 아내분이 그릇된 경로로 신분증을 취득하지는 않았을 거로 생각됩니다. 그렇지만 어젯밤에 말씀하신 대로 아내분에 대해서 모르시는 게 많지 않습니까, 그렇죠?"

솔로몬은 제대로 된 질문을 시작하기 전 잠시 말을 멈췄다. "아내분이 재정적으로 여유가 있는 편입니까?" 솔로몬이 질문했다.

제이스는 예상하지 못한 질문에 소리를 내어 웃었다. "아니요."

"제 질문이 웃겼나요, 몽고메리 씨?"

제이스가 웃음을 멈췄다. "저희가 만났을 때 테사는 가진 게 아무것도 없었어요. 이제 막 인테리어 사업을 다시 시작하려던 참이었거든요. 이 일이… 이런 일이 생기기 전까지는요."

"그러니까 말하자면 몽고메리 씨는 잘 알지도 못하는 여자가 하는 말을 모두 믿어 결혼까지 했고, 지금은 그분이 사라진 거라 이 말이신 거죠?" 솔로몬이 물었다. "핏자국을 남기고 사라졌다? 사실, 생각해 보면 아직 아내분 피라는 게 증명된 것도 아니고 말입니다."

제이스는 아직 혐의를 제대로 벗어나지는 못했지만 단념하지 않았다. "신고한 게 접니다, 형사님. 집에 경찰을 들인 것도 저고요. 욕실에서 DNA를 채취하시도록 협조도 했고요. 전 숨기는 거 없습니다." 제이스는 많은 것을 숨기고 있었지만, 표정에 드러나지 않도록 절제하고 있었다. 모공에서 땀이 솟아나지 않도록 노력 중이었다.

"음." 솔로몬이 말을 이어 나갔다. "오늘 경찰서에는 무슨 일로 방문하신 겁니까?"

제이스가 밑을 내려다보았다. "혹시 새로 알아내신 게 있을까 하고 왔습니다. 그게 전부입니다."

"아직 없습니다. 협조해주신 DNA 채취 결과는 며칠 더 있어야 나옵니다. 현재까지 알아낸 바로는 아내분이 자의로 떠나신 것 같다는 사실과 다른 사람의 신분으로 살아가는 게 익숙한 분 같다는 겁니다."

"스스로 떠날 사람이 아니에요." 제이스가 고개를 들어 올리며 대답했다.

"왜 그렇게 생각하시죠?" 솔로몬이 흥미가 생긴 듯 자신의 눈썹을, 있지도 않은 헤어 라인 쪽으로 치켜 올리면서 물었다.

제이스는 신중하게 단어를 선택하며 말했다. "저희 부부는 서로를 사랑하고 있어요."

"음." 그는 책상 위로 펜을 두드렸고, 그 소리가 텅빈 공간을 울렸다. "뭐, 혹시 아내분 과거에 대해서 들은 게 기억이 나시거나 도움이 될 만한 걸 알게 되시면 저희한테 꼭 알려 주십시오."

"네, 그러겠습니다."

제이스는 일어서서 악수를 청했으나, 솔로몬은 손을 내밀지도 자리에서 일어나 그를 쳐다보지도 않았다. 제이스가 솔로몬의 왼쪽으로 돌아 나올 때까지도 그는 인사를 하지 않았다. 그는 홀로 좁고 긴 복도를 빠져나왔다. 정문으로 도망쳐 나오지 않는 게 그가 할 수 있는 전부였다.

회사로 운전해 오는 길에 제이스는 흘끗 시계를 보았다. 8시가 조금 지난 시간이었다. 은행 문이 아직 열기도 전이었다. 형사와의 만남에 생각보다 그리 시간이 오래 걸리지 않았다. 주차장에 차를 세우려던 찰나 주차장에 주차된 유일한 차가 로지타의 빨간색 SUV 라는 사실을 알아차렸다. 그녀와 단둘이 있고 싶지 않은 마음에 제이스는 은행을 지나쳐 한 블록을 더 운전했다. 일반 회사원들이 아직 출근하기에는 이른 시간이어서 도로에 빈 주차 공간이 많았다. 제이스는 주차를 하고 카페 빈 애딕션에 들어갔다. 집에서 마시고 온 커피 한 잔으로는 이런 아침을 나기 역부족이었다.

"안녕하세요, 몽고메리 씨!" 카페 직원 한나가 인사했다. "드시던 거로 드리면 되죠?"

테사와 함께 이 동네로 이사 온 후에 제이스는 커피를 마시러 아무 때고 이 카페에 들렀는데 그때마다 그녀가 근무하고 있었다. 제이스는 대체 그녀에게 쉬는 날이 하루라도 있는 건지 궁금했다. 스물다섯 살 정도 되어 보이는 그녀는 항상 자신의 금발 머리를 잘 말아 올려 모자 속으로 집어넣었다.

"네, 그렇게 주시고요, 오늘은 토스트한 베이글 하나하고 크림치즈도 같이 주세요."

"어제 하루 힘드셨나 봐요?" 그녀는 얼굴에 미소를 지으며 말했다.

맙소사, 저런 질문에는 뭐라고 답을 해야 하는 걸까?

"뭐, 그렇죠."

제이스는 다시 돌아서서 창문을 바라보는 것으로 더 이상의 질문을 피했다. 한나 역시 주문을 받으면서 그가 주는 신호를 알아챘다. 평범한 일상을 느끼며 제이스는 잠시 멍하게 유리창 너머를 지켜보았다. 몇몇 노인들이 도로에 놓인 벤치에 앉아 신문을 읽고 있었는데 아마도 이미 잠에서 깬 지 몇 시간은 된 것처럼 보였다. 그리고 그들의 손에도 빈 애딕션의 컵이 들려 있었다. 저 노인들의 인생은 계획한 대로 흘러가고 있을까? 어떤 인생을 살았을까? 부인은 있을 까? 아니면 결혼 자체를 하지 않은 걸까? 아니면 저 사람도 부인이 사라졌을까?

근래에 테사와의 생활이 순탄하지 않았다. 제이스의 잘못이었을 수도 있다. 그렇지만 형사가 알아낸 테사에 대한 진실, 아니 거짓이 라고 해야 할까, 아무튼 그 사실 자체가 제이스를 당황스럽게 했다.

"주문하신 음료와 베이글 나왔습니다." 한나가 제이스의 커피와 카페 로고가 박힌 종이봉투를 카운터 위로 올려놓으며 말했다.

"감사합니다. 잔돈은 됐어요." 제이스가 거스름돈을 다시 내어주 며 답했다.

제이스는 팁을 많이 주는 편은 아니었다. 부부의 현금 보유 상황 이 그렇게 좋은 편은 아니었기 때문이다. 이번에 비스타 빌드 건만 잘 유치시키면 크리스마스 보너스를 두둑이 받을 수 있을 테지만 그때까지는 예산에 맞춘 생활을 해야 한다.

부부. 정말 부부이긴 했던 걸까? 아니면 제이스만 그렇게 생각했 던 것일까?

제이스는 위태롭게 시내로 차를 몰다 불법 유턴을 해 은행에 도 착했다. 주차장에 다시 차를 세웠을 때 다른 차는 보이지 않았다. 로 지타가 떠난 건가? 한 손에 커피를 든 채로 보안시스템에 암호를 입력해 은행 문을 열고 들어갔다. 은행은 40분 후에나 고객을 맞게 될 것이었다. 커피를 들지 않은 손으로 은행 각 공간에 전등을 켜니 형광등이 잠시 깜빡거렸다. 이내 은행 전체에 생기가 불어 넣어졌다. 제이스는 머리를 좌우로 획획 돌렸다. 은행에는 아무도 없는 게 분명하지만, 누군가 이 공간에 머물렀던 것만 같은 느낌이었다. 누군가 지켜보고 있었던 걸까? 물론 그렇다. CCTV가 항상 작동 중이었다. 그렇지만 이번에는 느낌이 다르다. 뭐지?

테사가 사라지고 난 후에는 모든 게 그를 불안하게 했다. 좁지만 동쪽으로 큰 창이 하나 나 있는 자신의 사무실에 자리를 잡고 앉아 커피와 베이글을 책상 위에 내려놓고는 지갑과 머니 클립은 가운데 서랍장 안에 무심하게 집어넣었다. 그리고 그의 맞은편에 놓인 고객용 의자들을 아쉬운 눈빛으로 바라봤다. 테사가 꾸민 사무실이었다. 제이스는 테사에게 원하는 스타일을 말했고, 테사는 자신이 원하는 대로 홈굿즈의 물품들로 사무실의 분위기를 살렸다. 그녀가 선택한 저 의자들은 남색에 튼튼하고 편안하면서도 둥근 모양을 한 등받이와 검은색 다리를 가졌다. 사무실 벽에 걸린 그림들은 뭔가 엉성하게 튄 파란색 물감들로 장식되어 있다. 그렇게 사무실을 살펴보던 제이스의 눈에 그제야 뭔가 이상한 점들이 포착되기 시작했다. 어떻게 저 옅은 파란색의 그림들이 저 남색 패브릭 의자들과 어울린다는 거지? 이 펜홀더와 세라믹 머그컵도 전부 파란색이네. 사무실 구석에 놓인 야자수 모형 역시 파란색 화분에 담겨있었다. 테사의 흔적이 여기저기 남아 있었다.

잠깐.

부부의 결혼사진이 담겨있던 파란색 가죽 액자가 책상에서 보이지 않았다.

제이스는 책상 아래로 몸을 웅크리고 들어갔다. 바닥에서 액자를 찾기 시작했다. 아무것도 보이지 않았다. 서랍장도 급하게 열어 보왔지만 여기저기 찾아볼 때마다 불안감만 커졌다. 아무 곳에도 없다. 눈물 한 방울이 눈가에 맺히는 듯했지만 이내 다시 삼켰다. 마음이 불편했다. 테사가 사라진 뒤에야 액자가 사라졌음을 눈치챘다. 대체 언제 사라진 걸까? 매일 사진을 들여다보지는 않았다. 그렇지만 이주 초, 비스타 빌드의 앤디가 사무실에 들렀을 때까지는 여기에 있었던 게 분명했다. 그가 제이스의 결혼사진이 심플하다고 이야기하며 자신의 아내는 결혼사진을 찍을 때 이것저것 시키는 게 많았다고 불평했으니 말이다.

그런데 왜 없어진 거지? 그것도 왜 지금?

마치 테사가 그의 인생에서 지워진 것만 같다.

제이스는 컴퓨터를 켜고 트레이를 기다렸다. 일을 진행하는 데 한나절이 걸린다고 말을 해야 했기에, 그는 어서 일을 시작하고 싶었다. 20분쯤 지났을까, 은행 문이 열리자 몸에 꼭 붙는 꽃무늬 패턴의 원피스를 입은 로지타가 펌프스 구두를 신은 채로 나타났다. 그녀가 직접 말하기를, 소위 '하고 싶은 날' 신는다는 구두였다. 그녀의 귀에 매달린 에메랄드색의 커다란 귀걸이는 오늘 입은 옷차림과는 어울리지 않았지만 로지타는 거의 매일 저 귀걸이를 하고 출근했다. 제이스는 로지타를 보고 고개를 컴퓨터 쪽으로 돌렸지만 로지타는 제이스의 사무실 문 앞에 멈춰 섰다.

"오늘 늦게 출근할 줄 알았는데." 그녀가 말했다. "경찰이 새로 알아낸 게 있대요?"

제이스가 다시 컴퓨터로 시선을 돌렸다. "아니요." 그는 테사의 가짜 사회보장번호에 대해서는 말하고 싶지 않았다. 그를 뭐라고 생각하겠는가? 제이스도 그게 가짜인 걸 알고 있었으니 말이다.

"안됐네요."

"저기, 혹시 오늘 일찍 출근했었어요? 아침에 커피 사러 빈 애딕션에 가는 길에 분명히 당신 차를 주차장에서 본 것 같거든요." 뭐라고 대답도 하기 전 그녀의 눈이 찰나의 순간 휘둥그레졌다. "아뇨. 다른 사람 차였겠죠. ATM 쓰러 온 고객 차였거나요." 제이스 역시 잠시 그렇게 생각하기도 했었다.

"솔로몬 형사랑 연락은 했고요?"

"문자만 남겼어요. 전화는 기다리는 중이에요."

"알겠어요."

제이스는 컴퓨터 모니터 쪽으로 다시 어깨를 펴고 앉았다. 로지타는 잠시 머뭇거리다 창문이 없는 자신의 더 작은 사무실로 발길을 돌렸다. 그때였다. 이 냄새. 로지타의 향수. 이 냄새 때문에 제이스가 오늘 출근하면서 뭔가 익숙한 느낌이 든다고 생각한 이유였다. 로지타는 여기에 있었다. 그녀가 거짓말을 한 것이다.

"저기, 로지타. 다시 이리로 와봐요."

그녀가 매혹적으로 입술을 오므리며 그에게 돌아왔다. "네?"

"내 결혼사진이 없어졌어요."

그녀가 어깨를 으쓱했다. "그런데 그걸 왜 말하는데요?"

그가 눈을 찌푸렸다. "그냥. 당신이 알지 않을까 해서요. 오늘 일찍 출근하지 않았던 게 확실해요?"

그녀는 마치 여섯 살 꼬맹이가 몰래 사탕을 꺼내 먹다 들킨 것 같은 반응을 보였다. "아니라고 했잖아요. 저, 저… 일 할 거 있어요." 그녀는 몸을 돌려 자리를 떠났다. 황급히.

제이스는 오늘 아침 분명 그녀의 향수 냄새를 맡았다. 그녀는 거짓말을 하고 있다. 왜지? 그는 반드시 이유를 알아낼 것이다.

6
테사

신분증을 발급받고 나왔는데도 여전히 날이 밝았다. 나는 수건, 침대 시트, 작은 베개 그리고 커다란 담요를 사려고 월마트로 발걸음을 옮겼다. 전부 다 해서 40달러도 되지 않았다. 물론 계산서를 확인해봐야 했다. 남은 하루를 무얼 하며 보내야 할지 생각해 보기 전에 낮잠이 좀 필요한 듯 느껴졌다. 그렇지만 낮잠을 자면서든 밤새 자면서든 그 모텔에 있는 그 어떤 것에도 결코 손을 대지 않을 것이다.

오롯이 **나의** 밤이 될 것이다. **나의** 시간. **나만의** 시간.

빼빼 마른 어리숙해 보이는 한 남자가 기름진 머리를 질끈 묶은 모습으로 내 짐을 들어주겠다며 옆으로 다가왔다. 그에게서 나는 체취가 마치 나흘은 샤워하지 않은 듯 고약했다. 그의 도움을 거절하자 그는 내게 욕을 퍼부었다. 그의 입과 몸의 떨림에서 마약 중독자의 증상이 보였다. 아마도 약을 할 돈을 구하고자 내 것을 훔치려 다가왔던 것 같다. 나는 방으로 들어가 문을 걸어 잠그고는 선불폰 하나를 꺼내 전 남편의 이름을 검색했다.

그의 소식이나 내 실종에 관한 뉴스는 아직 보이지 않았다. 어쩌면 경찰에 아예 신고조차 하지 않았는지도 모른다. 나는 그가 어떤 상황을 마주했을 때 보일 반응을 단 한 번도 제대로 예상한 적 없었다. 내가 사라져서 기뻐할 수도 있으리라.

아니다. 그러기엔 통제력이 과한 사람이다. 절대 내가 먼저 떠나게 가만 놔두지 않을 것이다. 나는 침대에 씌워져 있던 시트를 벗겨내 새것으로 갈아 끼우고는 새로 산 담요로 내 몸을 감싼 채 나의 미래에 대한 꿈에 잠겼다. 드디어 사랑을 받게 되는 그런 꿈.

자고 일어나니 저녁때가 지난 시간이었다. 나는 저녁을 늦게 먹는 편인데도 말이다. 전 남편은 퇴근하고 집에 오자마자 식사하기를 원했다. 그것도 집에 도착했을 때 식사가 준비된 상태여야만 했다. 나는 7시 30분 정도쯤 식사를 하고 싶었다. 하지만 내가 상대해야 할 사람은 나의 일거수일투족을 통제해야 직성이 풀리는 사람 아니겠는가? 날은 이미 어두워졌고 나는 내가 오늘 종일 먹은 것이라고는 가방 안에 싸 온 에너지바 하나뿐이라는 사실을 떠올렸다. 집을 나올 때 에너지바 두 상자를 챙겨 나왔다. 에너지 바와 옷가지, 그게 전부였다. 에너지 바는 가격이 저렴한데도 꽤 알차다. 내가 이 사실을 깨달은 건 중학교 입학 전에 살던 위탁가정에서였다. 그곳에서는 에너지바 아니면 먹을 것이 없었다.

그때부터 성인이 된 지금까지 늘 에너지바를 비축해두고 있었다. 몇 번째인지도 기억이 나지 않을 지경인 위탁 가정의 양모나 고등학교 3학년 때 내가 도망쳐서야 겨우 헤어질 수 있었던 남자친구와는 다르게, 가장 최근의 그 나쁜 새끼는 적어도 나를 굶게 하지는 않았다. 그러나 **왜 그렇게 살이 쪘냐? 씨, 이 피자 건드릴 생각도 하지 마!** 이 소리를 들었을 때 나는 44사이즈를 입을 정도로 왜소한 체격이었다. 나쁜 새끼와 나는 식사는 잘 차려 먹는 편이었다. 실제로 그랬다. 그러나 60달러나 하는 뉴욕스트립 스테이크를 주문한다 하더라도 내가 얼마나 배가 고픈지와는 상관없이 늘 음식을 남겨야 했다. 그래서 나는 무의식적으로 에너지바를 가득 채워 넣을 비밀 공간이 필요하다는 생각을 줄곧 해왔다. 만약을 대비한 것이었다. 마치, 언제 다시 음식을 먹을 수 있을지 모른다는 생각에 몰래 뼈다귀를 숨겨놓는 개의 처지와 같았다. 내가 가장 좋아하는 맛은 딸기 그래놀라인데 기분이 울적할 때는 초코 프로스팅 바를 먹기도 한다.

오늘 아침은 초코 프로스팅 바였다.

창밖을 내다보니 계단 아래 모여 있는 사람이 배는 되어 보였다. 남녀가 골고루 섞여 있었다. 경쟁이라도 하듯 자동차 스피커를 터질 듯 크게 틀어 놓았다. 한쪽에서는 제이지의 음악을, 다른 한 편에서는 50센트의 음악을 선곡해 틀어 놓았다. 모든 사람이 이 노랫소리를 뚫고 한마디씩 하려고 했다. 그들은 어쩔 수 없이 크게 소리를 지르고 있었다. 그 모습은 마치 하류 인생들이 주차장에 모여 파티를 하는 것처럼 보였다.

내가 지금 가장 믿을 수 있는 사람이 누구인지 생각하며 일찍이 받아 놓은 호버트의 명함을 꺼냈다. 연락을 하면 15분 이내에 나를 태우러 오기로 했다. 남은 시간에는 멍 자국을 화장으로 가렸고 내 광대에 어울리는 화장까지 더했다. 컨투어 브러시가 아주 중요한 역할을 해냈다. 멍 자국 때문에 평소보다 눈에 좀 더 진한 화장을 했다. 화장실 조명 아래에서 보니 더 거칠어 보였고, 거울에서 한 발

자국 떨어져 공들여 그린 아이라인을 보니 내 어두운 눈동자에 꽤 잘 어울려 보였다. 매혹적이었다. 바의 어두운 조명 아래에서는 더욱 진가를 발휘할 것이다.

호버트는 이 시궁창 같은 모텔 바로 근처에 있다고 했다. 가로등 앞에 있으니 2분 후면 도착한다고 했다. 연락을 받은 후, 나는 청바지와 검정색 실크 탱크탑을 입고 힐을 신었다. 호버트는 내가 어둑한 장소에서 홀로 그를 기다리게 하고 싶지 않다고 했다. 정말 고마웠다. 물론 내가 불안정한 환경에 익숙한 사람이긴 했지만, 바깥 상황은 어떻게 봐도 위험해 보였다. 오늘만 견디면 된다. 내일이면 더 안전한 곳을 찾을 것이다. 오늘은 혹시 감시당하고 있을 상황을 대비해 눈에 띄지 않도록 이곳에 머물면서 신분증을 발급받아야 했다. 내게 돈이 있다는 사실을 전남편이 알게 하고 싶지 않았다. 그의 돈이었기 때문이다. 결혼 생활이 시작되면서부터 나는 장을 볼 때마다 20달러씩 몰래 챙겨 뒀다.

이번에는 길거리에서 만나는 루저들과는 엮이지 않을 것이다. 대개 나는 달콤한 말을 속삭이는 사람에게 빠져서는 **이번에는 다를 거야** 라고 믿는 경향이 있었다. 그러나 그들이 달랐던 적은 한 번도 없었다. 나는 엄마에게서 삼 대째 내려오는 쓰레기 같은 유전자를 물려받았다. 엄마가 처음 임신한 나이는 열네 살이었다. 외할아버지와 공사장에서 같이 일하던 남자의 아이였다. 그 남자는 성인이었다. 출산을 한 건 15살 때였다. 루저같은 남자들을 옮겨 다니며 만날 때마다 엄마는 그들의 아이를 낳았다. 외할머니에게서 학습한 버릇이었는데 나는 외할머니가 어떤 사람이었는지 기억도 나지 않는다.

적어도 나는 임신했을 때마다 옳은 결정을 내렸다. 내 몸에 대한 결정은 내가 내린 것이다. 무작정 애를 낳으려고 하지 않았다. 나는 정말 이 패턴을 끊어내고 싶었다. 어릴 적 텔레비전은 우리 집의 비공식적 베이비시터였다. 쌍둥이 언니들은 리얼리티 쇼를 좋아했다. 크리스토퍼와 케니 오빠는 잔인한 영화를 좋아했다. 나를 키운 건 로맨틱 코미디였고 특히 리즈 위더스푼[7]을 가장 좋아했다. **금발이 너무해**의 엘 우즈와 **스위트 알라바마**의 멜라니처럼 되고 싶었다. 힘 있고 예쁜 여자가 되고 싶었던 거다. 자기 일을 척척 해내면서도 결국 자신이 가진 흠마저 사랑해 주는 사람을 찾은 그런 여자들처럼.

경적소리가 들렸다. 호버트였다. 나는 데님 재킷을 들고 문을 열었다. 내가 계단을 내려가자 주차장에 늘어선 부랑자 무리가 더 큰 소리로 고함을 치기 시작했다. 오늘 아침 들었던 소리와 비슷했다. 어떤 남자는 나를 **예쁜이**라고 부르며 내 **은밀한 곳**에 대한 저속한 말까지 지껄였다. 그러자 그의 여자로 보이는 여성이 남자의 얼굴을 내리쳤고, 그 남자가 나를 쳐다본 게 마치 내 잘못이라도 되는 듯 그 여자는 나를 칼로 찌르겠다고 협박했다. 호버트는 여자와 나 사이에 택시를 세웠다. 내가 택시에 타자 여자는 자신이 이겼다는 듯한 표정을 지어 보였다. **그래, 도망쳐 봐라 걸레 같은 기집애야.** 라는 그녀의 조롱은 내가 지금 이곳을 택시를 타고 벗어나는 것과 아무 상관이 없었다.

택시 안에서는 여전히 알 수 없는 냄새가 났지만, 배불뚝이 호버트와 그의 센스있는 눈치가 너무 고마웠다. "와 주셔서 감사해요."

---

7 영화 〈금발이 너무해〉의 주인공

아수라장에서 나를 구원해준 그에게 감사함을 표했다. "내가 필요할 줄 알았어요, 특히 이런 곳에서는." 호버트의 대답과 동시에 밖에서 누군가 택시의 트렁크를 주먹으로 치며 그곳에 있는 사람들에게 **우워!** 하는 고함을 유도했다.

"그래서 어디로 갈까요, 손님?"

"테사라고 불러 주세요. 앞으로 몇 주간은 서로에게 좋은 친구가 될 게 분명해요." 나는 웃으며 말했다. "어디로 가는 게 좋을까요? 사실 저는 잘 몰라요. 이 지역은 처음이라서요. 제대로 된 식사를 하고 싶은데. 괜찮은 식당으로 데려가 주세요."

"이 근처에는 괜찮은 곳이 없지만, 옆 동네에는 괜찮은 곳들이 좀 있죠. 바도 많고 식당도 많아요. 얼마나 멀리까지 생각하는데요?"

"글쎄요. 그런 동네까지는 얼마나 걸리나요? 제가 지내는 이 환상적인 모텔에서 한 시간이나 나가야 한다면 곤란하고요. 그래도 여자 혼자 바에 앉아서 식사에 와인을 한잔해도 아무도 저를 매춘부로 오해하지 않을 곳으로 부탁드려요."

그가 소리 내어 웃었다. "그럼 이 동네는 아니죠. 10분 정도면 됩니다. 이 동네에는 버스 터미널이 있어서 이런저런 사람들이 다 모여 있어요. 진짜 별의별 사람이 다 있다니까요. 도망친 사람, 정신이 어떻게 된 사람, 약쟁이…" 그는 차 안 룸미러로 나를 쳐다보며 말을 덧붙였다. "…뭔가 숨기는 게 있는 사람들."

아, 호버트, 여우 같은 사람이네요, 당신. 그는 내가 이 동네 사람이 아니라는 사실을 알고 있었다. 차를 타고 가는 내내 나는 '뭔가 숨기는 게 있어' 보이기 위해 말을 하지 않고 가만히 있었다. **이건 어때요, 호버트.** 호버트는 식사를 마친 후에도 다시 태우러 올 수 있다며 나를 안심시켰다. 내 개인 우버 기사이자 보디가드인 셈이다. 그가 내게 추천해 준 식당은 클래식한 와인바같이 생긴 곳이었다. 나쁜 새끼도 나를 이런 비슷한 곳에 데리고 다녔다. 택시 문을 열고 내리면서 동네 분위기를 살폈다. 금요일 밤치고 그렇게 붐비지 않는 분위기가 마음에 들었다. 바 뒤편에는 보랏빛 조명이 비추고 있었고 거울로 된 벽에는 거꾸로 놓인 술병들이 가득해 화려한 분위기를 연출하고 있었다. 나는 바에 자리를 잡고 앉았다. 바 스툴 의자에는 등을 기댈 수 있는 작은 등받이가 있었다. 나는 데님 재킷을 벗어 옆에 놓인 또 다른 스툴 등받이에 재킷을 걸어 놓았다.

배가 고팠다. 갈증도 났다. 지금 당장 필요한 건…

"어서 오세요. 와인 로프트입니다."

그의 명찰에는 데이먼이라는 이름이 적혀있었다. 그는 식당 이름과 로고가 적힌 종이 코스터를 내 앞에 신나게 올려놓고는 코스터가 내 손가락 끝에 정확히 닿자 미소를 지었다. 전에 바텐더도 만난 적이 있다. 보통 싸구려 맥주와 공짜 치킨윙을 주는 술집에서 일하던 사람들이었다. 그들은 맥주 브랜드 로고가 박힌 티셔츠와 카고 반바지를 입고 슬리퍼를 신고 다녔다. 그 남자들과 나는 술 한두 잔을 마시고 서로에게 추파를 던지다 또다시 술 마시기를 반복했다. 나는 항상 끝에 천장 타일을 세는 신세가 되고는 했다.

그들 대부분은 겉보기에는 멀쩡해 보였다. 그들의 허락 없이 내가 무슨 일이든 하기 전에는 그랬다. 그들의 질투 섞인 분노는 어느 순간엔가 갑자기 나타났다. 그들 중 거의 다수는 알코올 중독자기도 했다. 시골 동네에 자리 잡은 트레일러에 사는 폭력적인 알코올 중독자들. 데이먼은 입고 있는 검은색 긴 팔 버튼다운 셔츠의 손목을 접어 올렸는데 얼핏 보이는 그의 왼쪽 손목에서 타투의 윤곽이 슬며시 보였다. 입고 있는 검은색 바지와 벨트는 꽤 잘 어울렸고 네 번째 손가락에 반지는 보이지 않았다. 이마에 드리워진, 그의 제법 길고 어두운색의 머리카락이 내 마음을 간지럽혔다. 나는 어두운색 머리카락을 좋아한다. 이전에 만난 나쁜 새끼들 모두가 어두운 머리카락 색을 가졌다.

"뭘 먹으면 좋을까요, 데이먼?" 내가 묻는다.

그는 나를 재밌다는 듯 바라보고는 다시 자신의 이름표로 시선을 돌렸다. "아아, 맞아요. 데이먼이라고 합니다. 제가 직접 소개할 기회를 빼앗으셨네요." 그의 미소 역시 내 마음을 흔들었다. 깔끔했다. 치아는 고르고 하얗다. "주문하시겠어요?"

내가 들은 게 맞다면, 그는 내게 선택권을 주는 질문을 했다.

7
제이스

—◆—

제이스는 트레이가 자신의 사무실로 들어갈 때까지 기다렸다. 트레이는 조금 전 베이지색 은행 바닥을 가로질러 제이스의 사무실에 잠시 들어와 머리를 내밀고 **좋은 아침**이라고 인사했다. 지금 할 수 있는 최선은 일단 문제를 해결하는 것이었다. 제이스는 트레이의 아침 루틴이 시작되는 소리가 들릴 때까지 다시 기다렸다. 매일 아침 가지고 다니는 플라스틱 커피 머그잔이 책상에 닿으며 나는 소리, 의자가 회전하며 들리는 삐걱대는 소리, 회사 시스템에 로그인하며 나는 키보드 소리. 제이스는 일어서서 바지 옷매무새를 다듬고 자신의 사무실에서 걸어 나왔다.

트레이의 사무실 문은 열려 있었다. 제이스는 이미 그의 사무실 안으로 머리를 빼꼼 집어넣고 있었음에도, 사무실 문틀에 서서 벽에 노크했다. 트레이는 자신의 의자에 앉아있었다.

"시간 있으세요?"

트레이의 검은 눈동자가 안경 렌즈 밖을 내다보았다. 그는 여느 때와 같은 모습이었다. 바지 하며, 깃 있는 셔츠에 니트 조끼까지. 이 여름에 저런 니트 조끼라니. 큰 키에 어두운 피부색은 마치 칼튼 뱅크스[8] 같은 인상을 준다. 아마 춤도 똑같이 출 것이다. 인상을 쓰는 것을 보니 제이스의 등장이 탐탁지 않은 듯했다. 지난 몇 달간 둘의 사이는 약간 어색했다. 그 **사건** 이후로.

그는 들고 있던 폴더를 툭 내던졌고 그 때문에 종이가 여기저기로 흩어졌다. 회사에서는 항상 바빠 보이려고 일부러 짜증 난 표정을 짓는 기법을 쓴다. 그렇지만 이번에는 그가 정말로 짜증이 난 것 같았다.

"지금?" 그가 말하며 펜을 집어 들었다.

"중요한 문제예요."

제이스는 자신의 사무실보다 더 넓고 창문도 두 개나 있는 트레이의 방으로 들어왔다. 그의 사무실은 당연히 코너에 있었다. 제이스는 문을 닫고 들어와 트레이 앞에 놓인 커다란 가죽 의자 중 하나에 자리를 잡았다. 제이스의 사무실과는 다른 느낌으로 꾸며져 있었다. 제이스가 테사가 전문적인 도움을 줄 수 있다고 제안했지만, 트레이는 다양한 색을 사용하는 것을 마뜩지 않아 했다. 지금 그의 사무실 안에 있는 베이지색 벽면은 은행의 전체적 분위기와 크게 다를 게 없었다. 식물도 이렇다 할 장식품도 보이지 않았다. 그의 자리 앞에 놓인 사진 속에는 그의 아내 앨리샤가 있었지만, 결혼사진은 아니었다. 보트 위에서 찍은 사진이었는데, 휴가 때 바하마에 사는 처가 식구들을 방문했을 때 찍은 것이다. 한쪽 벽에는 성조기가,

---

8 미국의 한 TV 시트콤의 등장인물 중 하나로 프레피 룩을 즐겨 입는다

다른 쪽 벽에는 대통령 사진이 걸려있었다. 정치적인 문제와는 별개로 연대감을 보여 주는 게 비즈니스 면에서 좋다고 생각해서 둔 것이다.

"말씀드릴 게 있어요." 제이스가 말했다.

트레이가 안경을 벗고는 자신의 콧방울을 꼬집었다. "얘기할 게 남았던가?"

"아니요. 다른 얘기입니다."

제이스는 여기서 로지타 이야기가 나올 걸 미처 예상하지 못했다. 둘 사이의 부적절한 사건들을 생각하지 못했다. 물론 관계가 멈춘 건 아니었지만 이미 관련한 대화를 충분히 나눈 후였다. 제이스도 그 일에 트레이를 다시 관여하게 하는 게 좋은 생각이 아니라는 것 정도는 알았다.

"오늘 조퇴를 해야 할 것 같습니다. 집에 일이 있어서요. 테사가, 테사가…"

테사가 어떻다고? 제이스는 여전히 망설여졌다.

"테사가 없어졌어요. 어제 모임이 끝나고 집에 가보니까 테사는 없고 유리창은 깨져 있고 핏자국이 있더라고요. 그래서 경찰에 신고하고 경찰들이 조사하고 돌아갔습니다."

"없어져?" 나이보다 어려 보이는 트레이지만, 이번에는 실제 그의 나이인 40대 중반의 인상이 드러날 정도로 미간을 찌푸렸다. "대체 테사가 어디로 사라졌다는 말이야?"

"모르겠어요. 경찰도 아직 찾은 게 없어요. DNA를 채취해 가긴 했는데…"

"워, 워, 워 잠깐, 제이스. 그러니까 지금 이게 살인 사건이란 거야?"

트레이는 눈을 크게 뜨고 이는 굳게 다물었다. "지금 비스타 빌드 프로젝트가 거의 마무리 단계야. 만약 실종 사건에 연루된 거면…"

"맙소사, 잠시만요." 제이스는 씩씩댔다. "테사는 살해당한 게 아닙니다." 제이스의 목소리가 떨리고 있었다. "테사는 단지… 저도 모르겠습니다. 대체 무슨 일이 벌어지고 있는지 모르겠어요. 오늘 아침 경찰서에 들렀다 왔는데 사건 담당 형사가 DNA 결과가 나오려면 며칠은 걸린다고 하더라고요."

"하, 잠깐. '형사'까지 관여한 사건이라 이거네."

트레이는 형사라는 단어에 힘을 주어 말했다. 그러고 나서 **타임피스**라며 자랑하기 좋아하는 값비싼 손목시계를 바라봤다.

"비스타 빌드에서 나온 앤디와 카일이 이번 주 내내 이 동네에 머무르면서 모든 은행에서 접대를 받았어. 그리고 오늘 오후에 돌아갈 거고. 주말 동안 마지막 재무 심사를 해서 월요일에 결과를 발표할 거라고. 그러니까 이 얘기가 절대 밖으로 새어나가면 안 돼."

자기 일이 아닌데도 **말이 새어나가길 원하지 않는다**―라.

"예, 참… 감사하네요."

그의 어깨가 아래로 떨어졌다. "내 마음 알잖아. 미안해, 제이스. 테사한테 아무 일 없길 바라네."

제이스가 자신의 입술을 힘주어 물었다. 은행에는 또 다른 소문이 돌고 있었다. 그렇지만 어쩌면 살인 사건이 될지도 모르는 이번 일과는 비교도 되지 않는 그런 말들이었다. 그리고 제이스는 알았다. 한 번 테사의 이름이 알려지게 되면 그다음은 제이스의 차례일 것이고 또 그다음은 은행 이름까지 알려질 게 분명하다는 것을. 온라인 기사에 댓글들이 넘쳐날 거고, 모두가 그를… 아내가 공격당

할 동안 술집에서 파티나 즐기고 있던 냉혈한쯤으로 떠들어 댈 것이다. 어쩌면 사건의 배후로 그를 지목할 수도 있는 노릇이었다.

먼저 이 이야기를 통제할 방법을 찾아야만 했다. 이 상황에서 슬픔에 잠긴 남편으로만 사람들에게 보이기는 어려워 보였다. 특히 자기 아내에 대해 잘 알고 있지도 못하다는 사실이 드러나기라도 한다면 더욱 그럴 것이었다.

"퇴근해, 제이스." 트레이가 날카로운 목소리로 말했다. "며칠은 쉬도록 해. 다음 주까지. 이 일부터 해결하고 와."

"그렇지만 비스타 빌드 건은 어쩌고요. 오늘 은행으로 올 텐데요. 월요일 발표에 우리가 선정되면요?"

이번 건은 제이스가 맡은 프로젝트였다. 시작부터 마지막까지.

"마무리 작업은 로지타한테 맡길게. 앤디도 로지타의 일 처리를 마음에 들어하는 것 같으니, 월요일에 우리가 선정되면 남은 일은 로지타가 처리해주는 편이 내 마음도 편하겠어."

로지다는 테사기 실종된 것이 아주 즐거울 테다. 설마 로지타가 자기 좋자고 꾸민 일은 아닐까?

"그러니까 지금, 전 아내도 잃고 일도 잃게 되는 겁니까?" 제이스가 말했다. "이건 제가 담당한 일입니다."

"꼭 그런 건 아니지만… 혹시라도 이 일이 외부로 새어나가기라도 한다면 온갖 방송사 카메라가 당장 오늘 오후에라도 들이 닥칠 텐데, 제이스 당신이 여기 있으면 안 될 것 같아서 그래. 분명 언론에서 취재하러 나올 거란 걸 알잖아."

트레이는 잠시 말을 멈췄다가 양손으로 책상을 내리쳤다. "망할!" 그는 큰소리로 외쳤다.

제이스는 트레이 뒤에 있는 유리벽 너머로 궁금증 가득한 눈들을 바라보았다. 무엇이 트레이를 이토록 화나게 했는지 모두 궁금해하는 눈치였다. MBA 학위를 공부하는 동안 아르바이트로 텔러 일을 하는 스물세 살의 헤일리는 깜짝 놀라 입을 손으로 막았다. 정직원 텔러인 미키와 칼라는 사무실 안을 보고 있다가 제이스와 눈이 마주치자 재빨리 시선을 피했다.

"제 생각해주셔서 감사합니다." 제이스가 말했다. "제가 그동안 얼마나 열심히 했는데."

제이스는 트레이를 강하게 내려다보며 자신의 말에 여운이 남도록 기다렸다. 만일 제이스에게 앞뒤 재지 않는 야망이 있었다면, 이미 몇 달 전에 자신이 그 자리까지 승진해서 지금의 트레이 자리에 올라갔을 수도 있었다. 트레이를 제치고 말이다.

사람들은 좀 더 이 일에 공감해야 한다. 그의 아내가 사라졌다. 트레이는 곧 이 사건의 카드를 쥔 쪽은 제이스라는 사실을 깨닫고 순식간에 태도를 부드럽게 바꿨다.

"일단 오늘은 쉬어, 제이스. 다 잘 될 거야."

트레이는 여전히 기분이 상한 상태였지만 제이스는 그것까지 신경 쓸 틈이 없었다. 일단 이론적으로는 자신이 원하던 바를 얻었다. 주어진 하루의 시간 동안 테사의 일을 해결해야 했다. 그렇지만 프로젝트를 잃는 건 계획에 없었다. 트레이는 문을 열고 사무실 밖으로 걸어 나오는 제이스의 등에 "경찰 수사에 진전이 있길 바라."라고 외쳤다. 그렇지만 진정성이 느껴지지는 않았다.

이번에는 또 무슨 일로 트레이를 화나게 했을지 궁금해하는 사람들의 시선을 피하는 제이스의 얼굴은 마치 꿈속에서 나체로 연설을 하는 듯 벌게져 있었다. 제이스는 자기 방으로 돌아와 컴퓨터를 끄고 지갑을 챙겨 문밖으로 걸어 나왔다. 로지타가 그녀의 방에서 인기척을 하며 제이스의 발걸음을 멈춰 세웠고, 그가 쳐다보자 자신의 사무실로 들어오도록 손짓했다. 제이스는 지금 당장 그녀와 함께 있고 싶지는 않았지만 어떤 이유에서인지 로지타의 방으로 향했다.

제이스는 이유를 알았다. 로지타는 마치 제니퍼 로페즈같이 거부할 수 없는 매력이 있었다. 함께 일한 지는 일 년밖에 되지 않았지만, 그 날 이후로 그녀는 그의 곁에 항상 자신이 존재함을 알 수 있도록 신호를 줬다. 최근 작은 실수가 있었으니 제이스가 뭐라 할 말이 있을까? 로지타는 야망가였다. 둘 사이의 일이 터지면 그녀는 모든 것을 직장 상사와의 관계에서 벌어진 성추행 정도로 몰아갈 것이었다.

"잠깐만요."

그녀가 속삭이며 제이스에게 문을 닫으라는 손짓을 했다. 제이스는 그녀의 말을 따랐다. 그녀의 사무실 문을 제외하고는 모든 벽면이 유리창으로 되어 있기 때문에 누구나 안을 들여다볼 수 있었다. 그 사건 이후로 로지타와 그는 완전히 밀폐된 곳에 함께 있을 수 없었다.

그녀의 사무실은 말도 안 되게 로지타 같은 인상을 주었다. 로지타는 회사 규율을 어기지 않는 선에서 최대한 자신의 성향이 드러나 보이도록 사무실 구석구석을 장식했다. 두 개의 레오파드 무늬 액자 중 하나에는 바닷가에서 여자친구들과 함께 찍은 사진이 있었다. 그 사진 속 인물들은 모두 비키니 차림으로 손에 주스를 들고 있었다. 또 다른 액자에는 조카 두 명의 사진이 있었다. 로지타의 책상 램프 조명은 붉은 기가 있는 황금빛이었고 벽에는 얼룩말과 치타 사진이 빨간 액자에 담겨 걸려있었다. 펜과 펜 홀더, 하루 내내 등 받침대로 사용하는 의자에 놓인 작은 베개까지 그녀의 사무실에 놓인 모든 장식품은 하나같이 빨간색 아니면 금색, 그도 아니면 레오파드 무늬였다.

로지타는 제이스를 위아래로 훑어보며 한 손에는 펜을 쥐고서 책상 위에 놓인 수첩을 탁탁 치고 있었다. "그래서 이게 무슨 일인데요? 트레이는 또 뭐래요?" 그녀의 어두운 눈동자가 빛났다. 그녀는 마치 조금 전 코트에 향수를 뿌린 듯이 온 사무실에 향수 냄새가 진동했다. 제이스는 어깨를 한번 으쓱해 보이고는 마치 자신이 제안한 상황인 듯 이야기를 지어내기로 했다. "오늘 하루 쉬게 해달라고 했어요. 퇴근해서 볼일 보라고 하더라고요. 그래서 그러려던 중이에요." 자신이 자리를 비우면 트레이가 바로 이야기하겠지만 제이스는 로지타가 갑자기 **자신의** 프로젝트를 맡게 된 이야기까지 구태여 하지 않았다.

로지타는 입술을 꾹 다물었다가 고개를 끄덕여 제이스를 안타깝게 여기는 것처럼 연기했다. "다 잘 될 거예요, 자기." 제이스는 로지타가 그렇게 부르는 것을 싫어했다. 부적절한 수준을 넘어선 것이었다. 특히 현재 상황에서는 더더욱 그렇다. "아, 내 정신 좀 봐. 베이글을 깜빡했네."

참으로 멍청한 말이었지만 제이스는 이 상황을 한시라도 빨리 벗어나고 싶었다. 제이스는 온라인에 곧 퍼질 기사를 찾아보고 싶기도 했다. 집으로 가 자신이 놓친 테사에 대한 그 무엇이라도 찾아보기로 했다. 사무실에 남아서 그토록 궁금했던 질문을 하고 싶지는 않았다. 왜 로지타가 오늘 아침 일찍 은행에 왔었는데도 자신에게 아니라고 거짓말을 했는지 말이다. 이미 두 번이나 질문했으므로 로지타를 괴롭히고 싶지 않았다. 하지만 제이스는 어떻게 해서든지 알아내고 말 것이다.

제이스는 자기 방으로 돌아가 이미 미지근해졌을 커피와 베이글, 가방을 집어 들고 사무실을 나왔다. 망할 테사가 실제로 누구였는지 알아내고 싶은 심정으로 떠났다. 열추적 미사일 마냥 속도를 냈다. 그런데 누군가 주차장에서 제이스의 걸음을 멈춰 세웠다. 놀랍지도 않았다.

"제이스? 어디 가는 거예요?"

제길. 앤디였다. 제이스가 돌아섰다.

"안녕하세요. 카일은요?"

앤디는 실망감을 숨기지 못한 채 입술을 앙, 다물었다. "아이가 아프다네요. 그래서 일찍 집으로 갔어요. 아내는 미팅이 있어서 회사를 못 비우나 봐요. 그래서 병원에도 가고 그래야 한다네요. 아, 혹시 아이 있으세요?"

"아니요. 없어요." 제이스는 땀이 나기 시작하면서 얼굴까지 상기됐다. 그렇지만 미래 잠재 고객을 위해서 감수해야 했다. "죄송해요. 그런데 저도 오늘은 회의에 참석하지 못할 것 같아요. 제 아내가… 음… 일이 생겨서요. 가봐야 할 것 같아요."

앤디가 제이스의 팔을 움켜잡았다. "괜찮은 거예요?"

뭐라고 대답해야 하는 걸까? 걱정 어린 눈빛이었다. "사실 잘 모르겠어요. 아내가 사라졌어요. 어젯밤에 집에 도착했을 때는 이미 사라진 후였어요. 그래서 오늘 경찰 조사에 협조해야 해요."

"경찰이요? 맙소사. 혹시… 제가 어젯밤 제이스 셔츠에서 본 핏자국하고 관련 있는 일은 아니죠?"

앤디의 얼굴에서 드러난 표정은 이미 그가 판사나 배심원 혹은 형법 집행인이라도 된 듯한 느낌이었다. **역시 범인은 언제나 남편이지.** 제이스는 그에게 '꺼지고, 네 일에나 신경 쓰세요.'라고 말 하고 싶은 것을 억지로 참아냈다. "코피가 났다고 말했었잖아요."

"알겠어요." 그는 한 손을 내밀고는 자신의 눈썹을 치켜 올렸다. "그럼, 로지타와 이야기해야겠네요. 어제 여러분이 떠나고 난 후에 카일과 이야기를 오래 나눴어요. 제안하신 조건들이 인상적이더라고요. 그럼 우리는 다음 주에 보는 건가요?"

제이스는 앤디가 내민 손을 맞잡고 고개를 끄덕였다. "네. 로지타가 알아서 잘 해줄 거예요." 제이스는 꾹 다문 입이 벌어지지 않도록 힘을 썼다. "다음 주에 뵐게요."

8
데사

—◆—

데이먼이 메를로 와인 한 잔과 메뉴판을 가져다주고 뒤쪽으로 사라졌다. 그 모습을 보니 우스운 클리셰 문구가 생각났다. **네가 떠나는 걸 보는 건 싫지만 떠날 때 보이는 네 엉덩이는 좋아.**

나는 메뉴를 꼼꼼히 읽어 내려가며 바 같은 곳에 일을 구해야 하는 걸까 고민했다. 웨이트리스나 바텐더로 일하는 것이 부동산 중개인이나 건설업자 밑에서 오픈 하우스를 장식하는 편보다 더 빨리 현금을 쥘 수 있을 것 같았다. 나는 고등학교도 졸업하지 못했지만 RISD⁹를 졸업했다고 거짓말을 해왔다. 그리고 나는 여전히 내가 인테리어에 재주가 있다고 생각했다. 어쩌면 이 동네에서 진짜로 사업을 하는 게 **가능**할지도 모르겠다. 회사 이름을 짓고 나서 적당한 금액을 내고 광고를 내걸면 되는 게 아닌가. 내 방식대로 말을 잘 해서 고객을 한 명 유치하고 나면 입소문으로 다른 고객까지 모

---

9 미국의 유명 디자인학교

을 수 있을 것이다. 과연 얼마나 많은 사람이 내게 학력을 증명하라고 요구할까? 물론 의사나 변호사들이 학위를 걸어 놓는 경우는 많이 있지만, 작가나 카페 사장, 그도 아니면 퍼스널 트레이너가 학위를 요구받을 일이 있을까? 인터넷에서 20달러만 주면 명함을 만들 수 있을 테고 그러고 나면 아무도 내 거짓 학력을 눈치채지 못할 것이다.

사람들은 언제나 타인의 좋은 점을 먼저 보려고 한다. 나는 이 점을 이용한다.

몇 번째 위탁 가정의 양부였더라, 아마도 세 번째였을 그 양부는 다른 아이들에 비해 나를 편애했다. 나를 돕고 싶은 거라고 생각했다. 다른 아이들이 자기들끼리 옷을 돌려 입고 다닐 때 나는 새 옷을 받아 입었다. 빵을 받아도 곰팡이가 피지 않은 부분을 받았다. 다른 아이들이 용돈으로 1달러를 받을 때 나는 5달러를 받았다. 양부는 다른 아이들을 방임하고 그 시간에 나를 반복적으로 성폭행했다. 나를 가장 아껴서라고 했다. 열네 살의 나는 그 행위가 학대에 해당한다는 사실을 인지하기에 너무 어렸다. 당시에는 다른 아이들이 치즈 맛이 나는 과자 한 봉지를 두고 다툴 때 나는 더 잘 먹을 수 있다는 사실이 그저 기쁘기만 했다. 양부는 나를 사랑했기 때문에 나를 학대했다.

어느 날 데니스라는 아이가 새로 그 집에 들어왔다. 그때부터 양부는 데니스를 편애하기 시작했다. 어느 순간부터 내게 주어진 빵에는 초록색 곰팡이가 끼어 있었다. 내게 먹을 게 주어지는 때에 한해서는 그랬다. 양부가 한 번은 모두가 있는 앞에서 나를 때렸다. 양부모가 저녁 식사라고 부르던, 그들이 먹다 남은 음식을 조금 더 달라고 했다는 이유였다. 덩달아 맞을까 두려웠던지 그곳에 있던 모두가 침묵했다. 그러나 그가 나를 더 때리면 때릴수록 오히려 나는 양부의 관심이 더욱 고팠다. 다시 양부의 사랑을 받고 싶어서 계속 그에게 돌아갔다. **그가 나를 사랑한다는 것을 안다.**

그게 첫 시작이었다. 그는 나를 위해서 나를 때리기 시작했다.

부엌으로 이어진 여닫이문을 열고 데이먼이 다시 나타났다. 그는 바 아래에 있는 싱크대 안에서 유리잔 두 개를 꺼내 천으로 닦았다. 그 천을 어깨 위에 얹고는 내게 미소를 지었다. 그 미소는 어떤 이유에서인지 동화처럼 느껴졌다. 다정하고 친절한 그는 강아지들을 구조하는 사람일 거고, 질투심 있고 통제하려는 성향이 있지만 결국 그것도 나를 사랑한다는 증거일 것이며, 그것은 곧 내가 자신을 떠날까 두려워하는 감정을 반증하는 것일 테다. 이것은 사랑이다.

그만, 나는 스스로 되뇌었다. **이번에는 그러지 말자. 패턴에서 벗어나자.**

그 나쁜 새끼는 곧 나에게도 한계라는 게 있다는 사실을 알게 될 것이었다. 그가 내게 손을 댔을 때 나는 종종 아픔을 느끼기도 했지만, 또 가끔은 그가 다정하게 느껴지기도 했다. 지금 내 오른쪽 눈에 들어있는 멍 자국은 그가 커피잔을 던져 생긴 것이었다. 고객들을 접대하고 일찍 집에 돌아온 그는 아이스크림을 먹고 있던 내 모습을 마음에 들지 않아 했다. **뚱땡이 년이 되고 싶어서 그렇지!** 그리고는 나의 오른쪽 얼굴을 내리쳤다. 나는 자루에 든 감자처럼 흔들렸다.

정신이 들었을 때 그는 이미 술집으로 돌아간다는 메모를 남기고 사라진 후였다. 내가 겪은 그 수많은 모욕과 다음번에는 무슨 일이 생길지 모른다는 경고들. 그렇지만 그에게 다음은 없었다. 몇 가지

흔적들을 남기고 나는 그를 떠났다. 경찰이 곧 그것들을 발견할 것이다.

그놈이 전혀 예상하지 못할 사람이 나를 돕고 있었다.

견뎌내야 해, 테사.

"뭐 드실지 정하셨어요?" 데이먼이 물었다.

와인을 한 입 마신 후 코스터 위로 잔을 다시 올려놓고는 팔을 바위로 올려 그를 쳐다봤다. "오늘의 메뉴 같은 게 있을까요?"

그가 웃었다. "저희는 그냥 정해진 메뉴대로 가요. 셰프님이 좀 고집이 있으시거든요."

나는 고등학생 소녀처럼 웃었다. **그만, 테사!** "저도 그래요."

"안 그래 보이는데요." 데이먼이 히죽거렸다. "벌써 어떤 분인지 알 것 같아요."

바보. "아, 그래요?"

"넵."

그가 어깨에 걸쳐 둔 천을 집어서 내 앞에 있는 바 테이블을 닦았다. 테이블 매트를 올려놓고 그 위로 식기류를 세팅했다. "자, 봐요. 이 동네 분은 아니고, 펑키한 앞머리에 옷은 잘 차려입었고요. 혼자 오셨죠. 자신감도 있어 보이고. 핸드폰도 보지 않고 계시네요. 그 부분이 마음에 들어요."

바보는 아니네. "여기서 데이트 상대를 기다리고 있는 게 아니라는 건 어떻게 장담하는데요?"

"여긴 바잖아요, 전 바텐더고. 틴더 같은 곳에서 데이트를 잡은 사람들을 이미 많이 봤다고요. 그런데 당신은 가게 문이 열리고 누가 들어와도 한 번도 쳐다보지 않았죠. 누가 걸어오는지 신경도 쓰지 않고요."

관찰력 있네. "그럼 제가 이 동네 사람이 아닌지는 어떻게 알아요?"

"제가 아는 게 아니죠. 그쪽이 저한테 말해준 거죠." 그가 다시 미소 지었다. "여기 사람들은 특유의 모습이 있어요. 당신한테 없는 모습이죠." 그가 우스운 표정을 지어 보이며 핸드폰으로 문자를 하는 모습을 흉내 냈다. 그리고 손으로 어깨를 쓸더니 턱을 들어 보였다. 마치 머리를 뒤로 휙 넘기는 듯한 모습이었다.

재밌는 남자다.

분명 멋진 남자일 거야.

그만!

그가 기다리는 동안 나는 메뉴를 들어서 십 초 정도 읽었다.

"유기농 로스트 치킨으로 할게요. 방울양배추는 다른 거로 바꿔 줄 수 있을까요?"

그는 귀에 얹어 놓았던 펜을 손으로 가져오더니 수첩에 내 말을 받아 적었다.

"아스파라거스나 구운 당근 중에 선택하시면 돼요."

"알아서 주세요."

부엌으로 향하는 데이먼을 보며 나는 의도적으로 핸드폰을 멀리했다. 그가 우습게 생각하는 그런 여자가 되고 싶지는 않다. 고개를 들고 바 위에 설치된 텔레비전 화면을 쳐다봤다. 야구 경기가 중계되고 있었다. 양키즈와 레드삭스의 경기였다. 스포츠에는 관심 없었지만, 지금은 이거라도 봐야겠다. 이 동네 사람들이 모두 저 팀을 응원한다는 이야기는 들었다. 아는 바는 거의 없지만 광적인 팬덤

이 있다고 한다.

데이먼이 다른 손님들의 테이블에 있는 모습이 자주 보였다. 데이먼이 말할 때마다 바보처럼 웃고 있는 저 두 여자를 보면 질투가 날 지경이었다. 학교 다닐 때 싫어하던 그런 부류의 여자들이었다. 꽤 치장하고 나왔는데 한 명은 긴 금발 머리를 하고 있었고 다른 한 명은 어두운색의 긴 머리를 하고 있었다. 가슴이 훤히 내보이는 옷을 입고 화장도 진하게 한 모습이 자신들의 일거수일투족을 인스타그램에 올릴 태세처럼 보였다. 사진을 찍을 때마다 소리도 질러댔다.

데이먼은 계속 내 쪽으로 와서 아무 말 없이 내 빈 잔에 와인을 채워주기는 했지만, 그 못지않게 그 둘의 행동도 계속 받아주고 있었다. 바의 반대쪽 끝에 앉아있는 바비와 비트시 - 내가 지은 이름이다 - 는 데이먼이 내게 하는 행동이 마음에 들지 않은 모양이었다. 계속해서 자신들의 사진을 찍어 달라 소리치며 카메라에 대고 입술을 쭉 내밀고 있었다. 데이먼은 그들의 아이폰을 건네받고 사진을 찍어주고는 부엌으로 들어가는 길에 나를 쳐다보며 고개를 내저었다. 그리고는 아까 내게 보여준 것처럼 머리를 획 넘기며 문자를 보내는 모습을 흉내 냈다.

그가 다시 모습을 드러냈다. 그리고 완벽히 요리된 로스트 치킨 반 마리를 내게 내어줬다. 아스파라거스와 당근이 **모두** 있었다. 그리고 그 옆에는 으깬 감자 한 덩이가 놓여 있었다.

"마음에 드세요?" 그가 질문한다.

"끝장나네요."

내가 엄마에게서 강제로 분리되기 직전에 배운 말이었다. 이 말을 처음 들었을 때만 해도 우리는 다 같이 한 가족으로 살고 있었다. 나, 친오빠 케니, 이부 언니 오빠들, 그리고 엄마가 당시에 만나던 남자친구까지. 엄마의 몇 번째 남자친구인지도 모를 남자가 우리 집으로 가져온 주삿바늘, 그 속에 든 물질을 엄마는 이 말을 사용해 묘사했다. 엄마가 정신을 잃고 난 후 나는 엄마 남자친구에게 그게 무슨 의미인지 물었고 그는 내게 직접 그 느낌을 선사했다. 처음 헤로인을 한 건 그때부터였다. 내가 입에 거품을 물고 발작을 일으키자 친오빠 케니는 911에 신고했다.

내 나이 열두 살이었다.

그때 그 첫 느낌이 아직 기억난다. 따뜻함, 행복감. 설명할 수 없는 느낌이었다. 말로써 형언할 수 없는 그 무언가.

아니, 묘사할 수 있다. 끝장나네.

내가 살아있는 건 기적이었다. 나는 내가 인생을 제대로 펼쳐왔다고 생각하고 싶다. 마약에 한해서는 그렇다. 하지만 마약이 담겼던 구겨진 종잇조각의 주름을 겨우 펼친 수준에 불과했다. 그 종이는 여전히 네모나고 그 위에 글자도 쓸 수 있지만 손상되고 불완전한 상태라는 사실에는 변함이 없었다.

"뭐 더 필요한 거 없어요?" 데이먼이 질문을 하고는 자리를 떠나지 않았다.

나는 접시를 쳐다보다가 포크를 집어 들었다. "제가 먹는 걸 지켜보고 있으려고요?"

"이름이 뭐예요?"

"테사요. 테사 스미스요."

"데이먼 모레티예요." 그가 손을 내밀었다. "봐요, 이제야 제대로 통성명을 할 기회가 오네요." 그가 눈을 찡긋했고 나는 그가 내민 손을 잡고 악수했다.

그는 내가 식사를 마칠 수 있도록 자리를 비켜줬다. 치킨은 놀라울 정도로 육즙이 가득했고 껍질은 말도 안 되게 바삭했다. 사이드 메뉴로 나온 채소도 흡입하듯이 먹었고 포크와 나이프의 날을 사용해 남은 으깬 감자도 긁어먹었다. 전 남편은 내가 접시를 다 비우는 꼴을 보고 있지 못했다. '여자답지' 못하다는 이유에서였다.

야구 경기가 끝날 때 즈음에는 반짝 빛나는 접시가 내 앞에 놓여 있었다. 분주한 저녁 시간대라 데이먼이 손님들을 응대하며 바삐 부엌을 오갔기에 또 다른 직원 하나가 내 앞에 놓인 접시를 치웠다. 그렇다고 그렇게 바쁜 건 아니었다. 이전에 다녔던 곳에서는 사람이 바에서 음식을 먹고 있으면 뒤에서 술 취한 머저리들이 지폐를 흔들면서 밀치고 들어왔다. 그게 아니면 관심을 받고 싶어서 가슴골을 다 내보였다. 이곳의 분주함이 바쁜 분위기를 만들고 있긴 했지만, 대도시의 분주함만큼은 아니었다.

문을 닫을 시간이 되자 사람들이 하나, 둘 나가기 시작했다. 금요일 밤인 오늘은 젊은이들이 짝을 찾아 나서기 좋은 타이밍이었다. 나를 제외하고 남은 손님이라고는 바비와 비트시 뿐이었다. 둘은 온종일 데이먼을 쳐다보며 속삭이거나 유혹하는 눈빛을 보내기 바빴다. 메인홀에서 청소를 시작하자 데이먼은 나와 두 여자에게 청구서를 가져다줬다. 금발 머리 바비는 큰소리로 외쳤다. 자신들의 다음 행선지가 두 블록 옆에 있는 새벽 3시까지 영업을 하는 바라고 말이다. 혹시 누군가 갈증을 느낄 수도 있는 상황을 대비해서인가?

영리했다.

이제 남은 건 나뿐이었다. 음식값에 20퍼센트를 더한 돈을 바 테이블 위에 턱 내려놓았다. 옆에 놓인 데님 재킷을 손에 들자 데이먼이 다가왔다.

"잠깐만요. 지금 나갈 필요 없어요. 얘기 좀 더 해요." 그가 말한다. "저 두 사람 먼저 보내려고 그런 거였어요. 저 사람들 알거든요. 어두운색 머리만 알긴 하지만, 어쨌든. 매번 여기 와서는 술에 취해서 바 영업이 끝나면 저랑 만나려고 들어요." 그가 어깨를 으쓱했다. "안 만날 건데."

내가 소리 내 웃었다. "여자친구 때문인가요?"

"아니요."

제길. "그럼 남자친구?"

"아니요."

바보인가? "그럼 뭐가 문제인데요?"

"문제 같은 거 없어요." 그의 눈이 빛났다. 그의 진심이 느껴졌다. 습관적으로 '우리 집? 아니면 너희 집?'이라고 물으려던 찰나, 지금 내가 머무는 곳이 역겨운 시궁창 같은 모텔이라는 사실과 내가 지금 지긋지긋한 패턴에서 벗어나려고 노력 중이라는 현실을 상기했다.

"전화번호 알려줄 수 있어요? 따로 만나서 이야기해보고 싶어요. 동네 구경도 시켜주고요. 이 동네 잘 모르잖아요." 그가 히죽댔다.

나: 안돼. 또 반복할 수는 없어. 그것도 이렇게 빨리.

뇌: 왜 안돼? 이 남자는 다른 남자들과 다를 거야.

"뭐 동네 친구가 있으면 좋긴 하겠네요."

바 테이블에 놓인 펜을 손에 쥐고 코스터 위에 전화번호를 적고는 그에게 전해줬다. 호버트에게 나의 임시 지상낙원으로 데려가 달라고 전화를 거는 순간 데이먼은 코스터를 왼쪽 가슴 위로 올려

들었다.

데이먼이 자상하고 매력적이지만, 앞으로 나는 나를 사랑한다고 약속하는 남자가 생기더라도 절대로 그 남자들과 엮이지 않을 것이다. 특히 나를 사랑한다고 말하는 남자와는 더더욱. 진정한 사랑이라면 느낌이 올 것이다.

이제 더 이상 달콤한 말에 속지 않을 거다.

9
제이스

———◆———

제이스가 집에 돌아왔을 때 캔디는 마치 무언가를 아는 듯 행동했다. 평소 같았으면 퇴근하고 돌아오는 제이스를 향해 으르렁 짖어댔을 텐데 오늘은 그렇지 않았다. 어쩌면 그동안은 테사의 편을 들기 위해 그렇게 행동했던 거였는지도 모르겠다. 테사는 온종일 갠니와 시간을 보냈는데 이제는 여기 없다. 지난밤 무슨 일이 있었건 캔디는 그 모습을 목격했을 것이다. 캔디는 낮에, 특히 오늘처럼 이른 아침에 그의 모습을 보는 것이 익숙하지 않다. 개에게도 스케줄이 존재하니까. 제이스는 집을 뒤져보기 전에 캔디를 마당에 풀어 놓고 캔디가 다시 집으로 돌아올 때까지 기다렸다. 제이스는 캔디가 정해진 동선에서 벗어나 닉과 그웬의 집에서 그들에게 베이컨을 얻어먹기 위해 킁킁대는 모습을 보고 싶지 않았다.

제이스는 어디부터 그리고 무엇부터 뒤져봐야 할지 감이 오지 않았다. 테사는 꽤 단순한 삶을 유지했다. 이곳에 자리를 잡았을 때부터 테사에게는 물건이 많지 않았다. 테사에게 이런 일을 벌인 건 분명 면식범일 것이라는 경찰의 말이 여전히 마음에 걸렸다. 솔로몬 형사가 무언가 이미 알고 있는 건 아닐까? 누군가 둘 사이에 오간 다툼을 솔로몬 형사에게 말한 건 아닐까? 그는 침을 꿀꺽 삼켰다.

제이스는 계단을 올라 침실로 향했다. 무난한 디자인의 예전 침실 문은 테사가 모두 화려하고 장식이 많은 무거운 나무문으로 바꿨다. 이것들은 제이스가 문을 열 때마다 특유의 소리를 냈다. 제이스는 작고 네모난 상자 모양의 문을 응시했다. 여기에도 테사의 흔적이 가득했다. 그녀는 무채색을 기본으로 한 인테리어에 포인트로 밝은색을 사용하는 걸 좋아했다. 그래서 벽은 옅은 회색이었고 나머지 모든 색은 바이올렛 빛이었다. 바이올렛 광택이 나는 침대 시트에 방 한구석에는 짙은 보라색 의자가 있다. 테사는 실내복을 옷장 안에 걸어 보관할 정도로 부지런하지는 않아서 이 의자를 옷장처럼 활용했다. 이 문제가 항상 제이스를 짜증 나게 했지만, 여자들은 대개 그랬다. 테사를 만나기 전 제이스가 함께 살았던 여자는 데지레 뿐이었다.

서른 살이었던 제이스는 데지레에게 마음을 빼앗겼다. 둘은 대학 친구가 매년 열었던 근사한 크리스마스 파티에서 만났고, 제이스는 그녀의 열정에 매료됐었다. 그녀의 꿈은 기자였는데 돈을 받고 일하는 것도 아니면서 자신의 방에서 열심히 글을 썼다. 그녀는 질문을 능숙하게 했는데 분명 제이스에게서 볼 수 없었던 모습이었다. 그때 반하지 않았다면 제이스가 지금과 같은 곤경에 빠지지는 않았을 것이다. 만난 지 몇 달이 채 되지 않아서 그녀는 제이스에게 호보켄에 아파트를 구해 같이 살자고 말했다. 시내에 방을 구할 형편은 못 됐지만, 시내 가까이에는 살 수 있을 것 같았다. 하지만 정작 그들은 호보켄에 방을 구할 여력도 없었다. 그녀는 제이스에게 일을 그만두고 시내에 있는 다른 은행에 일을 구하라고 했고, 제이스는 그 말을 따랐다. 신입으로 다시 입사하게 된 것이었다.

일 년쯤 뒤에 그녀는 **시카고 선 타임즈**에 입사하게 되었다며 제이스에게 이별을 통보하고 그를 떠났다. 함께 고민했던 둘의 인생 계획은 조금도 생각하지 않고 새로운 삶을 찾아 떠난 것이다. 그에게 남겨진 건 함께 살던 아파트와 제이스가 직접 서명한 부동산 계약뿐이었다. 제이스는 이를 버텨낼 형편이 되지 못했고 결국 곤란한 처지에 놓이게 됐다. 월세가 월급 실수령액의 대부분을 차지했고 남은 돈으로 공과금을 해결하고 나면 사회생활 할 돈이 거의 남지 않았다. 결국 제이스는 아파트를 포기하고 자신이 나고 자란 외곽 동네로 돌아왔다. 벨리 레이크가 바로 그곳이다. 제이스는 뉴욕 시티은행에서 쌓은 경력 덕분에 지역 은행에서 어시스턴트 매니저 자리를 얻을 수 있었다. 그러나 얼마간은 크레이그리스트[10]에서 룸메이트를 구해 살아야 했다. 그가 그리던 삼십 대 초반의 모습은 아니었다.

이 일을 통해 누군가와 서둘러 함께 살림을 합친다고 반드시 좋을 건 없다는 걸 배웠어야 했다. 특히 잘 알지도 못하는 사람과는 더더욱. 그러나 테사는 달랐다. 가장 먼저 그는 그녀가 일하던 서재를 둘러봤다. 모든 서랍장을 열어 서류들을 뒤졌다. 대부분이 공간 인테리어 사진들이었다. 사무실, 침실, 거실. 사진 한구석에는 어떤 아이템들을 바꿔 보면 좋을지에 대한 아이디어가 말도 안 되게 어

10 미국의 지역 생활 정보 사이트

지러운 필체로 적혀 있었다. 그녀의 컴퓨터 모니터가 그를 놀리기라도 하듯 그를 바라봤다. 제이스는 마우스를 움직여 화면을 살아나게 했다. 함께 사용하던 컴퓨터라 비밀번호로 잠겨 있지는 않았다.

그녀는 아웃룩으로 이메일을 사용했고, 제이스가 커서를 옮겨 아웃룩을 실행시키자 그녀의 이메일 전체가 나타났다. 제이스는 받은 편지함과 보낸 편지함을 들여다봤다. 특별할 건 없어 보였다. 누구인지 모를 건설업자에게 인테리어 프로젝트를 수주하기 위해 보낸 메일들과 지역 사업가에게 자신을 홍보하는 메일들이 대부분이었다. 그중 옆집에 사는 그웬에게서 온 메일이 눈에 띄었다.

받는 사람: 테사 스미스
보내는 사람: 그웬돌린 할러웨이
날짜: 2019년 9월 25일, 수요일, 오후 4시 25분
제목: 괜찮아요?

확인 차 메일 보내요. 위협을 느끼는 게 당연해요.
경찰에 신고해야 해요. 필요한 게 있으면 언제든 연락 줘요.

받는 사람: 그웬돌린 할러웨이
보내는 사람: 테사 스미스
날짜: 2019년 9월 25일, 수요일, 오후 5시 01분
제목: 답장: 괜찮아요?

그럴 수 없어요. 제이스가 체포되는 건 원하지 않아요.

이번 주에 주고받은 메일이었다. 테사가 사라지기 하루 전. 그웬은 테사를 본 적 없다고 했기 때문에 제이스는 혼란스러워졌다.

테사가 그 일에 대해 그웬에게 말했을 리 없어.

둘 사이의 문제였다. 이제 어떻게 해야 한단 말인가?

제이스는 곧장 테사의 옷장으로 향했고 분노에 차 옷장 문을 열었다. 그녀의 옷은 색깔 별로 정리되어 있었다. 걸려 있는 옷들을 하나씩 넘겨보며 모든 옷의 주머니 속을 확인했다. 진짜로 그런 건 아니었지만 마치 염탐꾼이 된 것만 같은 기분이었고 그렇게 옳은 일처럼 느껴지지도 않았다. 이번에는 보석함을 열었다. 옷장 바닥 구석에 숨겨놓은 보석함이었다.

테사의 결혼반지가 제일 윗 서랍에 들어있었다.

회전목마라도 탄 듯 제이스의 눈앞이 빙글빙글 돌았고 그는 겨우 벽에 몸을 지탱했다. 심장은 경주라도 하듯 빠르게 뛰었다.

숨 쉬자.

계단을 오르는 소리가 들렸고 집안을 뒤지던 그의 뒤로 캔디가 나타났다.

"이리와, 캔디." 제이스가 침대 끝에 걸터앉아 말했다. 캔디는 침대 위로 뛰어올라 그의 옆에 자리를 잡았다. 그는 캔디의 머리를 부드럽게 쓰다듬으며 눈을 마주했다. "뭐 아는 거 없니?" 캔디가 사람 말로 대답을 해주기를 바란다는 듯 제이스가 물었다. 캔디가 돌아앉아 안경을 쓰고, 사람처럼 **자, 아빠 제가 재밌는 얘기 해 드릴게요.** 라며 디즈니 만화 속 주인공처럼 말할 것만 같았다. 캔디의 눈은 믿음이 갔다.

딩동. 캔디가 네 발로 뛰어올라 문을 향해 짖어댔다.

"착하지, 캔디." 제이스가 벌떡 일어나 말했다. 캔디의 나이는 이제 세 살 정도다. 보호소를 통해 입양된 캔디는 벌써 주인을 지킬 줄 아는 개가 되었다. 제이스는 침실에서 나와 문을 닫았다. 캔디가 현관문으로 달려들지 않도록 하기 위함이었다.

제이스는 계단을 겨우 내려와 창밖을 내다보았다. 웬 여자가 현관문 밖 계단에 서 있었다. 옅은 갈색 머리에 시크한 단발머리를 하고 무릎까지 내려오는 분홍색 원피스 위로 옅은 베이지색 오버사이즈 코트를 입고 있었다. 단추나 벨트는 하고 있지는 않았다. 테사는 평소에 집 주변으로 물건을 팔러 다니는 사람들이나 기부를 요구하는 사람들이 있다며 불평했었다. 제이스 역시 돌아서려 했지만 창문 밖으로 보이는 여자의 모습에 왠지 모르게 시선이 갔다. 그녀는 마치 그를 알기라도 한다는 듯 손을 흔들었다. 어디선가 본 여자 같았다.

제이스는 살짝 문을 열었고 그 앞에는 여전히 둘 사이를 막고 있는 문 하나가 더 있었다.

"어떻게 오셨어요?"

"제이스 몽고메리 씨 되세요?" 그녀가 물었다.

"네."

"안녕하세요. 채널 10 뉴스에서 나온 카리나 킬혼이라고 합니다. 아내분이 실종됐다고 들었는데, 사실인가요? 아내분 성함이 테사 스미스 맞나요?"

그녀의 목소리는 하루에 담배 두 갑은 거뜬히 피우는 사람처럼 쉿소리가 났고 그 때문에 그녀의 실제 나이보다 더 들어 보였다. 그렇다고 나이 들어 보이는 얼굴은 아니었다. 그는 그녀가 쓰고 있는 안경이 마음에 들지 않았다. 아마도 똑똑해 보이기 위해 쓴 것 같았다. 제이스는 그제야 여자를 알아보았다. 이전에도 뉴스에서 그녀를 본 적이 있었다. 강압적이고 무례하며 항상 특종을 잡으려 노력하던 사람이었다. 이런 작은 마을에서 여성 실종 사건이라니 여자의 구미를 당길 이야기였다. 그녀에게는 기회였다.

여자는 밖에서 제이스를 향해 핸드폰을 들이밀며 그가 대답해 주기를 바랐다. 그녀는 녹음 중이었다. 결국, 이야기가 새어나가고 만 것이었다. 그는 이런 상황을 예상했었다. 경찰 쪽 누군가가 입을 잘못 놀린 게 분명했다.

"말씀드릴 수 없습니다. 아직 조사 중이에요. 경찰 조사를 방해할 수는 없습니다. 벨리 레이크 경찰서의 솔로몬 형사한테 가보세요."

"네. 그러면 하실 말씀이 없다는 건가요?" 여자는 그를 향해 히죽댔다.

"드릴 말씀 없습니다."

제이스가 문을 닫자마자 또 다른 방송국 차량이 부부의 집이 있는 막다른 골목에 차를 댔다. 다른 두 남자가 각각 카메라와 마이크를 쥐고 제이스의 집 앞에 올 때까지 기자도 자리를 떠나지 않았다.

제기랄. 제이스는 사무실로 뛰어들어가 테사가 자신의 사업을 위해서 꼭 필요하다며 설치했던 무선 전화를 손에 들었다. 그는 떨리는 손가락으로 경찰서에 전화를 걸어 솔로몬 형사를 찾았다.

잠깐 기다려주세요. 하는 메시지와 함께 정적이 흘렀다. 초인종 소리가 다시 한번 들리자 캔디는 윗 층에서 미친 듯이 짖기 시작했고, 마침내 솔로몬이 전화를 받았다.

"어떻게 도와드릴까요, 몽고메리 씨?"

제이스는 우쭐한 표정으로 사시인 한쪽 눈과 두툼한 코를 한 솔로몬의 얼굴을 상상했다.

"맙소사, 형사님. 지금 집 앞에 기자들이 와 있어요. 아직 사건 수사가 진행 중인 걸로 아는데 대체 이게 무슨 일입니까?" 제이스는 화를 참아보려 노력했지만 쉽지 않았다.

"음, 그렇게 됐네요." 솔로몬이 잠시 말을 멈췄다. "어쨌든 동네가 너무 작으니까요."

이 자식이 퍼뜨린 게 분명해. 제이스는 용의자였고 솔로몬은 그런 제이스를 향해 일종의 개를 풀고 그가 실수하기만을 기다리는 중이었다.

"인터뷰하지 않을 겁니다. 제 변호사와 이야기해 조금 후에 기자회견을 열어야겠어요."

"꼭 그렇게 해야겠어요, 몽고메리?"

그는 이제 제이스의 이름 뒤에 '씨' 자도 붙이지 않았다. 제이스는 이제 더 이상 평범한 사람이 아니었다. 슬픔에 잠긴 남편도 아니었다. 그는 용의자였기에 그에 걸맞은 대우를 받고 있었다.

"네, 그래야겠습니다."

제이스는 전화기를 내팽개치고 현관문 밖으로 나섰다. 현관 앞에는 세 명의 기자들이 모여 이제 뭘 해야 할지 이야기를 나누고 있었다. 제이스는 문을 열고 말했다. 그 즉시 핸드폰과 마이크 그리고 두 대의 카메라가 그를 향했다.

"당장 내 집에서 나가세요. 그리고 다섯 시에 돌아오세요. 변호사와 함께 기자회견을 열겠습니다." 문이 세게 닫혔다.

중학교부터 가장 친했던 친구인 에반 소더버그는 변호사이지만 형사 사건 전문은 아니었다. 민사 사건에는 다방면으로 능한 그였기에 어떻게든 제이스에게 도움을 줄 수 있을 것이었다. 제이스는 조언이 필요했고 에반과 테사는 서로 아는 사이였다. 부부가 실제로 어떻게 만났는지도 아는 사람이었다. 에반은 기꺼이 도움을 주기로 했다. 제이스는 위층으로 올라가 캔디를 품에 안았다. 현재 벌어지고 있는 상황에 한탄할 수밖에 없었다.

10
테사

—◆—

"좋은 식당 추천해 주셔서 감사해요, 호버트 씨."

나는 매력적인 여자가 된 것처럼 우쭐해져서 말했다. 나쁜 새끼는 이런 기분을 한 번도 느끼게 해준 적이 없었다. 그러나 나를 때리고 사과를 할 때만은 달콤한 말을 해줬다. 그가 항상 괴물 같았던 것은 아니었다. 내 말은, 그러니까, 그도 미안한 감정이란 걸 **가졌었다**는 것이다. 가끔, 일이 걷잡을 수 없을 정도로 커지는 날이면 근사한 주얼리를 선물해줬다. 그것들을 전당 잡아 지금 내 수중에 있는 큰돈을 마련할 수 있었다.

내일은 시내에 나가 우버, 리프트[11], 그리고 다른 온라인 쇼핑을 할 때 평범한 사람들이라면 가지고 있을 만한 선불 신용카드를 몇 개 사야겠다. 언제까지 호버트에게 와 달라고 문자할 수도 없는 노릇이었다. 벌써 자정이 다 된 시간이었다. 그는 나이가 있다. 나를

---

11 우버와 비슷한 승차 공유 서비스

데려다주며 내 주변을 경계하게 할 수는 없었다. 그렇지만 안전하게 보호받고 있다는 느낌이 드는 건 좋았다. 잠깐 사이에 일어난 일이었지만, 나이든 남자가 진심으로 내게 마음을 써주고 있었다.

"천만에요. 음식은 괜찮았어요?" 그가 물었다.

"음식도 사람도 전부 다 좋았어요."

어둠이 내려앉은 택시 뒷좌석에서 나는 핸드백을 열어 쿠션을 꺼내 거울 속 모습을 확인했다. 아직 화장도 그대로였고 멍 자국도 보이지 않았다. 만일 데이먼이 멍 자국을 보게 된다면 그럴싸한 이야기를 지어내야 할 것이다. 옷장에서 물건을 꺼내다가 그랬다거나, 문으로 걸어가다 부딪혔다거나 하는 그런 류의 이야기. 아무도 믿지 않을 그런 이야기들. 그러나 막상 이야기를 꺼내면 모두가 이해한다는 듯 고개를 끄덕이고 자신들에게도 비슷한 일이 있었다고 기억을 더듬을 테였다. 만들어낸 이야기지만 창피함을 숨겨 주기에는 충분했다.

"다른 데로 데려다주지 않아도 진짜 괜찮겠어요?" 호버트가 물었다. "거기로 혼자 가는 게 영 내키지 않아서 그래요. 여기 사람들… 일반적이지가 않다고요. 경찰도 이쪽으로 거의 순찰은 오지 않고 한 달에 두어 번 올까 그래요. 신고해도 소용 없어요. 총소리라도 들리면 조금 빨리 올까 그렇지. 그마저도 늦게 도착하는 바람에 경찰이 하는 일이라고는 시체가 놓인 자리에 그림을 그려 증거나 남기는 정도라니까요."

제길. 망할 총싸움 한 가운데 서 있고 싶지는 않다. 그 미친 여자가 벽돌을 들고 나를 기다리고 있으면 어쩌지? 내가 방에서 나오는 걸 봤으니 곧 돌아올 거라는 것도 알 텐데. 이미 내 방 안에서 벽돌을 들고 기다리고 있으면? 여기 순찰을 하는 경비가 있는 것도 아닌데. 누가 창문을 깨거나 문을 박차고 들어와도 알람이 울리지 않을 것이다. 아직 자정이 넘은 시간은 아니었다. 주차장에서 벌어졌던 파티는 이제 한창 무르익었을 것이다.

호버트 말이 맞았다. 그곳에서 나와야 한다. 이미 그곳에서 해야 할 일은 다 끝낸 상태고, 내일 반짝반짝 빛나는 새 신분증을 들고 시내를 돌아다니는 동안 짐을 보관할 새로운 장소가 필요했다. 만일 나쁜 새끼가 오늘 하루 종일 나에 대한 정보를 입수했거나 혹은 누군가 내가 나의 안락한 집에서 떠나는 걸 보기라도 했다면 내가 다른 주의 어느 지저분한 숙소에 머무르고 있다는 걸 그에게 이미 알려줬을 수도 있다. 그리고 나쁜 새끼는 그 소식을 듣고 웃고 있겠지.

너는 절대 나를 벗어날 수 없어. 나 없이 너는 아무것도 아니야. 넌 그냥 아무것도 아니야.

"그 말이 맞는 것 같아요. 짐을 제대로 풀지도 않았거든요. 그러니까 일 이 분이면 다시 짐을 쌀 수 있어요. 혹시 기다려 주실 수 있나요? 그리고 조금 더 안전한 숙소를 소개해주실 수 있을까요?"

"방금 저녁 먹은 그 동네로 가면 돼요." 그가 말한다. "훨씬 나을 겁니다."

돈이 얼마나 남았는지 생각해본다. 내가 필요한 건 베개에 민트 향수를 뿌려주는 그런 대단한 곳은 아니다. 그렇다고 무엇에 쓰이는지도 모르는 돈과 거기에 부과되는 세금으로 하룻밤에 150달러가 넘는 돈을 날릴 수도 없다. 하지만 엠파이어 모텔에서 하룻밤을 보낼 수는 더더욱 없다는 생각이 들었다. 분명 침대는 베드버그와 성병 바이러스로 가득할 거고 어쩌면 그 밑에는 핏자국이 있을지도 모른다. 월마트에서 산 물건들을 펼치며 낮잠을 잘 때까지만 해도 이런 생각이 들지는 않았다. 도망쳤다는 생각에 도취해 있었기 때문이다.

"리츠칼튼 같은 호텔까지는 필요 없어요." 내가 웃으며 말했다. "그건 확실해요."

"이름은 기억나지 않는데 호텔 체인이 하나 있어요. 대단한 곳은 아니고. 라마다 같은 수준의 호텔이에요."

"괜찮을 것 같네요."

쓰레기장 같은 그곳까지 이제 5분이면 도착한다. 주차장에 도착하기도 전에 이미 그곳의 소리가 들렸다. 호버트가 속도를 늦추고 차를 세웠다. 모여 있는 이들은 저마다 주차된 차에 기대어 서 있었고 몇몇은 자동차 후드 위에 또 다른 몇몇은 차 지붕에 올라타 있었다. 누군가는 춤을 추며 스피커에서 나오는 음악에 맞춰 발을 구르며 차에 흠집을 내고 있었다.

벤츠 같은 차도 아니니 뭐.

주먹을 휘두르는 법을 알고 있음에도 여전히 배 속이 울렁거렸다. 물건을 가지러 저들 사이를 헤집고 들어가고 싶지는 않았지만 호버트가 아무리 내 방 가까이 차를 대려고 해도 그들은 길을 내어주지 않았다.

"같이 올라가 줄게요." 호버트가 말했다.

보통 나를 어떻게 한 번 해보려는 이들이 뱉는 대사였지만 호버트에게서는 그런 의도가 보이지 않았기에 나는 기꺼이 그를 내 방으로 데려갔다. 호버트는 더 나아가지 못하고 서 있던 그곳에 택시를 세웠다. 나는 우리가 돌아왔을 때 혹시 차가 뒤집혀 있지는 않을까 걱정이 됐다. 그는 택시를 주차하고 차 밖으로 나와 내가 앉은 쪽 문을 열어줬다. 그러자 그 모습을 지켜보던 구경꾼들이 우-, 아-소리치며 **할배가 어린 여자하고 그렇고 그렇네!** 하며 소리쳤다. 그는 내 팔꿈치 근처를 힘주어 잡았다. 이전에도 이렇게 밀쳐져 본 적이 있었지만, 이번에는 보호받고 있었다. **내가 시키는 대로 해** 하는 힘이 아니었다.

우리는 어깨를 부딪치면서 이리저리 인파 속을 뚫고 계단을 올랐다. 나는 서둘러 문을 열기 위해 문 위로 손을 더듬거렸다. 나갈 때보다 손잡이가 느슨해진 것만 같아 누군가 내 방에 들어왔던 것은 아닌가 하는 생각이 들었다. 어쩌면 긴장해서 그렇게 느끼는 것일지도 몰랐다. 문을 열고 호버트에게 방 안으로 들어오라고 권했지만, 그는 내 말을 거절하고 문밖에 서 있었다.

"서두르기나 해요." 그가 말했다.

무너질 것만 같은 모양새의 서랍장 위에 내 가방은 여전히 열린 채로 놓여 있었고 나는 가방 속에 화장실 수납장에 올려놓았던 화장품 같은 물건들을 집어 던져 넣었다. 옷장 안에 무언가 걸어 놓지도 않았고 애초에 옷장을 쓰지도 않았기에 가방 안에 내 물건이 고스란히 담겨있어야 했다. 하지만 확인은 하지 않았다. 돈은 핸드백 안에 들어있으니 짐 가방을 닫고 끌고 나왔다. 60초면 충분했다. 오래 걸려봐야 그쯤이었다. 다 잘 될 거다.

그렇지만 물론…

"저년이 마커스한테 꼬리 친 계집애야!"

미친 여자가 돌아왔다. 그리고 이번에는 그 옆에 친구도 두 명 데리고 있었다. 여자가 계단 맨 아래로 다가서자 나머지 친구들이 그 뒤로 나란히 섰다. 아수라장이 다시 시작됐다. 저마다 내게 소리치기 시작했다.

"잘 만났다, 이 년아!"

"네가 예쁜 줄 알지, 이 계집애야?"

나는 곁에 있는 호버트 뒤로 섰다. "이 아가씨는 그저 자기 물건 찾아서 나가려는 중이요. 신경 쓰지 않아도 됩니다." 그가 말했다.

미친 여자는 호버트 뒤에 있는 나와 눈을 맞추면서 대화다운 대화를 하려 들지 않았다. "야, 보디가드라도 데리고 온 거야? 넌 주둥이가 없어?" 여자는 잭나이프를 꺼내 날카로운 날을 꺼내 보였다. "내가 한 번 손 봐줘야겠네."

제길!

혼란에 빠질 새도 없던 사이 호버트가 허리춤에서 총을 꺼내 허공에 휘둘렀다.

"총이다!" 모여 있는 이들 중 누군가 소리치자 운집해 있던 이들이 흩어졌다.

"맞아. 이제 아무도 나서지 마. 다들 비키라고!" 호버트가 소리쳤다.

총으로 무장한 사람 차를 종일 타고 있었다니. 나는 총이 싫다. 운 나쁘게도 나는 여러 번 총에 겨눠져 본 적이 있었다. 한 번은 위탁 가정에서 만난 정신에 문제가 있던 남자가 그랬고, 또 한 번은 나쁜 새끼 중 한 명이 그랬다. 잠깐, 두 명이던가.

물론 이번에는 총이 있어 감사함을 느꼈다. 나는 서둘러 호버트를 따라 택시 뒷좌석에 가방과 내 몸을 실었다. 그리고 호버트는 시동을 걸고 그곳을 벗어났다.

"미안하게 됐어요." 룸미러를 통해 그가 나를 보고 말했다. "괜찮아요?"

뭐가 괜찮냐는 말일까? 내 심장이 너무 빠르게 요동치고 있어 내 떨리는 핏줄이 피부를 뚫고 호버트에게 보일 수도 있을 정도였다. 손가락도 저렸다. 조수석에 총이 얌전히 놓인 게 다 보였다. 작고 빛나는 메탈 타입이었다. 영화 속 주인공들이 러시안룰렛을 할 때 쓰는 탄창이 회전하는 그런 총이었다. 총 밑바닥을 손바닥으로 탁-쳐서 창을 집어넣는 그런 총은 아니었다. **존 윅**에서 본 적 있다.

내가 지금 이러고 있는 건 폭력적인 상황에서 벗어나 인생을 새로 시작하기 위함이었다. 애초에 이런 상황에 나를 처하게 하면 안 됐다. 다치지 않고 그곳을 떠날 수 있다는 사실을 다행으로 여겼다. 복권이나 한 장 사야겠다.

"네, 감사해요." 내가 말을 하다 멈췄다. 다시 그 이야기를 하고 싶지는 않았지만, 그에게 물어는 봐야겠다. "왜 총을 가지고 계신 거예요?"

그의 오른손이 옆 좌석에 놓인 그것의 위로 향했다. 마치 총이 그 자리에 여전히 있는지 확인하는 것 같았다. "안전을 장담할 수 없잖아요, 택시를 모는 직업인데. 전에 한번 강도를 당한 적이 있어요. 머리에 총을 겨누더라고요. 더 이상 목숨을 운에 맡길 수는 없겠더라고요. 아내도 있고. 자식은 셋이나 있고요. 다 크긴 했지만 벌써 자기 아빠 장례식에 보내고 싶지는 않았어요."

호버트는 그가 생각하는 것보다 나와 공통점이 많았다.

"저도 누가 제 머리에 총을 겨눴던 적이 있어요." 조용한 목소리로 내가 말했다.

"강도당한 적이 있어요?"

"아니요. 전에 만났던 멍청한 인간들이요."

"이런. 나는 그런 거 절대 이해 못 하겠어요. 여자를 위협하다니. 어디까지 바닥을 봐야 하는 걸까요?"

나는 우버나 리프트를 등록하더라도 계속 호버트와 친구가 되겠노라고 다짐했다.

우리는 새로운 호텔에 도착했다. 주차장에는 주차된 차 말고 보이는 게 없었다. 사람도 파티도, 음악이나 마약 중독자, 매춘부도 없었다. 나는 가방을 꺼내 바닥에 내려놓았다.

"정말 감사해요. 오늘 호버트 아니었으면 아무것도 하지 못했을 거예요." 진심이었다.

"당연한 일인데요, 뭐. 또 필요한 거 있으면 연락해요."

나는 그에게 택시 요금에 20달러를 더 얹어 건넸다. 그는 거절했지만, 솔직히 말하면 내 목숨값이 그에게 쥐어 준 저 앤드류 잭슨[12]이 그려진 지폐보다는 더 나갈 것이었다. 우버 계정을 만들고 나면 호버트를 볼 일이 많지는 않겠지만 호버트에게 그 이야기는 하지 않았다. 가끔 호버트를 호출해서 내가 괜찮다는 것을 보여줘야겠다. 한 번씩 문자를 해서 그가 괜찮은지도 확인해야겠다.

새로운 호텔에 도착하니 이미 자정이 넘어 있었다. 아마 내가 저녁을 먹은 식당에서 몇 블록 떨어지지 않은 위치 같았다. 오늘 밤과 내일은 숙박비가 99달러이고 일요일에서 목요일까지는 79달러였다. 이렇게 늦은 시간에 도착했음에도 내게 청구된 금액은 99달러였다. 이곳은 깨끗하고 안전해 보여 가격 흥정을 하지 않았다. 오늘

---

12 미국의 제7대 대통령

밤은 현금으로 내고 내일 아침에는 신용카드 정보를 주기로 했다. 너무 늦은 밤이라 리셉션에서 일하는 엘렌이 이를 받아줬다. 그리고 솔직히 말하면 화장이 지워진 내 얼굴에서 멍든 눈을 눈치챘을 것이다.

자매애랄까. 그녀는 아마도 이렇게 밤늦은 시간에 무언가로부터 도망쳐온 사람들이 체크인하는 모습을 왕왕 본 적이 있을 테다. 오늘 밤에만 벌써 두 번째 감사함을 느끼며 내일 아침 일찍 선불 신용카드를 가져오기로 약속했다. 다행히도 이 호텔은 쇠 열쇠가 아닌 키 카드를 사용했고 엘리베이터를 타고 5층까지 이동할 수 있었다. 꼭대기 층이었다. 모든 방이 똑같겠지만 잠깐 내 방이 펜트하우스가 아닐까 생각해봤다. 방안은 모두 신식으로 꾸며져 있었다. 카페트는 별로였지만 벽에는 그림들이 걸려 있었고 이전 숙소처럼 물에 젖은 자국도 없었다. 침대는 크고 하얀색 침대보가 깔린 게 안락해 보여 얼른 몸을 뉘고 싶었다.

긴 하루였다. 나쁜 새끼에게서 벗어난 지 이제 겨우 24시간밖에 되지 않았다. 그가 경찰에 잡히지는 않았을까 궁금했다. 앞으로 그가 겪게 될 배신감에 대해 아직 그는 알지 못한다. 많은 혐의가 그를 향할 것이다. 심지어 나는 증거를 심어 놓을 친구에게 선불폰을 줘서 내가 전화나 문자를 할 수 있게 해놓았다. 우리가 연락한다는 증거를 남기지 않기 위해서였다. 나쁜 새끼가 우쭐대며 모두 자신의 편인 줄 알고 의기양양해하는 모습이 그려졌다.

사실은 그렇지 않은데 말이다.

그에게 닥칠 시련이 가져다줄 모든 고통을 하나하나 느껴야 한다.

제이스의 가장 가까운 친구이자 민사 사건 변호사인 에반 소더버

11
제이스

—◆—

그가 오후 세 시쯤 모습을 드러냈다. 제이스는 지난 밤의 일부터 시작해 그가 오늘 겪은 일을 모두 설명했다. 테사가 사라진 이야기를 하자 에반의 얼굴이 일그러졌다. 그와 테사가 몇 번 만난 사이는 아니었지만, 에반도 테사를 좋아했다. 제이스는 알고 있었다. 모두가 테사를 좋아했다. 심지어 에반의 부모님까지. 그녀를 좋아하지 않을 이유가 없었다.

제이스는 냉장고에서 맥주 두 개를 꺼내 그들 앞에 놓인 테이블 위에 놓았다. 에반은 자신 앞에 놓인 잔을 들었다 놓으며 한숨을 내쉬었다.

"내 생각에는 형사 사건 변호사를 고용해야 할 거 같아."

"뭐?" 제이스가 말했다. "나한테 아직 어떤 혐의가 있는 것도 아니야. 나랑 상관없는 일이라고!"

만약 테사가 스스로 떠난 거라면 제이스가 이유를 알았을 것이다. 그녀는 그가 자신에게 총을 보였다고 해서 그에게서 도망가는 멍청한 짓은 하지 않을 사람이다.

에반이 눈썹을 찌푸렸다. "알잖아, 항상 남편이 가장 유력한 용의자라는 걸."

"용의자? 시체가 발견된 것도 아니야, 에반. 그건 생각도 하고 싶지 않고. 지금 테사는 그저… 실종된 것뿐이야."

"그렇지만 상해가 있었잖아. 경찰이 너한테 주목해서 샅샅이 조사할 거란 거에 내 그림 붓을 건다."

취미로 수채화를 그리는 에반은 자신의 붓을 굉장히 아꼈다.

"네 주변 사람들을 만나서 너에 대해 묻고 다닐 거야. 이 일을 사건화하려고 하겠지. 트집 잡힐 만한 게 하나도 없는 편이 좋아."

제이스는 그의 말뜻을 이해했지만, 과연 트집 잡힐 게 하나도 없는 사람이 어디 있을까? 다시 현관 초인종 소리가 울렸고 캔디가 짖기 시작했다. 제이스는 이미 초인종에 반응하기를 멈춘 상태였다. 기자들이었다. 계속 다른 기자들이 등장했다. 종일. 그 초인종 소리를 들으며 테사에 대한 정보를 흘린 게 솔로몬일 거란 생각을 지울 수 없었다. 벽에 붙은 저 망할 초인종을 떼어내 버리고 싶었다.

"기자회견에서 읽을 글 좀 같이 정리해 줘."

에반은 안경을 벗어 유리 테이블 위로 쨍그랑 소리가 나게 집어던졌다. 그리고 자신의 코를 꼬집으며 턱에 난 수염을 쓰다듬었다. "그냥 솔직하면 돼."

말은 쉽다.

다섯 시가 가까워지자 제이스는 샤워를 하고 옷을 차려입은 후 문밖에서 기다리는 기자 무리를 만날 채비를 했다. 그는 어두운 갈색 슬랙스를 입고 상의는 하얀 셔츠 위에 남색 브이넥 니트를 입었다. 점잖아 보이도록. 평범한 사람처럼 보이도록. 사랑하는 아내가 실종된 남편의 모습이 보이도록.

제이스는 에반이 준비한 입장문을 모두 외웠음에도 여전히 손에는 종이를 접어 쥐고 있었다. 종이를 보며 읽고 싶지는 않았다. 긴장한 모습만 보여줄 게 분명하기 때문이다. 하지만 더듬을지도 모를 순간을 대비해 들고 있었다.

"준비됐어?" 에반이 물었다.

깊게 숨을 한 번 들이쉬고 제이스가 현관문을 열었다. 그리고 알라바마의 천둥처럼 몰아치는 카메라 플래쉬 앞에 얼굴을 드러냈다. 기자들은 한꺼번에 말을 시작하며 그의 앞에 마이크와 핸드폰, 그리고 카메라를 들이댔다. 에반이 그의 앞으로 나서서 자신의 오른손을 들어올렸고, 제이스가 말을 시작할 것임을 알렸다.

"에반 소다버그라고 합니다. 몽고메리 씨의 친구이자 변호사이고요. 이 자리에서 입장문을 발표하도록 했습니다. 질문은 따로 받지 않겠습니다." 그는 제이스를 한 번 바라보고 고개를 끄덕였다. "시작해."

제이스의 왼손에는 입장문이 적힌 종이가 들려 있었지만 펼쳐보지는 않았다. 대신 그는 목소리를 가다듬고 기자들이 조용해지기를 기다렸다. 그리고 말을 시작했다.

"저는 제이스 몽고메리입니다. 어제 오후 9시 이전 제 아내 테사 스미스가 사라졌습니다. 저는 퇴근 후에 고객을 만났습니다. 제가 집에 도착했을 때는 이미 부엌 유리창이 깨져있고 바닥에 피가 있는 상태였습니다. 하지만 테사의 물건은 집에 그대로 남아 있었습니다. 그래서 밸리 레이크 경찰에 바로 신고를 했고 과학수사대가 조사하고 돌아갔습니다. 현재로서는 테사가 어디에 있는지 알지 못합니다."

그는 말을 멈췄고 기자들은 그에게 질문을 쏟아내며 소리치기 시작했다. 에반은 그에게 대답하지 말라고 조언했고 제이스는 말을 계속 이어나갔다.

"제 아내 테사는 내면도 외면도 모두 아름다운 사람입니다." 제이스는 자신이 가장 좋아하는, 부부가 서로를 바라보고 있는 결혼 사진을 카메라 앞에 내보였다. "혹시 테사를 보신 분이 있다면 경찰에 바로 연락해 주십시오. 테사를 데리고 있는 분은…" 그의 목소리가 갈라졌다. "제발 무사히 테사를 돌려주세요. 밸리 레이크 경찰이 최선을 다하고 있습니다. 테사에게 무슨 일이 있는지 밝혀줄 거라고 믿습니다. 그리고 건강히 돌아오기를 바랍니다."

기자들은 제이스의 입장문 발표가 끝났다는 사실을 눈치챘다. 에반이 제이스의 오른쪽 어깨 위를 손으로 토닥였고 그 순간 제이스가 긴장을 푼 것처럼 보였기 때문이다. 입장 발표 끝. 그의 오른손이 현관문 손잡이를 향했고, 물론 그 뒤로 사람들이 서로 말을 시작했다.

"결혼생활에 문제가 있었습니까?"

"지난밤에 어디 계셨는지 증언해줄 사람이 있습니까?"

"테사 씨 가족들에게는 알리셨나요?"

"경찰은 아내분이 납치됐다고 생각합니까?"

"납치범에게 돈 요구를 받았습니까?"

제이스는 모든 질문을 무시했다. 에반은 제이스가 질문에 대답하지 않도록 했다. 그러나 물론 모두의 소리를 뚫고 들리는 카리나 킬혼의 목소리는 그의 신경을 거스르기에 충분했다.

"어젯밤 당신의 옷에서 핏자국을 봤다는 증언이 있습니다. 아내분을 살인했습니까, 몽고메리 씨?"

다른 질문들은 대부분 듣고 넘길 수 있는 수준이었지만 이번 질문은 선을 넘었다. 대체 그 핏자국 이야기는 어디서 들은 걸까? 누가 입을 연 걸까? 대응하지 말라는 조언이 있었음에도 제이스는 분노에 차 돌아섰다.

"아니요, 킬혼 씨. 나는 아내를 죽이지 않았습니다. 왜 그런 소리를 하는 겁니까?" 에반이 그를 집 안으로 데리고 들어가려 할 때 그는 이미 화로 가득한 상태였고 이마에는 핏줄이 곤두서 있었다. 이제 모두의 눈이 살인자로 의심되는 제이스에게 향했다. 제이스는 견딜 수 없었다. 제이스는 에반을 밀치고 카리나를 똑바로 쳐다봤다.

"당신, 일을 제대로 하고 싶은 겁니까? 그러면 가서 내 아내나 찾아와요."

모여 있는 인파는 제이스의 말이 탐탁지 않은 듯했다. 야유와 불만으로 가득한 소리가 그들의 입에서 흘러나왔다. 그리고 질문이 계속됐다. 주로 혐의에 관련한 것들이었다. 모든 걸 망쳤다. 준비한 입장문만 읽었어야 했다. 감정도 좋았다. 통제를 잃기 전까지는.

감정. 에반이 가능하면 울라고 했던 말이 이제야 기억났다. 잊고 있었다. 하지만 마치 화물 기차에 치인 느낌이었다. 살인 누명을 쓰지 않았는가?

살인.

집 안에서 일찍이 들었던 조언처럼 이제야 얼굴 위로 눈물이 떨어졌다. 하지만 이미 늦은 후였다. 그가 표출한 분노가 곧 모든 곳에 퍼질 것이다. 에반이 기자들 뒤로 문을 쾅 닫았다.

"우리가 계획한 대로 했어야지. 대체 무슨 생각이었던 거야?"

제이스의 심장이 빨리 뛰기 시작했다. **쿵쿵쿵**. 어지러움이 느껴져 두 손을 무릎 위로 얹고 긴 숨을 내쉬었다.

"미안해. 살인자가 되고 싶지는 않았어. 이해하겠어?"

에반은 어정쩡한 미소를 지으며 낙담하여 제이스의 등을 토닥였다.

"어디서 저녁이라도 먹을래?"

에반은 제이스와 비슷한 나이에 아직 미혼이었지만 여자들을 꾸준히 잘 만났다. 여자들은 그의 지적인 면과 부드러운 성격, 그리고 월스트리트 느낌이 나는 세련된 느낌을 좋아했다. 그는 마치 안경을 낀, 수염 난 인문학 교수같이 생겼다. 완벽하게 정장을 차려입지 않아도 넥타이는 매일같이 하고 다녔다. 일정은 항상 자기 자신을 위한 것이었다.

"아니, 됐어. 고마워. 지금은 밖에 나갈 수도 없는데, 뭐. 어디 들어가서 주문하는 것도 무서울 지경이야. 초인종 소리 들리는 것도 싫고." 제이스가 어깨를 으쓱했다. "집에 먹을 게 있는지도 모르겠다. 요리는 테사가 했거든."

그는 테사에 대해 자신이 알고 있는 것들을 떠올려 봤다. 그녀는 어릴 때부터 스스로 자신을 챙겨야 했던 인생을 살았고, 그게 그녀에게 일종의 엄마 콤플렉스를 안겨주었다. 그녀는 아이를 원하지 않았지만, 남자를 어떻게 다뤄야 하는지는 알았다. 요리. 청소. 빨래. 잡일. 장보기. 세탁소. 도망치기. 테사는 모든 일을 했다.

테사는 남자에게 맞은 일과 그들에게 과잉 보상받는 것에 대해 말한 적이 있다. 얼마나 열심히 노력하건 그녀는 폭력적인 남자에게서 벗어날 수 없었다. 그녀는 자신이 나쁜 의도를 가진 남자들에게 마치 자석처럼 딱 붙어있을 수밖에 없었고 그 패턴을 벗어나지 못했다고 말했다. 마치 모두가 그녀의 냄새를 맡고 그녀를 이용하려 덤비는 것 같다고 했다.

에반이 창밖을 내다보니 여전히 사람들이 제이스의 집 앞을 떠나지 않고 있는 게 보였다. "사람들이 좀 사라지면 내가 얼른 나갔다 올게. 피자나 지아니 같은 데서 먹을 걸 좀 사 와야겠어. 맥주는 아직 있지?" 그가 웃었다.

제이스는 그렇다고 대답한 후 컵을 씻어 냉동실에 넣었다.

12
제이스

—◆—

토요일 아침, 제이스는 소파에 늘어진 채로 잠에서 일어났다. 캔디는 소파 옆 바닥에 몸을 누이고 있었다. 그가 몸을 일으켜 기지개를 켜자 뼈마디와 근육들이 뻐그덕- 하며 뻐근한 느낌을 줬다. 특히 목 부분이 더 그랬다. 테사가 고른 작은 쿠션은 안락함을 주기보다는 멋을 위한 것이었다. 제이스는 담요를 옆으로 던져 놓았다. 이것 역시 제 역할을 하지 못해 그는 밤새 추위에 떨어야 했다. 캔디가 일어나 축축한 코를 제이스의 얼굴에 문지르며 아침 키스를 했다.

지금 상황을 고려해 봤을 때 지난 밤은 나름 괜찮았다. 에반이 이탈리안 음식을 가지고 돌아왔을 때 제이스는 현관문을 내다 보고 깜짝 놀랐다. 눈이 커짐과 동시에 고개가 저절로 끄덕여질 수밖에 없었다. 여전히 사람들이 있었다. 지켜보고, 기다렸다. 제이스는 스카치를 퍼부어 댔다. 그가 기억하는 거라고는 피자와 크림소스가 얹어진 파스타… 그 외에는 없었다. 에반은 알아서 간 것 같았다.

제이스는 자리에서 일어나 먼저 캔디의 밥을 챙겼고, 핸드폰을 찾는 동안 마당에서 캔디를 뛰놀게 했다. 대체 이 망할 물건을 어디에 둔 걸까? 부엌으로 들어가서 테사의 핸드폰을 충전하던 테이블 위를 찾아봤지만 없었다. 자신을 더듬어 보며 몸 어디엔가 지닌 건 아닌지 확인해 봤지만, 그가 입고 있는 실내복 바지와 긴 팔 티셔츠에는 주머니가 없었다. 다이닝룸으로 발걸음을 옮기며 스카치 옆에 놓인 이동식 선반에 시선을 멈췄다. 역시.

홈 버튼을 누르자 셀 수도 없이 많은 문자가 와 있었다. 그중 대부분이 모르는 번호였다. 제이스의 인터뷰를 요청하는 연락들이었다. 망할 SNS. 요즘에는 누구나 타인에 대한 정보를 쉽게 얻을 수 있다. 부재중 전화도 수십 통이 와 있었지만 제이스는 리스트를 확인하고 싶지 않았다. 원래도 전화 통화를 많이 하지 않는 그였다. 그는 문자 사이에서 에반의 메시지를 찾아 읽었다. 술에 취한 제이스에게 이불을 덮어주고 문을 잠그고 나왔다는 내용이었다. 얼마나 좋은 친구인가?

그리고 어머니에게서 온 문자가 눈에 띄었다.

아들, 방금 카리나 킬혼이라는 사람이 아버지하고 나한테 전화를 했어. 계속 전화했는데! 무슨 일 있는 거니? 그 여자 말로는 네가 테사를 죽였다고 하는구나. 어떻게 된 거니?

미친, 욕망 가득한 카리나.

제이스의 부모님은 1년 전 은퇴 후 플로리다로 떠났다. 그들은 아직 60대였지만 행동은 80대 노인 같았다. 5센트짜리 쿠폰을 모으고 저녁을 오후 네 시에 먹는 분들이다. 플로리다로 가기 전에는 지금 제이스가 사는 곳에서 한 시간도 채 걸리지 않는 동네에서 평생 살았다. 어머니는 부동산 보조 중개인으로 일하다 50세의 나이에 첫 번째 암을 발견하고 은퇴했다. 이 때문에 두 번의 항암을 포함해 10년을 치료에 전념해야 했다. 그리고 5년은 다행히 전이가 나타나지 않았다. 그의 아버지는 67세 하고도 6개월까지 일을 했다. 지역 군부대에서 기계 관련 일을 했다. 폭탄이나 탱크 같은 기계가 아니라 그것들을 만드는 설비에 관한 일이었다.

부모님은 아직 테사를 만난 적이 없었다. 이번 추수감사절에 테사를 데리고 플로리다에 방문할 계획이었다. 대체 부모님께 뭐라고 말씀을 전해야 하는 걸까? 부모님께 이런 말도 되지 않는 일을 설명하려는 생각만으로도 속이 뒤집혔다. 제이스가 고등학교를 졸업하기 직전에 그의 형이자 부모님의 첫째 아들인 타미가 죽었기 때문에 마음이 더 좋지 않았다.

계란을 태워도 제이스의 울렁거리는 속이 가라앉지 않았다. 손에 쥔 수세미는 탄 프라이팬 바닥을 말끔히 씻어주지 못했다. 어떻게 테사는 매번 무얼 해야 할지 알았을까? 그는 테사 없이 자신이 얼마나 보잘 것 없는 존재인지 깨닫기 시작했다. 함께한 지 몇 달이 채 되지도 않았는데. 그가 생각했던 것보다 그녀는 훨씬 더 대단한 사람이었을지 모르겠다. 그는 마침내 그의 부모님에게 전화를 걸기로 했다.

서재로 들어가 그는 충전기에 꽂혀 있는 무선 전화기를 들었다. 초록색 버튼을 누른 뒤 통화음이 들리기를 기다렸다. 부모님과 테사의 번호만이 그가 기억하는 유일한 번호였다. 핸드폰 연락처를 뒤져보지 않고도 전화를 걸 수 있었다. 언제나처럼 통화음이 네 번 정도 울렸을 때 어머니가 전화를 받았다.

"아들? 대체 무슨 일이니? 왜 전화 안 했어?"

어머니가 리클라이너에 앉아 전화를 받는 모습이 그려졌다. 당신이 15년 전 첫 번째 항암 치료 중에 뜨개질했던 파란색, 갈색, 하얀색 패치 워크가 들어간 담요를 덮고 있을 것이다. 그녀는 찌는 듯한 그곳의 더위에도 어깨에 늘 담요를 두르고 지낸다. 그의 아버지는 제이스의 말을 듣기 위해 몸을 쭈그려서 그녀 옆으로 몸을 기대고 있을 것이다. 그들은 스피커폰을 제대로 사용하는 법도 잘 몰랐다.

"저도 잘 모르겠어요, 엄마. 제대로 아는 게 생기면 연락 드리려고 했어요."

"뭘 알게 된다는 말이야?" 그녀가 기침하자 걱정스러운 마음이 들었다. "그래서 테사는 괜찮은 거니? 오, 그 카리나 뭐라는 사람 말이다. 그 여자가 겁을 줘서 이만저만 놀란 게 아니야."

이 대화를 어떻게 시작해야 한단 말인가?

"아버지 거기 계세요?"

"그래, 여기 있다. 아들." 그의 아버지가 제이스가 예상한 대로 바로 대답했다.

"잘 들으세요. 그 마녀 같은 여자가 하는 말 듣지 마세요. 인터넷에서 떠드는 이야기도 보지 마시고요."

그의 부모님들은 인터넷으로 뉴스 기사를 찾아볼 줄 몰랐다. 그의 아버지는 아직도 아침에 일어나 종이 신문을 봤고, 그게 뉴스를 접하는 가장 최신 방식이라고 생각했다. 제이스는 그의 아버지에게 몇 년 전 뉴욕 레인저스의 골리인 헨리크 룬드크비스크가 계약을 7년 연장했다는 소식을 흥분해 알렸던 날을 기억한다. 그 날 그의 아버지는 제이스의 말을 믿지 않았다. **오늘 신문에 그런 말은 없었어.** 그 소식은 정오에 공개됐다. 다음 날 아침까지 종이 신문에 나지 않을 거란 걸 아버지가 알 리 없었다.

테사 사건은 플로리다 신문에 나지 않을 것이었다. 지역 사건이었다. 아직 실제 사건화되지도 않았다. 시체를 찾은 것도 아닌 데다가 사람들은 매일 사라졌다.

"제 말 잘 들으세요. 목요일 밤에 퇴근하고 와 보니까 테사가 없었어요. 의심스러운 정황들이 보여서 경찰에 신고했고요. 경찰이 조사 중이긴 한데 상황이 좋지는 않아요. 누군가 테사의 이름을 언론에 흘렸고 자연히 제 이름도 공개됐고요. 상황이 엉망이에요. 제가 하지도 않은 일에 제가 의심받고 있어요."

그의 어머니는 말을 시작하기 전에 기침이 가라앉기까지 기다렸다.

"그런데 그 여자 말로는… 테사가 죽었고 테사를 살해한 게 너라고 하더구나."

전화기를 움켜쥔 그의 손가락이 하얗게 변했다.

"그 여자 말 듣지 마세요. 테사는 사라진 거예요. 죽은 게 아니라고요."

제이스는 침을 꿀꺽 삼켰다.

"알았다. 그럼 추수감사절에는 오는 거지?"

제이스는 고개를 가로저었다. 부모님을 사랑하지만, 그들은 상황을 제대로 이해하지 못하고 있었다. 노인들이었다. 두 분이 결혼한 지 36년이라는 시간이 흘렀다. 아이들은 학교 끝나면 밖에서 자전거를 타며 놀아야 하고, 전업주부 엄마들은 아이들이 숙제하는 동안 따뜻한 쿠키를 내어줘야 한다고 생각하는 분들이었다. 요즘 세상에 대해서는 몰랐다.

테사와 만나자마자 결혼을 빠르게 결정하고, 그는 부모님에게 거짓말했다. 테사와 만난 지는 좀 됐고 자연스럽게 결혼까지 하게 됐다고 말했다. 그래서 시청 청사에서 결혼하게 됐을 때 정식으로 초대하지 못했다고 했다. 사실 테사를 만났을 때 그에게는 여자친구가 있었다. 조안나. 만난 지는 6개월쯤 됐었고 그의 부모님은 그들의 관계를 자세히 알지 못했다. 조안나와 테사를 같은 사람으로 생각하도록 내버려 뒀다.

부모님은 여전히 제이스가 추수감사절에 테사를 데리고 올 것으로 생각했다. 그의 대화는 제대로 끝맺어지지 않고 있었다.

"그래야죠, 엄마. 곧 해결될 거예요."

그녀의 기침이 다시 힘겹게 시작되었고 수화기 너머로 바스락거리는 소리가 들렸다.

"언제 테사가 돌아올거 같니?" 이번에는 그의 아버지였다.

"아버지, 엄마 괜찮으신 거예요?"

"기다려 봐라, 아들." 나지막한 소리의 대화가 몇 초간 계속되다가 그의 아버지가 다시 전화를 받았다. "요새 네 엄마 상태가 좋지 않아. 검사를 받아보게 해야겠어."

제이스의 심장이 내려앉았다. "무슨 일인데요? 왜 저한테 말 안하셨어요?"

한때 강인하고 다부진 체격이었던 아버지는 과거 그 거대하고 사악한 기계들을 만질 때 보다 몇 센티미터는 더 작아지고 허약해진 모습이었다. 아버지는 그의 어머니를 보살피기 위해 그 즉시 일을 그만두고 플로리다로 떠났다. 플로리다의 따뜻한 겨울은 그들을 그다지 힘들게 하지 않을 것이기 때문이었다. 더 이상 눈을 쓸지 않아도 되고 난로도 관리하지 않아도 됐다. 지금은 부모님들 또래의 사람들이 모여 사는 근사한 마을에서 셔플 보드 대회에 참가하거나 음식을 나눠 먹으며 잘 지내고 계셨다.

"괜히 걱정하게 하고 싶지 않았다. 어제 네가 우리한테 전화하지 않은 이유랑 비슷하다고 생각하면 돼." 그가 말했다.

처음 제이스의 어머니가 자궁경부암 진단을 받았을 때 가장 손쉬운 치료법은 자궁 절제술이었다. 아이를 더 가질 것도 아니었다. 의사는 짧은 항암 치료를 권했고 어머니는 받아들였다. 쉬운 일은 아니었지만, 그래도 비교적 쉬운 치료였다. 최소한 어머니의 머리카락이나 눈썹이 빠지는 일은 없었다. 얇아지고 벗겨지기는 했지만 아픈 사람처럼 보이지는 않았다. 몇 년이 지나서는 방광암 2기 진단을 받았다. 빠른 복강경 수술로 암은 제거했고 이번에는 훨씬 강도 높은 항암 치료를 받게 됐다. 이 치료로 그녀의 외형도 전체 면역 체계도 완전히 망가졌다. 그렇지만 효과는 있었고 머리카락도 두꺼운 회색빛으로 다시 자라났다. 그녀는 항암 치료제에 신뢰가 깊어졌다.

제이스는 재발만은 아니기를 바랐다. 갑자기 부모님이 보고 싶어졌다. 솔로몬이 그에게 **주 밖을 벗어나지 마시오.** 하는 말도 한 적이 없었다. 그렇지만 타이밍이 너무 좋지 않았다. 무엇을 어떻게 해야 하는 걸까?

"맙소사, 아버지." 제이스가 목이 메는 걸 참았다. 이미 충분히 겪을 만큼 겪은 분이었다. "경찰하고 이야기해서 테사한테 무슨 일이 생긴 건지 알아내야겠어요."

"그러니까 사라진 거라는 말이지? 왜 그 여자는 네가 테사를 죽였다고 한 건지 모르겠구나."

"저도 모르겠어요." 피. 머리카락. 깨진 유리. 이런 것에 대해 아버지가 알 필요는 없었다. "부탁 좀 들어주세요. 만약 누가 전화하면 끊어 버리세요. 저에 대해서 나쁜 이야기를 만들어 낼 거예요. 테사를 반드시 찾을 거예요. 어디서 머리를 식히고 있는 게 분명해요. 지난주에 크게 다퉜거든요."

제길. 생각 없이 말을 내뱉고 말았다. 혹시라도 누군가 아버지에게 전화를 걸어왔을 때 아버지가 제이스의 무죄를 밝히려는 생각에 전화를 끊지 않고 이 말을 전할 수도 있는 노릇이었다. 기자들이 이 이야기를 알게 되면 제이스에게는 사형선고가 내려지는 거나 마찬가지라는 걸 아버지는 모른다.

전화를 끊고 텔레비전을 켜자 카리나가 일하는 채널 10이 나왔다. 그가 분노를 참지 못했던 순간이 방송되고 있었다. 전체 기자회견을 보여주는 게 아니라 그가 화를 참지 못했던 찰나의 순간만을 보여주고 있었다. 아내가 돌아오기를 바라는 남편의 간절한 모습은 시청률에도 클릭 수에도 도움이 되지 못했다. 그러나 자제력을 잃은, 어쩌면 아내를 죽였을지도 모르는 남편의 폭력적인 모습은 사람들이 보고 싶은 장면 그 자체였다. 프로토콜을 어기고 여자에게 소리를 치는 모습.

그는 핸드폰으로 기사를 찾아보기 시작했다. 그게 세상이 돌아가는 진짜 방식이었고 그 안에서는 모두가 저마다 의견이 있었다. 한 번도 만나본 적 없고 알지도 못하는 사람들이 그의 사적인 부분에 대해서도 저마다 이야기를 하고 있었다. 동료. 이웃. 집 대출을 받거나 할머니가 생일 선물로 준 수표를 현금화하러 은행에 들렀던 사람들. 이제 모든 사람이 그를 스콧 피터슨[13]처럼 생각하고 있었다.

MK1984: 남편이 아내 죽인 게 확실하다. 범인은 어차피 남편
이야. 슬퍼하지도 않잖아. 양아치 같은 놈

앨리슨클리버5: 와아아아아아안전히 100% 동의함! 남편을 사형
시켜야 해!

쉘리DGTS214: 저 새끼 누가 혼쭐 내줘야 하는데. 반응 보고
싶네.

케빈케인3: 의심하기 전에 기다려 봅시다. 아내가 사라진 사
람이라고요!

쉘리DGT214: 남편을 옹호하다니 미친놈이네!

리사에벌레이트: 미쳤네! 꺼져 케빈!

애셋엄마3: 예전 그 사건하고 똑같은 거 같네요. 임신한 아내
죽여서 샌프란시스코 해변에 유기한 그 남자요.

쉘리DGT214: 맞아요! 라치 어쩌고 하는 사람. 아마 이 새끼
여자친구도 있을 듯요.

제스온파이어: 동의요! 아내가 사라졌는데 마침 집에 없었다
니 우연도 참. 제 생각엔 남편하고 여자친구가
꾸민 일 같아요. 알리바이도 만들어 주고요.

쉘리DGT214: 아내 어디 있는 겁니까, 제이스 몽고메리?!!!

제스온파이어: 마당에 젖은 흙 있는지 확인해봐야 합니다. 답
을 알고 싶어요!

13 아내 살인범으로 미국에서 악명 높은 인물

눈에 불을 켜고 사람들이 달려들고 있었다.

제이스는 테사와의 결혼식을 떠올려 봤다. 테사와 그가 시청 청사에서 함께 식을 올린 지 겨우 몇 달이 지나지 않았다. 다리에 난명 자국을 숨기기 위해 긴 드레스가 필요하다는 그녀의 말. 목에 난고리 모양 자국을 감추기 위해 화장실에서 화장하며 들였던 시간. 다친 손목 통증 때문에 커다란 부케를 들지 못해 수선화 한 송이만을 들어야 했던 순간.

어쩌면 둘은 애초에 결혼하지 말았어야 했다. 너무 빨랐다. 제이스의 상황에서 그가 한 행동은 기만이었고 쓰레기 같은 짓이었다. 조안나는 자신이 제이스와 헤어졌다는 사실을 그가 다른 사람과 결혼했다는 사실을 듣고 나서야 깨달았다. 조안나는 한 시간 떨어진 거리에 살았고, 그에게서 몇 달간 소식을 듣지 못하던 상황이었다. 그가 갑자기 사라져 잠수를 타 버린 것이다. 또 다른 비겁한 행동이었다. 그녀는 제이스에게 알리지 않고 그가 살던 동네에 찾아갔었다. 세이스의 이전 룸메이트가 일려준 사실이 있었기 때문이다. 제이스가 어떤 여자와 함께 살려고 한다고 했다. 조안나는 한 레스토랑에서 제이스가 테사와 로맨틱한 저녁을 함께 먹는 현장을 목격했다. 그리고 그들 앞에 나섰다.

테사는 조안나에 대해 알지 못했다. 테사를 처음 만나던 날 밤, 제이스는 테사에게 조안나와 헤어졌다고 거짓말했다. 그러나 제이스는 조안나가 나타나 진실을 밝힌 후에도 테사가 자기 곁에 머물도록 그녀를 설득했다. 테사는 그간 만나왔던 나쁜 새끼들 때문에 생긴 불안감이 있었다. 그래서 그의 곁에 있었다.

제이스는 경찰에 전화했고 솔로몬에게서 같은 핑계를 들었다.

"형사님, 사건에 진전이 있을 때가 됐다고 생각하는데요." 제이스가 전화에 대고 말했다. "그리고 다시 말씀드리지만 필요하신 모든 일에 협조할 생각입니다."

솔로몬이. 목소리를 가다듬었다. "재밌네요, 몽고메리. 당신 친구들과 직장 동료들에게서 정보를 수집하고 있습니다. 경찰서로 나와서 진술을 해 주셔야 할 거 같습니다."

"그러죠." 제이스는 땀을 흘리기 시작했다. "몇 시를 말씀하시는 건가요?"

"지금이 좋을 것 같은데요. 그렇죠?"

제이스는 천천히 침을 삼켜 좋지 않은 감정을 저 깊은 속으로 밀어 내보려 했다. 만약 그가 에반을 데리고 가거나 국선 변호인을 요청한다면 뭔가 걸리는 게 있어 보일 것이기에 그러지 않기로 했다. "금방 가겠습니다."

그는 전화를 끊고 인터넷에 얼마나 그가 나쁜 놈인지 떠드는 글들을 읽느라 차갑게 식어버린 커피를 모두 마셨다. 그리고 형사를 만나러 가기 전 위층에 올라가 샤워를 하고 옷을 갈아입었다.

안방 욕실 창문으로 집 앞 골목길 끝에 서 있는 두 명의 기자가 보였다.

"망할."

그는 혼잣말하며 세탁소에서 막 찾아온 하얗고 잘 다려진 셔츠의 단추를 잠갔다. 집을 나서기 전 그는 문을 단속하고 창문도 확인했다. 그가 떠나는 걸 보고 저들이 집으로 숨어들어 올 수도 있는 일이었다. 몽고메리 집 내부 소식을 단독으로 내게 할 수는 없었다.

"딸내미." 제이스가 차고로 이어지는 세탁실 문으로 향하며 캔디에게 말했다. "집 잘 지키고 있어야 해, 알았지?" 그를 올려다보는 캔디의 눈은 크고 순수했다. 그는 캔디의 머리를 손으로 꾹꾹 눌렀다. 제이스가 집에 있기를 바라는 듯한 캔디의 귀 뒤를 쓰다듬었다. 테사가 항상 하던 행동이었다. "안돼, 아빠 가야 해."

그가 차고 밖으로 차를 빼자 기자들이 마구잡이로 길목으로 달려들었고 그는 차를 서서히 운전해 나갔다. 기자들은 제이스의 앞을 가로막지는 않았지만 운전하는 그를 향해 질문들을 쏟아냈다. 제이스는 그들과 눈을 마주치지 않은 채 창문을 올려 닫았다. **트집 잡힐 거리를 남기지 말자.**

다시는 그래서는 안 돼.

그는 차 라디오를 켜 하워드 스턴 방송을 틀었다. 지역 뉴스를 듣고 싶지 않았다. 이 프로그램에서만큼은 **"그 실종된 아내의 남편이 미쳐 날뛰는 거 보셨어요?"** 하는 질문을 하지 않을 것이었다. 인터넷에서 읽은 댓글들을 본 후라 마음을 단단히 먹어야 했다.

그가 경찰서로 들어서자 솔로몬이 로비에서 기다리고 있었다. 둥글납작한 빨간 코와 왼쪽 가슴주머니 속 펜 옆에 꽂힌 안경 덕에 완전히 드러난 그의 왼쪽 사시 눈은 그를 취한 사람처럼 보이게 했다. 그에게 나는 담배 냄새는 몇 주나 된 우유 냄새 같았다.

"몽고메리 씨." 이번에는 '씨'를 붙여 마치 제이스가 드디어 존중받고 있는 것처럼 느끼게 했다. "다시 보니 반갑네요. 가실까요?" 그가 왼쪽 손을 제이스가 들어갈 문을 향해 길게 뻗었다. 솔로몬이 앞장서 걸었고 키 카드를 대자 빨갛던 불빛이 초록색으로 변하며 문이 열렸다.

어제 제이스가 걸어갔던 복도와는 다른 곳이었다. 사무실 공간과 냉장고, 전자레인지가 있는 작은 부엌을 지나자 누군가 생선을 구운 듯한 냄새가 났다. 왼쪽으로 돌아서자 좁은 복도가 나왔고 솔로몬은 문 하나를 열었다. 그 안에는 바지 정장을 입은 한 여자가 긴 철제 테이블 앞에 앉아 있었다.

녹음기가 테이블 가운데에 놓여 있었고 방 한구석에는 카메라가 설치되어 있었다.

"앉으시죠, 몽고메리." 솔로몬이 명령조로 말했다.

제이스는 여자를 바라봤다. 어림잡아 마흔 정도 되어 보였고 머리카락 뿌리는 회색이었으나 전체적인 머리는 금발 단발머리였으며 남색 블레이저를 입고 있었다. 일어나서 악수를 청한 그녀는 상체보다 하체가 발달한 체형이었다.

"제이스 몽고메리, 전 레온드라 가비 형사입니다. 이번 사건에서 솔로몬 형사님을 보조하고 있고요."

그녀의 말투는 퉁명스러우면서도 전문가다웠다. 그녀가 고개를 들어 빈자리를 가리켰다. 그 자리에 제이스가 앉았다.

"여태 협조적이셨으니 대화를 녹음해도 별문제 없으시겠죠?"

제이스가 대답도 하기 전에 솔로몬이 녹음 버튼을 눌렀다. 제이스의 입이 말랐다. 카메라는 이미 켜져 있었고 카메라 렌즈 아래로 빛이 흘러나오고 있었다. "당연하죠. 숨길 거 없습니다."

저들이 알아내기 전까지 얼마나 많은 거짓말을 해야 하는 걸까? 옛말처럼 작은 눈덩이가 결국 산 아래로 굴러가며 큰 눈덩이를 만들어 그를 파괴해버리고 마는 것일까?

"좋습니다." 솔로몬이 앞에 놓인 종이를 훑다가 가비에게 시선을 옮겼다. "그 진술서 가지고 있어? 그…" 솔로몬이 말을 멈추고는 자신의 눈썹을 치켜 올려 떴다.

"네. 여기 있습니다."

가비가 말하며 테이블 위로 종이 한 장을 건넸고 솔로몬이 그 서류를 받아 내용을 훑어 봤다. 뭐에 대해 말하는 걸까? 그는 잘못한 게 없… "로지타 모랄레스에 대해서는 얼마나 잘 아십니까?" 솔로몬이 질문했다.

올 게 왔군, 제이스는 생각했다.

"직장 동료입니다."

"음. 얼마나 오래됐죠?"

"모르겠습니다. 아마 1년쯤이요." 제이스가 어깨를 으쓱하며 대답했다.

"음."

솔로몬이 아무 말도 하지 않았다. 그저 그를 응시할 뿐이었다. 제이스가 무언가 말하기를 기다리는 것 같았지만 제이스의 머릿속에는 에반의 조언이 떠올랐다. **아무 말도 먼저 하지 마. 묻는 말에만 대답해.** 제이스는 이번 게임에서는 지지 않았다. 그리고 솔로몬이 먼저 묻기 시작했다.

"제 첫 번째 질문에는 아직 답을 하지 않았네요, 몽고메리. 얼마나 **잘** 알았죠?"

그는 특정 단어를 말할 때마다 검지손가락으로 테이블 위를 내리쳤다.

"어떤 대답을 원하시는 겁니까? 우리 사이에 어떤 일이 있었다는 대답이요?" 제이스가 물었다. "일이라고 할 수도 없어요. 딱 한 번뿐이었어요. 그리고 일이 더 커지기 전에 중간에 멈췄고요."

로지타에 대해서라면 할 이야기가 훨씬 훨씬 더 많지만 하지 않기로 했다.

"음. 그게 언제였죠?"

"테사를 만나기 전이었어요, 그걸 묻고 싶으신 거라면요."

"얼마나 전이었죠?"

제이스가 그러지 않으려고 했지만 움찔했다. 녹화되는 중이었다.

"직전이에요. 아마도 한 달 전쯤요."

솔로몬이 고개를 끄덕였다.

"그 당시에 여자친구가 있었어요. 로지타는 저한테 몇 달 동안이나 다가왔고요, 그럴 때마다 저는 안된다고 했습니다. 그리고 아무 일도 없었어요. 고등학생들이 저희보다 더할 겁니다. 순간적인 실수였어요. 그게 다입니다. 그리고 다시 말하지만 테사를 만나기 전이었고요. 이게 대체 제 아내를 찾는 일과 무슨 상관이 있는 거죠?"

"아, 그러니까 그 여자 잘못이란 거네요." 가비가 끼어들었다. "여자분이 당신을 '제압했다' 그런 말인 거죠." 가비가 손으로 단어를 강조하는 표시를 하며 말했다.

"로지타 잘못이라고는 하지 않았습니다. 누구의 잘못도 아니었어요. 그저 한 번이었고 아무 일도 일어나지 않았어요. 키스하다가 손으로 몸을 더듬었고, 그러다 멈췄어요. 멈춘 게 로지타의 의지와는 반대되는 일이었다고 말하고 싶네요. 자, 대체 이게 테사를 찾는 일이랑 어떻게 관련이 있다는 거죠?" 제이스가 다시 같은 질문을 했다.

"질문은 저희가 합니다, 몽고메리." 솔로몬이 말했다. "그러니까 두 분 사이에 아무 일도 없었다는 거죠? 없애야 할 이유는…" 솔로몬이 잠시 말을 멈추고 히죽대며 비웃었다. 그리고 다시 말을 고쳤다. "테사가 떠날 이유는 없었다는 거죠?"

"없습니다." 제이스가 화로 가득한 눈으로 그를 똑바로 응시했다. 어떻게 감히?

"총기를 소유하고 있습니까, 몽고메리?"

제기랄. 테사의 목소리가 반복되어 들렸고 제이스가 잠시 말을 멈췄다.

그딴 물건 나한테 겨누지 마!

"아니요." 제이스가 답했다.

그의 얼굴에 맺히는 땀방울을 눈치챘을까, 아니면 티셔츠 겨드랑이 쪽으로 땀이 흐르는 게 보이는 걸까? 그는 사이코패스처럼 눈을 깜빡이지도 않았다. 지금 당장 물을 한 모금 마시고 싶었다. 입이 사포처럼 말라 있었다. 취조실 한구석에 정수기와 종이컵이 그를 놀리는 듯 놓여 있었다. 그는 심지어 물이 떨어지는 소리까지 들을 수 있는 지경이었다. 하지만 그는 물을 달라고 하지 않았다.

똑.

똑.

맛 좋고 수분 가득한… 물. 너무도 가까이 있지만 마시기에는 너무 멀리 있는.

"총기를 소유하고 있다고 생각하는 이유가 있어요, 몽고메리. 집을 수색해봐도 괜찮겠습니까?"

"그럼요. 영장이 있으면 당연히요."

로앤오더[14]를 너무 많이 봐서일까. 영장을 언급하는 순간 그는 죄가 있는 것처럼 보이기에 충분했다. 집안 곳곳, 서랍장부터 책 사이, 방바닥까지 수색해보라지.

절대 찾지 못할 것이었다. 절대로.

"왜 제게 총이 있다고 생각하시는 거죠?"

테사와 그웬이 주고받은 이메일에 있던 내용임을 알았음에도 제이스는 물었다.

"음."

물어보는 모든 것에 대한 솔로몬의 답이었다. 솔로몬은 가비 형사를 쳐다보며 다시 그의 눈썹을 치켜 올렸고, 그녀는 엄지손가락으로 서류를 뒤졌다. 서류들이 붙어있어 그녀는 검지에 침을 묻혀 페이지를 넘겼다. 그러다 어느새 눈을 크게 뜨더니 솔로몬에게 서류 한 장을 내밀었다. 솔로몬은 왼쪽 셔츠 주머니에서 안경을 꺼내 썼다. 안경이 코끝에 걸쳐졌고 그의 시선이 위를 향해 제이스에게 닿았다.

"그웬돌린 할러웨이라고 아시죠?"

그랬다. 지난주 우리 둘 사이에 있었던 일을 테사가 그녀에게 말한 것이다. 그웬은 대체 왜 그 망할 주둥이를 가만히 두지 못하는 걸까?

"이웃입니다. 옆집에 사는 분들인데 조금 떨어져 있긴 합니다."

물어본 질문에만 대답하라고.

"분들이요?"

14 미국 TV 범죄 수사 드라마 시리즈

"네. 그웬과 닉이요. 닉은 남편입니다. 친구입니다. 부부끼리요."
그는 감히 가비 쪽을 쳐다볼 생각은 하지도 않았다. 그녀는 제이스가 총에 대해 거짓말을 할 때마다 눈알을 굴리고 있었다.

"음. 그웬 말에 의하면 당신이 총기를 소유하고 있다고 생각할 만한 이유가 있다고 하던데요." 솔로몬이 안경을 벗었다. "불법 총기가, 그러니까… 불법이라고 굳이 더 설명해줄 필요는 없을 것 같은데요. 그렇죠, 몽고메리?"

"그웬이 왜 그런 말을 했는지 솔직히 잘 모르겠습니다."

가비가 다시 한번 서류들을 넘기다가 서류 한 장을 자세히 들여다보며 형광펜을 꺼내 몇몇 줄에 표시하고 솔로몬에게 넘겼다. 그는 휙 소리가 나도록 서류를 낚아채고는 특정 부분을 가리켰다.

"여기 적혀 있네요. 이번 주에 테사가 그웬 집에 갔었습니다. 남편이 집에 총을 가져왔다고 불평했다고요. 두 분이 총을 두고 싸움을 한 게 분명해 보이네요."

제이스가 비웃었다. "금요일 아침에 제가 눈을 뜨자마자 한 일이 그웬에게 전화를 했던 거라고요. 통화 기록 확인해 보세요. 우리 집에 수상한 사람이나 차가 오는 걸 보지는 않았는지, 혹시 테사를 보지는 않았는지 물었다고요. 둘 다 보지 못했다고 했고요. 그 부부가 거짓말할 이유가 있지는 않을지 조사해봐야 하는 거 아닐까요?"

헛된 노력이었다. 하지만 그는 솔로몬이 불법 총기에 대해 질문하는 것을 멈추게 해야 했다.

"제 말은, 그웬이 저한테는 테사를 보지 못했다고 말했는데 왜 형사님한테는 다르게 진술을 했냐는 겁니다. 누가 거짓말을 하는 걸까요, 형사님?"

솔로몬이 진술서를 보다가 제이스를 똑바로 쳐다봤다.

"그러려고 제가 지금 여기에 있는 겁니다, 몽고메리. 누가 진실을 말하는지는 제가 판단해요. 자," 솔로몬이 카메라를 쳐다봤다가 제이스에게 다시 눈길을 돌렸다. "다시 묻겠습니다. 총기를 소유하고 있습니까?"

제이스는 3주 전으로 기억을 더듬었다. 칼 리튼버그라는 고객이 자신의 주얼리 사업을 위해 대출을 승인받은 후였다. 견실한 사람이었기에 제이스는 그가 좋았다. 대출에 관한 대화 주제는 곧 사업 이야기로 이어졌고, 그 주제 역시 다시 사업을 보호할 방법으로 옮겨 갔다. 뉴저지는 보수적인 총기 법이 있는 지역이었고 칼은 최근 총기 소지 허가를 신청한 상태였다. 뉴저지에서는 대부분 불법이었지만 그에게는 참작 가능한 상황이 있었다. 그가 취급하는 물건이 다이아몬드였기 때문이다. 언제든지 그는 다이아몬드 도매시장에 오갈 수 있었다. 언제든지 50만 달러에 달하는 현금이나 다이아몬드를 가지고 다닐 수 있다는 말이었다. 그를 조금이라도 지켜본 사람이라면 누구나 알 만한 사실이었다. 조금이라도 잘못된 의도를 가진 사람이라면, 그가 어디에 있을지 언제 취약한 환경에 노출되는지 알 수 있었다.

칼은 허가 승인을 위해 세 달씩이나 기다리고 싶지 않다고 했다. 그는 제이스에게 어디에 가면 총을 구할 수 있는지 말 해줬다. 일찍 일어난 새가 먹이를 얻긴 하겠지만 치즈를 먹는 건 정작 두 번째로 나선 쥐이기 때문이다. 칼은 허리가 부러져 철심을 박고 싶지 않았다.

"총은 가지고 있지 않습니다." 제이스가 반복해 말했다.

숨 막히는 적막이라는 말을 만들어 낸 사람은 분명 타임머신을 타고 이 방으로 들어와서 제일 앞자리에서 이 장면을 지켜본 사람일 것이다. 제이스는 그런 클리셰 표현을 쓰고 싶지는 않았다. 하지만 그 순간만큼은 작은 핀이라도 하나 떨어지면 천둥소리처럼 요란하게 들렸을 것이다.

"목요일 밤에 입고 있던 셔츠에 피가 묻어 있었습니까?"

망할. "누가 그러던가요?"

솔로몬이 손으로 다시 테이블을 내리쳤다. "질문은 제가 한다고 했습니다."

"코피가 났습니다."

그는 가비를 쳐다보고는 웃었다. "코피라. 이 사람 말에 믿음이 가나?" 그의 관심이 다시 제이스에게 향했다. "그 셔츠를 좀 봐야겠습니다."

"누엔 판사님이 휴가에서 돌아오셨나요?" 가비가 끼어들어 솔로몬에게 물었다.

"아마 바로 영장을 발부받을 수 있을 거야."

"세탁소에 맡겼어요." 제이스가 대답했다. 그의 대답을 못마땅해하는 배심원들의 얼굴이 그의 머릿속을 스치고 지나갔다.

"굉장히 빠르시네요. 아내분이 실종됐는데 세탁소에 갈 생각이 들던가요?" 솔로몬이 물었다.

"대상을 잘못 고르셨습니다. 제 아내를 찾으셔야죠. 이제 다 된 겁니까?" 제이스가 질문했다. "캔디와 같이 있어야 해요. 혼란스러워하고 있거든요." 가비가 이상하다는 눈빛을 보냈다. **아, 숨기고 있는 스트리퍼 여자친구구먼?**

"집에서 키우는 개입니다." 그가 분명히 했다.

그렇다, 캔디에게는 제이스가 필요했다. 그렇지만 그는 총을 없애야 하기도 했다. 완전히 그리고 온전히 없애야 한다. 그저 집 밖으로 가져가는 거로는 부족하다.

솔로몬과 가비는 눈빛을 주고받은 후 솔로몬이 손바닥으로 테이블을 내리쳤다.

"한마디 더 들으셔야겠습니다. 몽고메리. 어디 멀리 가지 마세요."

제이스가 일어서서 자신이 방을 나서기 전에 두 형사 모두 일어서기를 기다렸다. 마치 그의 발뒤꿈치를 뒤따르기라도 하듯 가까이 서서 걸었다. 가비의 숨을 목으로 느낄 수 있을 정도였다. 의심으로 가득 찬 그녀의 눈빛이 그의 뒤통수를 뜨겁게 할 지경이었다.

제이스는 집으로 가야 했다. 총은 분명 집 안에 없었지만, **그곳**을 형사들이 보지 못하도록 해야 했다. 분명 다음 찾아볼 장소가 그곳이 될 것이기 때문이었다.

13
테사

———◆———

오늘 나의 하루는 생산적이었다. 해야 할 일들을 모두 마무리했고, 잠을 거의 자지 못했음에도 새벽 6시 30분에 일어났다. 두세 블록 정도 떨어진 상점에 가서 선불카드를 사야 했기 때문이다. 결국, 500달러를 충전한 카드 두 개를 구매했다. 하나는 온라인상에서 사용할 용도이고, 또 다른 하나는 호텔 리셉션의 엘렌에게 제출해 다른 나머지 일들을 처리하기 위한 용도였다. 그녀는 밤 11시부터 아침 7시까지 근무했다. 어젯밤 정식 절차를 밟지 않고 나를 체크인해 준 일 때문에 그녀에게 어떤 문제가 생기는 것은 원하지 않았다. 그녀는 지난밤 나에게 큰 도움을 줬다. 체크아웃할 때는 현금을 내야겠다고 생각했다. 호텔 숙박비처럼 큰돈은 카드로 다 낼 수 없을 것이다. 월요일에는 일자리를 찾기 시작해야겠다.

데이먼은 내게 오늘 밤 같이 놀자고 문자를 보내왔다. 멍 자국을 가리는 게 쉬워지고 있었으므로 나는 그러겠다고 답장했다. 누런색이 점점 옅어지고 있었다. 그에게는 잠을 잘못 자서 생긴 자국이라고 하면 될 것이고, 그는 그 말을 믿을 것이다. 혹 위로 부어오른 자국은 여전했다. 이미 늦은 것 같긴 하지만, 호텔에 머무는 동안 제빙기를 오가며 혹이 더 커지지 않도록 신경을 썼다. 호텔 메이드가 노크했을 때 나는 청소는 필요 없다고 말했다. 대신 깨끗한 수건을 몇 장 달라고 요청하면서 사용한 수건을 돌려보냈다.

오늘은 공기가 좀 더 쌀쌀해진 느낌이 든다. 드디어 평년 기온을 되찾은 듯했다. 샤워하기 전 호텔 방의 답답한 공기를 환기하기 위해 창문도 살짝 열었다. 호텔이 고속도로 뒤편에 자리를 잡은 덕에 나무가 많았다. 호텔 손님들을 근사하게 맞이하고 있었다. 언뜻 보이는 풍경은 심심했지만, 목을 조금만 왼쪽으로 빼서 보면 로맨틱한 저녁 식사를 위해 모인 사람들이 형형색색의 술을 채운 마티니 잔을 부딪치고 있었다.

시내에는 주욱 늘어선 불빛들이 보였다. '방 있음'이라고 적힌 빨간색 조명 간판보다는 훨씬 나아 보였다. 그 조명 불빛은 내게 익숙했다. 위탁 가정에서 함께 지낸 친구들이나 이부 언니 오빠들 역시 그에 익숙해져 있을 것이다. 가끔 사라와 타라 언니 생각이 난다. 그때 그렇게 떠난 후 그들은 어떤 삶을 살고 있을지 궁금하다. 십 대 시절 이후로 연락이 끊겼고 위탁 가정에서 지낸 적도 없었다. 지금 아마 둘 다 삼십 대 중반이 되었을 것이다. 여전히 같이 지내는지 궁금하다. 도망가고 나서 오빠들이나 친구들은 만났는지, 검정고시를 보거나 대학에 갔는지, 제대로 된 직장을 얻어 해변에 여름 별장을 얻었는지… 궁금하다. 어쩌면 의사나 변호사가 되었을 수도. 아니면 엄마 혹은 남편이 자랑하는 아내가 되었을지도 모른다.

그럴 리는 없을 것 같다.

사라 언니는 누군가의 아이를 가졌을 것 같다. 타라 언니는 어쩌면 약물 과다 복용으로 죽었을 수도 있다. 언니가 그 끔찍하던 집을 나갔을 때, 언니 말에는 말 그대로 주삿바늘이 꽂혀 있었다. 모두가 아는 사실이었다.

우리가 해결해야만 하는 것들이었다.

케니 오빠는 아마도 자기가 임신시킨 여자들한테서 도망쳐 숨어 지내고 있을 것이다. 공사장에서 일하거나 약을 팔거나 그도 아니면 도박에 빠져 있겠지. 제대로 된 인생을 살고 있지는 않을 것이다. 쥐꼬리만큼 받는 일당을 나라가 압류할 것 같지도 않다. 그는 단 한 번도 제대로 된 일자리를 구한 적이 없다.

예전에는 케니 오빠와 내가 제일 가까운 사이였다. 일 년 터울밖에 나지 않았다. 실제로는 일 년도 나지 않았다. 우리는 같은 해 태어났다. 그뿐 아니라 우리는 유일하게 같은 엄마와 아빠 사이에서 태어난 남매다. 쌍둥이 언니들의 아빠는 우리와 달랐다. 크리스토퍼 오빠의 이빠도 마찬가지였다. 크리스토퍼 오빠는 흑인 혼혈이었다. 혼혈인 그의 유년기는 녹록지 않았다. 백인 쓰레기 집안에서 자랐는데 외형은 흑인에 더 가까웠다.

크리스토퍼 오빠는 어쩌면 수감 생활을 마쳤을지도 모르겠다. 또 어쩌면 감옥에 있으면서 깨달은 바가 있을지도 모른다. 청소년 단체에서 자신의 성장 이야기와 과거에 서지른 실수담을 들려주며, 아이들이 저지르는 범죄를 안타까워하는 동시에 즐거워하고 있을 수도 있다. 아니면 그를 이해하고 도와줄 훌륭한 상담사를 만났을까? 그도 아니면, 여느 날처럼 샤워하는 도중에 칼에 찔렸을 수도 있겠다.

다 같이 모이는 걸 생각하면 기분이 좋다. 크리스마스트리 앞에 모이는 상상, 생일에 홀마크[15] 카드를 교환하는 상상을 한다. 그렇지만 그들 중 누구도 내게 무슨 일이 생겼는지 생각하지 않는다. 이 말에 내 핸드백에 남은 7,477달러를 모두 걸겠다.

그래. 어쩌면 케니 오빠 정도는, **어쩌면.**

지금은 화장이나 마무리해야지. 손가락 두 개를 가져다 이마에 난 혹에 대보았다. 부은 건 좀 나아진 것 같지만 혹은 여전히 만져진다.

그간 만났던 나쁜 새끼들은 전부 명예 훈장처럼 내 멍에 주먹을 휘둘렀다. **맞아, 난 여자가 입을 나불대면 몇 대쯤 치고 그래. 그럼 그 다음부터 얌전해지거든.** 그리고는 그들은 맥주잔을 서로 부딪치고 위스키를 나눠 마셨다. 한 나쁜 새끼는 바 옆에 있는 아파트에서 다른 두 남자와 함께 살았는데 그 둘 앞에서 나를 때렸다. 웃음거리로 만들기도 하고. 내게 그 둘이 심부름을 시키게도 했다. **맥주 더 가져 와 봐, 테사** 혹은 **치킨윙 가져와 이 년아,** 혹은 **이 코카인 어디다 좀 숨기고 넌 입 닥치고 있어.** 그들 모두 근근이 먹고사는 형편이었지만 그 망할 픽업트럭에는 고급 휠을 아끼지 않고 달았다. 엑스박스 게임에도 돈을 펑펑 써댔다.

만약 내가, 그들이 말한 대로 행동했다면 그 나쁜 새끼들이 나를 때릴 이유는 없었을까? 맥주가 미지근해지지만 않았다면 말이다. 냉장고가 고장 나던 날, 나는 그 대가를 확실히 치렀다. 깁스를 벗은 그 날부터 나는 잔들을 얼려 놓았다.

---

15 미국 최대 규모의 축하 카드 판매 회사

나는 머리카락을 오른쪽으로 쓸어 혹이 잘 가려지게 한 후 입술에는 반짝 빛나는 분홍색 립글로스를 발랐다. 바람이라도 불면 입술에 머리카락이 달라붙었다. 광대는 따로 화장품을 덧바르지 않아도 광이 나는 분홍색이다. 동네 친구가 생겼으니, 데이먼이 나를 웨이트리스나 그 비슷한 일을 얻도록 말을 잘 해주면 좋겠다. 우버가 2분 후에 도착한다는 메시지를 확인하고 호텔 문을 닫고 나와 엘리베이터로 향했다. 쿠션을 꺼내 얼굴을 확인하며 형광등 아래에서는 내가 어떻게 보이는지 확인했다. 호텔 룸 욕실의 조명은 은은했다. 화장하기에 좋았지만 그게 꼭 현실적인 모습을 보여주는 건 아니었다. 그렇지만 괜찮아 보였다. 뭉친 데는 없어 보였다.

은색 혼다 아코드의 번호판을 보고 우버 기사 제리를 알아봤다. 그는 이미 데이먼의 아파트 주소를 앱에 입력한 상태였고 내가 타자마자 바로 출발했다. 10분 정도의 가까운 거리인 그의 집은 다행히 거지 같던 모텔이 있던 지난 밤의 동네와 정 반대에 있었다. 5분 정도 고속도로를 타니 그 옆으로 나의 새로운 보금자리를 지나가는 게 보였다. 동네 슈퍼와 월마트도 지났다. 내가 가장 아끼는 홈 굿즈도 지났다. 그리고 은행, 회사 건물 그리고 병원들이 줄지어 있는 지역을 지났다. 제리가 고속도로를 벗어나자 나무가 늘어선 어두운 거리를 지나갔다. 조금 더 달리니 병원과 복합 상점들이 보였다. 한 아파트 단지가 보이자 우버 앱이 그곳으로 우리를 안내했다.

단지에는 네 개의 건물이 있었다. 그중 세 개를 지났다. 데이먼의 아파트는 마지막 건물에 있었다. 대단히 좋아 보이지는 않는 다섯 개 층으로 된 건물이었다. 어둠 속에서 보니 벽이 스타코[16] 재질 같아 보였다. 각 건물 정문에는 초인종이 있어 그중 하나를 선택해 눌러야 했다. 제리에게 인사를 하고 우버에서 내린 후 그의 차 문을 쾅 닫지 않도록 조심했다. 세 달 전에 한 번 나쁜 새끼와 내가 우버를 함께 타고 집으로 온 적이 있다. 이웃과 함께한 그 날 저녁이 꽤 즐거웠다고 생각했다. 우버 기사는 내가 그 날 자신의 차 문을 너무 세게 닫았다고 생각했는지 손님 평가에 낮은 점수를 줬다. 나쁜 새끼의 완벽했던 별 다섯 개 점수에 흠집을 남겼다.

다시는 그러면 안 된다는 교훈을 혹독한 방식으로 배웠다.

초인종에 붙은 이름표에서 데이먼 모레티를 찾아 눌렀다. 초인종이 한 번 울리더니 정문이 열리는 신호음이 들렸다. 그는 내가 누구인지 묻지도 않았다. 안으로 들어가 엘리베이터를 기다렸다. 문이 열리니 한 예쁜 커플이 내렸다. 손은 잡고 있지 않았고 두 사람의 얼굴에는 모두 곧 터질듯한 압력밥솥처럼 짜증이 묻어 있었다. 내가 옅은 미소를 얼른 지어 보였지만 둘은 무시한 채 나갔고 나는 엘리베이터에 탔다.

4층에 도착하니 엘리베이터 천장에서 **띵**하는 소리가 났다. 그의 집인 4D호를 찾기 위해 왼쪽으로 방향을 꺾었다. 복도에 깔린 카펫은 오래된 갈색이었다. 그 모습은 몇 번째인지도 기억나지 않는 예전의 내 위탁 가정 거실의 것과 같았다. 1960년에 지어진 이후로 한 번도 새로 단장하지 않은 집이었다. 천장에 형광등이 설치되어 있어 약간 불편한 마음이 들었고 세대 문 앞에는 약간은 황동색의

---

16 건물 외벽에 많이 사용하는 석고가 주인 미장 재료

조명이 설치되어 있었다. 4B호 문 앞 조명은 망가져서 그런지 어두운 그림자가 늘어져 있어 마치 지옥으로 가는 문 같아 보였다. 4D호 문에 노크했다.

발소리가 가까워졌다. 데이먼은 바지만 입은 채 문을 열었다. "왔어요? 준비하려면 조금 더 있어야 해요." 그가 제대로 나를 반기지 않고 다시 걸어 들어갔다.

알…겠어요… 그럼. 옷도 안 입고 문을 연다고? 우리 오늘 데이트 같은 걸 하는 거였나? 그저 동네 친구가 되는 건 줄로만 생각했었다. 문은 여전히 열려 있었고 나는 알아서 그의 집으로 들어가 문을 닫았다. 그리고 내 핸드백을 대리석 테이블 위에 올려놓았다. 테이블은 새것 같아 보였지만 가전제품은 모두 오래된 것들이었다. 하얀 제품들. 모서리에는 녹이 슬어 있었다. 가스레인지 대신 인덕션이 설치되어 있었다. 바닥 타일은 가짜 리놀륨[17]이었다. 내가 그동안 살았던 집들보다 좋아 보였다.

빠르게 공간을 훑어보니 거실 옆에는 작게 식사하는 공간이 있었고, 그 옆에는 문이 하나 보였다. 아마 작은 발코니로 연결되는 문 같았다. 작은 네 개의 창문이 짙은 파란색 커튼으로 가려져 있어 확신이 서지는 않았다. 내가 서 있는 곳 왼쪽으로는 복도가 있었는데 아마도 욕실 또는 방 두 개로 이어지는 곳 같았다. 주방을 제외한 바닥 전체에 카펫이 깔려있었는데 제대로 세탁이 한 번 필요해 보였다. 초는 두 개가 켜져 있었고 하나는 대리석 테이블 위에, 하나는 소파 앞에 놓인 작은 테이블 위에 놓여 있었다. 크리스마스 분위

---

17 바닥에 까는 시트 모양 재료

기가 났다. 적어도 내가 학교에 다닐 때 학교에서 보았던 것들과는 비슷해 보였다. 내가 기억하는 대부분의 크리스마스 모습은 싸구려 진이나 김빠진 맥주, 그리고 콩 요리뿐이었다.

데이먼이 다시 옷을 입고 나타났다. 바에서처럼 머리를 뒤로 넘기는 대신 어두운 색 머리카락을 차분히 아래로 내렸다. 하얀색 셔츠에 푸른 청바지를 입고 은색 장식이 있는 벨트를 부츠에 맞췄다. 오른쪽 팔에 드러난 타투는 심장에 꽂힌 단도에 피가 떨어지고 있는 디자인이었다.

"집 좋네요." 내가 말했다. "여기서 얼마나 살았어요?"

그가 어깨를 으쓱하며 대답했다. "이삼 년? 맥주 마실래요?"

"좋아요." 내가 대답했다. "룸메이트도 지금 집에 있어요?"

"아니요. 보통 자기 깔 집에 가 있어요."

'깔'이라는 단어가 거슬렸다. 너무 저속한 말이다. 어쩌면 내가 데이먼에 대해 잘못 생각하고 있는 것 같다는 생각이 들었다. 내 레이더가 고장 난 걸까?

데이먼이 냉장고에서 맥주 두 개를 꺼내 내게 하나를 건넸다. 성에가 낀 머그잔의 모습에 분노를 참지 못하던 나쁜 새끼의 모습이 떠올라 급격하게 긴장감이 느껴졌다. 병째 맥주를 마시는 데이먼의 모습을 보고 나도 똑같이 맥주를 마셨다.

"오늘 우리 뭐해요?" 내가 물었다.

그는 맥주를 한 모금 마신 후 자기 입술을 핥았다.

"뭐 하고 싶은데요? 밖에서 저녁 먹고 영화? 그러면 제대로 된 데이트인가?"

그러니까 이게 데이트라는 거야? 나도 그러고 싶은가? 이 사람도 다른 남자들과 똑같은 건가?

"밥 먹죠." 내가 말했다.

"좋아요." 그가 답하고는 자신의 맥주를 테이블 위에 올려놓았다. "갑시다."

바에서 봤던 데이먼의 모습과는 전혀 다른 모습이었다. 나는 이게 좋은 건지 나쁜 건지 생각해 보려 노력했다. 결국, 레이더가 고장 나고 말았다.

우리는 그의 파란색 머스탱으로 걸었다. 그가 키 버튼을 누르니 소리가 났고 노란 후미등이 켜졌다. 그 소리에 문이 열렸음을 알 수 있었다. 그는 나를 위해 문을 열어주지 않고 바로 운전석에 앉았다. 신경 쓰이진 않았다. 어쨌든 난 젠틀한 남자들이 익숙하지 않으니까. 그렇지만 막상 남자가 **젠틀하지 않으면** 서운한 감정이 들었다. 어째서인지 나는 과거에도 그런 류의 삶을 살았던 것처럼 여전히 로맨틱 코미디의 삶을 꿈꾸고 있다. 목표랄까.

극장 건너편에 타파스를 하는 곳이 있어 간단히 먹기로 했다. 밖에 나와서 보니 아파트에서 보았던 그의 모습보다는 조금 더 차분했다. 데이먼은 대부분 자기에 대해 말했다. 서른다섯, 이혼남. 좋은 정보였다. 내가 이혼이라는 걸 해 보니 전 배우자들이 늘 골칫거리였다. 이야기를 들어보니 그의 원래 직업은 통신, 와이파이 설치기사였다. 주로 월요일에서 금요일 아침 7시부터 오후 3시까지 일한다고 했다. 그리고 바텐더 일은 금요일 밤에만 한다고 했다. 현금이 필요해서 하는 일이라고 했다. 그는 나에 대한 질문은 거의 하지 않았는데 나로서는 달가운 일이었다. 내게 물은 유일한 개인적 질문은 내가 어디서 왔는지에 대한 것이었고 나는 거짓말로 답했다. 그가 확인할 수 있는 것도 아니었다.

영화를 본 후 그는 내게 술을 한잔하자고 했다. 경험상 늦은 밤 마시는 술자리의 끝은 늘 좋지 않았다. 그렇지만 오늘 밤 그가 내게 딱히 손을 댄 적이 없고 시도도 하지 않았으니 여전히 우리는 알아가는 단계라고 생각했다. 갑자기 짐승처럼 돌변하진 않을 것이었다. 우리는 금방 그의 집으로는 돌아왔고 그가 문을 열자 웬 여자가 부엌에 서 있는 모습이 보였다. 큰 키에 보통 체격인 어두운 갈색 머리의 여자였다. 그의 집에 여자가 있을 거라고는 예상하지 못한 터라 나는 그녀의 존재에 놀랐고 데이먼은 화를 냈다.

"여기서 뭐 하는 거야?" 그가 바로 반응했다. "걔 여기 없어, 너희 집 간 줄 알았는데. 얼른 가. 망할, 너한테 집 열쇠를 준 거야?" 그가 나를 쳐다봤다. "여긴… 내 룸메이트의 여자친구."

맙소사. 침착해, 친구. 그는 모르는 사람 앞에서 분명 다르게 행동했다. 좋은 사람인 척하고 있는 걸까? 이 집에서 나가야 하는 걸까? 그는 그녀에게 다시 시선을 돌렸다. "나가 줄래? 일행이 있다고."

"알았어, 데이먼. 그가 여기 없는 건 나도 알아. 메모만 남기고 가려던 참이었어." 그녀가 테이블 위에 놓인 메모를 가리키며 말하고 문을 향해 걸어갔다. 그리고는 멈춰 서 나를 쳐다봤다. "여자 대 여자로 말하는 건데요, 이 남자 조심해요. 완전 나쁜 새끼니까."

나쁜 새끼. 정녕 나는 나쁜 새끼와는 떨어질 수 없는 건가, 정말?

"나가!" 데이먼이 소리를 지르고 나가는 그녀 뒤로 문을 쾅 닫았다. "저 여자랑 제대로 잘 아는 사이 아니에요. 저 여자 말 듣지 말아요."

그는 테이블 위에 키를 올려놓고 텔레비전 쪽으로 걸어가 케이블 박스를 켜 느린 음악이 흘러나오는 채널에 맞췄다. 그리고 리모컨으로 음량을 조절해 옆집에까지 들리도록 소리를 키웠다. 방금 본 그의 화난 모습이 나를 약간 흥분시켰다. 그런 남자에 익숙해져 있기 때문이었다. 그는 내게 몸을 돌려 키스를 시작했다. 세게. 거칠게. 망설임 없이, 내 의사는 안중에도 없이. 물론 이것도 늘 익숙한 방식이었다.

그는 자신이 입고 있던 셔츠를 목 뒤에서부터 잡아당겨 벗고는 내가 입고 있는 셔츠를 뜨거운 눈으로 바라봤다. 우리는 소파 위로 쓰러졌고 이내 그가 내 위로 올라탔다. 그의 손이 내 벨트로 향했다. 소파 위 쿠션이 내 등 아래에 놓여 있어 내 허리가 활처럼 휘었고, 그건 내가 원하던 모습이 아니었다. 데이먼이 내게, 해주기를 기다리는 모습이나 마찬가지였다.

"잠깐." 그를 약간 밀어내며 말했다. "천천히 해요."

내 말을 무시하며 그는 다시 내 벨트로 손을 뻗었다. 그 순간 속이 역겨워졌다. 그가 내 목에 거칠게 키스할 때 좋지 못한 느낌의 소름이 온몸에 돋았다.

"잠깐, 기다려 봐요." 그를 밀어내려고 해봤지만 나를 쥐고 있는 그의 손에 힘이 더 들어갈 뿐이었다. "데이먼, 멈춰요."

그가 내 목을 물었다. 내 말은 듣지 않고 있었다. 멈추지 않았다. 셔츠 안으로 손을 넣어 더듬거리며 내 머리 위로 셔츠를 들어 올리려고 했다. 나는 붙들려 있지 않은 손으로 다시 옷을 끌어당겼다. 이제 그가 남은 손마저 잡아서 머리 위로 움직이지 못하게 고정했다.

"아파요." 내가 말했다. "데이먼, **그만**."

나는 재빨리 케니 오빠가 가르쳐줬던 것을 생각해냈다. 손바닥을 위로. **그의 코를 부러뜨리자.** 내가 움직이기도 전에 머리 위에 있던 그의 손에 내 얇은 손목이 강하게 잡혔다. 내 몸이 소파 안으로 점점 더 파묻혀 몸을 제대로 움직일 수 없게 됐다. 나는 다시 한번 **멈추라**고 소리쳤다.

그는 자신의 바지 지퍼를 열었다. "오늘 여기 오고 싶어 한 건 너였잖아. 네가 시작한 거야."

그의 아래에서 눈물을 쏟으며 이리저리 애를 썼다. 숨죽인 목소리로 도움을 청해봤지만 도와줄 사람은 없었다. 아무도 없었다. 그곳에는 단지 둘뿐이었다. 데이먼은 자신의 바지를 내리는 동시에 내 바지마저 벗기려 들고 있었다. 나는 할 수 있는 한 최선을 다해 그를 차보려고 했다. 무릎으로 그의 사타구니를 차보려고도 했지만, 그에게 붙들린 상황에서는 불가능한 일이었다. 그의 얼굴은 내 가슴으로 옮겨갔다. 내가 입고 있는 셔츠와 속옷은 목 근처까지 말려 올라갔다. 그에게 잠시 빈틈이 보이는 순간 다시 한번 몸을 움직여 봤다. 오른쪽 무릎을 들어 올릴 수 있는 데까지 최대한 올려 휘두르자 그가 고통으로 신음을 냈다.

그가 멈췄다.

그리고 나를 때렸다. 주먹을 쥐고.

혹이 난 이마의 반대쪽을 쳐서 이제는 양쪽에 혹이 났을 것이다. 나는 두 눈을 감고 미친 듯이 소리를 치려 했지만 그럴 수 없었다. 이미 그의 손이 내 성대 위에 있었고 그의 엄지가 내 목의 부드러운 부분까지 짓누르고 있었기 때문이다. 남자들은 어떻게 어디를 쳐야 여자가 입을 다물게 되는지 아는 걸까, 그것도 매번? 거의 실신하기 직전 갑자기 그가 내게서 떨어져 나갔다. 방을 가로질러 벽에 부딪혀 나뒹굴고 있었다.

"데이먼, 이 미친놈아 뭐 하는 짓이야?" 한 남자가 소리를 지르고 있었다.

내 얼굴은 눈물로 뒤덮여 있었고 기침이 계속 났다. 눈이 욱신거렸다. 이미 피부가 보랏빛으로 물들고 있을 게 분명했다. 손목은 부러진 것처럼 아팠다. 나는 지금 이 상황이 어떻게 돌아가고 있는 건지 알아내려 했다. 문은 훤히 열려 있었고 웬 남자가 데이먼을 계속 내려치고 있었다.

"미친 새끼야!" 누군지 모를 남자가 소리쳤다. 또다시 내려쳤다. "여자한테서 떨어져!"

데이먼이 마침내 얌전해졌고 그가 자신의 입에서 흐르는 피를 닦으며 그 남자를 쳐다봤다.

"제기랄, 이게 너랑 무슨 상관인데?"

그 남자가 나와 데이먼을 번갈아 쳐다보았다. "그래, 저 여자가 퍽도 원하는 것처럼 보이네. 여자는 섹스할 때 울거나 소리치지 않아. 싫다고 말하는 여자한테는 주먹을 휘두를 게 아니라… 멈춰야 한다고."

그 남자가 나를 쳐다봤지만 내 곁에 다가오지는 않았다. 남자는 데이먼 곁에 섰다. 데이먼이 일어나 다시 나를 공격할 상황을 대비해 자신의 팔을 내 쪽으로 뻗고 있었다.

"괜찮아요?" 그가 내게 물었다.

나는 눈가에 손을 가져가 눈물을 닦아내고 속옷과 셔츠를 내려 입었다.

"아니요. 안 괜찮아요. 누구세요?"

남자가 데이먼을 쳐다봤다. "룸메이트예요. 경찰에 신고하세요."

"아니요." 나는 경찰을 부를 수 없었다. 내가 누구인지 설명할 수 없었다. 어디에서 왔는지도. "아니요. 괜찮아요. 그냥 저한테 오지 못하게만 해주세요."

데이먼은 여전히 벽에 등을 대고 바닥에 앉아있었고 일어서 다시 싸울 생각은 하지 않았다. "꺼져, 새끼야." 데이먼이 그 남자에게 말했다. 그리고 일어나 자신의 바지를 추켜 입었다. 셔츠를 집어 들고 머리 위로 획 올려 입었다. "내가 돌아왔을 때 집에서 보이지 않는 편이 좋을 거야. 집에서 나가." 아무것도 무서울 게 없다는 듯 데이먼이 열린 문으로 걸어나갔다. 그리고 문을 세게 닫았다.

남자는 나를 쳐다보더니 자신의 양팔을 조심스레 들어 올리고 천천히 내게 걸어왔다.

"저는 당신을 해치지 않을 거예요."

"알아요."

나는 대답을 하고 딱딱 소리가 나도록 이를 부딪쳐 봤다. 강한 통증이 목까지 타고 흐르는 듯했다.

"고마워요. 집에 안 오셨으면 무슨 일이 일어났을지 모르겠어요."

그의 표정과 행동이 진중하고 진심 어려 보였다.

"눈 좀 봐도 될까요?" 그가 물었다.

내가 고개를 끄덕이자 그가 내게 가까이, 천천히, 조심스럽게 다가와 손을 들었다. 한 손은 내 어깨 위로 올리고 다른 한 손은 내 머리로 가져가 부엌 조명에 살펴봤다.

"흉터가 남겠어요. 피도 나고요. 병원으로 데려다줄까요?"

"아니요." 보험도 없는 데다 가짜 신분증도 들키고 싶지 않았다. 안될 일이다.

그의 눈에서 뭔가 느껴졌다. 특별한 무언가. 친절하고 사랑스러운 눈빛이. 이전에는 단 한 번도 느껴본 적 없는 그런 것이었다. 그는 내 눈동자와 같은 색을 하고 있다. 어두운 회색. 특별했다.

"잠깐만요. 얼음 좀 가져올게요."

그는 일어나서 냉동실에서 얼음 몇 알을 집었다. 그리고 부엌 서랍장에서 꺼낸 깨끗한 천으로 감쌌다. 천 위로 떨어지는 얼음이 소리를 냈고 그가 내게 다시 다가왔다. 천천히, 내 얼굴 위로 다가왔다.

"괜찮아요?" 그가 물었다.

내가 끄덕이자 그는 내 머리를 넘겨 상처를 보더니 움찔했다.

"이런. 미안해요."

나는 머리 위로 얼음이 담긴 천을 잡았다.

"왜요? 저를 때린 사람도 아닌데요."

"잠깐만요. 구급상자 가지고 올게요."

그가 욕실로 뛰어갔다. 서랍장과 찬장을 여닫는 소리가 났다. 돌아오는 그의 손에는 밴드와 연고가 한 아름 들려 있었다. 나는 코를 훌쩍였지만, 손등으로 코를 닦고 싶지는 않았다. 빛나는 갑옷을 입은 나의 기사 앞에서 더러운 몰골로 더 비참해지고 싶지는 않았다. 그는 멈춰 서서 부엌에서 티슈 상자를 가져와 내 곁에 놓았다. 그리고 내 앞에 주저앉았다.

"제가 좀 봐도 될까요?"

그가 상처 난 내 머리와 멍든 눈, 목을 향해 고갯짓했다.

"으흠." 콧물을 조심스레 닦아내며 내가 낼 수 있는 유일한 소리였다.

조심조심 나를 치료하는 모습을 보건대 그는 아마 의사이거나 최소한 의료계에서 일하는 사람임이 분명해 보였다. 침묵만이 오가는 상황에서 그가 내 상처를 소독하고 상처 위로 연고를 바른 후 밴드를 붙였다.

"원하시면 거즈도 올려 드릴게요."

그가 말하고는 얼음을 다시 내 눈가로 가져갔다.

"아니요. 괜찮아요. 고마워요."

"데이먼, 이 미친놈. 정말 미안해요. 이름이 뭐예요?"

"테사요. 테사 스미스예요. 어제 바에서 처음 만났어요."

그가 자신의 머리를 끄덕였다.

"바에서 여자들을 찾더라고요."

그는 깊게 숨을 들이마시고 난 후 자신을 소개했다.

"만나서 반가워요, 테사. 내 이름은 제이스 몽고메리예요."

14
제이스

———◆———

경찰서에서 나와 운전하는 내내 제이스의 머릿속은 온통 테사에 대한 생각으로 가득했다. 그는 그녀의 과거 이야기에 대한 구멍을 메꿔보려고 노력했다. 한편으로는 생각하고 싶지 않기도 했다. 그녀가 살아온 삶이 정말 지독했기 때문이다. 전 남편에게서 도망친 여자였다. 심지어 그와 그녀가 처음 만난 순간에도 그녀는 자신의 전 룸메이트에게 흠씬 두들겨 맞고 있었고 거의 강간을 당하기 직전이었다. 운명이었다. 처음 만난 그 순간부터. 어떻게 그녀를 알게 된 지 4개월이 채 되지도 않았는데 갑자기 그녀가 사라졌다고 해서 그의 가슴에 커다란 구멍이 생길 수 있는 것일까?

제이스는 이사 온 뒤에야 데이먼이 어떤 사람인지 듣게 됐다. 제이스가 대부분 시간을 조안나의 집에서 보냈던 이유이기도 했다. 조안나가 자신의 직장에서 멀리 떨어진 곳에서 살았음에도 말이다. '싫어'를 누군가의 진지한 의사로 받아들이지 않는 사람과는 엮이고 싶지 않았다. 동네에 공공연하게 알려진 사실이었다. 데이먼은 잘생기고 신비로운 이미지를 가졌지만, 늘 사고를 치는 바텐더였다. 전 부인을 학대했고 이혼도 그 때문에 하게 됐다. 그에게는 미친 놈이라는 이름이 어울렸다. 그는 여자를 자신이 좌지우지할 수 있는 존재로 치부했다. 여자가 자신의 마음대로 따르지 않는 것을 싫어했다. 테사가 데이먼에게 강제로 옷이 벗겨지는 모습을 보기 전에는, 바닥에 눕혀져 목이 졸리고 피를 흘리는 걸 보기 전까지는 제이스는 데이먼의 그런 모습을 한 번도 목격한 적이 없었다.

그 기억의 잔상은 여전히 제이스의 분노를 일으켰다. 분노는 저 깊은 곳에서부터 치밀어 올라 목구멍까지 차올랐다. 그 여자는 지금 자신의 아내이다. 제이스는 자신이 테사를 치료해 주던 그날 밤, 그녀가 그를 쳐다보던 눈길을 잊지 못한다. 그녀는 상처 입은 한 마리 새와 같았다. 이전까지 그녀의 인생에 있었던 남자들이 그녀를 착취했던 것과 다르게, 제이스가 그런 행동을 하지 않는다는 것에 감사를 느끼고 있었던 것 같다. 제이스는 그때까지만 해도 그녀의 파란만장한 과거 이야기를 알지 못했다. 아마 그 순간 그곳에서, 그가 첫눈에 반했던 것은 아니었을까 싶다. 한쪽은 부어 있고, 이전에 다친 다른 쪽도 낫는 중이었는데. 그럼에도 여전히 커다랗던 그녀의 눈망울. 피가 나고 있음에도 아름다웠던 입술. 주변 피부가 보랏빛과 푸르스름한 색과 고리 모양으로 멍이 들어있는, 기다랗기만 하던 그녀의 목.

그의 머릿속은 온통 그녀를 되찾을 생각뿐이었다.

그녀가 사라질 수 있는 이유는 백만 가지쯤 된다. 그녀의 과거에는 폭력적인 성향의 남자들이 있었고, 그중에는 제이스와 테사가 만났던 날 밤 그녀가 도망쳐 나온 전 남편도 있었다. 그러나 제이스의 뇌를 스치는 문제는 단 하나였다. 데이먼 모레티. 그럼에도 제이스는 아직 이것을 경찰에 알릴 수 없었다. 지금까지 제이스가 겪었던 온갖 불운들과 테사에 대한 뉴스, 각종 언론에 자신의 이름까지 공개된 현재 상황을 고려했을 때, 데이먼이 자청해 먼저 경찰에 달려간다고 해도 놀랄 일은 아니었다. 제이스가 지난 목요일 저녁에 자신에게 총을 겨누었다고 소리치기 위해 말이다.

테사는 총이라면 아주 끔찍하게 생각했다. 그녀가 자신의 전남편 —나쁜 새끼— 에 대해서 이야기를 꺼냈을 때 그녀는 총구에 겨눠져 본 적이 있다고 말했었다. 전남편은 항상 테사에게 총을 겨눴다고 했다. 그리고 이전에 살던 동네에 사는 지인이 말하기를, 여전히 전 남편이 테사를 찾고 있다고 했다. 그것이 제이스가 안전을 위해 총을 구한 이유였다. 제이스는 그녀에게 만일의 상황을 대비해 총기 사용법을 알려주고 싶었지만, 제이스가 테사에게 총을 보이자 그녀는 비명을 지르며 싫다는 의사를 표했다. 그리고 자신에게 총을 겨누지 말라며 소리쳤다. 마치 그가 그리기라도 한 듯 외쳤다. 제이스는 테사에게 총을 구해온 이유는 테사를 보호하기 위한 행동이었다고 말했다. 그리고 바로 총을 없애겠다고 약속했다.

일단 없애는 것 비슷하게 조치하기는 했다. 그녀가 원했던 것처럼, 최소한 집에서는 없앴다. 제이스는 총을 숨기기에 더 나은 장소를 찾기 전까지 그것을 자신의 차 글로브박스 안에 넣어 놓았다. 완전히 없앨 생각은 없다. 데이먼이나 그 이름 모를 나쁜 새끼가 테사를 찾기 위해 나타날 수도 있는 노릇이기 때문이다. 테사가 사라진 날, 그는 출근하기 전 테이블 위에 메모를 한 장 남겨놓았다. 그녀가 사라졌다는 걸 깨달은 직후에는 바로 그 메모를 태워버렸다.

테사. 총은 없앴어. 나는 당신이 불안해하는 걸 원하지 않아. 오늘 최대한 일찍 들어올게. 사랑해. 제이스.

제이스는 경찰이 자신의 집을 수색하면서 그에게 총이 있다는 사실을 알아차리게 하고 싶지 않았다. 불법 총기였기 때문이다. 자신이 용의자라는 사실에 더 강력한 믿음을 실어 주고 싶지도 않았다. 테사에게는 정말 아무 짓도 하지 않았다. 테사가 안전해질 수만 있다면 무슨 일이든 할 수 있었다.

지난 목요일, 제이스는 로지타와 함께 주피터에 갔다. 비스타 빌드에서 나온 앤디와 카일을 만나기 위해서였다. 제이스는 그곳에서 데이먼을 봤다. 그는 여전히 분노로 들끓어 올랐다. 언제나 그렇듯 데이먼은 여자에게 치근덕대고 있었다. 데이먼은 제이스를 보지 못했다. 제이스가 데이먼을 직접 본 것은 그가 테사를 때렸던 날과 며칠 뒤 제이스가 이사를 나올 때가 전부였다. 당시 테사는 근처 호텔에 머무르고 있었고, 둘이 결혼한 2주 후까지 제이스는 그녀와 함께 지냈다.

빨랐다.

운명이었다.

사랑이었다.

데이먼은 그날 밤 주피터에서 데이먼이 쫓는 한 여자를 따라 나갔다. 그 여자는 혼자였고 어쩌면 곧 피해자가 될 수도 있었다. 제이스는 데이먼이 또다시 그의 못된 버릇을 시작하게 둘 수 없었기에 일행에게 양해를 구하고 밖으로 나갔다. 데이먼이 건물 뒤에서 울고 있는 여자를 꼼짝 못 하게 붙잡고 있는 것을 본 제이스는 글로브 박스에서 총을 꺼내 들었다.

장전되지 않은 총이었다. 제이스는 그리 멍청하지 않았다. 누군가를 죽일 생각도 없었다. 데이먼 같은 더러운 성폭행범이라고 할지라도. 그러나 막상 그의 얼굴을 보자 그날 밤이 떠올랐다. 자신이 사랑하던, 그리고 지금은 사라져버린 테사의 목을 조르던 그의 손이 떠올랐다. 건물 뒤편에 여자의 울음소리가 가득했다. 그의 귀에도 방아쇠가 딸깍하는 소리가 들렸다. 경고였다. 그의 머리로 겨누어진 차가운 총이 누르는 압박감이 느껴졌다. 제이스의 입에서 흘러나오는 경고 소리도 들렸다.

데이먼은 여자가 도망가는 동안에도 두려움을 느꼈다. 더 위협을 가하기 위해 제이스는 총을 들어 데이먼을 내려쳤다. 데이먼이 여자들에게 그랬던 것처럼. 데이먼의 몸에는 상처가 났고 그 위로 피가 흘렀다. 제이스를 올려다보는 데이먼의 눈이 겁에 질려 있었다. 표정 없이 커진 눈을 보니 그럴만한 가치가 있는 행동이었다. 제이스가 말을 더했다. "내 눈에 다시는 보이지 마, 개새끼야." 그리고 총을 그의 머리에 계속 거눈 상태로 자리를 떴다. 데이먼의 피였지만 앤디가 셔츠 위에 묻은 그 핏자국을 알아보았다. 큰 실수였다.

데이먼이 다른 여자를 다시 희롱하기까지 적어도 얼마의 시간이 걸리기를 바랐다.

로지타는 제이스가 바에서 사라진 것을 눈치챘다. 제이스는 로지타가 자신을 부르기 전에 다른 곳에 주차를 해야했다고 이야기를 지어냈다. 만약 로지타가 경찰에 이 이야기를 한다면 경찰은 그의 차가 그날 밤 내내 한 자리에 있었다는 사실을 확인할 수 있을 테였다. 그녀가 입을 다물어 주기를 바랄 수밖에 없었다. 거짓말을 하려던 것은 아니었다. 시골 자경단원은 아니지만, 망할 데이먼 모레티를 가만히 둘 수는 없었다.

테사가 사라진 건 그즈음이었다. 과학 수사대에 따르면 그녀가 흘린 피의 신선도로 시간을 알 수 있다고 했다. 데이먼의 복수인 걸까? 데이먼은 제이스와 테사가 결혼한 사실을 알고 있다. 제이스가 시내에 나와 있으면 테사가 집에 혼자 있을 테니 집 주소를 알아내 찾아간 걸까? 집 뒤편으로 몰래 잠입해 부엌 창문을 열고 들어가 반항하는 테사를 끌고 가서는 그녀를 때려눕혀 바닥에 흘리게 한 걸까?

테사가 사라진 게… 제이스의 잘못인 걸까?

15
테사

—◆—

이 남자, 제이스 몽고메리는 모든 것을 갖춘 완벽한 사람이다.

피는 닦아냈고 이제는 안전했다. 제이스는 집에 데려다주겠다고 제안했지만 나는 호버트를 부르고 싶었다. 내가 믿는 유일한 사람이었다. 그렇지만 제이스가 나를 쳐다보는 시선, 그리고 그의 어두운색 머리카락, 서멋하게 난 수염, 버튼다운 셔츠 위로 느슨하게 풀어진 타이를 보고 나는 마법에 빠지고 말았다. 무엇이라고 정확히 정의할 수는 없었다. 이전에 느꼈던 그런 감정이 아니었다. 위험하다거나 신비롭거나 **나쁜** 사람이 아니었기에, 내가 빠질 조건은 아니었다.

그는 좋은 사람 같았다.

내게 이전까지 일어났던 적 없는 그런 일이었다.

이제껏 내가 알던 사람들은 모두 나를 어떻게 한 번 해보려고 작정했다. 나는 그들의 좋은점을 보려고 했다. 트럭 기사들, 공장 노동자들 그리고 '프로 비디오 게임 플레이어'들. 하지만 이 남자는 달랐다. 이 남자는 타고난 듯 완벽했다. 그는 매력 있는 남자였지만 상냉했고, 뻔하디뻔한 말을 건네지도 않았다.

진실했다.

"괜찮아요, 테사. 제가 데려다줄게요. 전 믿어도 돼요. 전 데이먼 같은 사람 아니에요."

그의 눈에서 진실함이 느껴졌다. 소파 위에 앉아 안정을 취하고 있는 내게 이불을 덮어주었다. 내 몸에 손을 대지도 않았다. 심지어 내게 차를 한 잔 내주기까지 했다. 차를 마시는 동안은 말도 걸지 않았다. 어색해서가 아니라 어색하지 않았기 때문이다.

그가 내어준 얼그레이 차를 다 마셨다. 내가 좋아하는 차는 아니었지만, 찬장에 있는 유일한 것이었다. 그는 차가 담긴 유리 머그잔을 내 앞에 놓인 테이블 위에 쨍그랑 소리를 내며 올려놓았다. 테이블 위에 머그잔 자국이 남으면 그는 내게 어떤 행동을 취할까?

"미안해요. 혹시 코스터 있을까요?" 그가 나를 치료해준 이후 처음 내가 한 말이었다.

테이블 표면에 남은 컵 자국이 좋았던 적 없었다. 코스터가 내 얼굴에 내리꽂힌 뒤에야 코스터를 사용해야 했다고 생각했을 것이다.

"걱정하지 마요. 그렇게 깨끗한 집도 아닌데요."

그가 나를 보고 미소 지었다. 진심이었다.

"테사, 이런 일이… 오늘 밤 있었던 이런 일들이 있고 나서 당신을 우버에 태워 보내고 싶지는 않아요. 저는 믿어도 돼요."

그가 다시 말했다. 내가 제일 많이 들었던 말이었다.

하지만 그를 믿고 싶었다.

"데이먼을 어떻게 할 생각이에요?" 내가 물었다.

그가 한숨을 내쉬었다. "마음 같아서는 당장 경찰에 신고하고 싶지만 그러고 싶지 않은 것 같으니까 의견을 존중할게요. 저도 짐을 챙겨서 호텔에서 지내야겠네요. 여기서 나가야겠어요. 맹세컨대 그 새끼… 망할 그 자식의 얼굴을 다시 보면 내가 무슨 짓을 할지 모르겠어요."

앙다문 입술에서 여전히 피 맛이 났고 나는 고개를 끄덕였다.

"근처에 살아요?" 그가 물었다.

나는 어깨를 으쓱해 보였다.

"이 동네는 처음이에요. 며칠 전에 왔어요. 시내에 있는 큰 호텔에서 지내고 있고요."

"그 전에는 어디 살았는데요?"

나는 어깨를 부드럽게 저었다. 그에게 말할 수는 없었다. 그를 잘 아는 것도 아니었다.

"근처요. 환경에 변화를 주고 싶었어요."

"그렇군요." 그가 고개를 끄덕였다. "전 짐을 몇 개 챙겨야겠어요. 그리고 호텔로 데려다줄게요. 그 호텔에서 저도 며칠 지내야겠네요." 그의 손이 빠르게 위로 향했다. "스토킹 그런 건 아니고요. 앞으로 어디서 지내야 할지 알아봐야 하거든요."

그러다 오늘 저녁에 이곳에 들렀던 여자가 생각났다.

"여자친구 집에서 지내도 되지 않아요?"

"아니요. 오늘 헤어졌어요. 그래서 집에 일찍 온 거예요. …다행이죠."

그는 내가 공격당했던 바닥을 바라보며 고개를 끄덕였다.

"아. 아까 데이먼하고 제가 여기 도착했을 때 그 여자분이 있었어요. 부엌에 있었는데, 메모를 남긴다고 했던 거 같아요. 아직 테이블 위에 있을 거예요."

"그랬어요?"

그의 미간이 좁아졌고 그는 낡은 의자에서 일어나 부엌 테이블로 향했다. 그는 메모를 발견하고는 그것을 읽어 내려갔고 다 읽은 메모는 구겨서 쓰레기통에 버렸다. 그의 손은 두껍고 구불거리는 머리를 훑어 내려가 자신의 목을 긁었다.

"네, 그 얘기네요."

"같이 지낼 가족은 있어요?" 내가 물었다.

그의 얼굴 위로 그림자가 졌다.

"아니요. 부모님은 은퇴하고 플로리다에 계세요. 제 형 토미는 15년 전에 죽었고요."

나는 입을 벌렸다가 얼른 다물었다. "미안해요."

주제를 바꿔야 했다.

"여자친구하고는 왜 헤어진 거예요?"

잘 하는 짓이네, 테사. 우울한 이야기에서 또 다른 우울한 이야기로 주제를 옮기다니. 내 불편한 상황에서 벗어나자고 이 사람의 불행을 이용하다니 나도 참 대단하다.

그가 웃더니 나를 쳐다보며 말했다. "남녀 관계라는 게 복잡하잖아요?" 그가 어깨도 한 번 으쓱하더니 다시 웃음을 지어 보였다. "다 이유가 있는 거죠, 뭐."

나는 고개를 끄덕이며 생각했다. 만약 저 둘이 오늘 헤어지지 않았더라면 나는 결국 강간당했을 거고 어쩌면 죽었을 수도 있다.

"그리고," 그가 말을 이었다. "아까 말했던 대로 짐을 좀 챙겨야 해요. 그리고 정말 숙소에 데려다주고 싶고요."

그가 다시 한번 자신은 믿어도 된다고 말하는 것처럼 들렸고… 또 어쩌면 그게 내가 듣고 싶었던 말이었을지도 모른다. 그렇다면 세 번째 말하는 것일 텐데, 그런 말도 있지 않은가, 삼세번은 시도해 봐야 한다는 그런 말.

"알겠어요. 고마워요." 내가 부드럽게 대답했다.

그가 자신의 방과 욕실을 돌아다니며 이것저것 챙기는 소리가 들릴 때 나는 가만히 앉아 기다렸다. 옷걸이가 기둥에 부딪히는 소리, 서랍장이 여닫는 소리, 욕실에서 무언가 뒤지는 소리. 그리고 지퍼를 잠그는 소리가 —길게 들리는 게 여행 가방 같다— 들리고 나서 다시 짧게 무언가 잠기는 소리가 들렸다. 더플백 같았다. 거실에서 여행 가방을 끌자 가방에 달린 바퀴가 바닥에 부딪히며 소리를 냈다. 남색 가방의 손잡이를 끄는 제이스의 어깨에는 그것과 어울리는 해어진 남색 더플백이 얹어져 있었고 손에는 옷 가방이 들려 있었다.

"이걸로 한 주 정도는 날 수 있겠죠." 제이스가 자신의 키를 집어 들었다. "준비됐어요?"

나는 일어나서 문을 열고 나가는 그의 뒤를 따라서 나섰다.

그가 나를 뒤돌아봤다. "내가 앞장설게요. 혹시 모르니까요. 그 멍청한 자식이 어디 구석에 숨어서 우리한테 달려들 수도 있어요."

남자가 친절하게 나보다 앞장서 걷겠다고 제안해 준 적은 단 한 번도 없었다. 친절한 남자와 함께한 적이 없었기 때문이다. 나쁜 새 끼는 안정적인 직장이 있고 알파 성향이 강한 남자였다. 하지만 나를 모욕하고 스스로를 작게 여기도록 만드는 나르시스트였다. 항상 문을 열어 자기가 먼저 들어갔다. 나는 문이 닫히는 동안 그의 뒤를 알아서 따라 들어가야 했다. 문이 내 면전에서 닫혀도 그는 전혀 아랑곳하지 않았다.

제이스는 조심스럽게 복도를 지나 엘리베이터로 향했고 주위를 살피며 로비를 지나 주차장에 세워진 그의 차로 걸어갔다. 그가 차 문을 열었고 나는 차에 타 벨트를 했다. 제이스는 트렁크를 열어 자신의 짐 가방을 넣은 후 운전석에 탔다. 시동을 걸자 라디오에서는 호워드 스턴 쇼가 자동으로 틀어졌다. 그는 재빨리 인기 가요가 흘러나오는 채널로 주파수를 맞췄다.

"미안해요." 그가 말했다.

나는 호워드 스턴을 좋아했다. "다시 틀어도 돼요. 재밌잖아요."

"아, 그래요? 여자들은 대부분 이 남자가 공격적이라고 하던데. 오늘 밤… 충분히 겪을 만큼 겪었다고 생각해서요."

나는 소리 내어 웃었다. "괜찮아요. 그냥 라디오 프로그램인데요, 뭐. 이 사람 영화도 봤어요. 자기 인생에 대해 직접 연기했던 거요. 성공하자마자 예전에 알았던 지인들을 다시 찾아가서 보답한 게 의리 있는 것 같더라고요. 그 사람들도 이 남자를 계속 응원하잖아요. 수십 년 동안이나요."

나는 그가 주차장에서 차를 빼 나가는 동안 시선을 창문 밖으로 두고 다시는 이곳을 보지 않기를 바랐다.

"의리 중요하죠." 그는 몇 초간 조용하더니 다시 라디오 채널을 바꿨다. "테사 당신은 뭔가 다른 것 같아요. 난 한 번도 그렇게 생각해 본 적 없거든요."

호텔로 가는 시간 동안 그 라디오 프로그램에 대해 말을 나눴다. 그와 대화가 잘 통한다고 느꼈다. 그는 환하게 불이 켜진 입구로 차를 몰고 들어서서 정문 앞 반원 모양의 진입로 제일 가운데에 차를 세웠다.

"데이먼은 테사가 여기 머무는 거 알아요?" 그가 물었다.

나는 고개를 저었다. "대화를 많이 하지 않더라고요."

"좋아요. 들어가요. 문 닫히는 거 볼 때까지 여기서 기다릴게요."

"아, 여기서 지내려는 거 아니었어요?"

"그럴 거예요. 그런데 주차장 끝에서 여기까지 걷게 하고 싶지 않아요. 얼른 들어가서 침대에 눕고 싶을 거 같아서요."

"네, 맞아요." 그에게 웃어 보이며 문손잡이로 손을 뻗었다.

"잠깐만요."

그가 기어를 주차에 넣더니 차 밖으로 나와 트렁크를 뒤졌다. 트렁크가 닫히는 소리가 났고 그가 조수석으로 와서 나를 위해 문을 열어주고는 내게 양키스 야구 모자를 건넸다.

"다른 사람이 보는 걸 원하지 않을 것 같아요."

내가 고개를 끄덕이며 말했다. "아, 지금 제 몰골이 말이 아닌가 보네요."

나는 모자 안으로 주먹을 넣어 한 번 치고는 모자를 머리 위에 얹었다. 케니 오빠가 모자를 쓰기 전 늘 하던 행동이었다. 나는 그 모습이 늘 멋져 보였다. 습관이란 게 무섭다. 나는 고개를 평소보다 더 뻗어서 모자챙 아래로 그의 눈을 보려고 노력하며 말했다.

"고마워요, 제이스. 진심이에요. 전부 다요."

"푹 쉬어요, 테사. 그리고," 그가 잠시 말을 멈추더니 검은색 반지갑으로 손을 뻗었다. 그 안에서 명함을 하나 꺼냈다. "내 전화번호예요. 혹시 마음이 변해서 경찰에 신고하고 싶으면 연락 줘요. 내가 목격자니까요."

그가 믿을 수 없는 일이었다는 듯 고개를 천천히 젓고는 미소를
보였다.

"아니면 말할 상대가 필요하다거나 같이 시간을 보낼 사람이 필
요하다거나 할 때도요. 어떤 일이든지 괜찮아요."

"고마워요. 그럴게요."

내가 방향을 바꿔 호텔 안으로 들어가려고 문손잡이에 손을 얹었
을 때 그가 내 이름을 불렀다. 나는 고개를 휙 돌려 그를 보았다.

"네?"

"지금 그렇게 이상해 보이지 않아요."

이렇게 말하던 그의 미소는 거짓 같았지만 왜인지 수줍어 보였다.

나는 문을 열며 크게 웃었다. 로비에 들어서니 조명이 제법 밝았
다. 그러자 쓰고 있는 모자가 고맙게 느껴졌다. 모자를 이마 깊숙이
눌러쓰고 고개를 아래로 내려 엘리베이터로 향했다.

방에 들어서자마자 나는 바로 욕실로 들어가 얼굴을 확인했다.
이런, 내일은 밖에 못 나가겠네.

재앙이다.

만일의 경우를 대비해 핸드폰으로 거울에 비친 모습을 사진 찍었
다. 증거를 남겨둬서 나쁠 건 없었다. 나쁜 새끼가 지나치게 난폭했
을 때도 멍이 든 사진을 남겨 놨었다. 병원 기록은 단 한 번도 증거
로 사용된 적 없었다. 내가 항상 넘어졌다거나 무언가에 부딪혔다
고 고집스럽게 말했기 때문이다.

간호사들도 알았을 것이다. 그들은 자주 이런 케이스를 보아왔을
것이다. 내가 첫 번째 남편에 손에 이끌려 병원에 갔을 때도 그랬다.

161

나의 부주의로 팔에 3도 화상을 입었다고 하는데도 간호사들은 놀라는 기색이 없었다. 그는 타투이스트였고 우리의 결혼 기간은 고작 3주였다. 몇 번째인지 모를 위탁 가정에서 벗어나기 위해 한 결혼이었지만 화상은 그간 겪었던 일보다 더한 것이었다. 그렇게 나는 이전의 삶으로 돌아갈 수밖에 없었다. 결혼은 없던 일이 되었다. 미성년 시절 부모의 동의 없이 한 결혼이었기 때문에, 어쨌든 그 결혼이 법적으로 유효했던 적은 없다.

나쁜 새끼가 한 일을 용서할 생각은 추호도 없다. 그는 끓는 물을 내게 끼얹었던 것보다 더한 일을 나에게 저질렀다. 나는 선불폰 하나를 집어 들고는 나쁜 새끼의 직장 동료인 마리벨 로페즈에게 온 문자를 확인했다. 그녀는 그의 불륜 상대다. 그리고 나만큼이나 그가 나락으로 떨어지기를 바라는 사람이다. 선불폰을 확인했다.

됐어요. 이제 기다리기만 하면 돼요.

16
제이스

———◆———

제이스가 집에 돌아왔을 때는 기자들이 사라지고 없었다. 그가 차고에 차를 세우자 긴장했던 그의 어깨가 풀렸다. 그는 곧 총을 집어들고 집으로 들어갔다. 캔디를 산책시켜 주고 싶었지만, 그가 임무를 완수하는 동안 캔디가 짖어 눈에 띄게 될 위험을 감수할 수는 없었다. 캔디가 마당을 뛰노는 동안 제이스는 티셔츠와 편한 바지로 갈아입었다. 그리고 팔에 찬 암밴드 안에 핸드폰을 넣었다.

그의 헤드폰은 부엌 테이블 위에 놓여 있었고 그가 헤드폰을 핸드폰에 연결하자 그의 귀에는 린킨 파크의 음악이 터질 듯 크게 들려왔다. 그 소리는 그의 머리에 맴돌던 온갖 비난들을 잠재웠다. 현관 밖에 누가 있는지 고개를 좌우로 돌려 살폈다. 아무도 없었다. 그를 기다리는 사람은 아무도 보이지 않았다.

그는 캔디를 집 안으로 들인 후 물을 가득 채워주고 공원으로 뛰어나갔다. 그의 허리춤에는 총이 테이프로 고정된 상태였다. 가장 완벽한 —혹은 편안한— 방법은 아니었지만, 그것을 이웃들에게 휘두르며 다닐 수는 없는 노릇이었다.

완벽한 오후였다. 가을이 막 시작하는 때였고 이제 막 다듬은 잔디의 신선한 냄새가 공기에 짙게 배어있었다. 그 냄새를 맡으니 아주 오래전의 기억이 떠올랐다. 그 시절 그에게 필요했던 건 이웃의 잔디를 깎고 받았던 몇 달러 안 되는 돈이었다. 동네를 벗어나는 길을 천천히 뛰었다. 보통은 잔디를 다듬는 이웃들과 이야기를 하거나 산책하는 강아지들을 쓰다듬었었지만, 오늘은 시내 중심가로 향하는 내내 고개를 푹 숙이고 있었다.

제이스는 고등학교, 대학교 시절 내내 크로스컨트리를 했고 한창 몸이 좋았던 20대 후반에는 뉴욕 마라톤 대회에도 참가한 적이 있었다. 달리면 평온해지면서 머릿속에 있는 잡념들을 잊을 수 있었다. 자신의 속도와 심박 수에 집중하면서, 한계에 다다르는 순간에 어떻게 하면 쓰러지지 않고 살아서 집에 돌아갈 수 있을지 생각했다. 이외에는 다른 생각을 할 수가 없었다.

이번에는 제이스에게 임무가 있었다.

그는 5~6킬로미터를 뛰어 공원으로 향했다. 이 공원에는 트랙이 잘 포장되어 있었고 하키장, 야구장, 테니스장이 설치되어 있다. 여름에는 아이들을 위해 물놀이를 할 수 있는 공간도 마련된다. 지난여름 테사와 함께 캔디 산책을 시키던 장소이기도 했다.

그렇기에 그는 정확히 어디로 가야 하는지 알고 있었다.

캔디는 양치기 견종이었기에 목줄 없이 여기저기 탐험하고 다니기를 좋아했다. 산책할 때는 테사나 제이스 옆에서 얌전히 걸었다. 한 번은 다람쥐가 테사 앞에 나타났었는데 그 뒤를 쫓으며 사선으로 이리저리 숲을 거닐었다. 물론 다람쥐가 더 빨랐지만, 캔디는 강한 집착을 보이며 커다란 나무 위를 재빨리 타고 올라갔다. 그 모습을 보고 제이스와 테사는 크게 웃었다. 그리고 거대한 나무를 보며 자연의 경이로움에 감동했다. 밑동이 3미터나 되는, 뉴저지에서는 보기 힘든 큰 나무였다. 튼튼한 나뭇가지들이 저마다 크게 드리워져 있었고 뿌리도 땅 깊숙이 자리 잡고 있었다. 부모님이 사시는 플로리다의 세인트 피터스버그 근처에서나 볼 수 있는 그런 나무였다. 여러 갈래로 뻗은 밑동 한가운데 난 거대한 구멍과 나뭇가지들이 만든 모습은 마치 자연이 만든 요새 같았다. 요정들이 그 속에서 살 것만 같았다. 말 그대로 **트리하우스**였다.

제이스는 그 날 테사와 캔디와 함께했던 그곳을 향해 뛰었다. 9월 말의 날씨를 즐기며 달리고 있는 다른 이들을 지나쳐왔다. 사람들은 개와 산책했고 아이들은 자전거를 타고 있었다. 캔디가 거닐던 숲의 분기점에 거의 다다랐을 때 그는 잠시 멈춰 섰다. 그의 양손을 무릎 위로 얹고는 과장된 자세로 누군가 있지는 않은지 주변을 둘러봤다. 제이스는 듣고 있던 음악을 껐다. 분노로 가득한 곡이었다. 공원에 가득한 적막 사이로 벌이 날아다니는 소리가 들리자 새삼 오늘 날씨가 얼마나 좋은지 느껴져 놀라기도 했다.

막다른 곳에 다다르자 그는 오른쪽으로 방향을 틀었다. 두껍게 쌓인 나뭇잎 위를 걸어 마침내 그 나무를 발견했다. 그 장엄함에서 오는 아름다움은 완벽에 가까웠고 무언가를 숨기기에 가장 적합한 곳이기도 했다. 그는 자신의 상체를 둘러싸고 있는 테이프를 뜯으며 움찔했지만 이내 작은 총에 붙은 테이프를 모두 벗겨냈다. 38구경 칼리버였다. 그의 바지 주머니 속에는 처음 이 총을 구했을 때 함께 들어있던 총알 여섯 개가 들어있었다. 그는 땀으로 흠뻑 젖은 자신의 티셔츠로 총에 묻은 지문을 닦아냈고 나무 가장자리에 난 구멍에 총을 넣었다. 나무 요정들이 알아서 처리해 줄 것이다. 같은 장소에 총알까지 집어넣고는 낙엽을 그 위에 덮었다.

그리고는 다시 좌우를 살폈다. 아무도 없었다. 아무것도 없었다. 숲에서 동물을 쫓는 이름 모를 개도 없었다. 윙윙대는 벌도 보이지 않았다. 숲길 끝으로 다시 돌아와 콘크리트 도로 근처에 서서는 길 양쪽을 두리번거렸다. 그의 모습은 마치 길을 건너는 어린아이 같았다. 아무도 보이지 않았다. 혹시 먼발치에 그가 미처 보지 못한 누군가 있을까 하는 마음에 제이스는 가던 길을 멈춰 체조와 스트레칭을 했다. 지나가는 주민이 그를 본다면 근육이 당겨 잠시 휴식을 취하는 것으로 알 것이었다.

누구도 그가 불법 총기를 숨기는 중인지 알지 못할 것이다.

그의 발이 도로 위를 빠른 걸음으로 내달렸고 그는 다시 분노가 가득한 음악을 틀어 걸음 속도를 높였다. 800미터를 뛰고 또다시 5킬로미터 넘는 길을 뛰어 공원에서 집으로 돌아왔다.

임무를 완수했다.

17
테사

———◆———

일요일 내내 호텔 침대에 누워있었다. 나갔던 일이라고는 먹을 것을 구하기 위해 한 블록 아래 있는 맥도날드에 다녀온 게 전부였다. 그리고 월요일 아침이 됐다. 하지만 여전히 일자리를 구할 수는 없었다. 이런 얼굴을 하고 일을 구할 수는 없다. 다 데이먼 때문이다. 여느 때와 마찬가지로 머리에 난 혹은 모양새를 갖춘 채 며칠은 더 갈 것이다. 보라색 멍에는 이미 익숙해졌다. 푸른 멍 자국은 그 색이 더 짙어질 것이다. 찢어진 입술은 립스틱으로 가려지지도 않는다. 오히려 내 얼굴을 파충류처럼 보이게 하고 있다.

마리벨이 보낸 문자를 다시 열어봤다. **됐어요. 이제 기다리기만 하면 돼요.** 얼마나 기다려야 하는 걸까? 그녀에게 전화하기로 마음먹었다. 통화음이 들리자 무의식 속에 있던 분노가 들끓어 올랐다. 그녀가 나를 돕고 싶다고는 했지만, 그녀를 믿어도 되는 걸까?

"혼자 있어요?" 그녀가 전화를 받자 나는 절반은 꾸민 목소리를 하고 물었다.

"아, 잠시만요." 그녀가 답했다.

전화가 깊은 어딘가로 던져지는 소리가 났다. 그녀는 지금 나쁜 새끼와 회사에서 한 공간에 있어 선불폰의 정체가 들통나지 않도록 숨기고 있는 듯했다.

"몇 분 있다가 바로 전화할게요. 커피라도 사러 나가야겠어요."

그녀가 속삭이더니 전화를 끊었다.

기다림은 문제가 되지 않았다. 적당한 때가 있는 법이다.

그러나 큰 키에 금발 머리를 한 그녀를 떠올리는 5분은 너무도 고통스러웠다. 그 나쁜 새끼가 선물한 값비싼 힐을 신고 또각또각 걸을 것이다. 그는 특정한 외형을 갖춘 여자를 좋아했고 나도 얼마간은 그 조건에 부합했다. 마리벨 로페즈의 아버지는 푸에르토리코 출신이었지만 그녀는 어째서인지 백인 어머니의 모습을 더 닮아 있었다. 아버지처럼 키가 컸지만, 생김새는 어머니와 더 비슷했다. 특히 금발의 머리와 하얀 피부색이 그랬다. 처음 그녀를 만났을 때 나는 그녀가 모델인 줄 알 정도였다. 곧바로 나쁜 새끼가 그녀에게 빠져 있다는 사실도 깨달을 수 있었다. 지금 그녀는 싸구려 선불폰을 자신의 잭포센 핸드백에 넣고는 그의 사무실에 얼굴을 들이밀고 잠시 나갔다가 돌아오겠다며, 그에게 뭐 필요한 것은 없는지 묻고 있을 것이다. 그게 보통 일을 시작하는 방법이었다.

몇 주 전 내가 그녀에게 접근했을 때 마리벨은 내게 모든 것을 털어놓았다. 그녀에게는 선택권이 없었다. 그녀는 그가 다니는 헤지펀드 회사에서 그의 '오피스 와이프'였다. 그녀는 **진짜** 와이프인 내 존재를 알고 있었다. 나쁜 새끼가 고객을 만나러 가고 없을 때 내가 그녀를 찾아갔다. 내가 그녀의 차를 세웠고 그녀도 자기 차를 멈췄다. 그녀는 내가 차에서 내리는 것을 보고도 놀란 기색이 없었다. 마리벨은 무언가를 속이는 데 능숙했다. 어쩌면 그녀는 내가 단지 인사를 하러 들렀다고 생각했을 것이다. 그래서 모든 불륜녀가 들키지 않기 위해 하는 행동을 한 건지도 모르겠다. 잘 맞춰주고, 웃고, 거짓말하는 것.

그녀는 문 앞에 서서 내게 손을 흔들어 인사했다. 바지에 실수라도 한 듯한 모양새였지만 꿋꿋했다. 나는 더 가까이 다가가 그녀의 검은 눈동자를 바라보았다. 내가 나타나자 그녀의 얼굴에 충격을 받은 표정이 드러났다. 내가 그녀에게 둘의 관계를 알고 있다고 말하며 나쁜 새끼가 내게 반복적으로 한 행동에 대해서 털어놓았다. 그녀는 내 말을 믿었다. 갑자기 버럭 화를 내거나 '미친 건 너'라며 자신들은 진심으로 사랑하고 있다는 등의 반응은 보이지 않았다. 내가 그에게 어울리지 않는 여자라고 질투하거나, 내게 맞서는 보통의 불륜녀들이 하는 짓은 하지 않았다. 그녀는 내 이야기를 듣자마자 바로 공감하면서 나를 자신의 집 안으로 초대해 커피를 내주었다. 나는 그녀 앞에서 울기까지 했다. 그녀는 진심을 담아 사과하며 자신이 그의 매력에 빠져 두어 달 관계를 지속했다고 말했다.

물론, 나도 알고 있는 사실이다.

내가 지난날 만났던 남자들로 인해 알게 된 사실이 있다면 나는 바람피우는 남자를 알아차릴 수 있다는 것이다. 그 징조들. 늦은 귀가. 집에 돌아오자마자 하는 샤워. 내 감정들을 완전히 무시하는 행동들. 그가 지난 몇 달간 보였던 행동들은 가슴에 A라는 성적표를 받을 만했다. 그보다 더 분명할 수는 없었다. 언젠가 그가 25년산 스카치를 마시고 정신을 잃었을 때 나는 그의 핸드폰을 뒤졌다. 의심으로 가득 찬 아내들이 하는 행동이었다. 모든 증거가 거기 있었다. 대부분의 바람난 남편들은 아내가 아닌 다른 상대와 주고받은 야한 메시지들을 읽고 또 읽으며 자존감을 확인하고는 한다.

마리벨이 몰랐던 사실은 내가 그에게 어떤 취급을 받았느냐는 것이다. 둘의 관계가 시작될 때, 그는 보통의 불륜남처럼 그녀에게 말했다. **아내는 내게 관심이 없어. 그렇다고 나가서 일하지도 않아. 나는 아내에게 모든 걸 다 해줘. 잠자리는 점점 줄어들고 있어. 나는 아직 활력 넘치는 남자라고.** 왼쪽 네 번째 손가락에 끔찍한 족쇄를 찬 듯 슬프게 말이다. 물론 나쁜 새끼가 **매력적**이기는 하다. 그래서 나도 그에게 빠졌던 것이지만 그건 전혀 다른 문제의 이야기다.

그러던 어느 날 저녁, 마리벨은 늦게까지 회사에 있었다. 그도 마찬가지였다. 잘못을 저지르는 사람들이 자주 하는 말이 뭐더라? 일이 어떻게 이렇게 됐는지 모르겠다는 말이다. 그의 성기가 자연스럽게 벌어진 그녀의 넓은 다리 틈 사이로 들어갔을 것이다.

하지만 이야기가 빗나갔다.

사무실을 떠나기 전 뭐 필요한 것은 없느냐고 그녀가 그에게 물었다. 그는 고양이 마냥 그녀를 테이블 위로 덮쳤다. 몇 달을 서로에게 치근덕대다가 결국 실수가 있었다고 그녀는 설명했다.

열여섯 번을. 두 달 동안 열여섯 번이었다. 실수라고 하기에는 엄청난 수였다.

하지만 그녀는 나를 믿었고 그 부분은 고마웠다. 그녀는 내 손을 잡았다. 그가 나를 이 지경까지 몰고 온 것에 대해 화를 내며 들어줬다.

떠나는 게 무섭다는 이야기를 마리벨에게 했다. 그녀는 자신이 저지른 불륜에 대해 죄책감을 느낀다며, 내게 필요한 일이 있다면 돕겠다고 했다. 오히려 한 발 더 앞서 나가며 자신이 그를 맡겠다고까지 했다. 내가 다음 행보를 결정할 몇 주 동안 몇 번의 섹스를 더 하며 관계를 이어가 보겠다고 말했다. 그리고 내가 사라진 후에 그에게 죄가 있는 것처럼 자신들의 불륜관계에 대해 경찰에 진술하겠다고 했다. 그녀는 그의 인생을 파괴할 것이다. 취할 수 있는 모든 압박을 가할 것이다.

그리고 나를 안전하게 할 것이다.

나는 평생 단 한 번도 진정한 친구란 것을 가져본 적이 없지만 어쩌면 이런 게 진짜 친구가 아닐까 하는 생각이 들었다. 내 뒤를 지켜주는 그런 사람. 여자의 힘이랄까 그런 것.

전화가 울리고 나는 과장된 몸짓을 하며 전화를 받았다. 흥분됐다. 지금 내 얼굴의 미소를 그녀가 볼 수는 없겠지만 목소리에서 느낄 수는 있을 것이다.

"여보세요." 내가 말했다.

"네. 시간이 몇 분 정도밖에 없어요. 그래도 원하던 대로 일 처리를 했어요."

그녀의 목소리에서 나는 안도감을 느꼈다.

"드류가 저한테 금요일 밤에 당신이 사라졌다고 말하지는 않았지만 무슨 일이 생기긴 했다고 느끼긴 한 거 같아요. 저한테 말했던 대로 제가 계속 문자를 보내서 그 더러운 섹스를 해주겠다고도 했어요. 늦게까지 답장이 없었는데 아마 그때가 당신이 말도 없이 떠났다는 걸 알게 된 시점 같아요. 근데 우린 알잖아요, 얼마나 그 자식이 더러운지. 저한테 왔더라고요. 당신이 사라졌다는 이야기도 없어요. 당신이 뭔가 배신했다고는 말하긴 했는데 결국 저한테 왔어요. 저를 사랑하거든요." 그녀가 비웃으며 말했다. "그동안 그런

놈을 믿었다니 저 스스로가 너무 바보 같아요."

"그게 드류 특기예요. 상대가 자신을 멍청하게 느끼도록 하는 거요." 그의 여성혐오의 대상이 되었던 지난날과 그가 보인 나르시즘을 돌이켜보며 말했다. "드류는 그 피와 머리카락을 보고도 섹스하고 싶어서 당신 집에 간 건가요?" 그녀는 내가 고개를 흔드는 모습을 보지는 못했지만 나는 고개를 저었다. "내가 죽었을 수도 있는 상황인데 전혀 상관도 하지 않네요. 내가 사라져서 기쁜가 봐요."

드류를 처음 만났을 때 나는 그의 사무실 근처에 있던 아침 식사를 파는 작디작은 레스토랑의 웨이트리스였다. 그는 그 레스토랑의 소시지와 달걀, 그리고 치즈가 곁들여진 구운 크루아상이 주에서 제일 맛있다고 말했다. 그가 내게 추파를 던지면 나는 맞받아 쳤다. 그가 내게 데이트를 청할 때까지 몇 주를 반복했다. 미스터 헤지펀드 맨은 샌드위치 가게의 멍청한 웨이트리스를 구원하기 원했다.

아니, 그는 나를 구하려던 게 아니었다. 그는 나를 통제하려던 것이었다. 그는 자신의 술수를 퍼부을 만한 대상이 필요했고 내가 거기에 딱 들어맞았다. 그가 나를 때린다 해도 내가 갈 곳이 어디 있었겠는가? 거처 역시 원룸 아파트 —크레이그리스트에서 찾은 코카인을 팔던 룸메이트와 함께 살던— 에서 교외 유토피아로 업그레이드되었다. 그 역시 내가 샴페인 맛은 본 후에 다시 수돗물을 마시는 인생으로 회귀하지는 않을 것이라는 사실을 알고 있었다.

그가 옳았다. 얼마간은.

"그래서 총도 심어 놨어요?" 내가 물었다.

"네. 금요일 밤에 그 죽지도 않는 미친놈하고 섹스해야 했어요. 역겨웠어요. 그래도 드류가 잠든 다음에 그의 지문을 총 여기저기

묻혀 놨어요. 당신이 주말 동안 가족을 만나러 집을 비웠다고 하면서 어제 저를 집으로 부르더라고요. 그래서 총을 가져다 놓을 수 있었어요. 신지는 않고 버리지도 않는 그 낡아빠진 신발이 있는 옷장 안 뒤쪽에요. 대학 때 샀다는 그 신발 말이죠."

그가 왜 그 신발을 버리지 않는지, 사적인 이야기까지 그녀가 알고 있다는 사실에 잠시 몇 초간 마음이 아팠다.

그녀가 말을 이어나갔다. "그리고 여기저기에 제 머리카락도 흘려 놓았어요. 침대 뒤에는 할머니가 주신 제 반지까지 흘렸고요."

그녀는 잠시 말을 멈췄다. 그 반지가 얼마나 큰 의미를 지녔는지 나는 알고 있었다. 이 결정적인 단서를 남기는 것은 나의 생각이었다. 그것도 아주 좋은. 이 일이 끝나고 나면 그녀는 반지를 되찾을 수 있을 것이다.

"드류는 반지가 거기 있다는 걸 절대 알아차리지 못할 테지만, 제가 경찰에 우리 사이에 대해서 말하면 드류는 아마 부정하겠죠, 물론. 그러면 저는 제 반지가 사라졌으니 찾아 달라고 할 거고요. 또 당신 침대에 제 머리카락도 남아 있어요. 침대 매트리스하고 프레임 사이에는 속옷도 숨겨놓았어요."

"알겠어요, 좋아요."

그녀에게는 힘든 일이었을 것이다. 그녀가 사랑에 빠진 남자는 괴물이었다. 그 사실이 나를 아프게 한 만큼 그녀에게도 상처가 될 것이다.

"괜찮은 거죠? 잘 지내고 있는 거예요?"

"전 괜찮아요." 그녀가 빠르게 답했다. "모두 실수를 하니까요. 내 실수는 최악이었지만… 드류가 당신에게 한 짓에 대해 대가를 치르도록 할 거예요. 제가 이 관계를 계속 이어간다면 저한테도 똑같은 짓을 하겠죠. 다시 한번 죄송해요."

"그만 해요. 당신을 탓하지 않아요."

"그래서, 어디 계신 거예요?" 그녀가 물었다.

나는 잠시 말을 멈췄다. "모르는 게 나을 거예요. 말 안 할래요."

내가 지금 북쪽으로 160킬로미터 떨어진 뉴저지에 있다는 사실을 마리벨이 알 필요는 없었다. 특히 내가 그녀에게 남쪽으로 갈 거라고 말한 뒤라 더더욱 그랬다. 그녀가 알고 있는 사실에서 가장 멀리 떨어진 곳에 남고 싶었다.

"알겠어요." 그녀가 말했다. "이번 주에 남은 일을 마저 하려고요. 별문제 없으면 아마도 월요일요."

"좋아요. 그럼 그때까지는 인터넷으로 뉴스 검색을 하지 않아도 되겠네요. 내 실종이 공식 사건화되면 알려줘요."

"그럴게요. 잘 지내고 있어요, 테사. 새로 잘 시작해봐요. 당신에게 마땅한 대우를 해주는 사람을 만나봐요." 그녀가 한숨을 내쉬었다.

"저도 그렇게 해볼게요."

우리는 작별 인사를 나누고 통화를 끝냈다.

내가 대접받아 마땅한 대우를 해주는 사람을 만나라고? 내가 어떤 대접을 받아야 마땅한 사람인지조차 이제는 알 수 없다.

옷장 위에 놓인 그녀의 명함이 나를 부르는 듯했다. 제이스 몽고메리. 명함에 쓰여 있는 것을 보아하니 그는 지역 은행의 어시스턴트 매니저로 있는 것 같다. 지난밤 일을 다시 한번 인사하고 싶지만 그러지 않기로 한다. 아직은.

결국은 하게 되겠지만. 내가 누구인지 숨겨야 할지라도.

18
제이스

—◆—

집에만 있자니 철창에 갇힌 쥐가 된 것 같았다. 집 밖에 다시 나가고 싶지 않았고, 집에는 캔디와 제이스만이 이 방 저 방을 돌아다니고 있었다. 텔레비전을 보다가 신문을 읽기를 반복했다. 그리고 전화를 쳐다보며 벨이 울리기만을 기다렸다. 솔로몬이 테사를 찾았다는 전화를 해주기를 바랐다.

최악은 그녀의 **시신**을 찾았다는 전화가 될 것이다. 제이스는 그 생각을 떨쳐버렸다. 부정적인 생각으로 시간을 보내고 싶지 않았다. 테사는 과거에도 잘 살아서 버텨왔다. 그는 자신이 무언가라도 할 수 있기를 바랐다. 그의 아내의 장례식을 준비하는 것만은 하고 싶지 않았다. 불안감을 느끼는 또 다른 이유는 솔로몬이 언제라도 영장을 들고 나타날 수 있다는 사실 때문이었다. 그들이 찾을 수 있는 건 없지만, 동네에서 **그렇고 그런** 사람이 되고 싶지 않았다. 실종된 아내를 둔 남편이자 아내 살해 용의자가 되어 경찰이 집을 수색하는 그런 사람.

그는 또다시 기사에 달린 삼백 개가 넘는 댓글을 읽으며 시간을 보내고 있었다. 그러지 않으려고 했지만 어쩔 수 없었다. 그중 몇몇은 정말 악질이었다. 아침 일찍부터 미친 듯이 댓글을 남기던 한 소녀의 흥분은 아직도 누그러지지 않은 듯했다.

쉘리DGTS214: 왜 아직도 짐승이 체포되지 않는지 모르겠네! 여기가 무슨 도시도 아니고 사람이 그렇게 쉽게 사라지는 동네가 아니라고! 남자가 죽인 게 분명해.

헬렌캐러라: 내 말이!

더부800: 은행에서 본 적 있어요. 얼굴에 소름 끼치는 뭔가 느껴지더라고요.

쉘리DGTS214: @더부800 살인자 얼굴에 소름 끼치는 뭔가가 느껴졌다고요? 놀랍네요!

존클레인6969: 다들 진정들 좀 하시죠. 우리나라는 죄가 증명될 때까지 무죄로 추정하는 거 아니었나요?

쉘리DGTS214: 그럼 왜 오늘 또 그 남자가 경찰서에 갔던 걸까요 @존클레인6969? 오늘 그 남자를 데려다가 신문했다고 들었어요! 퍽도 무죄 같네요. 망할 살인자!

존클레인6969: '들었다'고요 @쉘리DGTS214? 스토킹하는 건 아니고요? 어쩌면 당신이 범인일 수도 있겠네요.

쉘리DGTS214: 가부장적이네요. 당신은 좀 짜지시고요 @존

클레인6969. 당신이 그 살인자 친구라도 놀
랍진 않네요.

스윗빅토리아XO: 그 남자를 알지는 못하지만… 저도 아직 그
가 범인이라고 단정 짓지는 않겠어요.

쉘리DGTS214: 죽은 테사 씨가 이제는 여자까지 자기한테 등
을 보였다는 사실을 알면 퍽이나 좋아하겠어
요. 당신도 꺼져요 @스윗빅토리아XO!

죽은 테사. 이 말에 그의 가슴이 조여왔다.

쉘리 어쩌고 하는 여자가 이 댓글 단에 주동자 같은 인물이었고
자기 각에 동의하지 않는 사람은 누구든지 공격을 하고 나섰다. 그
녀의 공격은 계속되었고 제이스는 어찌할 바를 몰랐다. 이번에는
그도 충격을 받았다. 그웬과 대화를 나눠야만 했다.

오늘 낮에 그가 조깅을 하러 나갔을 때보다 훨씬 더 많은 사람이
밖에 나와 있었다. 누군가는 잔디를 깎고 있었고 아이들은 자전거
를 타고 있었으며 강아지 산책을 시키는 사람들도 더러 있었다. 그
는 갑자기 뉴욕 레인저스 모자로 얼굴을 가리고 있는 자신이 아르
테미 파나린[18]이라도 된 것 같은 생각이 들었다. 아무도 자신이 제
이스 몽고메리인 것을 알아보지 못할 거라고 생각했다. 친절한, 러
빗 로드가의 살인자.

제이스는 뒷문으로 나갔다. 숲을 가로지르면 닉과 그웬 집의 작
은 창고 근처로 갈 수 있었다. 옆으로 돌아가기만 하면 정문이 바로

---

18 뉴욕 레인저스 아이스하키팀의 레프트 윙어

보였다. 물론 이렇게 몰래 다니는 게 오히려 그를 고양이 도둑처럼 보이게 할 수도 있다. 그렇지만 보는 눈이 많은 길가를 걸어가는 위험을 감수하면서 그웬 부부의 집에 커피나 얻어 마시러 들르는 것처럼 보이고 싶지는 않았다. 모퉁이를 돌아 노란색 문으로 된 부부의 스타코 재질 집에 도착했을 때, 그는 자신의 떨리는 손을 어떻게든 해야만 했다. 그는 깊게 숨을 들이마신 후 초인종을 눌렀다. 발소리가 들리더니 닉의 얼굴이 창문 너머로 보였다. 곧 잠금장치를 여는 소리가 들리더니 닉이 문을 아주 조금 열어 보였다.

"왔어요, 제이스?" 닉이 문 뒤에 숨어 말했다. 그의 움직이는 눈동자가 **저리 가**라고 말하는 듯했다. "무슨 일이예요?"

"그웬하고 이야기를 하고 싶어서요."

닉이 고개를 돌려 뒤를 쳐다보자 제이스는 초능력을 발휘해 큰 문 뒤에 있는 그웬의 싫은 표정을 읽을 수 있을 것만 같았다. 그리고 비밀스럽게 속삭이는 소리가 들렸다.

"그웬, 중요한 일이예요." 제이스가 더 큰 소리로 그녀가 들을 수 있도록 말했다. "그렇지 않으면 내가 여기 오지 않을 거란 거 알잖아요."

속삭이는 소리가 다시 들리기 시작했다. 그러더니 문이 활짝 열리고 그웬이 모습을 드러냈다.

"서둘러줘요, 제이스. 아직 칼렙 상태가 좋지 않아요."

그녀가 직접 대화에 나섰다. 닉은 그녀 뒤에 서 있었다. 그웬은 검정색 요가 바지와 브이넥 셔츠를 입고 있었다. 원래는 하얀색이다가 겨드랑이 부분이 회색으로 변해버린 셔츠였다. 금발 머리는 잘 말아 올려져 있었지만, 머리끈 밖으로 삐져나온 머리카락이 얼굴

여기저기에 붙었다. 그게 그녀의 눈빛을 더 사납게 만들었다. 마치 살인자에게서 자기 가족을 지키는 어미 곰 같아 보였다.

제이스는 간절한 눈빛을 보냈다. "제발 안에서 이야기할 수 없을 까요, 그웬? 진짜 미치게 걱정돼서 그래요. 테사에 대해 얘기하고 싶어요."

그웬의 표정이 일그러졌지만 이내 두 걸음 뒤로 물러섰다. "알겠 어요." 제이스는 현관문 안으로 들어섰고 닉은 문을 닫았다. 그웬은 부엌을 향해 고개를 까딱해 보였고 안쪽으로 걸어 들어갔다. 그 뒤 를 제이스가 따랐다. 칼렙은 아기들이 앉는 식사용 의자에 앉아있 었다. 칼렙이 아기 취급을 받기에는 너무 크지 않은가 제이스는 다 시 한번 생각했다. 칼렙 앞에는 색색깔의 크런치 시리얼이 쟁반 위 에 놓여 있었고 왼쪽에는 우유 한 병이 놓여 있었다.

"안녕, 칼렙. 아픈 게 얼른 나았으면 좋겠구나." 제이스가 말했다.

"칼렙은 괜찮아요." 그웬이 퉁명스럽게 답했다.

그녀는 칼렙이 앉은 의자의 쟁반과 벨트를 분리하고는 그를 안아 들었다. 제이스를 향해 도끼눈을 뜨고 있었다. 제이스는 가족회의 를 열기 위해 이곳에 온 것도 아니었기에 그웬 부부의 아들 앞에서 이 이야기를 하고 싶지 않았다.

"조용한 곳에서 대화할 수는 없을까요?" 제이스의 눈이 칼렙을 향했다.

그웬이 어이없어하며 칼렙을 닉에게 넘겼다.

"저 방에서 칼렙이 놀 수 있게 블록들을 좀 꺼내줄래요?"

제이스는 이전에 칼렙이 걷는 것을 본 적이 있어 그가 걸을 수 있 다는 사실을 알고 있었다. 하지만 그웬은 칼렙이 마치 스와로브스

키 크리스탈로 만들어져서 발이 바닥에 닿으면 큰일이 나기라도 한다는 듯 다뤘다. 네 살짜리 아이가 아직 블록을 가지고 노는 게 맞는 건가? 음료도 컵이 아니라 병에 마시는 게 맞는 건가? 제이스는 정말로 알지 못했다. 그웬은 저 불쌍한 아이를 숨 막히게 하며 평생 자신의 소유로 키우는 데 열중하는 것처럼 보였다.

닉이 그녀에게서 칼렙을 데려갔다.

"이리와. 이번에는 동그라미를 구멍에 집어넣을 수 있나 해보자."

둥그런 얼굴의 칼렙은 제이스를 보며 미소를 보였다. 아빠가 옆방으로 자신을 데려가자 그를 향해 손을 흔들었다.

"말했던 것처럼, 서둘러 주면 좋겠어요." 그웬은 거의 자신의 발을 땅에 구르면서 말했다.

"앉아서 이야기할까요?" 제이스가 물었다.

다시 한번 그녀는 어이없다는 듯이 숨을 내쉬었다. 테이블 위에 걸터앉아서 자신처럼 하라는 제스처를 제이스에게 보였다.

"봐요, 그웬. 테사가 뭐라고 했는지는 알아요. 경찰한테 내가 총이 있다고 말한 것도 알고요."

"잘됐네요."

올라간 그녀의 눈썹 때문에 그녀의 이마 위에는 엄마들이 가진 위압적인 모양의 주름이 나타났다.

"그웬이 생각하는 그런 게 아니에요." 제이스가 잠시 말을 멈췄다. "테사의 과거에 대해 알고 계세요?"

"폭력적인 상황들을 이미 겪을 만큼 겪었다는 것 정도는 알죠. 그런데 왜 당신까지 그 패턴을 이어나가려는지 모르겠네요."

"맙소사, 그웬. 난 한 번도 테사를 다치게 한 적 없어요. 총도 보호

차원에서 구한 거고요."

"누군지도 모를 깡패한테서요? 테사는 똑같이 깡패짓하는 남편 필요 없어요."

"이제 없어요. 제가 없었다고요. 테사가 원하던 대로요. 그녀가 불편해하는 걸 바라지는 않았어요. 그냥 안전하지 못한 게 싫었다고요." 그는 자신이 방금 말한 내용이 일찍이 경찰에게 진술한 내용과는 상충한다는 사실을 알고 있었다. "경찰한테 이 말은 전하지 않았으면 좋겠어요. 이건 개인적인 문제예요."

그녀는 어깨를 으쓱했다. "테사가 나한테 왔었어요. 흥분해서요. 그리고 솔직히 말하면 지금 상황을 어떻게 받아들여야 할지 모르겠어요. 당신이 테사를 어떻게 하지 않았다는 확신이 서지를 않아요."

"테사를 찾으려고 하는 거예요. 제발요, 그웬. 테사의 과거에 대해 들은 게 있다면 제발 말해줘요."

그웬의 얼굴에서 긴장이 풀어진 게 느껴졌다. 그녀가 테사에 대해 아는 내용은 딱 그 정도였다. "테사는 정해진 유형의 남자들만 만났어요. 나쁜 남자요."

"저도 알아요."

그녀의 한쪽 눈썹이 올라갔다. 의심의 눈초리였다.

"어떻게 당신이 그들 중 하나가 아니라고 장담하죠? 그런 패턴을 가진 남자가 아니라는 걸 어떻게 증명하냐고요."

"아니니까요." 그의 목소리가 한층 더 내려갔지만, 그는 재빨리 주제를 바꿨다. "우리가 처음 만났던 날에 대해서도 테사가 말하던 가요?"

그웬이 고개를 흔들었다. "그냥 당신의 예전 룸메이트를 통해서 알게 됐다고만 했어요."

"제가 나머지 이야기를 해 드릴게요."

제이스는 깊게 숨을 들이마시고는 처음부터 이야기를 시작했다. 테사가 데이먼에게 폭행당하고 거의 강간당할 뻔했던 순간을 말할 때 그웬은 헉하는 소리를 내뱉었다. 그는 심지어 테사가 사라진 날 밤 데이먼을 보기도 했다. 그웬이 자신의 얼굴을 두 손에 묻었다가 다시 위를 올려 보았을 때 그녀의 눈은 촉촉해져 있었다.

"저한테는 그런 이야기 한 번도 한 적 없어요."

제이스는 그녀의 목소리를 거의 들을 수 없었다.

"테사는 다른 일에 대해서도 거의 이야기하지 않았어요." 제이스가 말했다. "그래서 제가 퍼즐을 맞출 수가 없는 거예요. 테사가 전남편 이름을 말한 적은 없었나요?"

"아니요. 테사가 그것도 말 안 했어요?"

"네." 그가 고개를 저었다. "그웬이 말한 총 이야기 때문에 제가 지금 심각한 문제에 처하게 된 것 같아요. 제가 테사를 위협하기라도 한 것처럼 말했잖아요. 전 그런 적 없어요. 단지 테사를 보호하고 싶었다고요."

제이스는 자신이 계속 말을 하면 그녀의 머리 속에 진실을 담을 수 있을 거라고 여겼다. 그녀는 진실을 알아야 한다. "처리했어요. 경찰한테는 총을 가져본 적조차 없다고 말했어요."

이번에는 이웃과 대화하는 것처럼 말했다. 친구처럼. "테사가 한 말을 잘못 이해한 거였다고 경찰한테 말할 방법은 없을까요?"

그녀의 눈이 커졌다. "거짓말을 하라고요?"

"아니요. 네. 모르겠어요." 제이스가 눈을 꾹 감고 자신의 코를 한

번 매만졌다. "뭐라도 아는 게 있으면 좋을 텐데. 아무거나요. 테사를 찾고 싶은 마음뿐이라고요."

그웬은 자신의 손을 제이스의 손 위로 가져갔다. 자신이 생각했던 것보다 더 다정한 제스처였다. 그것만으로도 제이스는 마음이 편안해졌다. 그웬이 자신의 편에 설 것이라는 것을 느꼈다.

"테사가 불평하던 게 하나 있어요."

제이스가 눈을 크게 뜨고 그녀를 바라봤다. "뭔데요?"

"당신 회사에 그 여자요. 로잘리타-라던가?"

"로지타요. 그 사람이 뭐 어떻대요?"

"맞아요, 로지타. 테사는 둘 사이에 뭔가 있다고 생각했어요. 적어도 로지타는 당신에게 마음이 있는 것 같다고요."

로지타와 자신 사이에 있었던 일을 말할 타이밍도 장소도 아니라고 생각한 제이스는 더 이상의 정보도 공유하고 싶지 않았다. 지금은 사실을 찾아 나서는 자신만의 임무 중이었다.

"테사가 왜 그렇게 생각했을까요?"

"로지타가 테사를 협박했으니까요."

"협박이요?" 얼굴이 벌겋게 달아오른 제이스는 주먹을 꼭 쥐었다. **어떻게 감히?**

"맞아요. 초반이었어요. 둘이 결혼한 직후예요."

"그 여자가 뭐라고 했다고 하던가요? 테사는 한 번도 제게 이 말을 한 적이 없어요."

"당신과 그 여자… 회사 일에 대해서 말했다고 하더라고요."

"그웬, 제발요. 그 여자가 뭐라고 말했는지 정확히 알아야 해요. 중요해요. 잘 생각해봐요."

그웬은 눈을 위로 뜨고 아랫입술을 물고는 생각에 잠겼다.

"맞아요. 당신이 매니저로 승진 한 뒤예요. 축하 파티에서요. 테사한테 원래는 그 자리가 자기 자리였다고, 조심하라고 했다고 했어요."

제이스는 믿기지 않는다는 표정을 지었다.

"말도 안 돼. 승진 전이라면 로지타가 그 일을…"

그만

안 된다. 그웬에게 로지타에 대한 이야기와 그녀가 그 일을 얻기 위해 어떤 노력을 했는지 말할 수는 없는 노릇이다.

로지타를 만나봐야겠다.

19
테사

—◆—

사건이 있고 며칠이 지난 어느 날, 내 얼굴에 난 가장 심한 상처가 화장으로 가려질 정도가 되었을 때 제이스의 회사로 전화를 걸었다. 그의 목소리에서 반가움이 느껴졌다. 내가 누구인지 밝히자 그의 목소리는 더욱 활기를 띠었다. 자세를 곧추세우는 그의 모습이 그려질 정도였다. 그는 내 안부를 물으며 다시 한번 경찰에 신고하고 싶다면 같이 가주겠다고 말했다. 어젯밤 그 집에서 가구를 모두 가지고 나와 창고에 보관했다며 새로운 집을 최대한 빨리 찾기 전까지는 내가 머무는 그 호텔에서 묵을 것이라고 했다.

퇴근 후에 술을 같이 마시기로 했고, 그는 동네에서 일자리를 구할 수 있도록 도와주겠다고도 했다. 내가 '인테리어 디자이너'라고 소개하자 그는 은행에 대출을 받으러 오는 고객 중 인테리어가 필요한 고객이 있다면 나를 꼭 소개해 주겠다고 말했다. 그렇기에 나는 인터넷에 접속해 비즈니스 명함을 만들어야 한다. 요즘에는 만드는 데 돈이 얼마 들지 않는다고 들었다. 우선 인터넷에 드류의 이름을 검색해봤다. 처음으로 헤드라인에서 그의 이름이 보였다.

지역 헤지펀드 전문가, 실종된 부인의 유력 용의자로 조사 중

됐다!
나는 링크를 클릭해 기사를 읽기 시작했다.

호머 앤 포스터 파이낸셜에 재직 중인 드류 그랜트가 최근 그의 부인 테사 스미스의 실종 사건의 용의자로 수사를 받고 있다. 결혼 4년 차 그녀는 약 1주 전 사라진 것으로 파악되지만, 그녀의 남편 드류는 경찰에 부인의 실종을 신고하지 않았다.

"원래도 말없이 주말에 스파 여행을 다니고 그랬어요. 그런 건 줄만 알았죠."라고 그는 본지와의 인터뷰에서 밝혔다. 지난 월요일 밤까지 아내가 귀가하지 않자 드류는 부인의 핸드폰으로 통화를 시도했고 통화 연결에는 실패했다고 말했다. 이후 그는 지역 경찰에 실종 조사를 요청했다. 신고가 늦은 것에 대해 질문하자 그는 손사레 치며 노코멘트로 일관했다.

초기 대응 보고서에 따르면 현장에서 피가 발견됐다고 한다. 사건 관련 모든 질문은 그의 변호사인 스턴 앤 토렐리의 크리스티나 맥머혼이 대응할 것이라고 한다. 사건은 메이슨 그레닝 형사가 지휘한다. 해당 사건과 관련된 정보는 경찰에 전화 또는 이메일로 접수하면 된다.

뭐라고? 스파 여행을 하러 가? 이 나쁜 새끼가 말도 안 되는 소리를. 나는 바로 선불폰을 집어 들어 마리벨에게 전화를 걸었다. 왜 마

리벨이 기사가 난 걸 알려주지 않았는지 의아했다. 전화가 음성 사서함으로 넘어가자 나는 전화를 끊었다. 마리벨은 우리가 계획한 대로 그와 함께일 것이다. 그의 사무실에서 발장난을 치며 시시덕거리고 있거나 그가 좋아하는 강가의 위치한 레스토랑에서 그녀에게 사치스러운 점심을 사주고 있을 것이다.

마리벨이 다시 전화 주기를 기다리며 나는 인터넷에서 명함을 주문했다. 업체가 가지고 있는 셀렉션이 꽤 마음에 들었다. 명함에는 내 이름과 선불폰의 번호 그리고 TS5Designs.com 이라는 웹사이트 주소가 들어갔다. 이제 웹사이트를 만들어야 한다. 명함에 적힌 인테리어 디자이너라는 직업명도 디자인도 퍽 마음에 든다. 명함 종이는 두꺼운 것으로 고르고 테두리는 노란색과 회색이 함께 있는 화려한 무늬로 택했다. 내가 요즘 좋아하는 조합이다. 레이아웃을 정하고 나자 일종의 성취감이 느껴졌다. 확실하다. 해냈다.

벌써 상황이 나아지고 있음을 알 수 있었다. 드류와 살면서 풍족한 삶의 맛을 살짝 맛본 이후로 나는 더 나은 삶을 살고 싶어졌다. 내게 주먹을 휘두르기 전까지 그는 내가 사랑받고 있고 보살핌을 받고 있다고 생각하게 했다. 인생이 이럴 수도 있구나 하는 걸 느낀 그 일 년으로 인해 나는 내 미래를 그리게 됐다.

그 부분은 그에게 고마워해야겠다.

다음으로는 웹사이트 이름을 구매했다. 명함을 만들기 전 이미 사용 가능한 이름인지 확인한 후였다. 무료 호스팅 사이트에 매월 7달러만 지불하면 내가 원하는 이름으로 웹사이트를 운영할 수 있었다. 주소에 무작위 이름이 들어가면 전문가답지 못해 보일 것 같았다.

일단 지금은 깔끔한 웹디자인을 유지하면서 내 연락처와 이전 집에서 찍은 사진을 올려놓을 생각이다. 출처가 드러나지 않는 사진 몇 장을 클로즈업한 것이다. 오렌지 튤립이 가득 꽂힌 시크하면서도 묵직한 크리스탈 화병. 푹신한 빨간색 카페트 위에 놓인 회색 1인용 의자와 그 옆에 놓인 1미터가 채 되지 않는 금색 지구본. 클래식한 느낌이 가득한 하얀색 대리석 벽난로와 그 위에 놓인 황동 사자 머리 책꽂이. 이전 집을 장식할 때 모두 사용한 물건들이다. 핀터레스트에서 찾은 아파트 꼭대기 층의 인테리어와 현대적인 분위기가 물씬 풍기는 와인 창고의 사진들도 올려놓았다. 과연 누가 이 사진들을 보면서 진짜 내가 디자인한 작품이 맞는지 의심할까? 혹시 누군가 이 블로그를 보게 될 때 필요한 보여주기식 사진이 필요했다.

　마리벨의 전화가 오기 전까지 나는 성취감을 느끼며 흥분해 있었다.

　"마리벨," 전화를 받으며 내가 말했다. "기사 봤어요."

　"아, 잘됐네요." 상기된 그녀의 목소리에서 안도감이 느껴졌다. "어제 말하려고 했는데 그 자식하고 함께 있느라고 바빴어요. 온몸에 소름이 돋을 지경이었어요."

　"드류한테는 뭐라고 말했어요?" 미치도록 궁금했다.

　"그게," 그녀가 말을 시작했다. "목요일 이후로 계속 같이 있었거든요. 당신 집에서 월요일 밤까지요. 그리고 제가 물었죠. 남편이 주말 내내 없는데도 아내가 불평 안 하냐고요. 그랬더니 언제나처럼, 당신이 불평하긴 한다고 말하더라고요. 그래서 당신이 아직도 가속을 만나러 갔다 돌아오지 않은 거냐고 물었죠. 그제야 당신이 어디 있는지 모른다고 답하더라고요. 별로 심각한 문제가 아니라고 했어요. 그래서 경찰에 신고하라고 설득했죠."

　"그렇군요. 기사에 피가 언급되어 있던데. 그것도 마리벨이 한 건가요?" 내가 그러길 바라면서 동시에 안심하며 물었다. 그녀가 한 일이라는 걸 이미 알고 있었기 때문이었다.

"맞아요. 드류가 중국 본사와 통화를 하는 동안 당신이 뒷문 쪽에 숨겨두고 간 유리병에 담긴 피를 뿌리고 마른 페이퍼 타월로 닦아 냈어요. 어제 드류 점심 사러 나갈 때 그의 차를 빌렸었거든요. 그때 남은 피를 차 트렁크에 뿌렸고요.

그리고 당신이 말했던 대로 어제 선불폰으로 경찰에 신고했어요. 목소리를 다르게 내서 당신 친구라고 말하고 드류가 당신을 때려왔다고 그러니 포렌식 수사를 해봐야 할 거라고 했어요. 그가 당신을 살해했을 거라고요. 드류가 조금 더 압박당하면 경찰에 가서 불륜 사실에 대해서도 말할 거예요."

"알겠어요. 기사에서 보니까 경찰에는 내가 스파 여행을 갔다고 말했더라고요."

"맞아요. 드류가 저한테는 당신이 가족을 만나러 갔다고 했다고 경찰에 진술하면, 더 의심스러워 보일 거예요. 진술에 구멍도 많을 거고요."

"그렇겠죠. 거짓말쟁이는 거짓말만 하는 법이니까요. 드류 같은 부류들이 하는 짓이죠."

드류는 제 무덤을 파고 있었지만, 그 사실을 인지하지 못하고 있었다. 불륜 사실과 나를 폭행해 온 사실이 드러나면 그는 더 확실한 살인 용의자가 될 것이다.

"계속 연락해요, 마리벨. 그 자식이 체포될 수 있게 내가 해야 할 일이 있다면 알려줘요. 이 일은 우리가 같이하는 거예요."

"알죠. 저한테 그런 일이 벌어지기 전에 당신이 나를 찾아와 줘서 고마울 뿐이에요." 그녀가 하던 말을 멈췄다. "그리고 이런 일이 생겨서 참 유감이에요. 알잖아요. 그놈은 공식적으로 자기가 용의자로 지목되지 않는 이상, 계속해서 당신을 찾아다닐 거라는 걸요. 당신이 숨어 지낼 수 있는 데 필요한 일이라면 뭐든지 도울게요."

"고마워요. 당신이 이런 일에 끼어들게 해서 미안해요. 연기하게 만들어서요."

그녀가 웃었다. "쉽지 않지만 좋은 일이란 원래 잘 일어나지 않잖아요."

통화를 끊고 제이스를 만날 채비를 했다.

아까 그에게 시내에 있는 한 레스토랑에서 만나자고 말했다. 혹시라도 그에게 나를 데리러 오라고 하면 그가 이상한 생각을 할 수도 있기 때문이었다. 그와 내가 다른 층에 살고 있기는 하지만 밥을 먹고 함께 같은 장소로 돌아오는 일은 좀 이상하게 느껴질 것 같았다.

하얀색 브이넥 티셔츠에 청바지를 입었다. 신발은 검은색 앵클부츠로 골라 캐주얼 한 분위기를 냈다. 그도 이미 알고 있는, 얼굴에 난 멍들은 화장으로 가렸다. 나는 약속보다 일찍 나와 15분을 걸어 시내 중심가로 나섰다. 날씨는 완벽했고 메모리얼 주간까지는 일주일 정도가 남아 있었다. 서쪽으로 약간 지고 있는 태양이 고층 건물 뒤에 숨어 오렌지와 수선화 빛의 하늘을 만들고 있었다. 석양이 만든 검은 실루엣은 한 폭의 그림이었다.

시내 끝 모퉁이 길에 있는 레스토랑 주피터를 찾았다. 블록의 반이나 차지할 정도로 큰 규모였고 내부도 아주 근사했다. 뒤편에 마련된 테이블은 하얀 린넨 테이블보와 중앙에 놓인 조화로 장식했다. 삼면이 창으로 둘러싸여 있고, 열린 창틈으로 따뜻한 봄바람이 들어왔다. 덕분에 공간이 더 크게 느껴지면서도 야외에 나와 있는 듯한 기분이 들었다. 그 즉시 나는 핀터레스트에서 찾은 사진을 떠올리며 '나라면 이렇게 장식했겠다' 하는 이미지를 떠올렸다. 공간 한가운데에 대형 크리스탈 샹들리에를 설치하는 대신에 도시적인 느낌을 주는 레일을 설치하면 어떨까? 다양한 조명을 달면 시내 중심가에 저녁을 먹으러 온 손님들에게 로맨틱한 분위기를 선사할 것이다.

종업원이 상주하는 데스크 앞 공간은 더 크고 분주한 느낌이 들었다. 중앙에 놓인 바는 튼튼한 오크로 만들어진 높은 바가 세 면으로 놓여 있었고, 오는 순서대로 서빙되는 시스템 같았다. 동네 사람들이 어떻게 사는지 볼 수 있어 절로 웃음이 났다. 어린 여자 손님들은 코스모 잔을 들어 부딪혔다. 남자들은 생맥주를 주문하고 있었고 정장을 입은 중년의 신사들은 무거운 잔에 든 스카치를 살며시 흔들었다. 바에서 빈자리 하나를 찾아 앉아 레드와인 한 잔을 주문하려던 찰나 누군가 내 어깨를 쳤다.

"다시 만나서 반가워요."

제이스 몽고메리였다. 내 기억 속 모습보다 더 멋있었다. 특히 붓지 않은 눈으로 보니 더 그랬다. 그는 슬랙스 바지에 버튼다운 식셔츠를 입고 타이를 매고 있었다. 그가 몸을 굽혀 웃고 있는 모습을 보고 나는 그를 사랑하기로 했다. 그리고 그는 내게 손을 내밀었다. 그의 손을 마주 잡고 흔들었다. 누군지도 모를 내게 바로 다가와 볼에 키스하는 그런 뻔뻔함이 없어 다행이라고 생각했다.

"왔어요?" 내가 말했다. "여기 자주 오는 곳인가 봐요?"

그가 웃었다. "사무실이 여기서 몇 블록 떨어져 있지 않거든요.

그래서 한두 번 와봤어요."

그는 내게 눈을 한 번 찡긋해 보였다. 내 화장이 떴다거나 하는 말은 하지 않았기에 아직 얼굴 상태가 괜찮을 거라고 여겼다.

예뻐 보이고 싶었다.

"뭐 좀 마실래요? 아니면 테이블에 앉아서 식사할까요?"

그가 오른쪽 손목에 찬 시계를 바라봤기에 왼손잡이라고 생각했다.

"예약 시간보다 우리가 좀 일찍 도착했어요. 혹시 배고프면 테이블 세팅해줄 수 있는지 물어볼게요."

말을 더듬는 그의 모습이 사랑스러웠다. "뭣 좀 마셔요, 우선." 내가 말했다. "중독됐다고 말할 정도로 마시는 게 뭐예요?"

나쁜 새끼들이지.

사실 대개는 레드와인을 마신다.

"저는 샤도네이[19]로 할게요. 변화를 줘 보기로 했다.

"바로 주문할게요."

그가 내 옆에 있는 빈자리를 채웠다. 바텐더 도날드의 관심을 끌었는데, 도날드와 제이스는 주문을 하기도 전에 악수했다. 제이스는 분명 많은 바텐더와 연이 있는 듯 보였다. 데이먼에 대한 생각이 마치 거미가 내 몸을 타고 오르듯 떠올랐다. 발 여덟 개 달린 거미가 나를 곧 물 거라고 생각을 하니 앞이 빙글빙글 돌기 시작했다. 비명이 나오려던 차…

"도날드, 여긴 제 친구 테사예요. 이 동네는 처음이고요. 인테리어 디자이너예요. 마이클이 리모델링 할 때 혹시 전문가 도움이 필

19 화이트와인의 일종

요하지 않을까요? 테사가 한 인테리어를 좀 봤는데 굉장했거든요. 사업 대출을 제가 맡아서 도와주고 있는데, 이 분 인테리어 비용이 몇 배로 뛰기 전에 마이클이 잡는 게 좋을 거예요."

제이스가 내게 다시 눈을 찡긋하며 말했다. "도날드가 칠링한 맛 있는 샤르도네이 한 잔은 여기 테사에게 주시고요. 저는 필스너 한 잔 주세요."

"알겠어요, 제이스." 도날드가 대답하면 나를 바라봤다. "명함 한 장 있으면 줘 보세요."

예상치 못한 제안에 깜짝 놀랐지만 자신감 있는 척 연기했다. 최근 들어 감정 연기를 할 일이 많았다. "주문을 새로 넣어 만들었어요. 여기 온 지 아직 일주일밖에 안 됐거든요."

이번에는 조금 더 적극적으로 나서 이야기했다. "필요하시면 웹사이트 주소 알려드릴까요?"

"그럼요, 좋죠. 마이클한테 알려 줄게요."

도날드는 귀 뒤에 꽂아 두었던 펜과 주문을 적어 두는 작은 수첩 하나를 내게 건넸다. 새로 만든 웹사이트 주소를 적어 건넸다. 적어도 오늘 당장 웹사이트를 만들 대담함이 내게 있음에, 또 도날드에게 그 주소를 전달할 수 있음에 감사했다. 도날드는 받은 종이를 주머니에 넣고는 주문받은 음료를 준비하기 위해 사라졌다.

"고마워요, 제이스. 그럴 필요 없었는데."

정말 정말 고마웠으면서도 말은 그렇게 했다. 이런 일을 이미 겪어 본 적 있다는 듯 행동한 후였기 때문이다. 알고 있기로는 정식 인테리어 디자이너 자격증이 필요한 주는 미국에 세 개뿐이었고 뉴저지는 해당이 되지 않았다. 진짜가 될 때까지 속여라.

허공에 손을 저어 보이는 그의 모습이 태평해 보였다. "별 대단한 일도 아닌데요. 도울 수 있어 기뻐요. 하얀 거짓말을 약간 보태야 했지만요. 그저 새 친구를 도우려는 것뿐이에요."

"그래도 위험하잖아요. 내가 벽은 오렌지 색으로 칠하고 바닥 카페트는 갈색에 베이지색으로 깔고 연방기 액자를 걸어 두는 디자이너일지는 어떻게 알아요?"

"오. 진짜 그래요?"

"오렌지 색으로 칠하지는 않아요." 그를 진지하게 바라보니 곧 그의 표정이 겁에 질린 것처럼 변해 어쩔 수 없이 나는 농담을 그만두고 웃어버렸다. "와, 진짜 쉽게 속네요."

"못됐다!" 그가 소리치며 내 어깨에 손을 얹었다가 바로 뗐다. "미안해요, 그쪽으로 움직이려던 건 아니었어요."

그는 사람이 바글바글한 뒤쪽으로 물러섰다가 누군가와 부딪히고는 사과한 후 다시 내게로 몸을 돌렸다. "오늘은 좀 나아 보이긴 하는데. 기분은 좀 어때요?"

"괜찮아요." 나는 **자주 겪던 일인데요, 뭐.** 하고 말하려다 말았다. 이 남자의 부모님은 참 아들을 잘 키웠다는 생각이 들자 갑자기 궁금증이 생겼다.

"어디 출신이에요, 제이스 몽고메리 씨?"

그가 어깨를 한 번 으쓱하고는 대답했다. "뉴저지에서 평생 살았어요. 고향은 이 동네에서 멀지 않은 곳에 있고요. 호보켄에는 전 여자 친…" 그가 말을 멈췄다. "그리고 다시 돌아왔죠. 그리고 지금은 새로 살 곳을 찾고 있고요." 그가 웃으며 말했다. "집을 구하면 인테리어 좀 도와줘요."

"당연하죠."

나는 그를 바라보며 미소를 지었다. 그의 얼굴에 완전히 빠져들었다. 그는 분명 준수한 외모였지만, 그 때문만은 아니었다. 그의 외모가 연예인처럼 잘 생긴 것도, 길거리 사람들이 지나가다 다시 돌아볼 만한 외모도 아니었다. 하지만 나는 그에게 빠지고 말았다. 그의 얼굴을 바라볼 때면 그 날 나를 구해주던 모습이 겹쳐 보였다. 그에 관한 건 전부 알고 싶었다.

그리고 이제 그 질문을 시작하려고 한다. 그렇지만 물론…

"제이스? 당신이에요?"

"어, 어쩐 일이에요?" 그가 어색하게 인사했다.

"오늘 여기 오는 줄 몰랐어요!"

이 여자는 왠지 모르게 굉장히 신나 보였다. 여자는 자신이 의도적으로 무시당하고 있는 순간을 알 수 있는 본능이 있다. 지금 이 여자는 나를 무시하고 있다. 그리고 빛나는 갑옷을 입은 나의 기사님이 다시 한번 나를 구하려 한다.

그가 몸을 내 쪽으로 틀었다. "로지타, 여긴 내 친구 테사예요. 이 동네로 새로 이사 왔어요." 제이스가 나를 보며 다시 미소를 지었다. "로지타는 은행 동료예요."

"만나서 반가워요, 로지타." 내가 말했다. 상냥하게 응대했다.

그녀는 별다른 말 없이 억지 미소를 보였다. "네, 안녕하세요."

그녀는 입보다 눈으로 말하는 바가 더 커 보였다. 그녀는 내가 입은 티셔츠와 청바지를 위아래로 확인하고 나서 새어 나오는 웃음을 억지로 참고 있었다. 그녀는 몸의 선이 훤히 드러나는 디자이너 랩 드레스를 입고 커다란 에메랄드 귀걸이를 하고 있었다. 옷과는 어울리지 않았지만, 살짝 어두운 빛인 그녀의 살결을 더욱 클래식하게 만들고 있었다. 갈색과 금발이 적절히 섞인 그녀의 긴 옴브레 스타일 머리카락에는 고급스러운 컬이 들어가 있었다. 면도날과 약국 염색약이 만들어낸 앞머리가 있는 내 단발머리 스타일은 보이지도 않았다.

그녀는 제이스 쪽으로 몸을 돌렸다. 여왕벌 모드에서 다시 애처로운 여자 모드로 바뀐 것이다.

"잠깐 대화 좀 할 수 있어요? 따로?"

그녀의 반짝이는 입술이 뾰로통함과 **키스해 줘.** 사이 그 어딘가에 멈춰 있었다.

알겠다. 멋지네. 나의 기사님은 직장에서 애정행각을 벌이는 중이다. 그가 비현실적으로 좋은 남자라는 사실을 알아차렸어야 했다. 진작 알았어야 했다. 모든 남자는…

"로지타, 나중에 해도 될까요? 내가 이제 막 도착해서 테사를 많이 기다리게 했어요. 이제 막 저녁을 먹으려던 중이어서 내 데이트 상대에게 무례하게 굴고 싶지는 않아요."

그녀는 거절에 익숙하지 않은 사람인 듯 보였다. 그녀의 표정이 일그러지는 것에서 알 수 있었다. 그리고 그녀는 거절의 상대가 제이스라는 점에서 더욱 화가 난 것 같았다.

"데이트 상대요? 조안나는 어쩌고요?" 그녀는 시선을 내게 두고 우쭐해하며 말했다. "제이스는 여자친구가 있거든요."

와, 나쁜 년도 저런 나쁜 년이! 여자들은 원래 서로의 편에 서서 응원해줘야 하는 거 아닌가. 그녀의 말은, 여자끼리의 동지애가 우선이어서 해주는 경고의 메시지가 아니었다. 그저 내 기분을 언짢

게 하기 위한 말이었다.

"조안나하고는 헤어졌어요, 로지타. 테사도 조안나에 대해서 알고 있어요. 이제, 실례가 아니라면 그만 가줄래요?" 제이스는 대답하며 손을 내 어깨에 얹었다.

그녀는 전혀 즐거워 보이지 않았다. 더 정확히 말하면 누군가에게 따귀를 한 대 맞은 듯한 표정이었다. 나도 수백 번쯤 저런 표정을 지어 본 경험이 있다.

"으흠. 그렇다면. 전 가볼게요."

그녀는 가죽 하이힐에 몸을 싣고 방향을 휙 틀어 걸어갔다. 인사도 없었다.

부드럽게 저 여자를 거절한다? 체크. 우리가 같이 저녁을 먹을 것임을 저 여자에게 알린다? 체크. 내가 데이트 상대임을 알린다? 더블 체크. 초반에는 확신이 서지 않았지만, 지금은 그렇지 않다. 그의 모습이 마음에 들었다. 내가 만든 가상의 감옥 벽에 또 다른 채점판이 추가됐다.

"미안해요." 제이스가 말했다. "로지타는 좀⋯ 힘들어요. 우리 둘 다 어시스턴트 매니저 직급인데 둘 중 하나가 몇 주 안에 승진하게 될 거거든요."

"아." 내가 대답했다.

만난 지 십 분 만에 그와 그의 직장 동료 사이를 꼬치꼬치 캐고 싶지는 않았다.

"저를 좋아하는 것 같지는 않네요."

"로지타는 자기 인생에 도움이 되는 사람들만 좋아해요. 신경 쓰지 말아요."

주문한 술이 나오자 우리는 잔을 부딪쳤고, 그는 평소처럼 조심스럽게 나에 대해 질문했다. 고향은 어딘지, 왜 이사 왔는지, 인테리어 디자인은 어떻게 시작하게 됐는지, 내가 했던 가장 큰 프로젝트는 무엇인지. 영감은 어디서 받는지, 어릴 적부터 미술에 관심이 많았는지… 질문은 끝없이 이어졌다. 나는 짜인 대로 간단하게 대답했다. **남부에서 왔다. 환경을 바꿀 필요를 느꼈다. 전 남편 회사의 프로젝트의 규모가 가장 컸다. 주변에서 영감을 얻는다. 어릴 때부터 그랬다.**

그렇다, 나는 그에게 어릴 때부터 미술에 관심이 많았다고 했다. 그가 내게 반한 걸 알 수 있었기에 지금 당장 그 앞에서 진실을 꺼내 망치고 싶지 않았다. 사실 내가 어릴 때 나의 엄마는 모든 돈을 맥주와 마리화나를 사는 데 소비했다. 내가 조금 더 컸을 때 엄마는 진과 코카인에 돈을 썼다. 그래서 나는 그 흔한 크레용 하나를 가지고 놀 수가 없었다. 동네 아이들과도 많이 놀지 못했다. 내가 매일 같은 옷을 입고 다니는 바람에, 그런 쓰레기 같은 동네의 친구들마저 나를 피했다. 그래도 내게는 케니 오빠와 이부 언니 오빠들이 있었다. 우리는 한배를 탄 사이였지만, 엄마가 모든 일을 망치고 난 후에는 흩어질 수밖에 없었다. 그래서 십 대 시절의 나는 여기저기 돌아다니며 섹스 인형 같은 삶을 살았다. 인간이 한 달에 최소 얼마만큼 먹으면 **죽지 않는가**를 연구하는 사회 실험의 대상이 된 듯 살기도 했다.

결혼 상대로는 아니지 않은가?

"맞아요, 어릴 때는 늘 그림을 그리면서 시간을 보냈어요. 그러다가 제 그림에 어울리는 이야기를 만들기도 했어요. 또, 그림을 그리면서 색이 조화를 이루는 모습을 보는 게 좋았고요. **오즈의 마법사**를 본 이후에는 색채에 완전히 빠졌죠. 영화가 흑백에서 컬러로 변하는 걸 보면서 마법 같다고 생각했어요. 아직도 제가 가장 좋아하는 영화이기도 하고요."

색채에 대한 이 이야기는 누군가가 한 말을 그대로 반복한 것이다. 예전에 한번 드류는 디자인 커리어에 대한 일일 컨퍼런스에 내가 참여하도록 한 적이 있었다. 내가 그의 성에 차지 않아 나를 더 나은 사람으로 만들게 하기 위한 것이었다. 지금 와서 생각해보면 그는 나를 통제하려고 했었던 것 같다. 어찌 됐든, 그 컨퍼런스의 기조연설자가 색채에 대해 그런 말들을 했었고 나는 수년 전 그 말들을 기억했다. 내가 만나는 모든 사람에게 하고 다니는 말이다.

저녁을 먹기 위해 테이블에 앉고 나서, 나는 그에 대한 질문을 잠시 미뤄뒀다. 내 진짜 모습이 나오지는 않을까 하는 두려움 때문이었다. 그는 마치 90년대 시트콤에 나오는 인물 같았다. 운동을 했고, 장학금을 받았으며, 사교 클럽 회원이었고, 여행을 좋아했다.

"고등학교 때는 야구도 했었고, 달리기도 했었어요." 그가 말했다. "뉴욕 마라톤도 한 번 했었고요."

"와. 정말 열심히 했네요."

"럿거스 대학에서 달리기로 부분 장학금도 받았어요. 우등생으로 대학을 졸업하고 나서는 잠깐 부모님하고 같이 살았고요. 그리고 여행을 좀 다녔어요. 친구들하고 여기저기 다녔던 것 같아요. 다른 은행에서 일하다가 전 여자친구하고 호보켄으로 같이 이사했고 뉴욕에서 은행을 한 군데 다녔어요. 그때 마라톤을 했던 거예요."

묻지 말아라, 묻지 말아라, 묻지 마.

"그 여자 친구하고는 어떻게 됐어요?"

"그 친구는 시카고에 취직해서 떠났어요." 그가 어깨를 으쓱해 보였다. "테사의 전 남자친구는 어떤 사람이었어요? 다들 이야깃거리 하나씩 있잖아요."

"전…" 나는 와인을 한 모금 들이켰다. 샤도네이를 좋아하지는 않지만 어쨌든 마셨다. "나쁜 새끼였어요. 이야기하고 싶지 않아요, 괜찮다면."

그는 자신의 손을 내 손 위로 얹어 어루만지며 나를 위로했다.

식사 후 내가 먹은 비용의 절반을 계산하겠다고 하자 그는 손을 내저었다. 마치 그가 들어본 것 중 가장 바보 같은 짓이라고 생각하는 듯이. 고마웠다. 저녁값을 낼 정도의 돈은 있었지만, 일자리를 구할 때까지는 돈을 아껴야 했다.

시계를 보자 거의 열 한시가 다 되어 있었다. 시간이 왜 이렇게 빨리 간 걸까?

"해안가에 가봤어요?" 그가 물었다.

"해변이요?"

그가 웃으며 말했다. "여기서는 다들 해안이라고 불러요. 미국에서 유일할걸요."

신기했다.

"아니요. 여기서 멀지 않다는 건 아는데, 전 거의… 호텔 안에만 있었으니까요."

얼굴 근처로 손을 가져다 대며 말하긴 했지만, 속으로는 멍 자국이 아직 화장에 가려져 있기를 바랐다.

그는 움찔하며 나를 동정하는 표정을 짓고 테이블 위에 있던 내 손을 잡았다.

"미안해요, 테사."

그때 거기서 나는 그에게 반해 버렸다. 이미 벌써 반했던 거였는지도 모르겠지만 말이다. 그가 가진 무언가가 그를 사랑할 수밖에 없게 했다. 그를 사랑하고 싶다. 너무도 간절히 그를 느끼고 싶다. 그렇지만 이런 나를 누가 사랑하겠는가? 어쩌면 그도 나쁜 새끼 중 하나일지 모른다. 나의 내적 불안감을 눈치채고 나를 착취해 이용하려는 나를 이용하려는 또 다른 사냥개일 수도 있다. 그는 내가 데이먼 일을 경찰에 신고하지 않을 거라는 사실도 안다. 나를 때려도 문제가 생기지 않을 거란 걸 안다는 의미이다.

그의 새끼손가락이 내 손등 위를 가볍게 두드렸다.

"아직 경찰에 신고할 수 있어요. 데이먼이요. 내가 지금 데려다줄 게요."

그는 사냥개는 아닌 것 같았다. 털복숭이 강아지다. 충성심 높은 골든 리트리버. 감정적으로 주인을 의지할 수 있게 만드는 동물. 목줄이라도 매고 있어야 할 것 같다.

"고마워요, 그런데 괜찮아요."

우리는 자리에서 일어났다. 그는 나에게 먼저 갈아가라는 듯 손으로 제스처를 보였다. 로맨틱 코미디 영화에서처럼 그는 자신의 손을 내 등에 얹었다. 그가 도널드에게 인사를 했다. 그 바텐더는 엄지손가락과 검지손가락을 펼쳐 자신의 귀에 갖다 댔다. 마이클에게 인테리어 디자인에 대해 물어보고 연락을 줄 수 있으면 주겠다는 시늉을 했다. 제이스에게 너무 고마워 키스하고 싶었다. 하지만 할 수 없었다.

"드라이브하러 갈래요?" 그가 물었다. "15분이면 갈 수 있어요. 동쪽 해안에서 해돋이 본 적 있어요?"

"아니요. 해돋이를 보기에는 좀 먼 곳에 있었죠." 내가 말했다.

"차에서 잠깐 쪽잠 자면서 기다리면 돼요. 제가 알람을 맞춰 놓을게요."

이유는 모르겠지만 나는 그러자고 했다.

우리는 차에 탔고, 그는 조금 돌아서 가겠다고 말했다. 차를 타고 가면서 여러 곳을 소개해줬다. 저쪽으로 가면 브루스 스프링스틴[20]이 자란 곳이 나와요. 라고 했다. 5분 뒤에는, 20대엔 저 동네에 있는 비치 바에서 많이 놀았어요. 라고. 또 다음 5분 뒤에는, 저긴 제가 10살 때 하키를 배웠던 곳인데 제2의 웨인 크레츠키[21]가 되기에는 제가 스케이트를 너무 못 탔어요. 라고 말했다. 그 이야기를 들으니 그의 성장기에 질투가 났다. 내가 하고 싶은 걸 할 수 있도록 지원해주는, 사랑하는 부모님이 두 분 다 계시는 상황이 어떤 것인지 가늠할 수조차 없었다.

밖은 여전히 어두웠고 하늘은 타르처럼 검은색 빛을 띠고 있었다. 제이스는 해안가를 마주 보도록 차를 세웠다. 파도가 해안을 때리는 소리가 내 귀에 너무 크게 들렸다. 내가 움직이고 있는 듯한 느낌을 받았다. 달이 우리 바로 뒤에 있는 듯 아주 높게 떠 있었다. 우리가 있는 바닷가 물결 위로 밝은 하얀색 반짝이는 선을 만들었다.

파도 소리 말고는 아무 소리도 들리지 않았다.

---

20 미국의 싱어송라이터
21 캐나다 유명 하키선수

그의 팔이 움직일 때 나는 그가 무언가 시작하려는 걸로 생각했다. 하지만 그는 라디오 주파수를 호워드 스턴쇼에 맞추고 있었다.

"잠자기 전까지 이거 들으면 되겠어요." 그가 말했다.

나는 정말 그렇게 했다. 잠든 게 분명했다. 왜냐하면, 지금 나는 너무 행복한 꿈을 꾸고 있기 때문이다. 꿈을 묘사할 수조차 없다. 그저 내가 지금 평온한 상황이라는 것 말고는. 몇 분, 몇 시간 혹은 며칠이 지났을까, 나를 흔들어 깨우는 느낌에 잠에서 깼고 나는 미소 지었다. 눈을 뜨고 나서도 나는 내가 어디에 있는지 정확히 기억했다. 해가 수평선 위로 살짝 올라와 있었다. 나는 지금 제이스 몽고메리와 함께 있고 아주 평온하다.

"이걸 꼭 봤으면 했어요. 꽤 빨리 지나가요." 제이스가 말했다.

그가 라디오 볼륨을 낮추자 수평선 너머 불에 타고 있는 듯한 작은 점이 반원에서 큰 원으로 변했고, 바다가 그 주위로 녹은 것처럼 보였다. 파도는 성난 것처럼 해안을 때리지 않고 오히려 모래를 간지럽히는 것처럼 **찰싹찰싹** 다가왔다. 그리고 몇 분 지났을까, 그의 말처럼 태양이 위로, 위로, 위로, 떠올랐다.

내 인생 첫 해돋이였다.

나는 몸을 돌려 제이스를 바라봤다. 내 눈은 키스해도 좋다는 말을 하고 있었다. 간절히 원했다. 드류가 고통받기를 원하는 것보다도 더 간절하게.

"괜찮았어요?" 그가 물었다.

내 입꼬리가 위로 올라갔다. "네." 내가 숨을 내쉬며 말했다. **키스해!**

"잘됐네요." 그가 웃으며 답하고는 차 시동을 걸었다. "숙소로 데려다줄게요. 잠을 제대로 자야 할 거예요. 몇 시간 뒤면 저는 또 출근이고요."

맞다. 오늘은 금요일이다.

우리는 우리가 사는 호텔로 돌아가며 스턴쇼를 반복해서 들었다. 그는 주차한 뒤 나를 위해 문을 열어주었다. 그는 나를 안으로 안내했고 엘리베이터에서 내린 후에는 내 방 앞까지 데려다주었다.

"정말 즐거웠어요." 그가 말했다.

"저도요."

잠자고 일어난 터라 내 입에서 냄새가 나는 것 같았다. 그에게서 냄새가 난다 해도 상관없었다.

그가 내게 가까이 다가와 나를 안고, 볼 위에 키스했다.

"또 이런 시간을 갖고 싶어요, 원한다면." 그가 말했다.

나는 지체하지 않고 답했다. "저도요. 오늘 밤에 시간 있어요?"

그는 고개를 끄덕였다. "문자 할게요."

우리는 가볍게 손을 흔들어 인사했다. 내가 문손잡이 위로 카드키를 갓다 대자 문에서 초록 불이 나왔다. 문을 닫힌 뒤 나는 침대 위로 풀썩 누웠다.

빠졌다.

망할.

사랑이다.

화장을 지우고 나서 거울 속 내 얼굴을 바라봤다. 멍으로도 내 행복감을 가릴 수는 없었다. 지난밤은 내가 영화에서 보며 질투하던 그 어떤 장면들보다도 더 완벽했다.

이제 그 로지타라는 여자와 제이스의 관계만 알아내면 될 것 같다.

20
제이스

---·◆·---

'로지타…'

제이스는 그웬의 집에서 나와 자신의 집으로 향했다. 분노에 찬 채 빠른 걸음으로 갔다. 문을 힘껏 닫고 집으로 들어가니 캔디가 짖어댔다.

"미안해, 캔디." 현관에 서서 캔디에게 말했다. 몸을 숙여 캔디의 머리를 쓰다듬다가 왼손으로 캔디의 목을 주물러 만져주었다. 캔디에게 입을 맞췄다. "문을 그렇게 세게 닫으려던 건 아니었어."

캔디는 알아들었다는 듯이 머리를 치켜들었다. 그리고는 제이스 뒤에 있는 문으로 시선을 다시 가져갔다. 그 모습이 마치 테사는 왜 집에 들어오지 않느냐 묻는 듯했다. 캔디는 단 한 번도 테사와 떨어져 지내본 적이 없다. 캔디는 혼란스러워했다.

제이스는 한숨을 내쉬었다. 캔디만 그런 게 아니었다.

그는 테이블로 걸어가 충전시켜 놓은 핸드폰에서 로지타의 연락처를 찾았다. 그녀의 이름을 찾아 눌러 전화를 걸려던 찰나 그는 잠시 생각에 빠졌다. 다시 핸드폰을 내려놓았다. 성급하게 굴어서는 안 됐다. 그의 심장이 요동치고 있었다. 무엇을 말할지 준비해야 했다.

대체 뭐라 말을 해야 하는 걸까?

왜 로지타는 제이스가 승진한 일로 그의 아내를 협박한 걸까? 제 이스에 대한 감정이 남아 있는 걸까? 제이스가 조안나와 만나던 시절, 로지타는 그에게 여자친구가 있다는 사실을 알고도 접근해 왔었다. 그렇다. 그리고 제이스는 그녀의 도발에 한 번 굴복한 적이 있었다. 몇 분 정도였긴 하지만, 완전히 그의 잘못이었다. 선을 너무 많이 넘기 전에 제이스는 멈췄다. 로지타는 화를 냈다. 그녀는 제이스와 그녀 둘 중 하나가 곧 승진할 예정이니 둘이 함께면 힘 있는 커플이 될 것이라고 말했다.

제이스는 일찍 퇴근한 로지타가 '깜빡'하고 회사에 두고 간 서류를 전해주기 위해 그녀의 집에 들렀었다. 그녀의 타운하우스에서 어떻게 뭘 한 번 해보려던 것은… 그 어떤 일로도 해결하지 못할 것이다. 제이스는 직장 동료와 엮이고 싶지 않았다. 심지어 그에게는 이미 여자친구가 있었다. 여자친구의 관계가 위태로웠고, 여자친구가 멀리 살고 있기는 했지만 말이다.

때문에 제이스는 이 행동이 얼마나 옳지 못한 일인지 그녀에게 설명해야 했다. 조안나의 존재를 다시 한번 이야기하며 그녀의 집을 나섰다. 그가 그녀의 집 문을 나선 지 이분 만에 로지타는 분노가 가득 담긴 음성 메시지를 남겼다. 그걸 저장해 놓았어야 했다고 제이스는 생각했다. 당시에 제이스는 로지타의 집착을 보여줄 만한, 혹은 자신이 살인 혐의에서 벗어나기 위해 '증거'가 필요하게 될 거라고는 생각하지 못했다. 또 조안나가 그 일을 알게 하고 싶지도 않았다.

제이스는 조안나와 정식으로 헤어지고 싶었지만, 그때까지도 헤어지지 못했다. '그렇고 그런 남자'가 되고 싶지 않았기 때문이었다.

그리고 운명처럼, 그런 잔혹한 일을 '운명'이라고 칭해도 되는지 모르겠지만, 제이스는 그 일이 있고 며칠 후 집에 돌아와 데이먼에게 강간당할 뻔한 테사를 만났다.

그날 밤 제이스는 대학 친구 몇몇을 만나고 있었다. 조안나 역시 제이스가 집에 없다는 사실을 알고 있었다. 그의 아파트에서 기다리고 있다고 문자를 했다. 물론 제이스는 그녀를 집에 초대하지 않았다. 그는 조안나에게 집으로 돌아가라고 답장했다. 조안나는 떠나면서 그에게 메모를 남겼다. 보고 싶다고, 둘의 관계에 문제가 있는 것 같다고, 대화하고 싶다는 메모였다.

테사를 보자마자, 말로만 들어본 '첫눈에 반하는' 그런 사랑에 빠진 제이스는 조안나와의 관계를 끝내기로 결심했다. 그는 테사를 구해냈고 그 즉시 불꽃이 튀었다. 어쩔 수 없었다. 테사는 그의 사람이 되었다. 제이스의 인생이 그 자리에서 변했다.

물론 제이스는 조안나와 헤어져서 집에 일찍 온 것이라고 거짓말을 했다. 그가 할 수 있었던 최선의 거짓말이었다.

이주 후, 제이스의 결혼 사실을 알게 된 로지타는 기분이 좋지 **못했다**. 상대가 조안나도 아니었다. 잘 알지도 못하는 여자라니. 제이스는 로지타가 얼마나 그 소식을 불쾌하게 받아들이고 있는지 알지 못했다.

망할, 제이스가 생각하며 통화 버튼을 눌렀다.

"제이스." 전화를 받은 로지타가 말했다. "무슨 일이에요? 테사가 돌아온 거예요?"

지극히 평범한 대화의 시작이었다.

"아니요. 아직 못 찾았어요. 경찰은 아직 테사가 어디에 있는지 단서도 못 찾았고요. 알아낸 거라고는 내가 결혼하기 몇 주 전에 로지타 당신하고 불미스러운 일이 있었다는 것뿐이더군요. 대체 뭐라고 말한 겁니까?"

"진실이요." 그녀의 목소리에서 약간의 화가 느껴졌다.

"진실이라고요? 정말로요? 정말 그게 진실이라고요?"

로지타는 놀란 듯 잠시 숨을 작게 헉-하고 마셨고, 제이스는 그 소리를 들었다. 그가 무얼 말하고 있는지 그녀가 눈치챘다는 사실을 알 수 있었다. 그 **다른** 일 말이다.

"그 일은 아무 상관 없어요." 그녀의 말이 빨라졌다. 로지타는 짜증까지 냈다. "내가 뭘 하면서 사는지는 개인적인 문제예요. 경찰이 물은 건 **당신**에 대한 일이었다고요. 그래서 그런 일이 있었다고 말한 것뿐이에요. 어쨌든 당신이 테사를 만나기 전이었잖아요. 그때 당신한테는 여자친구가 있었고요. 그러니 당신을 좋은 남자라고 생각할 수는 없죠. 그리고 제가 왜 당신한테 이런 이야기를 해야 하는 거죠? 그 일은 아무 상관 없다고요."

그녀는 자신의 말을 반복했다. 허둥지둥할 때 나오는 버릇이었다.

"테사한테 뭐라고 말한 거예요?"

"뭐라고요?"

"내가 승진하고 나서요. 테사를 협박했잖아요."

"누가 그래요?"

"테사가 이웃한테 말했어요. 방금 그 이야기를 들었고요."

"오, 제발요. 실종된 사람이 뭐라고 말했는지 이웃 주민한테서 들고는 이러는 거라고요? 그냥 전해 들은 이야기일 뿐이잖아요."

로지타도 **로앤오더**를 너무 많이 본 게 분명했다. 이렇게 화를 낼 이유가 무엇이란 말인가?

"테사한테 무슨 일이 있는지 알고 있는 거예요? 경고하는데, 혹시라도 숨기는 게 있으면 내가 알아낼 겁니다."

"맙소사, 제이스. 왜 이래요. 목요일 밤에 나랑 같이 있었잖아요."

"그날 그 자리에 늦게 왔잖아요. 퇴근은 나랑 같이 했는데도요. 대체 어디 있다가 온 건데요?"

수화기 너머로 아무 소리도 들리지 않았다. 많은 것을 의미하는 정적이었다.

"말도 안 돼, 로지타." 그녀가 어디 갔었는지 제이스는 정확히 알 것 같았다. "이럴 줄 알았어."

"당신이 상관할 바 아니라고요."

제이스가 크게 숨을 내쉬었다. "내 아내가 사라졌는데, 정작 경찰이 의심하는 건 나예요. 내가 테사를 어떻게 하지 않을 거라는 사실 잘 알잖아요. 그런데도 왜 나를 그런 나쁜 놈으로 보이게 하는 건데요? 내가 당신을 거절해서 그래요?"

"정신 차려요, 제발."

"테사한테 뭐라고 말한 거예요?" 목소리에서 힘이 느껴졌다.

"아무 말도 안 했어요! 솔직히 말해서 시작한 건 테사 쪽이죠. 그 여자가, 당신이 매니저가 됐다고 말하면서 자랑스럽다고 떠들잖아요. 내가 승진에서 누락 된 거에 대해서 비웃고 있는 게 보였어요. 여자들끼리 뭉쳐야 한다고 말하니까 웃더라고요. 그래서 나를 비웃으면 안 될 거라고 말한 거죠."

"아하." 제이스는 그녀가 했던 말을 그대로 반복했다. "그리고 나는 그냥 당신이 하는 말을 듣고 있어야 하고요? 당사자 없다고 말참 쉽게 하네요."

"테사가 돌아오면 그때 물어보자고요."

그녀가 말했지만 제이스는 그녀의 목소리에서 진심을 느끼지 못했다.

"오늘 비스타 빌드의 앤디와 카일에게서 메일이 왔어요. 우리가 선정됐대요. 다음 주에 사무실로 온다고 하네요."

로지타가 대화 주제를 바꿨다. 전략적이었다.

"뭐라고요?" 제이스가 핸드폰의 홈버튼을 눌러 이메일을 확인했다. 화면을 빠르게 내리며 확인했다. 비스타 빌드에서 온 메일은 한 통도 없었다. 그의 승전보를 확인해주는 이메일조차 보이지 않았다. "나한테는 그 이메일이 안 온 것 같은데요."

"당신 이름은 수신인에 없어요. 뉴스에서 소식을 들었나 보죠."

"그럴 것 같지 않은데요." 그는 자신의 핸드폰을 꽉 쥐고 말했다. 그녀가 말한 것이 분명하다. 로지타 아니면 트레이인 게 분명했다. 배신자들.

로지타는 대화의 주제를 자신의 개인적인 난잡한 사생활에서 그녀가 이 프로젝트를 어떻게 따냈는지로 재빨리 바꿨다. 눈앞에서 채 갔으니 뒤통수를 친 것은 아니다.

"언제 온다던가요?" 제이스가 물었다.

"화요일이요. 월요일엔 그쪽 법무팀하고 서류를 준비해야 한다더라고요. 그런데 제이스." 그녀가 말을 잠시 멈추고는 숨을 내쉬었다. "그 자리에 당신이 있으면 안 될 것 같아요."

그의 삶 전체가 내려앉고 있었다. "내 프로젝트라고!"

"프로젝트가 당신 부인 실종 사건보다 더 중요하다는 거예요?"

나쁜 년. 그의 사라진 아내보다 더 중요한 일은 없다. 칼을 쥔 쪽은 로지타라는 사실을 그녀도 알고 있었다. 대중의 시선이 현재로서는 그에게 전부였다. 사람들이 생각하고 있는 게 현실이 되고 말 것이다. 물론 프로젝트가 테사보다 중요할 수는 없지만, 제이스는 그의 일과 아내를 동시에 잃을 수 없었다. 눈을 뜨고 살아갈 이유가 남지 않을 것이다.

"테사에게 무슨 일이 생긴 건지 경찰이 알아내게 할 거예요."

약간의 협박 조가 그녀에게 통하기를 바라며 제이스가 말했다. 그녀가 대답이 없자 제이스는 아무런 인사말 없이 전화를 끊었다. 어떻게든 로지타가 이 일에 연관이 되어있는 것이 분명했다. 그에게 거절당했고 승진에서도 밀렸던 여자다. 제이스가 증명하기만 하면 된다.

21
테사

---◆---

금요일 이른 저녁, 나는 검은색 원피스의 앞부분을 말끔하게 정리했다. 소매가 없는 이 터틀넥 원피스는 숙소에서 한 블록 떨어져 있는 옷가게에서 오늘 산 것이었다. 목에 난 둥그런 고리 모양의 멍 자국은 점점 더 그 색이 짙어지고 있다. 아마도 다친 부위의 상태가 나아지면서, 잠시 그 상태가 좋지 않아 보이는 단계에 들어선 것 같다. 내게는 이미 익숙한 일이다.

제이스는 내게 조금 서둘러 나와 달라고 부탁했다. 나는 원피스 위에 청 자켓을 걸쳐 입고 문밖으로 나섰다. 엘리베이터에서 내리자 로비에는 제이스가 장미꽃 한 다발을 들고 나를 기다리고 있었다. 자세히 보니 빨강, 분홍, 하얀색 장미꽃이 네 송이씩 있었다. 장미꽃 들 사이로 안개꽃과 긴 초록 잎 식물이 보였고 그것들은 모두 금빛 레이스와 커다랗고 빨간 리본으로 잘 포장되어 있었다. 일부러 꽃집 에 들렀는지, 슈퍼마켓 계산대 앞에서 사지 않은 게 분명했다.

내가 바보처럼 미소 지으며 인사했다. "안녕하세요."

그는 나를 위한 꽃다발을 들고 있었다.

"선물이에요. 물론 지금 제가 함께 있는 분만큼 아름답지는 않지만요."

얼굴에 열이 올랐다. 대체 이 남자 뭐지? 그는 무엇을 말해야 할지 너무 잘 알고 있는 데다가, 내가 어디 있든 그 공간에 존재하는 여자는 나 혼자인 듯 느끼도록 만들어준다. 어쩌면 나는 정말 이 세상에서 유일한 여자인 걸까. 그는 지난밤보다 조금 더 편한 복장을 하고 있었다. 슬랙스 바지에 버튼다운 셔츠를 입고 타이는 매지 않았다. 퇴근 후에 방에서 옷을 갈아입고 나온 것처럼 보였다.

"고마워요." 내가 말했다. "정말 예뻐요."

그는 몸을 앞으로 굽혀 내 눈썹 사이에 키스했다. "당신은 그럴 만한 가치가 있어요."

그동안의 내 가치에서 떠나 새로 출발하는 느낌이었다. 맥주. 맥도날드. 내 몸에 녹색 자국을 남긴 주얼리, 그리고 그마저도 술 때문에 도난당했던.

"잘 잤어요?" 그가 물었다.

나는 눈썹을 치켜 올리면서 대답했다. "정말 잘 잤어요. 사실 전화가 와서 깼어요. 그 바텐더 친구분이 벌써 주피터의 마이클한테 제 정보를 줬나 보더라고요. 월요일이 휴무라길래 월요일 오후에 만나서 이야기하기로 했어요."

너무 순식간에 일어난 일에 나는 어리둥절한 상태였다. 마이클은 자기가 제이스와 잘 아는 사이이며, 그가 추천한 사람이라면 신뢰한다고 말했다. 리모델링을 할 준비가 이미 되어 있으니 하루라도 빨리 만나서 이야기하고 싶다고 했다. 다만 레스토랑이 메모리얼 데이부터 노동절까지 휴가라고 했다. 사람들이 대부분 해안가로 놀러 가기 때문이었다. 그는 6월에는 레스토랑 문을 닫고, 7월 중순까지 한시적으로 영업을 할 계획이라고 했다. 그는 구조적 리모델링을 위해 이미 건축가와 설계회사를 선정한 상태였으나, 레스토랑 전체의 분위기와 디자인에 보완이 필요하다는 생각에 동의했기에 내가 어떤 제안을 하는지 들어보고 싶다고 했다.

"우리 어디로 가는 거예요?"

나는 왼팔 안쪽에 나의 아름다운 꽃다발을 고정하며 말했다.

"도시 쪽으로 나가본 적 있어요?"

"어떤 도시요?"

그가 웃었다. "도시요. 뉴욕."

"텔레비전에서만 봤죠."

"그럼 오늘 제가 계획한 일정이 마음에 들 거예요. 갈까요?"

그는 자신의 왼팔을 굽혀 내보였고 나는 나의 오른쪽 팔을 그의 팔에 끼웠다.

우리가 도시의 메인도로에 접어들었을 때 나의 표정은 아마 타이타닉에 처음 탔을 때의 잭 도슨[22]의 표정과 비슷했을 것이다. 교통체증은 심각했다. 태어나 이런 광경은 본 적이 없었다. 대체 이 많은 자동차가 어디서 나온 걸까, 그리고 이 도시가 정말로 이 많은 차를 수용할 수 있다는 말인가?

내가 자란 곳은 버지니아 서쪽이었는데 대체로 사람들은 그 동네를 잘 알지 못했다. 길이 막힐 때는 소들이 도로를 점령했을 때가

---

22 타이타닉의 남자 주인공

전부였다. 아니, 사실 그때도 지금처럼 길이 막히지는 않았다. 트레일러 마을이 동네 한가운데 떡하니 자리 잡고 있기는 했어도 주유소나 편의점들도 있었다. 농장 동물들만 사는 동네는 아니었다.

시 안쪽으로 들어서자 교통체증은 더 심각해졌다. 고맙게도 제이스는 우리가 있는 곳이 '서쪽'이라고 했다. 우리가 가기로 한 레스토랑이 있는 곳이었다. 그는 주차할 곳을 찾았고 -젠장, 엄청나게 비싼 가격이었다!- 나는 나의 아름다운 장미들을 뒷좌석에 두고 걸어갔다.

"거의 다 왔어요."

그가 말하더니 내 손을 잡았다. 나는 움찔-조차 하지 못했다.

바로 여기. 내가 뉴욕 시티에 왔다. 시끄럽고 냄새가 났다. 도시의 색과 조명들이 엄청났다. 사람들이 온 거리에 있었다. 온 거리에! 몇몇은 바삐 다니고 있었다. 회사에 갔던 옷차림 그대로였다. 고층 빌딩을 올려다봤다. 서 있는 사람들 사이를 비집고 다녔다. 몇몇은 커다란 M&M이나 다른 마스코트들 앞에서 포즈를 취하며 사진을 찍었다. 누가 봐도 관광객의 모습이었다. 한 무리의 히피 같은 남자들은 긴 레게 머리를 하고는 길거리에서, 그것도 순찰하는 경찰들 앞에서 마리화나를 펴 대고 있었다. 어쩌면 주차단속 경찰들이었을 수도 있겠다. 어쨌든 그 남자들은 경찰 제복을 입은 이들을 두려워하지 않았다.

우리는 매장이 작고 사람은 많은 이탈리안 레스토랑에서 저녁을 빠르게 먹었다. 제이스는 이곳이 어렸을 때 부모님, 형과 함께 종종 오던 곳이라고 했다. 대학에 들어가기 전까지는 매년 가을마다 저녁을 함께 먹고 레인저스 게임을 보러 갔었다고 했다. 화목한 가족

이었다. 제이스는 한 번도 자신의 형 이야기를 툭 터놓고 말하지 않
았고 나 역시 무서운 이야기가 나올까봐, 말해달라고 다그치지 않
았다. 그의 형 토미에 대한 이야기를 할 때 그의 눈이 촉촉해지는
것을 봤다. 나는 대화의 주제를 바꿔야겠다고 생각하며 이야기를
시작했다.

"난 오 남매 중에 막내예요. '테사'의 뜻이 '다섯 번째 아이'고요."

"오. 대가족이네요."

망할. 이 짓을 왜 또 하는 거지?

"맞아요, 그런 셈이죠. …그런데 지금은 다들 각자 살아요."

"가족 이야기는 하고 싶지 않은가 봐요."

이번에는 내가 살짝 굳는 것을 그가 눈치챘다. 그는 질문을 멈추
고 내 손을 잡았다.

"괜찮아요. 말하지 않아도 돼요."

나는 그의 말을 받아들였고 우리는 식사와 대화를 마무리했다.

"내가 준비한 게 있어요." 그가 미리 주문한 초콜렛 수플레를 나
눠 먹은 후 그가 말했다. "나 믿어요?"

"믿어요." 내가 말했다. 진심이었다.

"확실하죠? 무서워하지 않았으면 좋겠어요." 그는 가방에서 기다
란 띠 하나를 꺼내고 눈썹을 올렸다. "잠깐 이걸 둘러줘도 될까요?"

나는 망설였다. "내 눈을 가리려고요?"

"잠깐이면 돼요."

눈을 가리는 건 내게 어떤 사건이 시작하는 시발점으로 느껴졌
다. 그 순간 눈앞의 광경이 윙윙대며 어지럽게 느껴졌다. 마치 관 안
에서 숨을 쉬는 기분이었다. 드류가 '재밌는' 섹스게임을 하기로 정

한 후 생긴 증상이었다. 그는 내 손을 묶고 눈을 가려둔 채로 고객 전화를 받으러 나가 버렸다. 전화를 받는 그의 목소리에 화가 올라오는 게 느껴졌다. 그는 그 길로 사무실에 출근했다. 그리고 일곱 시간이 지나서야 집으로 돌아왔다.

제이스의 어색한 미소가 나를 녹였다. 그는 나를 다치게 하지 않을 것이다. 적어도 수십만 인파 앞에서는 그런 짓을 하지 못할 것이다.

"알았어요."

그는 띠로 내 눈을 가렸다. 눈을 가리자마자 내 나머지 신경이 곤두섰다. 음악은 더 크게 들렸고 길에서 나는 냄새는 더욱 자극적으로 느껴졌다. 지나가는 남자들에게서 코오롱 냄새까지 맡을 수 있는 지경이었다. 제이스는 내 팔꿈치를 움켜잡았다.

"걱정 말아요, 내가 여기 있으니까. 갈까요?"

나는 한 마리의 아기 사슴이 되기라도 한 듯 어정쩡하게 걸어 인파 속을 천천히 헤쳐 나갔다. 그는 걷는 내내 어쩌면 나를 공포심, 또는 신기한 마음으로 쳐다보고 있는 사람들에게 "죄송해요, 이 분이 지금 깜짝 선물을 받으러 가고 있어요."라고 소리쳤다. 도착하기까지 이 분이 채 걸리지 않았고 그가 띠를 푸는 게 느껴졌다.

"짜잔!" 그가 소리쳤다.

나는 눈의 초점을 맞추려 애썼고 그 후 눈앞에는 극장이 나타났다. **위키드**가 공연되고 있었다.

"**오즈의 마법사**를 제일 좋아한다고 했죠. 그럼 이것도 좋아할 거 같았어요."

뭐라고? 내가 가장 좋아하는 영화는 **금발은 너무해**인걸.

아, 그랬다. 그에게 색채에 대한 디자인 이야기를 했었지. 다른 사람의 이야기를 훔쳤던 것.

제이스의 잘못이 아니다. 그가 아는 한에서 최선의 선물을 해준 것이었다. 나를 위한 선물이라는 점과 내가 기뻐하는 모습을 상상하며 준비했다는 점에서 그의 선물은 최고였다. 눈앞에 보이던 극장의 모습이 뿌옇게 흐려졌다. 눈물이 흐르고 있었다. 나를 위해 이런 일을 해준 사람은 여태 한 명도 없었다. 단 한 명도.

"나는…" 맙소사, 거의 사랑한다고 말할 뻔했다. "뭐라고 말을 해야 할지 모르겠어요."

거기서 멈췄어야 했다. 그렇지 않으면 뭐라고 불러야 할지 모르겠는 우리의 이 관계를 망쳐버릴 것만 같았다. 너무 섣부르게 시작한 관계는 좋게 끝나는 법이 없었다. 그러나 신이시여, 이 남자만큼은.

공연을 본건 처음이었다. 나는 신데렐라가 된 듯한 기분이었다. 공연을 보는 내내 나는 몸을 앞으로 기댔다. 마치 다섯 살짜리 아이가 만화를 보는 듯이 앉아있었다. 공연이 끝난 후 그는 내게 또 다른 곳을 가고 싶냐고 물었다. 이 도시는 잠들지 않는 도시라고 말하며 내가 원하는 어디든 데려가 주겠다고 말했다.

"호텔로 돌아가고 싶어요."

지금 내가 가고 싶은 유일한 장소였다. 그곳. 그와 함께. 둘만. 같이.

그가 내 말의 뜻을 눈치챘고 우리는 그렇게 도시를 떠났다. 호텔에 도착한 뒤 나는 차 뒷자리에 놓아둔 장미꽃을 꺼내 들었다. 우리는 함께 호텔 안으로 들어갔다. 자정이 가까운 늦은 시간이었고 로비에 있는 호텔 직원들은 젊은 우리 커플을 쳐다보았다.

사랑에 빠진 젊은 커플.

적어도 나는 그랬다.

그는 내 방 앞까지 나를 데려다준 뒤 **오늘 즐거웠어요** 하는 똑같은 대화를 시작했다. 그가 그렇게 말할 줄도 알았다. 나는 그의 말을 중간에 자른 후 그를 내 쪽으로 끌어당겨 키스했다. 그도 내 행동에 답하기 시작했고 그렇게 가장 뜨겁고 로맨틱한 키스가 시작됐다. 키 카드를 꺼내기 위해 내가 가방에 손을 집어넣을 때까지도, 또 키 카드로 문이 열리는 소리가 들리고 내가 문을 열어 그를 문 안으로 끌어당길 때까지도 우리의 입술은 계속 맞닿아 있었다.

내 자켓이 벗겨졌고 나는 그의 벨트에 손을 뻗었다.

"잠깐만요." 그가 숨에 차 말을 했다. "꼭 이러지 않아도 돼요. 나 이러려고 오늘 당신을 만난 건 아니에요."

"그럼 왜 그런 건데요?" 내가 물었다.

"당신을 행복하게 해주고 싶었어요."

나는 그의 벨트를 풀어 바지를 벗기기 시작했고 그다음에는 셔츠를 벗겨 바닥에 집어 던졌다. 내 원피스도 벗겨져 나갔다.

안돼! 잠깐! 아니야–

그는 내 몸을 어루만졌다. 그리고 목에 늘어져 있던 머리카락을 집어 올려 키스하기 시작했다. 그리고…

"이게 뭐예요?" 그가 물었다.

그의 얼굴이 공포에 질려 있었다. 그가 보고 말았다. 분위기가 망가지는 방법도 여러 가지가 있다. 그가 보고 놀란 그것은, 지난 14년 동안 계속해서 나의 중요한 순간들을 망쳐왔다. 아니다. 그건 나에게만 엉망이 된 순간이었다. 대부분 남자는 그저 거기에 적힌 그것을 사실로 치부하며 비웃고 말았다.

"오." 내가 말했다.

그리고 나는 울기 시작했다. 나는 속옷만 입은 채로 침대에 앉아 손으로 얼굴을 감쌌다.

"테사, 쉬…"

그 역시 속옷만 입고 있었다. 옆에 앉아서 내 어깨 위로 자신의 팔을 감쌌다. 나는 몇 분 동안 훌쩍였고 그는 일어서 욕실로 향했다. 돌아온 그의 손에는 물 한잔과 티슈가 있었고 나는 그것들을 받았다. 설명해야 했다.

"십 대 때 몇 주 동안 결혼한 적이 있어요. 나이 많은 남자하고요. 그 지옥 같던 집에서 벗어나야 했어요. 위탁 가정에서 살았거든요. 난…"

잠시 생각을 하기 위해 말을 멈췄다. 그에게 너무 많은 이야기를 하고 싶지는 않았다. 아직은.

"그 사람은 타투이스트였어요. 결혼한 날 허리 아래쪽에 타투를 하나 해달라고 했어요. 그가 디자인을 그려서 보여줬고 저도 좋다고 했어요. 보통 여자들이 많이 하는 그런 디자인이었거든요. 훨씬 더 나은 거였는데. 타투가 다 마무리됐을 때는 너무 기뻤어요. 사진을 찍어서 보여 달라고 했죠. 그리고 이걸 나한테 보여주고 막 웃더라고요."

거기에는 내가 원했던 트라이벌 타투[23]는 없었다. 대신 내 허리 아래쪽에는 **백인 쓰레기 창녀**라고 쓰여 있었다. 그것도 큰 글씨로.

"맙소사." 제이스가 말을 잃었다.

"타투를 제거할 여력이 되지 않았어요." 나는 코를 훌쩍이며 말

---

23 타투의 한 장르로 부족의 문양을 나타내는 타투의 일종

했다. "결혼은 몇 주 후에 무효처리 됐어요. 제가 나이를 속여서 애초에 합법적인 결혼이 아니었죠. 가짜 신분증을 가지고 있었어요."

내게는 언제나 가짜 신분증이 있었다.

평생을 낙인찍혔다고 생각하고, 그 낙인이 진실이라고 생각하고, 또 그게 내 가치라고 받아들인 후 나는 그렇게 몇 주를 더 그와 함께 지냈다. 그가 내게 끓는 물을 부었던 그 날까지.

"나와 함께 있지 않고 싶다고 해도 이해해요." 무거운 마음으로 그에게 말했다.

내게 평범한 삶은 없을 것이다. 평범하고 멋진 제이스 같은 남자와 함께하는 삶은 더더욱. 나는 **백인 쓰레기 창녀**. 그것은 나를 때리고 쓰레기 취급하는 남자들을 만나온 이유기도 했다. 내가 그 정도 가치의 사람인 것이다. 망할 소들처럼 내게도 낙인이 찍혀 있다.

제이스는 자신의 손으로 내 턱을 들어 올려 그를 보게 했다. "피부과 의사인 매튜 선생님이 우리 은행에서 대출을 받을 때 내가 도왔어요. 월요일에 전화 드려 볼게요. 레이저 치료 가격을 저렴하게 해 주실 거예요."

"제이스, 난 그럴 형편이 안 돼요."

나는 이제 돈을 쓰기 전 모든 비용에 대해 생각해야 했다. 돈은 빨리 사라질 것이다.

"걱정하지 말아요. 내가 있잖아요. 같이 해결해 나가봐요." 그가 내 손을 잡았다. "같이 해요."

그날 밤 우리는 섹스를 하지 않았다. 나는 그의 팔에 안긴 채로 잠이 들었다. 내가 경험해본 중에 가장 자유롭고 편안한 장소였다. 살아온 31년 중에 그 날 밤이 가장 여자가 된 것 같은 밤이었다.

다음 날 아침 나는 그에게 뛰어들었다. 그건 내 생에 가장 좋은 기억으로 남았다.

이 남자와 결혼할 것이다.

22
제이스

—◆—

일요일부터 날씨가 변하기 시작하더니 가을이 성큼 다가왔다. 기온은 10도 중반으로 떨어졌다. 창밖으로 바람이 무섭게 불었다. 그는 집 밖으로 나서고 싶지 않았지만 그렇다고 빈집에 계속 있을 수도 없었다. 부부가 함께 아침을 요리하거나, 제이스를 위해 테사가 브라우니를 굽는 풍경은 없었다. 주말에 함께 침대에 누워 신문을 읽지도 않았다. 원래 집보다 배는 크게 느껴졌다. 제이스는 캔디를 산책시킨 후 집에 돌아와 컴퓨터에 저장된 테사의 최근 사진을 백 장 출력했다. 그리고 동네 철물점에서 대용량 스테플러와 테이프를 샀다. 그는 안면이 있는 상점 주인 모두에게 테사의 사진이 담긴 전단지를 돌렸고 동네 가로등에도 그녀의 얼굴을 붙였다. 전단지에는 크게 **실종**이라는 글자와 테사의 사진, 그리고 제이스의 전화번호가 담겨 있었다. 경찰은 일을 제대로 하지 않고 있었다. 제이스에게 혐의를 씌우기 위해 여기저기 사람들만 들쑤시고 다녔다. 그가 스스로 해결할 수만 있다면 알아서 했을 것이다.

집에 돌아온 제이스는 식사를 하지 않았다. 아무것도 먹지 않은 건 아니다. 지난 금요일 밤 에반이 가져와 냉장고에 넣어둔 음식을 조금 먹었다. 그렇지만 그의 위가 음식을 받아들이지 못해 더 이상의 음식은 삼킬 수 없었다. 침대에 누워 지내는 외로운 날들이 계속됐다. 캔디와 제이스 둘뿐이었다. 그의 옆에 테사가 없었다. 많은 밤에 안정감이 느껴지지 않았다. 최악이었다. 테사는 어디 있는 걸까? 다치지는 않았을까? 혼자 있는 걸까? 춥진 않을까? 누군가 테사를 납치한 걸까? 왜 제이스가 그녀를 구하러 오지 않는지 생각하고 있을까? 그런 쪽으로 생각이 미칠 때마다 제이스의 심장은 산산이 부서지고 있었다.

그는 월요일까지 잠을 잤다. 일찍 일어나 출근을 해야 하는 것도 아니었다. 캔디는 테사의 빈자리에 누워 마치 아빠와의 아침을 즐기는 듯 쉬고 있었다. 그는 캔디를 방해하고 싶지 않았지만, 캔디가 베고 누운 테사의 베개를 슬며시 꺼내어 감싸 안았다. 아직 테사의 냄새가 나고 있었다. 테사의 샴푸향과 모이스처라이저용으로 쓰는 코코넛오일 향이었다. 그는 자리에서 일어나기 전에 깊은 기억의 숨을 들이마셨다. 핸드폰을 확인하며 테사의 안전 귀환을 알리는 연락은 없었는지 확인해보았다. 그러나 아무런 전화나 문자가 와 있지 않은 것을 보고 낙담했다. 그가 놓친 전화도 없었다. 전화벨 볼륨은 가장 크게 설정해 놓았다. 잠을 자는 동안 중요한 소식을 놓치고 싶지 않아서였다.

그는 침대에서 일어나 욕실로 향했다. 거울에 비친 모습이 낯설었다. 그의 회색 눈은 움푹 들어가 있었고 그 주위도 거무죽죽한 빛이 감싸고 있었다. 얼굴 살만 2킬로그램은 빠져 보였다. 볼은 홀쭉

했고 입술은 말라 있었으며 머릿결도 푸석했다. 그는 얼굴에 물을 끼얹고는 자신의 다리를 두 번 쳐서 캔디에게 아침을 먹고 산책갈 시간임을 알렸다. 캔디는 제이스를 따라 일층 부엌으로 내려갔다. 제이스는 캔디의 식사를 준비했다. 반은 물기가 있는 사료였고 반은 마른 것이었다. 시간은 이미 열 시가 넘었다. 이미 아침 시간의 절반이나 지나 있었지만, 그는 여전히 무슨 일을 해야 할지 알지 못했다. 이렇게 무력한 모습은 제이스 답지 않았다. 솔로몬과 마지막으로 대화를 나눈 건 제이스가 경찰서에 들렀던 이틀 전이었다. 과연 솔로몬은 제이스를 괴롭히는 일과 담배를 피우는 것 말고 제대로 하는 일이 있을까? 제이스가 테사에게 무슨 일을 저질렀다고 생각해서 아무런 소식도 전해주지 않는 것일까?

전화가 울렸다. 평소와는 전화벨 소리가 다르게 들렸다. 불길했다. 공포 영화에서 괴물이 주인공을 공격하기 전에 들리는 소리 같았다. 핸드폰 화면에 보이는 발신 번호는 은행 번호였기에 제이스는 바로 전화를 받았다.

"제이스, 나야, 트레이."

"안녕하세요."

"로지타한테 혹시 연락 온 거 없었어?"

"아니요." 연락을 받지는 않았지만, 그 어떤 이야기도 빠뜨리고 싶지는 않았다. "토요일에 통화하기는 했어요."

"뭣 때문에?"

테사가 실종된 일에 로지타가 연관되어 있다고 추궁하듯이 말했죠.

"비스타 빌드 소식을 전해주더라고요. 제가 그 프로젝트를 성공시켰다고요."

자, 이제 그는 내가 파놓은 굴에 빠지고 말 것이다.

"정말이야? 로지타가 그렇게 말했어?"

"예. 그런데 무슨 일인가요?"

큰 한숨 소리가 들렸다.

"로지타가 출근을 안 했어. 전화도 받지 않고 있고. 앤디와 카일이 법무 관련 질문이 있다는데."

"그래서 어떻게 도와드리면 되는 건데요?" **멍청한 자식.**

"어째야 할지를 모르겠네, 제이스. 혹시 회사로 와줄 수 있어?"

"아, 이제서야 제 도움이 필요하시다는 말씀이네요. 로지타가 사라지니까요?"

그는 자신의 말이 적대적으로 들렸을 거라는 걸 알았다. 그렇지만 정말 그런 걸까?

"제이스 당신에게 이번 사업이 우리한테 얼마나 중요한지 설명해주지 않아도 되겠지. 이 지역사회에도."

"그리고 지금 **당신은** 로지타를 찾을 수 없고요?"

"제이스, 지금은 이럴 때가 아니야."

제이스는 로지타가 트레이에게 전화할 때마다 얼마나 고생을 했는지 짐작할 수 있었다. 둘이 매니저 직책을 두고 경쟁하던 때에는 모두가 야근했다. 제이스는 트레이가 사무실에 있는 동안은 제일 일찍 퇴근하는 직원이 되고 싶지 않았다. 그는 자신의 성실함을 보여주고 싶었다.

제이스와 테사는 그가 승진하기 직전에 캔디를 입양했다. 그러던 어느 날 모두가 남아서 야근하고 있는데 테사에게 전화가 왔다. 캔디가 토를 하고 있다며 야간 병원에 데리고 가야 할 것 같다고 했다. 제이스는 10분 후에 가겠다고 약속했다. 그리고 서둘러 길을 나섰다. 차에 탄 지 2분이 지났을까 캔디의 새 보험 서류를 책상에 두고 온 게 떠올라 회사로 되돌아갔다.

은행 안으로 들어가자 사무실 안에 있는 트레이의 모습이 보였다. 그는 의자에 머리를 기대고 있어 마치 잠을 자는 듯 했다. 신음 소리가 들리기 전까지는 그랬다. 그리고 다음 보이는 장면은 트레이와 책상 사이에 무릎을 꿇고 앉아 있는 로지타의 모습이었다.

"대체 이게 무슨 짓입니까?" 제이스가 소리쳤다.

로지타는 서둘러 일어나다가 머리를 책상에 부딪혔고 트레이는 바지를 주섬주섬 챙겨 입었다.

"잠깐, 제이스!" 트레이가 말했다. "잠깐만."

"**보이는 그런 게 아니**라고 할 참입니까? 제가 경쟁하는 대상이 이런 거고요? 망한 건 제 쪽 같아 보이네요." 제이스는 바닥에 있는 로지타를 쳐다봤고 그녀의 얼굴에는 당황함과 우쭐함이 동시에 나타났다.

"제이스, 잠깐만." 트레이가 엄청난 속도로 벨트를 차고 일어났다. 그는 그 망할 니트 조끼를 정돈했다. "들어봐. 아니, 빌어먹을!"

물론 행복하게 결혼생활 중인 상사에게 할 말이 있을 리 없었다. 이게 처음이 아닌 걸까? 불륜? 아니면 로지타가 제이스를 이기려고 저지른 짓일까? 제이스는 묻지 않았다. 역겨움을 견뎌내며 걸어 나왔을 뿐이다.

이틀 후 제이스는 승진했다.

로지타는 제이스를 절대 용서하지 않았다. 그 대단한 '야근'을 하고서도 그녀는 원하던 것을 얻지 못했다. 그런 지금 로지타가 출근하지 않고 있다는 건 무슨 말일까? 로지타는 제이스의 프로젝트를 가져갈 만반의 준비가 되어있었다. 아주 행복한 상태여야 했다. 트레이와 로지타 사이의 사건은 한 달 전의 일이다. 그리고 끝났다. 그렇겠지?

"하나 물어봐야겠네요, 트레이. 그리고 솔직하게 답해줘요."

또 한숨이 들렸고, 그는 제이스가 무슨 질문을 할지 알고 있었다.

"뭔데?"

"지난주 목요일에 퇴근하고 나서 로지타와 함께 있었습니까? 비스타 빌드와의 약속에 로지타가 늦게 나타났거든요. 그리고 당신도 앨리샤와 몇 시간 후에 왔잖아요."

"그건 상관 없…"

"트레이!" 제이스가 말을 끊었다. "들어봐요. 테사가 실종됐다고요. 그리고 어제 로지타가 테사를 협박했다는 이야기를 들었어요. 그리고 지금은 로지타까지 사라졌고요. 무슨 일이 벌어지고 있는 게 분명해요."

"로지타는 **사라지지** 않았어. 그저 출근하지 않은 거지."

"제 질문에 아직 답 안 하셨어요."

트레이의 답을 듣기까지 몇 초간의 정적이 흘렀다.

"회사로 나올 수 있어? 그때 이야기하지."

"알겠어요. 30분이넌 갑니다."

제이스는 전화를 끊고 재빨리 샤워를 마치고 옷을 갈아입은 후 은행으로 향했다. 은행으로 들어서자 그와 눈이 마주친 직원들이 빠르게 눈을 피했다. 그 러빗가 **살인자가 여기 왔어!** 작은 웅성거림이 들렸다. 몇몇은 입을 꾹 다물고 눈으로 웃으며 고개를 끄덕였다.

제이스는 불 꺼진 자신의 사무실을 지나 바로 트레이의 사무실로 향했다. 그는 마침 전화 통화를 마치던 중이었다. 거칠게 수화기를 내려놓는 트레이의 얼굴이 상기되어 있었다. 그는 턱을 들어 올려 제이스에게 문을 닫으라는 시늉을 했다. 그는 양쪽 바짓단을 추켜 올려 편안한 자세로 의자에 앉았다.

"테사 소식은 없어?" 트레이가 말을 시작했다.

"아직요. 아무것도요"

제이스가 대답했지만 이제 본론으로 바로 들어가고 싶었다.

"로지타하고는 무슨 관계세요? 테사가 사라진 일과 로지타가 관련 없는지 확실하게 해 두고 싶어요. 테사에게 무슨 일이 생긴 걸 알았던 초반에, 로지타가 그 날 어디 있었는지는 수사 대상이 아니었어요. 만약 사실대로 말하지 않으면 이사회에 보고하겠습니다."

벌써 몇 달 전에 해야 했던 협박이지만 승진하고 나서는 그럴 마음을 접었다. 정말 제이스의 노력 덕에 승진한 건지 아니면 그의 입을 막기 위한 승진이었는지 알 수 없었고 그게 늘 마음에 걸렸다.

"아무 관계도 아니야. 나는 결혼생활에 만족하고 있다고." 트레이가 턱 끝으로 자신과 앨리샤가 섬에서 찍은 사진을 가리키며 말했다. "나는 내 아내와 아이들을 사랑해."

"지난 목요일에 로지타는 그럼 어디 있었던 건데요?"

제이스는 집요하게 물었다. 이번에는 물러서지 않을 참이었다. 이번만큼은. 트레이의 얼굴이 굳었고 눈빛마저 흔들렸다. 엄마 몰래 사탕을 꺼내 먹다 걸린 아이의 모습 같았다.

"알겠어, 알았다고. 나랑 같이 있었어."

"이런 맙소사, 트레이. 그럼 그 날 이후로도 그런 일이 계속됐다는 말입니까?"

"아니. 맹세해." 트레이는 손을 들어 올리고 결백함을 표현했다. "그 날은, 모르겠어. 대체 무슨 말이 듣고 싶은 건데?"

제이스가 고개를 뒤로 젖혔다가 앞으로 가져왔다.

"어떻게 앨리샤에게 그러실 수가 있어요?"

제이스는 트레이의 아내 앨리샤를 참 좋아했다. 앨리샤를 처음 본 건 몇 년 전 그녀가 은행으로 바하마 스타일의 쿠키를 가져왔던 날이었다. 그녀는 바하마 특유의 매력적인 억양이 있었고 길게 땋은 머리를 하고 있었다. 인사를 나누며 포옹을 했을 때 그녀에게서는 청량한 장미 향이 났다. 그는 트레이 부부가 열었던 홈 파티에 초대받아 간 적이 있었는데 그녀는 완벽한 호스트 역할을 해냈다. 요리도 잘했고 아이들이 학교에 가 있는 동안에는 병원에서 파트 타임으로 행정 업무를 했다. 현모양처 그 자체인 여성이었다. 트레이가 운이 좋은 남자라고 생각했다. 그런 사람이 자신의 결혼생활과 아이들을 위험에 처하게 하고 로지타를 만나다니 믿기지 않았다.

"그럴싸한 말을 하고 싶지만 그렇지 못하겠네." 그는 천천히 고개를 저으며 다시 한번 사진을 쳐다봤다. "앨리샤는 나보다 좋은 사람인 것 같아."

같아?

"그런 말로는 안 되죠. 어쨌든. 로지타하고 목요일에 같이 있었다는 거죠? 몇 시였나요?"

트레이가 자세한 이야기를 하고 싶지 않아 하는 게 느껴졌지만 지금 상황에서 그는 대답해야만 했다. 제이스와 그의 자유에 비하면 중요하지 않은 일이었다.

"제이스 당신이 퇴근할 때 로지타도 같이 나간 게 맞아. 로지타 집에서 만나기로 했었으니까. 우리는… 서둘러야 했어. 로지타는 당신, 앤디, 카일과 약속이 있었고 나는 집에 가야 했으니까…"

그는 말끝을 흐렸다. 로지타의 입속에 자신의 그것을 집어넣은 뒤에 집으로 돌아가 자상한 남편과 아빠 노릇을 했겠지. 주피터에 자신의 아내를 데려갔다고 말하기를 꺼리는 듯 보였다.

"그렇지만, 맞아. 로지타는 바로, 바로 갔어. 우리가 같이 있었던 건 삼십 분 정도였다고."

제이스는 이 모든 상황이 역겨웠고 곱씹어 생각하지 않으려 했다. 좋다. 로지타는 테사가 사라진 것과는 관련이 없었다. 하지만 그렇다면 로지타는 왜 또 사라진 걸까?

"로지타가 오늘 어디에 있는지 아는 거 없어요?" 제이스가 물었다.

"몰라. 그리고 나도 걱정하고 있어. 비스타 빌드 법무팀이 뭘 물어볼지도 걱정이네. 오늘 우리 좀 도와줄 수 있어?"

제이스는 이 자리를 빨리 벗어나고 싶었다. 이 모든 난장판을 트레이가 수습하기를 바랐다. 결국 트레이는 비스타 빌드 측에 다시 이야기가 있기 전까지는 담당 업무에서 제이스를 배제해 달라고 말할 것이다. 하지만 트레이나 로지타가 어떻게 생각하든간에 이건 **원래** 제이스의 프로젝트였다. 그리고 솔직히 말하면 경찰들이 그들의 엄지손가락이나 치켜들고 앉아 있을 동안 정신을 분산시킬 무언가가 필요했다. 지금 당장 제이스가 할 수 있는 일은 아무것도 없었다.

전화가 울렸을 때 그는 계약서류에 푹 파묻혀 있었다. 경찰에서 온 전화였다. 제이스는 숨 쉴 틈도 없이 전화를 받았다.

"여보세요, 몽고메리 씨. 솔로몬 형사입니다. 통화 가능하세요?"

농담하는 건가?

"네, 형사님. 당연히 가능하죠. 새로운 소식이 있습니까?"

조롱 조로 대답하는 그였다. "네, 있습니다."

묵직한 무언가가 제이스의 목구멍에 걸린 듯했다. 그는 그것을 삼켜냈다. 하느님, 제발 나쁜 소식만은 아니길 바랍니다. "어떤 소식인가요?"

"테사 씨에게 식별 가능한 표식 같은 게 있었나요? 상처라던지 **타투** 같은?"

제이스는 솔로몬이 단어를 내뱉는 방식이 마음에 들지 않았다. "네, 허리 아래쪽에 타투가 하나 있습니다. 그렇지만 제거하는 중이었어요. 두세 번만 더 병원에 가면 없앨 수 있는 단계였습니다."

"어떤 말이 적혀 있었나요?"

"왜 말이라고 생각하시는데요?"

"저, 몽고메리 씨. 테사 씨의 인상착의에 들어맞는 여성의 시신을 발견했습니다."

23
테사

—◆—

말로 표현할 수 없을 정도로 황홀한 날들이 9일 연속으로 계속되고 있었다.

처음 같이 아침을 맞이한 이후부터 우리는 그 주 주말 내내 호텔 방을 거의 벗어나지 않고 있었다. **사랑한다**는 속삭임만 계속 주고받았다. 일요일쯤 되었을 때는 그를 위해 무엇이든 할 수 있다고 생각됐다. 그리고 일요일 저녁이 되자, 제이스는 내게 "함께 살자"고 제안했다. 이렇게 계속 같이 있을 건데 호텔 방 두 개의 비용을 낼 필요가 없지 않냐는 것이었다. 우리는 서로에게 파묻혀 있었고 미쳐 있었고 사로잡혀 있었다. 새로운 사랑이었다.

어느 날 갑자기 나는 제이스만 바라보게 되었다. 더 이상 드류를 신경을 쓰지 않고 있었다. 그가 나를 찾고 있는지도 관심이 없어졌다. 마리벨에게도 한주 내내 연락하지 않았다.

그녀도 내게 연락하지 않고 있었다. 그녀에 대해 생각이 미치자 제발 드류가 그녀에게 아무 짓도 하지 않았기만을 바라게 됐다. 하지만 곧 그 생각마저도 사라지고 다시 제이스에게 집중했다.

마이클을 도와 주피터의 새 인테리어를 하게 됐다. 내게는 도전이었다! 드류와 같이 살면서 디자이너인 척하며 살았던 지난 3년 시간 보다 지난 한 주간 인터넷으로 인테리어에 대한 공부를 더 많이 했다. 인터넷을 하지 않을 때는 철물점에 들러 어떤 색들이 조화롭게 어울리는지 페인트 샘플을 찾아봤다. 그때 노란색과 회색이 잘 어울린다는 사실을 발견했다. 그렇지 않으면 가구점이나 조명 상점에 들러 아이디어를 얻고 주변에 다른 레스토랑들을 방문해 참고했다.

솔직히 말하면 자신 있었다.

제이스는 하늘이 내려준 선물이었다. 우리는 매일 만나 점심을 함께했다. 비가 오는 날이면 그는 직접 음식을 포장해 호텔로 왔다. 그래서 내가 번거롭게 나가는 일이 없도록 했다. 날이 좋을 때면 시내에서 만나 야외 좌석이 있는 비스트로에 앉아 간단한 점심을 먹었다. 어느 날 내가 집에서 음식을 꼭 한 번 해주겠다고 이야기하자 그는 호텔 생활을 정리해야 할 것 같다고 말했다.

그리고 그는 나와 함께 살기를 원했다, 정말로.

그는 내게 해준 게 아직도 충분하지 않다는 듯이 어느 화요일, 갑자기 반차를 썼다. 깜짝 놀랄 일이 있다며 옷을 차려입고 나오라고 했다. 이 남자와 함께 있으면 얼마나 더 내 인생이 완벽해질지 미치도록 궁금해졌다. 새롭고 더 나은 내가 되고 싶었다.

새로운 나는 체크무늬 앞치마를 입고 뒷마당에서 집안일을 할 것이다. 나의 남자를 위해 요리하고 안정적인 직업도 가질 것이다. 따뜻한 섬으로 로맨틱한 휴가를 떠나 코코넛 향기를 맡고 야자수 나무가 주는 분위기를 만끽할 것이다. 그리고 우리는 예쁜 강아지도 한 마리 키울 것이다.

그런 나를 어서 빨리 만나고 싶다.

1시 30분이 되었다. 제이스가 '집'으로 왔을 때 나는 욕실에 있었다. 내 목에서 사라질 생각이 없는 고리 모양 멍 자국을 컨실러로 가리고 있었다. 나는 이미 힐을 신고 시내에서 23달러를 주고 산 꽃무늬 여름 원피스를 입고 있었다. 데이먼에게서 나를 구해주던 그 날부터, 그러니까 내가 그에게 처음 눈길을 준 그 순간부터 지난 이주 넘는 시간 동안 나를 바라보는 그의 시선이 나를 녹게 하고 있었다.

"테사." 그가 내 이름을 부르며 내 미간에 입을 맞췄다. 그에게서 느껴지는 진심과 다정함에 기분 좋은 소름이 끼쳤다. 그는 사랑스러운 눈빛으로 나의 위아래를 쳐다봤다. "세상에, 너무 예쁘네. 당신은 언제나 아름다워." 그의 얼굴에 드러난 커다란 미소가 왜인지 멋쩍어 보였고 한쪽 무릎을 꿇고 있는 그에게서 열두 살 남자아이의 모습이 비쳤다. "디저트가 나올 때까지 기다릴 수가 없었어."

무릎을, 꿇었다.

나는 오른손으로 커다랗게 벌어진 내 입을 틀어막았다. ―**파리 들어가겠다**. 엄마가 내게 하던 말이다― 그래서 얼른 입을 닫았다. 그는 내 왼손을 잡았다.

"테사, 난 내가 이럴 줄은 전혀 생각해 본 적 없어, 그것도 이렇게나 빨리. 하지만 내가 당신을 사랑하는 거 알잖아. 그리고 당신이 나와 결혼해 주면 좋겠어. 나와 결혼해 줄래?"

그가 꺼낸 다이아몬드 얇은 반지는 약혼반지라기보다는 웨딩밴드 같아 보였다. 작은 다이아몬드가 반지 전체를 둘러싸고 있었고,

그것들을 다 합쳐도 드류가 내 손가락에 끼웠던 다이아몬드의 절반도 되지 않을 것 같았다. 드류는 나를 짓누르고 싶어했다. 디자인도 단순했다. 백금 밴드에 아주 작은 다이아몬드가 많이 장식되어 있었다.

내가 본 것 중 단연 제일 아름다웠다.

그 말은 취소다. 두 번째로 아름다운 것이다.

나는 지금 세상에서 가장 아름다운 것-제이스의 눈-을 아무 생각 없이 바라보고 있었다. 생각할 필요가 없었기 때문에 나는 바로 그러겠다고 대답했다.

그는 일어나 나를 꼭 껴안아 줬다.

지금 이 순간보다 더 사랑받는 감정을 느껴본 적이 없다. 지금은 내가 엘 우즈[24]이다. 제이스가 내 목에 키스했다. 여전히 통증이 느껴졌다.

"더 기다릴 이유가 있을까?"

"무슨 말이야?" 내가 물었다.

"시청에 있는 법원 청사에 가자. 지금. 당신과 지금 당장 결혼하고 싶어. 기다리고 싶지 않아. 아니면 혹시 화려한 결혼식을 원해? 생각해 보니 그런 이야기는 나눠본 적이 없네. 당신 가족들이 이 동네에 올 때까지 기다릴까? 한번 꼭 만나고 싶어. 그리고 결혼 허가 신청을 하면 3일은 기다려야 할 거야. 그러니까 지금 바로 하자."

지금?

"제이스, 너무 빨라. 제대로 준비가 안 되어있어."

---

24 영화 〈금발은 너무해〉의 주인공

준비의 예를 들자면 아직 드류와 혼인 상태라는 것. 그리고 또 하나는 내가 다른 사회보장번호로 등록되어 있다는 점. 제이스가 알게 될까? 시청에서도 알게 될까? 그냥 서류에 도장만 찍어주면 되는 일 아닌가?

"아니." 나는 재빨리 말했다. "말했잖아, 나는 가족들하고 거의 연락하지 않고 산다고." 어디서 그들을 찾아봐야 할지 감도 오지 않았다.

"어머니 아버지하고도?"

특히나 더 그렇지. "그래. 저번에 말한 것처럼 내가 위탁 가정을 전전하면서 커서. 연락하고 싶지 않…"

"괜찮아." 그가 내 말을 끊었다. "이야기할 필요 없어." 그가 나를 안고는 내게 미소를 보였다. "내 친구 에반은 지금 휴가를 가 있고 부모님은 플로리다에 계셔. 회사에는 말하고 싶지 않고. 그렇지만 증인은 필요할 거야. 생각나는 사람 있어? 어쩌면 룸서비스 해주는 파블로에게 같이 가달라고 해야 할지도 모르겠네. 여기서 지내는 동안 꽤 친해졌으니까." 그는 웃으며 이야기했지만, 진심같이 들렸다.

나는 머리를 쓸 필요가 없었다. "난 누구한테 연락해야 할지 너무 잘 알아."

호버트가 청사 앞에 택시를 주차하고 행복한 얼굴로 두 손을 꼭 쥐고는 제이스와 내게로 천천히 걸어왔다. 내가 기억하던 그 모습 그대로였고 우리에게 걸어오는 그의 얼굴에는 미소가 만연했다.

"테사. 연락해줘서 기뻤어요." 그는 두 팔을 벌려 나를 안았고 나도 그를 안았다. "결혼한다고요? 너무 서두르는 거는 아니고요?" 그의 얼굴에는 놀라움과 걱정이 공존했다.

나는 제이스의 손을 다시 잡았다. "호버트. 제이스 몽고메리예요. 이 세상에서 가장 멋진 남자고요. 물론 호버트 다음으로요." 그에게 눈을 한 번 찡긋하고 말하고 난 후 다시 제이스를 사랑스럽게 바라봤다. "빛나는 갑옷을 입은 기사님이에요. 그런 게 존재한다면요."

제이스와 호버트는 악수를 하며 웃었다. "몽고메리, 당신 엄청 좋은 여자를 만난 겁니다."

제이스가 한 팔로 나를 감싸고 내 머리에 키스했다. "알죠. 그런데 두 분이 어떻게 만났는지 아직 테사가 말을 안 해줬어요."

호버트가 나를 한 번 흘낏 보고는 내 비밀을 지켜줬다. "말하자면 길죠." 그가 웃으며 말했다.

결혼 신청 과정은 빨랐다. 가짜 신분증을 건네는 내 손이 눈에 보이게 떨렸지만, 이곳에 오는 사람이라면 누구나 그랬다. 우리는 서명을 마쳤고 금요일에 다시 오라는 설명을 들었다. 호버트는 가능하다면 청사 결혼식에서 나와 함께 걸어주겠다고 약속했다.

시간은 빨리 흘렀고 나는 겁나지 않았다. 신분증 문제가 약간 걸리긴 했지만 내가 옳은 일을 하고 있다는 것을 알고 있었다. 마치 동화 같았다.

결혼식 날, 나는 시내에서 산 어깨가 훤히 드러나는 하얀색 꽃무늬 드레스를 입었다. 비싼 옷은 아니었지만 완벽했다. 목에 남은 둥그런 멍 자국은 그렇게 많은 컨실러 작업이 필요하지 않았고 청사에 도착했을 때 내게서는 기쁨이 넘쳐 흘렀다. 호버트는 이미 도착해 있었다. 그는 티셔츠 위에 재킷을 입고 있었다. 약간 낡아 보이는 그 재킷은 팔꿈치에 스웨이드가 덧대어져 있는 옷이었는데 그런 그의 모습이 자랑스러워 보이고 멋져 보였다. 그의 옆에는 중년의 흑인 여성이 팔에 클러치 백을 끼고 서 있었다. 그녀의 머리는 회색빛이었고 머리카락의 반만 묶은 스타일을 하고 있었다.

"테사, 여기는 내 아내 펄이에요." 호버트가 우리에게 다가오며 말했다. "펄은 이미 테사에 대해 알고 있어요."

"이리 와요, 아가씨." 펄은 말하며 나를 끌어당겨 안아주고는 내 귀에 속삭였다. "그이에게 이런 일을 부탁해줘서 고마워요."

나는 그들에게 제이스를 소개했고, 그 후 우리는 자리를 이동했다.

나, 그리고 내 가족.

완성된 느낌이었다. 퍼즐 조각이 맞춰진 기분이었다. 우리 넷은 각각 퍼즐의 가장자리에 꼭 들어맞아서 내게 새로운 세상을 전해줄 것이다.

결혼식을 올린 후 우리 넷은 저녁을 먹으러 갔다. 해안이 공식적으로 개장하기도 했고 오늘이 메모리얼 주간의 금요일이었기 때문이다. 제이스가 저녁값을 계산하려고 했지만 호버트와 펄은 결혼 선물이라며 한사코 거절했다. 그들은 자신들의 딸 사샤가 부동산 업계에서 일하고 있다며 우리가 집을 빨리 찾을 수 있도록 사람을 알아봐 주겠다고 말했다. 분명 우리는 평생을 호텔에서 살 수는 없었다.

저녁 식사를 마친 후, 호버트와 펄은 집으로 돌아갔다. 제이스와 나는 사람들이 꽉 들어찬 해안가에 한 바에 들어가 밤새도록 춤을 췄다. 그와 나 둘뿐이었다. 우리의 신혼여행이었다.

4년 전 드류와 함께 갔던 바하마 여행은 비할 바가 아니었다. 상대가 되지 않았다. 뼛속부터 느껴지는 이 감정은 인생에서 처음 경험하는 그런 것이었다. 지금 당장은 인생에서 그 무엇도 중요하게 느껴지지 않았다. 내가 이곳에 왔다는 사실. 이곳에 올 수만 있다면 드류에게 다시 맞아도 감사할 것 같았다.

나는 제이스 몽고메리를 사랑한다. 그와 함께 나이 들어갈 것이다.

24
제이스

시체 보관함으로 가득 채워진 벽면을 보자마자 냉기가 제이스의 몸을 파고들었다. 그곳의 공기는 눅눅했고 조명은 어두우면서 푸른 기가 돌았다. 뭔가 썩는 냄새와 소독약품 냄새가 공존하고 있었다. 솔로몬 형사에게서는 담배 냄새가 났다. 제이스는 정적을 견딜 수 없었다. 솔로몬 형사는 조용히 서서 혼자 판단을 내린 듯했다. 그는 제이스에게 인사를 한 후 **따라오라**는 말만 남기고는 더 이상 한마디도 하지 않고 있었다.

몇 분이 지났을까 그들이 있는 공간으로 자신을 '조지'라고 소개한 검시관이 들어와 장갑을 꼈다. 제이스는 검시관의 라텍스 장갑과 그의 손목이 마찰하며 내는 소리를 가만히 듣고 있다가 칠판으로 가 메모를 남기는 그의 모습을 지켜보았다.

"준비되셨나요?" 그가 물었다.

제이스는 고개를 끄덕이고는 벽에 걸린 거울 속에 비친 자신을 흘끗 바라봤다. 그곳의 푸른 조명 때문인지는 모르겠으나 그의 얼굴은 분명 노랗게 떠 있었다. 황달에 걸린 환자의 모습 같았다.

수선화 색.

그는 자신이 눈을 감고 있다는 사실을 인지하지 못하고 있다가 보관함 문이 삐걱거리며 열리자 그제야 눈을 크게 떴고 눈앞에 보이는 시신 인식표 바라봤다. 그리고 시신이 들어있는 비닐백이 보였다. 이 안에 들어있는 사람이 테사일 리 없다! 테사가 죽어서 이런 가방 안에 들어있을 리 없다. 아마 내가 깜빡하고 잊고 있었던 디자인 컨벤션에 참석하기 위해 잠시 자리를 비웠을 것이다. **그렇다! 그래야만 한다. 제발, 그게 맞아야 해.** 보관함 속 보관대가 드러나고 그 위에 시신이 그의 눈앞에 가까이 보이자 제이스는 오히려 안도감을 느꼈다. 검시관은 아무런 예고 없이 비닐백을 획 벗겨서 시신의 얼굴을 보이게 했다. 제이스는 그제야 시신 인식표가 필요한 이유를 깨달았다. 그 여성의 신체는 믿을 수 없을 정도로 훼손되어 있었다.

처음 마주하는 순간 제이스는 거의 기절할 뻔했다. 그는 겁이 나면서도 분노가 치밀어 올라 손가락으로 보관대의 끝을 부여잡았다. 여자의 목에서 테사에게 있는 둥그런 고리 모양 멍 자국이 보이지 않았다. 그녀가 사라진 날 그 자국은 더 짙은 색을 띠고 있었다. 테사의 얼굴이 창백한 색이어서 그 자국이 더 어두워 보였던 걸까? 활기가 없어서? 표정이 사라져서? 아니면 죽어서.

하지만⋯ 이 시신은 테사가 아니었다.

무언가로부터 극렬하게 고통을 받아 피투성이가 된 여자를 눈앞에 두고 있었다. 테사가 아니라는 것을 깨닫자 제이스는 **기쁘면서도** 동시에 죄스러운 감정을 느꼈다. 그는 미안한 마음과 함께 감사한 마음이 들었다. 누군지도 모르는 그 여자를 껴안고 거의 울 뻔했다. 그제야 분노가 다시 치밀어 올랐다. 무슨 일을 해서라도 반드시 테사를 찾을 것이다. 테사는 절대 비닐백에 담겨서 시체 보관함에 들어가는 일이 없게 할 것이다.

"아니에요." 그가 할 수 있는 유일한 말이었다.

제이스를 바라보는 솔로몬의 이마에 주름이 졌다. "아내분이 아니라는 말씀인가요, 몽고메리 씨?"

누군가 테사를 데리고 이런 짓을 하고 있던 걸까? 여자들을 납치해서 해치는 연쇄 살인마라도 있는 걸까? 누군가 테사에게도 고통을 가하고 있을까? 그렇다면 제이스는 자신이 기꺼이 그 고통을 대신 받을 준비가 되어있었다. 테사는 이미 충분히 많은 일을 겪은 사람이고 그 모습을 상상하는 것조차 견딜 수 없었다. 제이스의 입이 열렸지만, 그의 입에서 나온 건 말이 아니라 어떻게 해볼 새도 없이 삐져나온 구역질이었다. 위액으로 보이는 액체의 절반은 비닐백으로 절반은 바닥으로 뿜어져 나왔다. 제이스는 그것이 자신의 옷과 신발에 묻었지만 개의치 않았다. 되려 그것이 솔로몬 형사에게도 묻었으면 하는 바람뿐이었다. 저 멍청한 자식이 테사를 제대로 찾지도 않고 있다.

얼굴이 땀으로 뒤덮인 검시관이 근처에 있는 작은 냉장고에서 물병 하나를 꺼내 제이스에게 건넸다. 땀방울들이 그의 눈가로 떨어졌다.

"아닙니다." 제이스는 다시 한번 조용히 말했다. "…테사가 아니에요."

솔로몬이 눈썹을 치켜올렸다. "이 여성은 시내 끝에 헌츠빌 근처

공원 옆에서 발견됐어요. 개를 데리고 조깅하는데 갑자기 개가 제 멋대로 굴었다더군요. 그리고 자기 주인을 숲으로 데리고 갔답니다. 그리고 거기서 이렇게 됐죠. 총에 맞아서." 솔로몬 형사는 눈앞에 놓인 시체가 테사가 아니라는 사실이 아쉽기라도 하다는 듯이 무표정하게 사건 이력을 읊어 댔다.

솔로몬은 제이스에게 연락을 하기 전에, 이 앞에 놓인 시체가 테사가 아니라는 사실을 인지했어야 했다. 피에 엉겨 붙어 있기는 하지만 이 여자의 머리카락 색은 테사의 것과 같지도 않았고 길이도 달랐다. 솔로몬은 제이스를 이곳에 데려와 시체를 보여주며 겁박을 하려던 게 틀림없었다. **어디에 네 아내의 시체를 숨겼는지 말해, 이 살인자야!**

시체를 담은 비닐백이 닫혀 다시 보관함에 들어갔다. 저 차가운 냉장고에 신원 미상인 상태로. 너무 간단했다. 하지만 그건 제이스가 신경 쓸 일이 아니었다. 솔로몬이 다시 제이스에게 말을 하기 시작했다. "잠시만요, 몽고메리. 총기를 가지고 있지 않다고 하지 않았나요? 그런데 이웃 주민 증언은 그렇지 않고요?"

솔로몬이 수를 쓰고 있었다. 망할 그웬. "저는 총 없습니다. 이 사람은 테사가 아니고요. 제 아내를 찾기 위해 무슨 노력을 하고 있는지나 말씀해 주시겠어요?"

이 여자는 테사가 아니었지만 다른 누군가는 여전히 테사를 데리고 있었다. 제이스는 마지막으로 본 테사의 모습을 기억하기 위해 애썼다. 그날 아침 그가 출근할 때 테사는 몸이 좋지 않아 침대에 누워있었다. 골지 무늬의 탱크탑과 레깅스 차림이었다. 잠깐… 로브를 걸치고 있었던가? 아니면 이불 속에 그저 파묻혀 보지 못했던가? 제이스는 기억나지 않았다. 그 사실마저 그를 괴롭혔다. 막상 시신의 신원을 확인하러 오니 이 모든 상황이 실감 났다.

제이스는 테사에게 그녀 자신의 이야기를 하도록 한 번도 재촉하지 않았던 사실이 이제는 괴롭게 느껴졌다. 어디서 그녀를 찾아야 한단 말인가? 그는 테사가 어디서 자랐는지, 형제들의 이름은 무엇인지, 위탁 가정의 부모는 누구인지 알지 못했다. 하다못해 그녀가 가장 좋아하던 과목은 무엇인지, 왜 운전은 배우지 않았는지도 알지 못했다. 그가 아는 것이라고는 자신이 그녀를 사랑한다는 사실과 그녀를 찾고 말겠다는 자신의 의지뿐이었다. 그에게 어떤 상황이 닥쳐도 반드시 그럴 것이다.

그는 이미 한 번 그녀를 구한 적이 있었다. 그는 빛나는 갑옷을 입은 그녀만의 기사였다고 테사가 늘 말해왔다. 그런 그가 최악의 방식으로 그녀를 잃었다. 누군가 그녀를 데려갈 때 살려 달라고 소리쳤을 그녀의 외침을 상상했다. 머릿속에서 지워내기가 너무 힘들었다. 만약 그녀를 찾지 못한다면 그것은 그의 남은 생을 끊임없이 괴롭힐 것이다.

적어도 그녀를 데려간 사람이 그 대가를 치르기 전까지는 계속 그럴 것이다.

25
테사

이틀 치의 장을 본 후 집으로 돌아가는 길, 우리의 새로운 집이 위치한 이 골목의 끝자락마저 너무 소중하게 느껴졌다. 집이 그리 크지는 않지만, 방 세 개에 화장실은 두 개 반이 있는 오래된 이층집이다. 80년대에 지어졌다고 사샤가 설명 말해줬다. 시내 중심가와는 3킬로미터쯤 떨어져 있어 위치는 완벽했고 외관만 살짝 손을 보면 됐다. 새로 시작한 내 사업과 함께 시작하면 내가 모든 공사를 진행할 수 있을 것이다. 주피터 프로젝트도 거의 마무리 단계에 있기에 다음 달은 우리의 공간을 정비하는 데 온 시간을 쓸 수 있다.

진입로 끝에 다다라서 나는 차고 개폐기에 비밀번호—당연히 우리의 기념일이다—를 입력했다. 부엌으로 바로 연결되어있는 세탁실을 통해 장을 봐온 물건들을 가지고 들어왔다. 부엌 선반에 장을 봐 온 물건들을 올려놓고 채소와 고기만 따로 꺼내 냉장고에 집어넣었다. 부엌도 겉으로 보기에는 괜찮아 보였지만 손을 볼 곳이 좀 있다.

부엌의 전자제품들은 검은색이고 조리대는 베이지색과 검은색이 어우러진 화강암이다. 싱크대는 검은색 자기로 되어있다. 바닥과 싱크대 뒷면의 타일은 그와 어울리는 복숭아색이다. 이 집에 마지막으로 이사 온 가족이 살던 90년대에는 이런 스타일이 유행이었을 거라 짐작됐다. 그들은 이곳에서 아이들을 키워냈다. 세월이 흐르면서 아이들을 독립시켰을 것이고, 노년기에 접어든 부부는 화단을 가꾸거나 잔디를 깎을 걱정을 하지 않아도 되는 시니어 커뮤니티로 이사 가는 게 더 행복할 거라고 생각해 이 집을 팔게 됐을 것이다. 그들은 우리가 제시했던 첫 번째 가격 제안을 승낙했고 2주 만에 모든 절차가 마무리됐다.

저녁 식사 시간까지 두 시간 정도가 남아 있었다. 제이스는 내가 운전을 배우기를 바란다. 그에게 언젠가는 내가 운전을 할 수 없는 이유를 말해야 할 때가 올 것이다. 처음부터, 우리가 결혼했을 때라도 솔직히 말 했어야 했다. 내 가짜 신분증과 내가 그걸 어떻게 얻게 되었는지. 하지만 그렇게 되면 또 다른 끔찍한 이야기를 몽땅 꺼내야 할 것이고, 나는 아직은 행복한 상태로 머물고 싶었다.

그러고 보니 마리벨에게서 소식이 전혀 없었다. 드류의 이름조차 검색해보지 않고 있었다. 내가 현실을 살아가고 있는 데다 행복했기 때문이다. 그렇지만 나를 괴롭히던 끔찍한 과거의 4년뿐만이 아니라 최소 15년 동안 이어져 온 끈질긴 이야기에도 이제 마침표를 찍어야 한다.

그의 이름을 검색해 봤다. 아무 결과도 검색되지 않았다.

마리벨과 연락할 때 사용하는 선불폰은 내 옷장 뒤편에 놓인 무릎까지 오는 겨울용 부츠 안에 숨겨놓았다. 먼지를 털어내고 전원을

켜보았지만, 화면이 켜지지 않았다. 배터리가 방전된 것 같았다. 여기에 한 달은 놓여 있었으니 그럴 만도 했다. 충전기에 연결하니 빛이 깜빡였다. 나는 마리벨이 보낸 음성 메시지나 문자의 알림을 기다렸다. 그녀도 내게 무슨 일이 생긴 건 아닌지 궁금해할 것이었다.

기다렸다.

아무것도 오지 않았다.

10분 정도가 지나자 거의 15퍼센트가 충전되었고 그제야 마리벨에게서 아무런 연락이 오지 않았다는 것을 확신하게 되었다. 그녀는 나를 찾고 있지 않았다. 아니 어쩌면 드류가 그녀에게 무슨 일을 벌인 것이 틀림없었다. 그녀에게 문자를 해본다.

마리벨, 요즘 통 소식이 없네요. 괜찮은 거죠?

침대에 몸을 기댄 채 두 팔로 두 무릎을 꼭 끌어안고 그녀의 답장을 기다렸다. 기다리는 그 시간이 긴장됐다. 이번에는 아래층 서재로 달려가 인터넷 검색창에 마리벨 로페즈, 그녀의 이름을 검색해봤다. 일반적인 결과만 검색됐다. 그녀의 링크드인, 페이스북, 인스타그램 계정들. 살인이나 폭행 같은 사건들은 나오지 않았다.

다행이다.

그녀에게 다시 문자를 남겼다.

드류가 무슨 짓을 한 건 아닌지 걱정돼요. 괜찮아요?

5분 정도 기다리다가, 인터넷으로 케이터링 서비스를 알아봐야겠다는 생각이 들었다. 며칠 뒤인 금요일 저녁 퇴근 후, 은행 사람들을 집으로 초대해 제이스의 승진을 축하하기로 했다. 월요일에 승진 발표가 있었다. 그의 승진 소식을 들으니 웃음이 절로 났다. 그가 너무 자랑스럽다는 듯이 웃음 지어 보였다. 그는 내가 생각했던 것만큼 기뻐하지는 않는 듯 보였다. 내게 말 할 때는 웃었지만 이내 별일 아니라는 듯 어깨를 한 번 으쓱해 보였다. 로지타라는 여자와 경쟁해서 그가 이긴 것이니 별일이라고 나는 생각했다.

열두 명 정도만 초대하니 음식을 주문하는 일에 있어서 대단히 소란을 떨 필요는 없었다. 샐러드는 세 종류로 상추 샐러드, 파스타 샐러드 그리고 채소 믹스 샐러드를 주문했고, 구운 지티와 치킨 프란체제는 하나씩, 그리고 후식으로는 각종 쿠키를 주문했다. 이 정도면 내가 제이스를 위해 베이커리에서 주문한 축하 케이크와도 잘 어울릴 것 같았다.

가장 뿌듯한 점은 이 모든 준비를 내 돈으로 직접 했다는 것이다. 주피터 프로젝트를 맡으면서 컨설팅 비용으로 3천 달러를 받았다. 많이 받은 것인지 적게 받은 것인지 가늠은 되지 않지만 스스로 번 돈이라는 게 중요했다. 레스토랑 분위기가 나면서도 공간을 깔끔하게 만들 수 있도록 주어진 예산은 3만 달러였다. 나는 검은색과 금색 선이 잘 어우러진 펜던트 조명을 천장 조명으로 선택했다. 벽은 우아한 느낌의 붉은 색 바탕에 금빛이 반짝이는 색으로 장식했다. 새로운 가구들도 제안했는데 테이블 보 없이 공간을 더욱 우아해 보일 수 있도록 했다. 빛이 나는 검은 테이블과 철제 의자를 놓도록 하고 그 위에는 붉은색 쿠션과 식기류 그리고 금빛 냅킨을 올려놓았다. 따뜻한 분위기가 연출됐다. 섹시하기도 했다.

내가 이런 일을 맡아서 할 수 있었던 건 나의 훌륭한 남편을 만났기 때문이었다. 그는 나를 믿고 있다. 나도 그를 믿었다. 내가 느끼고 있는 감사한 마음을 모든 방식으로 표현하고 싶었다. 갑자기 울리는 진동음에 생각이 멈췄다. 선불폰에서 울리는 진동이었다. 마

치 운동선수가 된 듯이 부엌 반대쪽으로 훌쩍 뛰어 넘어가 선불폰
이 놓여 있는 스토브 근처의 조리대에 이르렀다.

만날 수 있어요?

마리벨에게서 온 문자였다. 처음 든 생각은 **그녀가 살아있다니 감
사합니다 하나님**, 이었다. 그다음에 든 생각은… **안돼**. 답장을 써 내
려갔다.

**마리벨! 걱정했어요. 왜 만나자고 하는 거예요? 나는 지금 굉장히
먼 지역에 와 있어요.**

그리고 답장을 기다렸다.

통화할 수 있어요?

나는 그녀에게 전화를 걸었고 그녀는 신호음이 한 번 들린 후 바
로 전화를 받았다.

"테사, 소식 못 들은 지 꽤 됐네요." 그녀가 말했다.

"그렇죠. 여기서 적응하려고 노력하고 있어요."

"잘 지내고 있고요?"

"지금까지는 좋아요." 나는 잠시 말을 멈췄다. 상대가 마리벨이라
고 할지라도 여전히 방어적인 태도가 사라지지 않았다. "해야 할 일
을 하고 있죠, 뭐. 그쪽은 어때요? 드류는요?"

그녀가 비웃으며 말을 시작했다. "아시잖아요. 온갖 사람을 다 아
는 거. 친한 경찰한테도 자기 뒤 좀 봐 달라고 부탁하더라고요. 이제
경찰이 당신 실종 문제는 신경도 쓰지 않는 것 같아요. 경찰한테 드
류와의 불륜 사실을 이야기해도 아무도 수사하지 않는 것 같더라고
요. 모두가 당신이 드류를 떠난 거라고 생각하고 있어요."

"그럼 그 기사는 뭐예요? 피는요?"

"드류를 취조하기는 했어요. 그런데 알리바이가 있었어요. 파티에서 그를 본 사람이 백 명은 족히 되더라고요. 시체가 나온 것도 아니니 더 조사할 것도 없었고요."

"아, 말도 안 돼." 걱정스러운 마음으로 말을 하긴 했지만 나는 이내 잊었다. 드류는 이제 과거의 사람이다. 지난날의 복수를 위해 내 현재의 삶을 망칠 수는 없다. 더 이상은 신경 쓰지 않을 것이고 그 일에 휘말리지도 않을 것이다. "문제없이 마무리됐다니 잘됐네요."

"편안한 것 같아요." 그녀가 말했다. "뭐 하고 지내요?"

그녀에게 너무 많은 정보를 줄 수는 없다. 나는 그저 그녀에게 나는 잘 지내고 있으니 그녀도 잘 될 것이라 말해야 했다. "일을 구했어요. 해안가에서 지내고 있고요. 친구도 좀 사귀었어요. 이웃 주민들요. 다 좋아요. 새로운 시작이기도 하고. 가능할 거라고 생각한 적 없는 일들이 가능해지고 있어요." 과거의 모습이 부끄러워져 말하던 목소리가 낮아졌다. "나 같은 사람한테는요."

나 같은 사람. 얼마나 의미하는 바가 많은 말인지. 나 같은 사람은 정부 보조금을 받으면서 세 번째 아기의 아빠에게서 넷째 아이를 임신해 살아야 하는 게 맞다. 약에 취해 식료품점 계산대에서 일한 돈으로 근근이 먹고사는 것이다. 그럼에도 나는 나 자신을 위해 살고 싶었다. 그래서 그녀에게 제이스의 관한 이야기는 하지 않았다.

"도와줘서 고마워요, 마리벨. 드류에게서만 벗어나면 당신도 행복해질 거예요."

"알죠. 그럼 이게 우리의 마지막인가요?" 그녀의 목소리가 갈라졌다.

마치 우리가 영화 속 주인공이 된 듯했고 이건 드라마틱 한 결말이었다. 하지만 해피엔딩이기도 했다.

"그렇죠. 잘 지냈으면 좋겠어요. 어쩌면 언젠가 우연히 볼 날이 올 수도 있겠죠."

"그러면 좋겠네요." 그녀가 답했다. "잘 지내요, 테사."

"마리벨 당신도요."

전화를 끊었다.

차고에 가 여러 상자를 뒤적였다. 아직 짐을 다 풀지 못한 상태였다. 제이스의 도구들을 찾아서 그 중 망치를 꺼내 들었다. 그리고 선불폰의 흔적을 없앴다.

26
제이스

———◆———

제이스는 시체 안치소에서 나와 해안가로 달렸다. 머리를 식힐 요량이었다. 지난 네달 간의 기억이 스쳐 지나갔다. 좋은 기억, 나쁜 기억 그리고 추악한 기억. 그런데 나쁜 기억이 없었다. 추악한 기억은 더더욱 없었다. 둘이 함께한 시간은 좋기만 했다. 그렇게 좋은 시간은 다시없을 것만 같았다.

빈 주차 공간에 차를 세웠다. 이맘때 날씨는 10도에서 26도 사이를 오갔고 '해수욕 시즌'은 끝난 상태였다. 15도가 넘는 쾌적한 날씨에도 불구하고 사람들은 전혀 눈에 보이지 않았다. 차 문을 열자 그의 코끝을 스치고 지나가는 바닷가의 소금 냄새와 해조류 냄새가 제이스의 마음을 가라앉혔다. 귓가에는 수많은 파도가 부서지는 소리가 들렸고, 제이스는 신발과 양말을 벗어 차 안에 두고는 바지를 종아리 중간까지 접어 올렸다. 양발의 날로 중심을 잡으며 주차장의 돌 위를 걸어 지나가니 드디어 그의 발끝에 차가운 모래가 느껴졌다.

그는 무릎을 꿇고 주저앉아 두 주먹으로 그의 앞에 놓인 모래사장을 내려쳤다. 그가 테사를 데리고 처음 해돋이를 보러 갔던 그 장소였다. 아까 보았던 그 여자처럼 누군가 테사를 잔인하게 고문하고 있다는 생각이 드니 그에게 더 이상 버틸 힘이 남지 않은 듯했다. 그는 다시 두 눈을 크게 뜨고 앞에 놓인 바다를 바라보았다. 제이스는 자리에서 일어나 한 걸음을 내딛었다. 그리고 또 한 걸음. 순식간에 그의 발은 축축해졌고 이내 차가운 기운이 그의 허벅지까지 느껴졌다.

제이스는 바다로 걸어 들어갔다. 그의 눈은 반 이상 감겨 있는 채였고, 바닷물은 이제 그의 가슴 높이까지 올라와 그의 옷을 적시고 있었다. 그는 자신의 손을 그의 주머니 안에 넣고 있었다. 파도가 그의 머리 위로 내리쳐 그는 몇 초간 숨을 참아야 했다. 살려는 본능이었다. 또다시 파도가 그에게 내려앉았지만, 그는 동상처럼 가만히 서 있었다. 또다시 파도가 쳤다. 파도가 계속 칠 때마다 파도는 그의 발을 더욱 멀리 이끌고 갔다. 그의 발목까지 모래에 잠겨 그는 움직일 수 없었다.

수평선 위로 또다시 파도가 나타났다. 처음에는 물거품만 보였지만 가까이 다가오며 더 높아질수록 큰 원통 모양으로 변했다. 그를 집어삼킬 만한 크기였다. 파도가 그를 집어삼키기 직전 그의 몸이 해안가로 끌려 나왔다. 그의 팔은 두 사람의 어깨 위로 각각 한쪽씩 올려졌다. 그의 발꿈치는 뒤쪽으로 끌려 나오며 모래에 잠겼다. 그는 마른 모래 위에 눕혀졌다. 그 위로 민소매의 체크무늬 셔츠를 입은 두 건장한 남자가 그를 바라보고 서 있었다. 그중 한 명이 제이스의 뺨을 쳤다.

"괜찮아요? 뭐라고 말 좀 해보세요!"

제이스는 기침을 하며 왼쪽으로 몸을 틀어 코로 물을 뿜어냈다.

"거기서 뭘 하시던 겁니까?" 다른 남자가 물었다. "저기 바위 위에서 낚시하고 있다가 당신이 물에 가라앉는 걸 봤어요. 파도가 쳐도 팔 하나 꿈쩍하지 않던데요. 괜찮아요?"

제이스는 몸을 일으켜 굽힌 무릎 위로 두 팔을 올려놓았다. "아, 네. 고맙습니다. 잠시 혼란스러웠어요."

두 남자는 눈빛을 주고받았다. 첫 번째 남자는 제이스의 손에 물병을 거칠게 쥐여준 후 수건 하나를 그의 어깨에 던졌다. "우리가 본 걸 다행으로 생각하세요. 순식간에 물에 잠겼을 수도 있어요. 아침 해류는 만만하지가 않아요."

제이스는 물병 뚜껑을 열고 두 모금 만에 물병을 비워냈다. 수건으로 머리를 비비며 일어나서는 수건을 줬던 남자에게 다시 건넸다. "고마워요."

"됐어요, 가져요. 아내가 낚시하러 갈 때 챙겨주는 싸구려 수건이에요. 할인용품점에서 샀을 거예요. 없어도 괜찮아요."

"고맙습니다." 제이스가 말했다. "전부 다 감사해요."

"잘 갈 수 있어요?" 수건을 줬던 남자가 물었다.

바닷물을 뚝뚝 떨어뜨리며 제이스가 수건을 자신의 어깨 위로 말아 올렸다. "네, 괜찮아요. 저기 차를 주차해놨어요." 제이스가 빠르게 고개를 오른쪽으로 들어 올리며 대답했다. "정말 다시 한번 감사합니다."

차로 돌아온 제이스는 흠뻑 젖어 있었고 온몸이 모래투성이였다. 다행히 그에게는 언제라도 갑자기 조깅을 하고 싶을 때 입을 수 있도록 준비해둔 여분의 조깅복이 트렁크에 있었다. 그는 젖은 수건으로 최대한 몸을 말렸다. 열린 차이 문 뒤에서 옷을 갈아입고는 젖은 수건을 차 안에 걸어 두었다. 하지만 속옷은 여분으로 가지고 있지 않아서 하얀색 줄이 다리 옆쪽으로 나 있는 검정색 조깅 바지를 맨몸에 입어야 했다. 그는 머리 위로 깨끗한 티셔츠를 집어넣었다. 그가 대학 시절 가장 좋아하던 바의 이름이 새겨진 티셔츠였다. 그는 그 셔츠를 버릴 수 없었다. 테사가 그걸 가지고 우스갯소리를 하기 좋아했기 때문이었다. 그가 얼마나 아끼는 옷인지 알기에 테사는 그 옷을 아주 소중히 다뤘다.

제이스는 핸드폰을 집어 들었다. 에반에게서 문자가 와 있었다. 그의 집 부엌에서 그를 기다리고 있다고 했다. 에반은 그의 집 차고 비밀번호를 알고 있었고 이전에도 집 안에 들어가 그를 기다린 적이 있었다. 그가 들은 소식에 의하면 영장이 곧 집행될 예정이라고 했다. 망할. 다섯 시가 다 된 시각이었다. 대체 물속에 들어가기 전까지 얼마나 혼자 울었던 것일까?

제이스가 그의 집에 차를 세우자 그의 집 골목길 끝에 서 있는 차 두 대가 보였다. 한 대는 경찰차였고 한 대는 승용차였다. 그가 가까이 다가가자 모든 차 문이 열렸다. 솔로몬과 가비가 승용차에서 내렸고 경찰차 안에서는 경찰 두 명이 내렸다.

"날씨가 좋네요, 몽고메리." 제이스가 진입로에 서서 그들에게 아는 체하러 나오자 솔로몬이 말했다. "조깅 다녀왔나 보네요?"

그가 제이스에게 시체의 신원을 확인시킨 기억을 잊은 듯 비아냥대며 물었다. 솔로몬은 제이스에게 심리전을 펼치고 있었다. 솔로몬은 분명 그 시신이 테사가 아니라는 것을 미리 알았지만 제이스에게 그 시신을 보여줬다.

"머리 좀 식히려고요." 제이스가 답했다. 본인들이 생각하고 싶은 대로 놔둬야겠다는 생각이었다.

"음." 솔로몬이 말했다. "당신이 떠나고 흥미로운 전화 한 통을 받았어요. 말하자면 익명의 제보인 셈이죠."

제이스가 희망에 차서 침을 삼켰다. "테사에 관한 건가요? 테사가 어디에 있는지 아는 사람이라도 나타난 겁니까?"

제이스가 비아냥댔다. 분노했다. 그의 눈에 비난의 마음이 가득 차 있었다. "아닙니다. 테사가 아니라 로지타에 대한 이야기였습니다. 그런데 당신의 이야기이기도 하더군요. 당신이 로지타의 집에 밤늦은 시간에 들어가는 것을 본 사람이 나타났습니다. 로지타가 사라지기 전에요."

그의 눈 주변으로 주름이 잡혔다. 대체 무슨 일이 벌어지고 있는 것일까? 그는 테사가 사라진 날 아침 이후로 로지타를 본 적이 없었다. "사실이 아닙니다."

"음. 재밌네요. 제보를 받은 후에 그곳에 갔습니다. 로지타를 발견했고요. 총에 맞았더군요."

누군가 로지타를 총으로 **쐈다고**? "네? 뭐라고요? 로지타는 괜찮은가요?"

"아니요, 몽고메리 씨. 괜찮지 않습니다." 솔로몬은 자신의 코트 안주머니에 손을 집어넣더니 노란색 서류를 한 장 꺼냈다. 그리고 제이스의 가슴에 내리꽂았다. "당신의 집에서 불법 총기류를 수색할 수 있도록 허락하는 영장을 가져왔습니다."

"맙소사. 로지타가 죽었다는 말입니까?" 제이스의 얼굴빛이 하얘졌다. "맹세하는데 저랑은 관련 없습니다!"

"음. 맹세한다고요?" 그가 화가 난 어투로 말했다.

신원미상의 시신, 테사의 실종, 그리고 이제는 총에 맞아 죽은 직장 동료까지. 그들의 눈에 제이스는 연쇄 살인범에 불과했다. 제이스는 경찰들을 집 안으로 들였다. 어찌 됐건 그들은 아무것도 찾지 못할 것이다. 어쩌면 그의 아내가 어디 있는지 알 수 있는 단서를 찾을 수는 있을지도 모른다.

집 안으로 들어가자 에반이 그를 끌어안았다.

"괜찮은 거야, 제이스?"

제이스가 고개를 흔들었다. "아니, 로지타가 죽었대. 누가 경찰에 전화해서 내가 로지타 집에 있는 걸 봤다고 했대. 대체 무슨 말도 안 되는 일이 벌어지고 있는 거야, 에반?"

"하." 에반의 눈이 증거물 가방을 들고 집 안으로 들어서는 경찰들에게로 향했다. "아무 말도 하지 마. 무슨 일이 생기더라도 아무 말도 하면 안 돼."

제이스는 눈으로 에반에게 고마움을 말했다.

솔로몬과 가비는 다른 경찰들이 서로 합류해 수색하는 모습을 지켜보고 있었다. 경찰은 부엌 테이블에 에반과 함께 앉아있는 제이스에게 와서 영장의 내용을 읽어 내려갔다. 에반의 말에 의하면 별다를 게 없는 전형적인 내용이라고 했다. 그는 제이스에게 경찰이 총이 있을 만한 곳을 모두 뒤질 거라고 말했다. 현실적으로는 거의 모든 곳이 해당 되는 것이었다. 경찰은 제이스의 컴퓨터나 보석함, 그리고 작은 보관함들을 볼 권리는 없었다. 제이스가 코카인으로 가득 찬 아주 작은 봉투 열 개를 작은 상자에 가지고 있다 하더라도 경찰은 그를 체포할 수 없었다. 그렇다고 제이스가 코카인을 가지고 있다는 말은 아니다. 그는 그런 것에 손대본 적이 없었다.

"커피 좀 드릴까요?" 제이스가 매너 있게 물었다. 경찰이 아무것도 찾지 못했을 때를 대비해 자신만만한 표정보다는 겸손한 모습을 보여주는 편이 나을 것 같았다.

솔로몬과 가비가 서로를 쳐다봤고, 가비가 어깨를 한번 으쓱하더니 대답했다. "좋죠. 시간이 좀 걸릴 거거든요."

제이스도 자신이 에반과 함께 부엌에 있는 편이 나을 거라고 생각하던 차였다. 경찰이 온 집안을 뒤집어 놓을 것이다. 제이스는 숨기는 것이 없었다. 퍼컬레이터²⁵가 끓기 시작하자 그는 식탁에 앉아 평소처럼 행동하도록 노력했다. 테사가 언제 사라지기라도 했냐는 듯이 행동하도록 노력했다.

텔레비전에서 보던 것과는 다르게 아무도 그의 집 안을 마구잡이로 헤집어 놓지 않았다. 가구를 뒤엎지도 쿠션의 배를 가르지도 물건을 부수지도 않았다. 그들이 그의 집에 찾아온 이유와는 다르게 그들은 제이스를 존중하는 모습을 보였다.

그 때 최악의 일이 발생했다. 계단을 내려오는 한 남자의 손에 **증거**라고 적힌 비닐백이 들려 있었다. 그 안에는 리볼버가 들어있었다. 총이었다. 제이스의 것이 아니었다.

"그게 뭡니까? 어디서 난 겁니까?" 제이스가 긴장하며 물었다. 그가 한 번도 본 적 없는 총이었다.

솔로몬이 그의 옆에 서 우쭐대는 미소를 띠었다. "몽고메리 씨,

---

25 커피메이커의 일종

손을 뒤로하시죠."

제이스는 눈이 커져 에반을 바라보았다. "이게 대체 무슨 일이야?"

에반도 제이스 만큼이나 충격을 받아 벙찐 상태였다.

"제이스 몽고메리, 당신을 로지타 모렐즈 살인 혐의로 체포합니다."

"뭐라고요?" 그의 손 주변으로 수갑이 단단히 채워지자 제이스가 소리를 질렀다. "내 총이 아닙니다! 당신이 꾸민 짓이야!" 제이스가 에반을 바라봤다. "에반, 도와줘. 이건 나랑 상관없는 일이야! 테사는 어딨는데?" 제이스가 소리쳤다.

"내가 처리할게." 에반이 말했다. "아무 말도 하지 마."

솔로몬이 그의 등을 두드렸다.

"당신은 묵비권을 행사할 권리가 있고, 당신이 하는 말은 법정에서 불리하게 작용할 수 있습니다."

27
테사

———◆———

세탁실 안에서 무릎을 꿇고 앉아있는 나의 얼굴은 침으로 범벅이 됐다.

"엄마는 널 사랑해. 보고 싶을 거야. 착하지 우리 아가."

지난주 우리는 강아지를 한 마리 입양했다. 보호소에서 지낸 지 6개월이 됐다고 했다. 보호소에서 지어준 이름은 캔디였고 우리는 집으로 강아지를 데려오면서 그 이름을 계속 쓰기로 했다. 캔디는 혼종 목축견이고 나와 제이스에게 바로 살갑게 다가왔다. 사람에게도 이미 길들어 있어서 기본적인 명령어는 알고 있었다. 다만, 계속해서 소파 위를 뛰어다녔다. 우리가 몇 번이고 **안돼**라고 외쳤는데도 말이다. 캔디는 우리에게 좋은 가족이 되어 줬다.

예전부터 나는 내가 자리를 잡고 나서 제대로 강아지를 돌볼 준비가 되면 강아지를 입양하겠다고 다짐했다. 어릴 적 키웠던 강아지들은—사실 대개 엄마의 남자친구들의 강아지였다—끔찍한 취급을 당했다. 엄마의 남자친구 중 한 명이 강아지를 발로 찼던 기억이 아직도 선명하다. 그때 강아지는 꽥-하고 비명을 지르고는 구석으로 달려가 꼬리를 다리 사이에 파묻었다. 귀를 뒤로 젖혀 온몸으로 두려움을 내비치고 있었다. 당시에는 내가 할 수 있는 일이 없었지만, 지금은 다르다. 마음 같아서는 보호소에 있는 모든 아이를 데려가 키우고 싶다. 어쩔 수 없이 캔디 한 마리만 데려가는 것이니 제이스는 운이 좋다고 할 수 있다.

캔디에게 과할 정도로 엄마 같은 모습을 보이는 나를 보고 제이스는 웃음을 참지 못했다. "캔디는 괜찮을 거야. 몇 시간이면 다녀올 텐데, 뭐." 그는 자신의 팔을 내 어깨 위로 감쌌고 우리는 차를 향해 걸었다.

"정말 괜찮을까?" 내 무릎에 놓인 초콜렛 바브카를 가리키며 제이스에게 물었다. 점심에 동네 베이커리에 나가서 사 온 것이었다.

"그래, 수선화야. 에반의 부모님도 좋아하실 거야."

나는 그가 나를 **수선화**라고 불러줄 때가 너무 좋았다. 전에 주피터의 중앙 장식품을 수선화로 사용하면서 내가 가장 좋아하는 꽃이라고 말한 적이 있는데, 그때부터 제이스는 나를 수선화라고 부르기 시작했다.

에반은 그의 부모님과의 저녁 식사에 제이스와 나를 초대해 주었다. 두 분은 나를 처음 볼 생각에 신이 나셨다고 했다. 에반은 아직 싱글인 그의 로스쿨 친구들 몇몇과 함께 6월 한 달 내내 햄튼에 있는 별장에서 시간을 보내고 있었는데, 마침 처리할 일이 있어서 몇 주 동안 잠시 집에 돌아왔다고 했다. 때문에 제이스도 에반을 보지 못한 지 꽤 됐다고 했다. 에반은 제이스가 우리의 결혼사진을 보내면서 그 밑에 "나 결혼했어."라는 메시지를 적은 것을 보고 충격을 받았다고 했다. 그래서 이번 소개 자리를 만든 것이라고 했다.

"내가 당신을 사랑하는 만큼 에반의 어머니 아버지도 당신을 사랑해 주실 거야."

나는 에반과 그의 부모님이 제이스에게 얼마나 큰 존재인지 알고 있다. 제이스는 내게 둘이 함께 자라온 이야기를 들려주었다. 에반의 부모님이 어떻게 제이스의 제2의 부모 역할을 해주셨는지도 설명해줬다. 제이스의 실제 부모님들은 플로리다에 살고 계셔서 추수감사절에 직접 찾아가 뵈기 전까지는 만날 기회가 없다. 신분증 문제 때문에 나는 비행기를 타기 무섭다고 거짓말을 해야 했다. 제이스는 그런 나를 위해 운전을 했다. 가는 길에는 노스캐롤라이나에서, 돌아오는 길에는 사우스 캐롤라이나에서 하루를 묵어가며 여행하기로 했다. 언젠가는 그에게 진실을, 모든 진실을 밝힐 날이 올 것이다. 그를 안 지 이제 겨우 7~8주밖에 되지 않은 그에게 나의 전남편과 내가 만난 남자들…에 대한 모든 이야기를 하는 것은 참 이상한 일이 아닐 수 없었다.

우리는 왼쪽으로 돌아 고풍스러운 나무들이 줄지어 선 거리로 들어섰다. 잔디는 잘 가꿔져 있고 강아지들과 작은 아이들이 스프링클러 아래서 뛰놀고 있었다. 심지어 몇몇 집은 작고 하얀 울타리로 둘러싸여 있었다. 빅토리아 시대에서 영감을 받은 듯한 집들이 다양한 크레파스 색처럼 장식되어 있었다. 첫 집은 빨갛고, 그다음 집은 파랗고, 또 그 옆집은 초록색, 그다음 집은 하얀색. 마치 어린이 동화책에서 방금 막 튀어나온 듯한 모습이었다. 우리는 하얀색 장식이 달린 하늘색 집에 난 긴 진입로로 들어섰다. 그곳에는 차 한 대를 주차할 수 있는 차고가 따로 마련되어 있었고, 제이스는 그 차고에 차를 세웠다.

　내가 과거 뒷마당이라고 불렀던 그 콘크리트 정글과는 얼마나 다른 곳인가? 나에게 스프링클러라고는 물이 새는 배관이 전부였다. 우리는 계속 지저분한 렌트 하우스를 전전하며 살았고 가끔은 엄마와 눈이 맞은 사람 집에 들어가 살기도 했다. 대부분의 렌트 하우스들은 트레일러였다. 우리는 그 좁은 곳에서 하나 남은 피클 병이나 싸구려 치즈 맛 과자, 또 그도 아니면 유통기한이 일주일은 지난 우유를 서로 먹겠다고 싸웠다. 어른의 보살핌은 받지 못했다. 엄마는 싸구려 술을 마시러 나가거나 동네 술집에서 몸을 파느라 바빴다. 참으로 즐거운 유년기 아니었겠는가?

　제이스는 초인종을 누르는 동시에 다른 팔로 내 어깨를 감쌌다. 그리고 문을 열고 모습을 드러낸 건 제이스 또래의 한 남성이었다. 에반이었다.

　"잘 지냈어?" 문이 열리자 그가 제이스를 안으며 인사했다. 그리고 나를 바라봤다. "테사군요. 저는 에반이라고 합니다. 드디어 만나 뵙게 되네요. 들어오세요."

　에반은 키가 커서 그런지 흐느적대 보였고, 얼굴에는 멋스러운 수염이 나 있었으며 두껍고 어두운색 안경을 쓰고 있었다. 자칫하면 어리숙해 보일 수 있는 스타일이었지만 에반은 그래 보이지 않았다. 그는 대학에서 현대무용을 가르칠 것처럼 생겼다. 제이스가 말해준 덕에 에반의 직업이 변호사인 것은 이미 알고 있었다. 그리고 에반에게 내 과거와 가짜 신분증에 대해 말하고 도움을 받아야 할지 고민이 됐다. 하지만 에반이 알게 되는 것을 제이스가 좋아할지 가늠이 되지 않았다.

제이스와 내가 집 안으로 들어가자 에반이 나를 안아주었다. "제이스가 대체 어떤 사람과 결혼했는지 이제 알아봐야지." 하고 말을 하는 순간 나는 내가 곧 곤혹스러운 질문들을 맞닥뜨리게 될 거라는 걸 예상할 수 있었다.

배가 살짝 아픈 느낌이 들었지만 에반의 부모님 앞에서 긴장감을 보이지 않으려 했다. 두 분은 내 떨리는 손을 붙잡고 부엌으로 나를 안내했다. 에반의 어머니는 짧은 단발머리에 은색과 검은색 머리가 섞인 머리를 하고 계셨다. 옅은 베이지색 바지에 검은색 티셔츠를 입고 그 위에는 앞치마를 둘렀다. 그녀는 내가 가져온 바브카를 기쁘게 받아 들고는 자신이 가장 좋아하는 디저트라고 말하며 내 뺨에 키스했다. 나를 가족으로 받아들여 주셨다.

스마트한 인상의 아버지는 에반과 무척이나 닮은 모습이었고 키도 크셨다. 그렇다고 에반만큼 멀쑥하지는 않았다. 에반처럼 수염이 있었다. 유행하는 스타일은 아니었다. 옷은 컨트리클럽 로고가 들어간 골프 폴로 셔츠와 골프 반바지를 입고 계셨다. 에반도 마찬가지였다. 부자가 오늘 아침 골프를 치고 온 게 너무도 분명해 보이는 옷차림이었다.

예쁜 벽지가 발린 부엌에 들어가자 조리대 위에는 고기와 치즈가 잔뜩 차려져 있었다. 에반의 어머니는 내게 마실 것을 제안하며 와인의 종류를 물어보셨지만, 나는 클럽 소다를 마시기로 했다. 술 취한 모습을 보이고 싶지 않아서였다. 그리고 오늘 밤은 말실수도 하고 싶지 않았다.

내가 팔을 뻗어 종이 접시를 잡는 순간 에반의 어머니가 내 팔에 난 화상 자국을 보게 됐다.

"오, 많이 아팠겠어요!" 그녀가 소리쳤다.

내 눈이 커지고 입도 놀라 벌어져 막 무언가 말하려던 참에 ―맙소사, 대체 무얼 말하려고 했는지도 모르겠다― 제이스가 끼어들었다.

"테사가 어릴 때 피자 오븐 앞에서 일을 많이 했어요." 그가 내게 눈을 찡긋하며 말했다.

열여섯 살 때 전남편이 들이붓는 끓는 물을 맞았다는 이야기를 제이스는 하지 않을 것이다. 그는 제이스는 자신의 친구를 바라봤다. "그거 알아, 에반? 테사가 어릴 때 일하던 가게 이름도 에밀리오야. 우리가 자주 가던 곳과 이름이 같아! 아, 테사. 에반한테 그 이야기 해달라고 해야 해. 한 번은 우리가 가게 영업이 시작하기도 전에 간 적이 있었는데, 그때 창문으로 뭔가를 봤거든. 에반이 그 이야기를 재밌게 해."

에반이 이야기를 시작하자 그렇게 모두의 시선이 그에게로 향했다. 제이스가 내 팔을 살짝 눌렀다. **우린 파트너다.**

누군가 나를 뒤에서 지켜준다는 것은 정말 좋은 느낌이다. 드류도 그의 동료들에게, 누군가 내 팔에 끓는 물을 부었다고 말하지는 않았다. 다만 그는 내가 칠칠 받아 내 실수로 팔에 끓는 물을 쏟은 것이라고 말했다. 내가 전혀 음식을 할 줄 모른다고 덧붙이면서 말이다. 우습게도, 나는 그와 함께 한 시간의 절반을 그를 위해 따뜻한 음식을 만드는 데 썼다.

저녁 식사를 마치고 ―내가 좋아하는 치킨 파마산이었다.― 나는 제이스의 십 대 시절과 대학 시절 이야기를 많이 들을 수 있었다. 그 이야기들은 즐거웠다. 그는 멋진 악기, 괴짜 기악부 단원처럼 튜

바 같은 악기가 아니라 드럼과 작은 기타를 연주했다고 한다. 우등 반 학생이기도 했다.

그들은 제이스의 형 토미에 대한 이야기도 했다. 토미는 제이스 보다 두 살 많았고 에반의 쌍둥이 여자 형제인 파멜라 ―에반이 쌍 둥이라니?― 와 고등학생 시절 몇 개월 동안 데이트를 했다고 한다. 제이스가 말이 없자 에반의 어머니는 "경찰이 그 음주운전 한 나쁜 사람을 잡지 못해 아직도 속상하구나." 하고 말했다. 그래서 나는 형의 죽음의 원인이 뺑소니 사고였음을 짐작할 수 있었다. 내가 처 음 듣는 이야기였기에 제이스는 나를 한 번 바라봤다.

"우리가 졸업하기 몇 달 전이었지." 그가 에반 쪽으로 고개를 끄 덕이며 말했다. "토미는 오하이오 대학에서 2학년 마지막 학기를 다니고 있었어. 기말고사 공부를 끝내고 머리를 식히러 친구들하고 놀러 나갔었고. 그때 사고가 난 거야. 당시 운전하던 친구는 팔을 한 쪽 잃었고, 토미는 수술 후에 회복하지 못했어. 뒷좌석에 앉았던 두 친구는 크게 다치지 않았어. 듣기로는 검은색 트럭이었고 큰 휠을 달고 있었다고 하더라고. 기준 속도 두 배로 달리다가 정지 표지판 을 들이박고는 형이 타고 있던 차의 조수석을 다시 박은 거지. 사고 가 나고 한 30초 정도는 차 안에서 가만히 있다가 도망갔다고 하더 라고."

굉장히 자세한 설명이었다. 아마 제이스는 내가 나중에 다시 이 문제에 대해 다시 물어보는 것을 원하지 않는 것 같았다. 이 일을 다시 꺼내 말하는 건 그에게 힘든 일 같았다. 그의 눈이 촉촉해져 있었다. 대화의 주제를 바꾸는 게 무신경해 보일 수도 있겠지만 지 금은 제이스가 아픈 감정을 느끼게 하고 싶지 않았다.

다행히 에반의 어머니가 다른 이야기를 꺼냈다. 플로리다에 계시는 제이스의 어머니와 통화한 이야기를 꺼내며 제이스 어머니의 암이 사라져 기쁘다고 하셨다. 이 역시 내가 모르는 일이었다. 하지만 적어도 모두가 의학의 기적을 말하며 기분이 나아 보였다. 제이스는 이미 충분한 고통과 상실감을 느낀 것 같았다. 나는 그 자리에서 다시는 제이스가 그런 고통을 느끼게 하지 않으리라 다짐했다.

그날 저녁 많은 시간이 무사히 흘러갔다. 내가 말하고 싶지 않은 질문을 받을 때마다 그는 나를 위해 나섰다. 내가 전에 만났던 남자들에 대한 질문에 대해서도 그가 나섰다. **왜 이래, 여자는 다 비밀이 있는 거라고** 부터 시작해서 내가 자란 지역에 대한 질문까지. **테사네 고등학교 마스코트가 우리 학교랑 똑같더라. 그때 우리 학교 사자가 응원전에서 뒤로 공중제비 돌았던 거 기억해…?** 제이스는 모두가 나에 대해 알아간다고 느끼도록 속였을 뿐 아니라 그들과 나 사이에 공통점이 많다는 것을 보여주기까지 했다.

모두 거짓말이었지만 그들은 알지 못했다. 그렇지만 나는 제이스와 실제로 공통점이 많았다. 그저 **그런 것들**에 대한 공통점이 아니었을 뿐이다. 나는 화목한 가정에서 태어나지도 않았고 숙제를 하면서 갓 구운 쿠키를 먹어본 적도 없었다. 응원전에는 당연히 참여해본 적도 없고 고등학교는 졸업조차 하지 않았다. 그들 또는 에반이 아는 나에 대한 진실은 제이스와 내가 실제로 어떻게 만났는지에 대한 것뿐이었다. 그의 전 룸메이트 데이먼과 있었던 그 날 밤의 이야기. 내게 일어났을 수도 있었던 그 날의 이야기. 세상에, 벌써 옛날이야기처럼 느껴진다.

데이먼 모레티는 어떻게 살고 있는지 새삼 궁금해진다.

28
제이스

———◆———

테사가 사라진 날 밤 빈집에 돌아온 순간부터, 제이스에게 일어날 수 있는 가장 말도 안 되는 일은 그가 살해 혐의로 체포되는 것이었다. 더 최악인 건 피해자가 테사가 아닌 다른 인물이라는 것이다. 그는 지금 두 손에 수갑이 채워진 상태로 경찰서에 잡혀 들어가고 있었다. 경찰 입장에서는 다행스럽게도 총이 발견됐고 ─대체 누구의 총이라는 말인가?─ 발견 즉시 제이스는 체포됐다. 언론에서 그를 취재하러 올 틈도 없었다. 그러나 만약에 그가 이곳을 나가게 된다면 독수리 떼가 날아들어 그의 남은 영혼까지 먹어 치울 것이라는 느낌이 들었다.

제이스는 복도를 지나 어떤 방으로 끌려 들어갔다. 그곳에서 그는 몸에 지니고 있던 모든 소지품을 비닐백에 넣고 봉인해 제출해야 했다. 어쩌면 영원히 돌려받을 수 없을지도 모르겠다. 입고 있던 옷을 벗고 주황색 점프 수트로 갈아입는 동안 내내 그는 감시당했다. 담당자가 그의 시계와 지갑 그리고 결혼반지를 빼 갔다. 결혼반지를 빼는 순간 그의 가슴에 저릿한 고통이 느껴졌다. 카운터에 앉아있는 큰 체구의 여자가 자신의 살집 있는 손으로 그것들을 낚아채서 비닐봉지에 집어 던졌다. 그 물건들이 무엇인지 그에게 어떤 의미인지는 전혀 신경 쓰지 않는 듯 보였다. 그리고 물건들은 다시 한번 봉인되어 어떤 통 안으로 쓰레기처럼 던져 넣어졌다.

제이스는 따로 변호사에게 전화할 필요가 없었다. 그가 체포되던 당시 다행히도 에반이 그의 집에 있었고, 그가 경찰차 뒷좌석으로 떠밀려질 때 에반이 법원 심리 때 자신이 아는 형사 전문 변호사를 데려갈 테니 기다리고 있으라고 말했다. 아무것도 말하지 말고 기다리라고. 그래서 제이스는 아무 말도 하지 않았다. 솔로몬이 취조실에서 그에게 로지타에 대한 질문을 했을 때도, 안치실에 있는 그녀의 시신 사진을 보여줬을 때도. 그는 단 한마디도 하지 않았다. 솔로몬은 탐탁지 않은 얼굴로 제이스를 다시 유치장으로 집어넣었다.

제이스는 기다렸다.

경찰들은 분노에 가득 찼다. 텔레비전을 보며 모든 혐의를 남편에게 씌우는 형사 놀이를 했다. 제이스는 감옥 유치장에서 하룻밤을 지새웠다. 모든 상황의 논지가 흐려지고 있었다. 진짜 문제에서 멀어지고 있었다. 진짜 문제는 테사가 사라졌다는 것인데, 대체 저 망할 경찰들이 테사를 제대로 찾고 있기는 한 걸까?

제이스는 실패한 것이나 마찬가지였다. 그녀를 보호하지 못한 채, 그가 저지르지도 않은 살인죄를 뒤집어쓰고 유치장에서 썩고 있는 그였다. 분명히 이 시간에도 누군가 그의 아내에게 해를 가하고 있을 것이다. **대체 어디 있는 거야, 테사?**

"몽고메리!" 한 경찰이 그의 이름을 외쳤고 그는 떨리는 다리로 자리에서 일어섰다. "법원 심리 갈 시간입니다."

법원 안으로 들어선 후 잠깐은 에반이 그를 위해 고용한 변호사 로버트 브라운과 이야기를 나눌 수 있었다. 변호사가 입은 남색 맞춤 정장과 왼쪽 가슴에 꽂힌 빛나는 빨간 손수건에서 느껴지는 승자의 기운 덕에 기분이 좋아졌다. 그는 에반과 비슷한 나이로 보였고 아마 에반의 로스쿨 동기이거나 동료일 것으로 제이스는 생각했다. 둘은 악수를 나눴다. 또다시 승기가 느껴졌다. 로버트는 제이스의 시선을 잠시도 피하지 않았다. 마주 잡은 제이스의 손을 두 번 강하게 쥐었다. 이 시기 제이스에게서 거의 느껴지지 않는 자신감이 로버트에게서는 강하게 풍기고 있었다.

"안녕하세요, 몽고메리 씨. 로버트 브라운이라고 합니다. 에반 소개로 왔고, 이미 검사와는 이야기를 나눴습니다. 당연히, 판사가 질문하면 '무죄를 주장합니다'라는 말 이외에는 아무 말도 하지 마시고요. 나머지는 제가 알아서 하겠습니다."

"고맙습니다, 브라운 변호사님."

"로버트라고 불러주세요." 그가 호칭을 정정했다.

"로버트, 저는 아니예요. 정말 로지타를 죽이지 않았어요. 로지타 근처에도 가지 않았습니다."

그녀의 이름을 소리 내어 말하고 나니 그제야 제이스는 자신이 로지타가 실제로 죽었다는 사실에 대해서 크게 생각하지 않고 있다는 사실을 깨달았다. 그의 생각은 온통 자신이 누명을 썼다는 것과 테사가 사라졌다는 사실에 사로잡혀 있었다. 로지타가 문제가 있는 사람이긴 했지만 어쨌든 그들은 동료였고 무엇보다 제이스는 그녀가 죽는 것까지는 원치 않았다.

둘은 빠르게 판사 앞에 불려갔고 판사는 죄목을 읽어 내려갔다. 제이스의 등골이 서늘해졌다. **1급 살인죄**. 이런 말도 되지 않는 일들이 자아낸 분노가 그의 내면을 갉아먹고 있었다. 하고 싶은 말이 혀끝까지 차올랐지만 제이스는 로버트의 말을 따라 무죄를 주장한다는 말 이외에는 그 어떤 말도 하지 않았다. 로버트는 제이스가 이 지역에서 나고 자란 모범적인 시민이며 지역사회의 인재로서 지역 은행의 매니저로 근무 중인 데다 그 흔한 속도위반도 거의 한 적이 없다는 사실을 내세우며 보석을 신청했다.

판사는 그리 달가워 보이지는 않았으나 해당 내용을 감안 하는 듯했다.

"보석금은 25만 달러에 책정합니다. 몽고메리 씨는 발목에 추적기를 달아야 하며 재판 날짜가 잡힐 때까지 자택 연금에 처합니다."

판사가 판사 봉을 책상에 내리치자 그것으로 모든 게 끝났다. 25만 달러와 어떻게 생각해도 길게 느껴진 자택 연금. 테사는 지금 어디에 있는지도 모르는 상태고 경찰들은 제대로 그녀를 찾고 있지도 않은데 이제는 제이스 마저 아무것도 하지 못하는 상황에 처하게 되었다.

"잘 버티고 있어." 에반이 뒤에서 말했다. "바로 여기서 꺼내줄게. 참고로 아침에 캔디한테 밥도 주고 산책도 시켰어. 말 잘 들더라고." 그리고 제이스의 새로운 변호사를 쳐다봤다. "고마워, 로버트."

로버트는 그에게 눈을 찡긋하며 그의 손으로 총 모양을 만들어 에반을 향해 쏘는 시늉을 하면서 입으로 딸깍 소리를 내었다. 그 모습을 보며 제이스는 그 둘이 대학교 친구이거나 로스쿨 친구라는 것을 알 수 있었다. 동료라면 대단히 오래된 사이가 아니고서는 공개법정에서 저런 행동을 할 리가 없었다.

제이스가 풀려나기까지는 두 시간이 걸렸다. 그는 옷과 소지품이 담긴 비닐백을 돌려받은 즉시 결혼반지를 손가락에 끼웠다. 그는 사복―자신의 옷을 이렇게 부르는 날이 오리라고 그는 생각해 본 적 없었다―으로 갈아입고 밖에서 그를 기다리는 소란에 대비했다.

에반이 앞에서 그를 기다리고 있었다.

"로버트는 갔어." 에반이 말했다. "처리해야 할 다른 사건이 있거든. 물론 네 사건도 잘 맡아 줄 거야. 나하고 오래된 친구야."

"잘됐다. 고마워. 어떻게 고맙다고 말해야 할지도 모르겠다."

에반이 자신의 팔로 제이스의 어깨를 감쌌다. "왜 이래. 6학년 때부터 친구 아니야, 우리. 네가 교수형에 처하도록 내가 가만히 있지는 않을 거야." 그가 목소리를 가다듬었다. "그건 우리 부모님도 마찬가지고. 부모님이 집을 담보로 해서 보석금을 마련해 주셨어."

에반의 부모님이라면 제이스를 위해 응당 그리 하셨을 것이다.

"오, 말도 안 돼. 에반. 전화 드려서 인사 좀 드릴 수 있을까?"

에반이 고개를 문 쪽으로 끄덕이며 밖에 있는 기자들을 가리켰다. "일단 여기부터 안전하게 나가자. 완전 난장판이야."

제이스는 허공에 숨을 내쉬었다. "끝내주네."

"나랑 바로 차까지 걸어가면 돼. 아무 말도 하지 마. 분명 네 심기를 건드리는 말을 할 거야, 지난번 너희 집에서 그랬던 것처럼. 그러니까 걸려들면 안 돼, 제발." 에반이 부탁했다.

이번에는 에반의 충고를 귀담아들어야 한다는 사실을 제이스는 알고 있었다.

에반이 오른팔로 문을 잡고있는 동안 제이스는 고개를 숙이고 밖으로 나가 재빨리 계단을 내려갔다. 제이스가 예상했던 대로 온갖 질문과 비난이 날아들었다. "아내분도 살해하신 건가요?", "로지타 모렐즈와는 불륜관계였나요?", "총은 어디서 나셨나요?", "신원미상 여성도 죽인 건가요?", "테사의 시신은 어디 있나요?" 끝도 없었다. 카리나 킬혼의 허스키한 목소리가 다른 이들의 목소리를 뚫고 나왔다. 어쩌면 제이스가 그녀를 몹시 싫어한 탓에 더 크게 들린 것일 수도 있다. 어떻게 감히 그의 부모에게 전화해 아픈 어머니를 놀라게 할 수 있다는 말인가? 그는 고개를 들어 올려 그녀를 향해 가려던 마음을 눌러 내렸다. **에반 말을 듣자.**

"로지타가 시비를 먼저 걸었나요, 아니면 그냥 이유 없이 쏜 건가요?" 카리나가 소리쳤다.

피가 끓는 것을 느껴져 마치 제이스 자신의 몸 안에 탄산가스가 들어있는 것이 아닌가 하는 생각이 들었다.

"계속 걸어." 에반이 그의 마음을 읽고 말했다. "비켜 주세요. 비켜 주세요!" 기자 무리를 헤쳐 나가며 그가 소리쳤다. 그들은 제이스가 차 문을 열고 앉아 벨트를 할 때까지 계속해서 비난의 말을 던졌다.

에반이 천천히 차를 몰며 아무도 다치지 않도록 조심히 운전했다. 사실 제이스는 남몰래 에반이 한쪽 바퀴를 카리나의 뾰족구두 위로 지나가게 했으면 좋겠다고 생각했다.

"자, 이게 첫 번째 관문이었어." 에반이 긴장된 분위기를 풀기 위해 웃음을 지어 보이며 말했다.

제이스가 훌쩍거리며 왼쪽 팔로 그의 코를 훔쳤다. "로지타가⋯ 죽었어." 댐의 수문이 열리듯 그의 눈이 눈물로 가득했다. 무고한 여성이 너무 많이 죽었고, 제이스는 그다음이 테사가 될 것 같은 두려움에 사로잡혔다.

"왜 경찰은 테사를 찾지 않는 거야? 왜 말도 안 되는 일에 시간을 낭비하고 있는 거냐고?"

제이스는 주먹으로 대시보드를 내려쳤다.

에반은 제이스의 한쪽 어깨를 움켜잡았다. "알아. 이해해." 그는 라디오 볼륨을 낮췄다. "잠깐 부모님 집에 들렀다가 집에 데려다줄게. 발목에 추적기를 달러 경찰이 올 거야."

에반의 어머니는 문 앞에서 그들을 기다리고 있었다. 그녀는 진입로에 그들이 걸어오는 모습을 보자마자 바로 제이스를 꼭 안았다.

"얘야, 들어오렴." 그녀는 둘을 집 안으로 들였다.

"시간이 별로 없어요, 엄마." 에반이 제이스의 발목을 가리키며 말했다. "경찰이 오늘 오기로 했어요."

에반의 어머니는 커피를 내렸고 셋은 그렇게 부엌에 있는 둥근 테이블에 앉아 우울하게 있었다. 에반의 아버지는 골프 연습을 하러 나가고 없었다.

"고맙습니다, 어머니." 얼마 만인지 모를 민간인과의 만남을 즐기며 제이스가 말했다. 제이스는 이제 다시 유리창을 사이에 두고 누군가와 대화를 하고 싶지 않았다. "뭐라고 말씀을 드려야 할지도 모르겠어요."

그녀는 자신의 손을 제이스의 손 위로 포갰다. "지금은 아무 걱정도 하지 마. 뭔가 실수가 있었던 거야. 네가 사람을 죽일 아이가 아니라는 건 우리가 다 알아. 그리고 테사도 반드시 찾을 거야. 사랑스러운 아이였잖니." 그녀가 자신의 입술을 깨물었다가 다시 말을 고쳤다. "정말 사랑스러운 아이지. 네가 네 아내와 그 여자를 죽였다고 생각한다는 게... 정말 말도 안 돼. 그 경찰들 말이야."

"경찰이 제집에서 총을 찾았어요. 제 총이 아니에요. 누군가 갖다 놓은 거예요. 이상한 일이 생기고 있어요. 대체 무슨 일인지 제가 밝혀낼 거예요."

"총? 맙소사. 요새 다들 총을 가지고 있잖니. 에반한테 총을 가지고 있지 말라고 했는데도, 알잖니, 얘가 고집이 있어서…" 그녀가 에반을 향해 손을 내저었다.

자신의 가장 친한 친구에 대한 새로운 정보를 들은 제이스의 얼굴이 멍쩌있었다.

"총을 언제 산 거야?"

에반이 자신의 수염을 쓰다듬다가 뒷목을 쓸어내렸다. "몇 년 전에."

"왜?"

에반이 어깨를 으쓱하며 말했다. "20대 중반에. 대학교 옆에서 룸메이트랑 살았는데 뭔가 나한테 숨기는 게 있어 보이더라고. 아마 마약을 팔았던 거 같아. 그래서 사람들이 밤새 들락날락했어. 그런데 어느 날 보니까 한 남자가 총을 갖고 있더라고. 무슨 일이 생기기 전에 안전을 확보해야겠다고 생각했지. 자기를 보호하는 게 나쁜 일은 아니니까. 누구한테 총을 겨눈 적도 없고. 잠금장치까지 잘 해서 우리 집 금고에 보관하고 있어. 쓰는 날이 없어야지."

소더버그 부인이 고개를 흔들었다. "그러다 눈 다친다, 아들." 그녀가 영화 크리스마스 스토리의 대사를 따라 하고는 자리에서 일어나 커피포트를 씻으러 싱크대로 향했다.

물소리가 나는 동안 제이스가 목소리 톤을 낮춰 말했다. "에반, 나 진짜 큰일 난 것 같아. 한 번도 말한 적 없는데 사실 총이 있었어. 불법 총기였고. 지금은 없애긴 했어. 지난주에 없앴어. 그런데 누군가 그 사실을 알고 있어."

그가 말을 멈췄다. 그웬을 말하고 있는 게 아니었다. 제이스는 그 총을 데이먼에게 겨눴었다. 그는 여전히 그 멍청한 놈 안에 사는 악마를 총으로 겁을 줬던 사실을 후회하지 않는다.

"두 명이 알고 있어. 어떡하지."

"제길. 왜 진작 말하지 않았어?" 에반의 얼굴을 찡그리며 핸드폰을 꺼내 문자를 하기 시작했다. "로버트가 몇 시에 너희 집으로 올 수 있는지 알아봐야겠어."

로버트는 에반에게 일이 끝나고 여덟 시에서 아홉 시가 되어야 갈 수 있다고 답장했다. 에반은 오후에 제이스를 그의 집 진입로 끝에 내려주며 그가 바로 비밀번호를 누르고 집 안으로 뛰어들어갈 수 있도록 했다. 기자들은 그의 집 앞에 인도에서 벗어나지는 않았지만 계속해서 그에게 소리치고 있었다. 시골 동네에서 사라진 아내와 살해된 직장 동료의 이야기는 큰 뉴스거리였다.

제이스가 차고에서 세탁실로 이어지는 문을 열었을 때 캔디는 자신의 침대에 앉아 기다리고 있다가 그에게 달려들었다. 제이스가 몸을 굽혀 그녀의 귀를 쓸어내려 줄 때까지 흥분해 꼬리를 흔들었다.

"캔디, 에반 삼촌이 오늘 아침에 보러 왔었지." 그는 캔디의 부드러운 머리를 토닥였고 캔디는 제이스와 문을 번갈아 보며 의문스러운 표정을 지었다. "미안해. 엄마는 아직 집에 안 왔어. 그렇지만 곧 찾아줄게, 약속해." 캔디의 귀가 '엄마' 소리에 반응하자 제이스는 다시 울음을 터뜨리고 말았다. 그는 몸을 웅크리고 세탁실 바닥에 주저앉았고 캔디는 그의 눈물을 핥다가 그의 옆에 자리를 잡았다. 그의 친구가 되어주었다.

제이스는 발목 추적기를 장착할 사람들이 오고 나서야 바닥에서 몸을 일으켰다. 그들은 추적 통신장치를 그의 집과 연결하고 지켜야 할 규칙들을 읽었다. 추적기가 꽉 조여 있어 주변 피부에서 벌써 간지러운 느낌이 들었다. 테사를 찾으러 나갈 수 없다는 사실을 마음에서 떨쳐 버려야 했다. 더 나은 판단은 하지 못했다. 컴퓨터를 켜 기사 제목을 읽어 내려갔다.

> 제이스 몽고메리,
> 실종된 아내 사건뿐만 아니라 살인 사건에도 연루되다.
> 아내 테사는 어디 있으며, 그녀는 무엇을 알고 있었는가?
> 사내 불륜의 결말은 살인일까?

그가 책상에 있는 모든 물건을 팔로 거칠게 쓸어버려 모든 물건이 바닥으로 떨어진 순간, 그의 핸드폰이 울렸다. 주머니에서 꺼내든 핸드폰 화면에 나타난 번호는 그가 모르는 것이었기에 음성 메시지로 넘겼다. 또 다른 기자일 확률이 높았다. 잠시 후 메시지 도착을 알리는 알림음이 들렸다. 새디스트처럼 그는 재생 버튼을 눌렀다.

"안녕하세요. 제이스 몽고메리 씨에게 남기는 메시지입니다. 제 이름은 벨라 존슨이고, 밸리 레이크 블레이즈에 새로 온 기자입니다. 저는 몽고메리 씨에 대해 나가고 있는 언론 기사 내용에 동의하지 않습니다. 아내분 실종 사건이나 동료분의 살인 사건의 범인이 아니라고 생각해요. 그래서 몽고메리 씨의 입장을 그 어떤 악의 없이 들어보고 싶은데요. 관심 있으시면 전화 부탁드리겠습니다."

그녀는 자신의 번호를 남겼고 제이스는 번호를 받아 적었다. 이 일에 대해 오늘 밤 로버트와 대화를 해야겠다고 생각했다. 누군가 그의 편인 게 가능한 일인가?

8시 정각이 되어 도착한 로버트에게 제이스는 맥주를 권했다. 거절당하자 자신이 대신 그 맥주를 마시기로 했다. 제이스는 냉동실에 얼려 두었던 컵을 집어 들다가 움찔 놀랐다. **테사.** 부엌 테이블에 앉아 로버트는 제이스의 혐의가 담긴 문서와 양식들 그리고 노란색 메모장을 그의 앞에 펼쳐 놓았다. 그리고 비싸 보이는 펜으로 그 위를 두드렸다.

"좋아요. 해봅시다." 로버트가 말했다.

"간단히 배경 설명을 해볼게요. 테사는…"

"간단하게 하면 안 돼요, 제이스. 저는 모든 걸 알고 있어야 해요."

"저도 그러고 싶네요." 제이스가 자신의 코를 매만지며 말했다. "저도 테사에 대해서 더 알고 있었으면 좋겠어요. 저희는 만난 지 2주 만에 결혼했어요."

그는 잠시 말을 멈추었다. 로버트의 눈썹이 치켜 올라가는 것을 봤다. 하지만 그는 아무 말도 하지 않고 계속 노트에 무언가 적고 있었다.

"우리가 만났던 날 저녁에 그 당시 제 룸메이트였던 사람과 테사가 같이 저녁을 먹었어요. 그리고 제가 집에 돌아왔을 때 정말 다행히…"

"그게 불법 총기를 가지고 있었던 것과 무슨 관련이 있죠?" 직접적인 질문이었다.

"설명하는 거예요. 그날 집에 일찍 도착했고 데이먼, 제 룸메이트요. 데이먼이 테사를 바닥에 눕혀 놓았더라고요. 그리고 때리고 있었어요. 강간하려던 거였는데 제가 때마침 나타났던 겁니다. 나쁜 자식이었어요. 테사는 경찰에 신고하려고 하지 않았는데, 제가 짐작하기로는 아마 테사의 과거 때문인 것 같아요. 테사는 자신을 때리던 전 남편에게서 도망친 상태여서 아무한테도 들키고 싶지 않아 했어요. 이제 와서 생각해 보면 테사 스미스가 진짜 이름인지도 잘 모르겠어요. 사회보장번호가 담긴 주 정부 신분증을 가지고 있었는데 어떻게 만들었는지 몰랐지만, 물어보지는 않았어요. 하지만 물었어야 했죠. 그때는 제가 테사를 너무 사랑해서 그랬어요."

"그래서 총은요?"

"네. 테사는 전 남편이 자기를 찾을까봐 늘 두려움에 떨었어요. 그래서 제가 총을 구했죠. 건너건너 알게 된 사람한테서 구한 건데 자세한 건 말하고 싶지 않아요. 테사한테 그 이야기를 하니까 자기는 총이 너무 싫다면서 없애라고 했어요. 그래서 없앴고요. 거의 없앤 거나 다름없었죠. 집에는 두지 않았으니까요. 차 글로브 박스 안에 두고 있었는데, 테사가 없어진 날 밤 하필 데이먼을 우연히 본 거예요. 저하고, 트레이, 로지타… 하, 로지타. 그래요, 로지타가 주피터에서 고객 접대를 하고 있었고 거기서 데이먼이 어떤 여자를 추행하고 있는 걸 봤어요. 피가 끓더라고요. 생각할 틈도 없었어요. 그 자식이 여자를 쫓고 있길래 그때와 똑같이 나쁜 짓을 하려는 구나 싶어서 총을 집어 들었어요. 제 짐작이 맞았죠. 골목에서 여자를 붙들고 있는 걸 봤어요. 그래서 겁을 줬죠."

"어떻게요, 정확히?"

"제가… 제가 그의 머리에 총을 겨눴어요."

메모장에 가 있던 그의 시선이 위로 향했다. "유리한 이야기는 아니네요, 제이스."

"압니다. 하지만 절대 그 자식을 죽이지는 않았어요. 여자는 달아났고요, 다행히. 총으로 데이먼의 머리를 가격했어요. 그런데 이야기가 다 퍼졌으니… 그 자식은 제가 총을 가지고 있던 걸 알죠. 그리고 제가 협박했고요."

제이스가 주먹으로 테이블을 내리쳐 그 위에 놓인 맥주잔이 흔들렸다. "망할 기자들이 그게 제가 로지타를 죽인 이유라고 생각 할 테지만, 저는 데이먼이 복수를 하려고 테사에게 무슨 짓을 한 거라고 생각해요. 대체 왜 테사를 찾지 못하는 겁니까?"

"데이먼이라고요? 성이 뭡니까?"

"데이먼 모레티. 거의 일 년을 같이 살았어요. 그 일 년 동안 저는 한 시간 거리에 떨어진 전 여자친구 조안나의 집에서 거의 지냈고요. 데이먼이 주는 음침한 기운이 있었어요. 항상 여자들을 데리고 왔어요. 두 번 이상 같은 여자를 데리고 오는 법이 없었죠. 아마 그 자식이 여자들을 강간했기 때문인 것 같아요."

"추측은 하지 맙시다, 제이스." 로버트가 펜을 떨구며 말했다. "이게 테사가 사라진 날 밤 벌어진 일이라고요. 절대 유리한 이야기는 아닙니다. 당신이 체포되고 이름도 공개가 됐으니, 데이먼이라는 사람은 이미 경찰에 당신이 총을 가지고 있다는 정보를 흘렸을 수도 있어요. 만약 그가 아직 말하지 않은 상태이고, 제가 테사 사건의

281

새로운 용의자로 그 사람의 이름을 올리게 된다면 일은 더 복잡해 질 겁니다. 사람들은 당신이 폭력적이어서 화를 참지 못하고 그날 밤 불법 총기를 사용했다고 생각할 거예요. 그날 늦게 당신 아내가 실종되었고, 그러고 나서 며칠 뒤에는 불륜관계였다고 의심받는 직장 동료가 총에 맞아 죽었다고 떠들겠죠. 경찰이 당신 집에서 수색 중에 총을 찾기도 했고요, 제이스."

그의 어깨가 내려앉았다. "그건 제 총이 아닙니다."

"안타깝게도 우린 그걸 증명할 수 없어요."

"아니요, 할 수 있어요. 총이 어딨는지 알아요. 제가 숨겼어요. 집 근처에는 없어요. 어디에 숨겼는지 아는 사람도 없고요."

"그건 증거가 되지 않아요." 질문이 아니라 단언이었다. 제이스는 로버트마저 그를 의심할까 두려워졌다. "당신이 총을 애초에 두 개 가지고 있다고 생각할 수도 있죠. 그보다 더 많이 가지고 있다고 생각할 수도 있고요. 정확히 언제 숨긴 겁니까?"

"지난주 토요일이요."

"테사가 사라진 이후네요?"

제이스는 그가 어떤 상황을 맞이하게 될지 알지 못했다. "자기들 일이나 제대로 하라고 해요. 테사나 찾아오라고요."

"제이스, 들어봐요." 로버트가 말을 시작했다. "난 당신이 유죄인 지 무죄인지 따지는 사람이 아닙니다. 법의 테두리 안에서 당신을 지키는 게 내 일이죠."

그는 제이스가 그 어떤 짓도 하지 않았다는 사실을 이해할 수 없었다.

로버트는 그의 메모장에 무언가 적으며 그의 목소리를 가다듬었다. "그럼 다시 본론으로 들어가죠. 아내분의 이름이 진짜인지조차 모른다고 했죠. 아내분이 제이스를 상대로 사기를 친 게 아니라는 건 어떻게 확신하죠?"

"사기요?"

"전남편한테서 도망 중이었던 데다가, 가짜 이름에. 누군가 뒤를 쫓고 있다고 생각해봐요. 공범하고 같이 제이스를 상대로 사기를 친 거라면? 그리고 도망한 거라면?"

제이스가 다시 한번 주먹을 내리쳤다. "대체 나를 상대로 얻는 게 뭔데요? 로지타를 죽여서 얻는 건요?"

"답은 모르죠, 제이스. 내 말은 아내분의 과거를 모르는 게 제이스 당신에게 도움이 되지 않을 거란 말입니다."

제이스는 말없이 앉아있다가 일찍이 받았던 음성 메시지 이야기를 꺼냈다. "벨라 존슨이라는 사람한테서 메시지를 받았어요. 기자라더군요. 내가 범인이라고 생각하지 않는답니다. 이 사람을 활용할 수는 없을까요?"

"누구요? 어디 기자인데요?"

제이스는 스피커 폰으로 그녀의 음성을 들려줬고 로버트는 집중해서 메시지를 들었다.

"좋아요." 로버트가 말했다. "아직은 한 명의 의견이지만, 이런 류의 기사가 퍼지면 나쁠 건 없겠어요. 인터뷰할 때 제가 같이 있겠습니다." 로버트가 자신의 핸드폰 속 달력을 보며 버튼을 몇 번 눌렀다. "전화해 보세요. 내일 아침 아홉 시 삼십 분에 올 수 있는지 물어보시고요."

제이스가 그녀에게 전화를 걸었고 그녀가 전화를 받았다. 제이스는 그녀에게 자신의 변호사도 인터뷰하는 동안 동석할 것이라고 밝히며 내일 아침 9시 반이 좋겠다고 말했다. 로버트는 제이스의 이야기를 들으며 11시가 다 된 시간까지 변호 계획을 세웠다. 다음 날 아침, 제이스는 커피 한 잔으로는 부족한 기운을 느꼈다. 그는 7시 반에 일어났고 여전히 그의 옆에는 캔디가 테사의 자리에서 그에게 등을 기대고 자고 있었다. 그는 몸을 돌려 캔디를 안아 들었다. 매일 아침 테사에게 하던 행동임을 깨닫자 그의 심장이 두 조각 나는 기분이 느껴졌다. 사실 지난 목요일 이후로 그의 심장은 매일 반으로 조각나고 있었다.

"캔디야. 아침 먹어야지."

캔디가 등을 대고 누워 네 발을 공중에 띄우고는 배를 긁어 달라는 자세를 취했다. 제이스는 생각했던 것보다 더 오래 캔디의 배를 긁어주었다. 그리고 욕실로 샤워를 하기 위해 터벅터벅 걸어갔다. 레인저스 티셔츠와 트레이닝복 바지를 입고 아래층 부엌으로 내려와 커피를 내리기 시작했다. 젖은 사료와 마른 사료를 섞으며 캔디의 아침밥을 준비하는 그의 머리는 아직 젖어 있었다. 캔디의 그릇에 물을 채워주고 있을 때 초인종이 눌렸고, 캔디가 누군가의 갑작스러운 등장에 짖어대기 시작했다. 제이스는 전자레인지의 시계를 확인했다. 8시 반이었다. **대단하네**, 그는 생각했다. **또 기자들이겠지.**

그는 천천히 문 쪽으로 걸어가 창문 틈으로 자신을 드러내지 않으려 애쓰며 밖을 내다보았다. 한 여자가 그를 발견하고 손을 흔들었다. 금발 머리의 그녀는 캐주얼 한 하늘색 바지 정장에 하얀색 셔츠를 입고 있었다. 너무 커 보이는 프레임의 선글라스는 그녀의 날카로운 코 위에 걸쳐 있었다. 그녀는 제이스를 향해 미소 지으며 미친 듯이 손을 흔들어 댔다. 그리고 유리창 너머로 말했다.

"안녕하세요, 제이스 몽고메리 씨? 저예요, 벨라 존슨. 인터뷰 때문에 왔어요."

그녀는 약속보다 훨씬 이른 시간에 도착했다. 제이스는 잠금장치 두 개와 체인까지 해제하고 문을 열어 자신이 시계를 보며 짜증 내는 모습을 그녀가 보도록 했다.

"일찍 오셨네요."

"8시 반 아니었나요?"

"9시 반이었어요."

"아." 그녀의 얼굴에서 미소가 사라졌고 그녀는 자신의 머리를 가리키며 스스로를 비난하며 말했다. "아기를 낳은 지 얼마 안 돼서 기억력이 나빠졌어요. 육 개월 된 아이가 있거든요. 요새 계속 실수를 하네요. 죄송해요. 현관에 앉아서 준비되실 때까지 기다릴게요."

그녀는 그의 현관문 앞에 주저앉으려는 행동을 취했지만 제이스가 말렸다.

"괜찮아요." 제이스는 문을 활짝 열었다. "들어와서 기다리세요." 집 안으로 들어오는 그녀의 모습을 다시 한번 살폈다가 자신의 차림새를 내려보았다. "아직 준비되지 않았어요. 제 변호사인 로버트도 도착 전이고요."

"괜찮아요." 과장된 목소리로 그녀가 답했다. 제이스가 부엌으로 안내하자 그녀가 현관으로 들어섰다. 캔디는 잠시 그녀를 탐색하다가 훌륭한 보호자처럼 짖어댔고 제이스는 그런 캔디를 조용히 시켰다. 캔디는 높은 목소리로 칭얼대다가 엉덩이를 흔들었지만 이내 자신의 아침밥을 게걸스럽게 먹기 시작했다. 음식보다 중요한 건 없다. "강아지가 귀엽네요!" 벨라가 말했다.

"고맙습니다. 저희가 몇 달 전에 입양했어요." 제이스가 답했다. '저희'라는 단어를 내뱉는 그의 목소리가 메었고 그는 그것을 삼켜 내야 했다. "커피 드릴까요? 이제 막 내렸어요."

"좋죠! 우유 약간만 넣어 주실 수 있을까요? 식물성 우유면 더 좋고요. 아니어도 상관은 없지만요. 아몬드나, 귀리, 아니면 두유도 좋아요. 유기농 두유를 선호하긴 하지만요. 요새 콩에 관해 나온 글을 좀 읽어 보시면 좋을 텐데요! 건강한 대체식품이라고 하지만 이것도 저것도 다 유전자변형 식품이래요. 아직 모유 수유 중이라서 인위적인 호르몬은 몸에 들이지 않으려고 노력 중이에요."

그녀는 두 손을 자신의 가슴 앞으로 들어 올려 방어하는 자세를 취했다. "말이 많았죠! 저도 알아요. 제 남편도 제가 말이 너무 많다고 생각해요. 매번 '벨라, 지금 아무도 당신이 젖소 노릇하는 거에 관심 없어!'라고 한다니까요. 그렇다고 남편이 저를 젖소라고 생각하는 건 아니고요. 그냥 제가 모유 수유 중인 데다 아기 이야기를 끊임없이 해서 그래요. 이해하시죠, 그렇죠?"

제이스가 입을 다물었다. "아하." 맙소사, 말이 너무 많다. 그녀의 남편 말이 맞다.

그녀는 자신의 핸드백을 테이블 위에 턱 올려놓은 후 의자 하나를 빼서 자리를 잡고 앉아 뒷마당을 살펴봤다. "와. 집이 예쁘네요!" 저기 호수에서 아이들도 많이 와서 노나요? 제 남편이 여기로 전근 오기 전까지는 펜실베이아에 살았거든요. 거기에도 호수가 있었어요. 겨울이면 동네 아이들이 전부 나와서 스케이트를 탔어요. 저는 그때마다 '애들이 저기 빠지면 어쩌지!' 하고 조마조마하며 봤던 기억이 나요. 남편 말로는 제가 걱정이 지나치대요. 남편은 제가 아기 한테도 너무 집착 할까봐 걱정해요."

아직도 그녀가 말을 하고 있다는 사실에 충격을 받은 제이스는 멍한 얼굴로 서 있었다.

"헬리콥터 부모라고 아시죠? 자기 자식 주변을 계속 맴도는 부모 들이요." 그녀는 자신의 팔을 펴서 돌려 보이며 제이스가 이해할 수 없는 소리를 내기 시작했다. "**자, 자, 자**, 설탕은 먹으면 안 되지. **자, 자, 자**, 신발 벗어야지. **자, 자, 자**, 손 세정제 가방에 넣어야지." 그녀는 짜증 나게 구는 누군가의 말을 따라 해 보였고 제이스는 그때 만큼은 그녀를 진심으로 이해할 수 있었다.

제이스가 하루의 첫 커피를 다 끝내기도 전에 너무 많은 이야기 와 몸짓과 **심하게 많은 말들**이 들려왔다. 게다가 저 여자는 왜 저토 록 편하게 있는 걸까? 언론이 하는 말만 들으면 그녀는 지금 냉혈 한인 살인자와 한 공간에 있는 것인데 말이다. 어쩌면 저런 행동들 이 그녀의 방어기제에서 나온 것일 수도 있겠다. 제이스가 누군가 를 죽이고 싶은 생각이 든 건 이번이 처음이었다. 저 여자를 단 2분 만이라도 입을 다물게 할 수 있다면 뭐든지 할 수 있을 것 같았다.

제이스는 이 생각을 입 밖으로 꺼내지는 않았다. 혼잣말로도 내 뱉지 않았다.

"실례가 되는 줄은 알지만, 집 구경을 좀 할 수 있을까요? 테사 씨 의 개인 물건들을 좀 볼 수 있으면 좋겠는데요. 테사 씨를 조금 더 알 수 있을 것도 같고, 빨리 돌아오실 수 있도록 제 진심을 담아서 좋은 이야기를 쓸 수 있지 않을까요? 사용하시던 옷가지나 액세서 리 같은 거나 어떻게 침실을 꾸미고 사셨는지 뭐 그런 것들이요. 여자들은 그런 걸 보면 뭔가 느낄 수 있는 그런 게 있거든요. 상대를 더 잘 파악할 수도 있고요."

제이스는 그러기로 했다. 그녀의 입을 닫고 싶은 마음이 컸다. 캔디는 둘을 따라 위층으로 올라갔고, 제이스는 재빨리 벨라를 침실로 안내했다. 그녀는 침실의 인테리어를 보고 자기 생각을 말했다. 심지어 테사가 어떻게 잠을 잤는지 보기 위해 침대 매트리스를 눌러 보기도 하면서 침대 어느 편에서 테사가 잤는지도 물어보았다. **너무 개인적인** 질문이라고 제이스는 생각했다. 하지만 지금 상황에서 제이스는 벨라가 테사가 안전하게 돌아올 수 있길 기원하는 감동적인 기사를 써줄 수만 있다면 말 그대로 무슨 일이든 할 준비가 되어있었다. 아무리 살인자라고 해도 인간적인 면이 있다고 믿었기 때문이다.

제이스는 테사가 자던 쪽을 가리키며 밖으로 나왔고 그 뒤를 그녀가 따랐다. 그녀는 가구가 듬성듬성 있는 다른 두 침실 안으로는 머리만 집어넣어서 안을 들여다봤다. 아래층으로 다시 내려와 제이스는 그녀에게 결혼사진을 보여줬다. 그리고 다이닝룸 한구석에 테사가 골라 놓은 사진까지 기자에게 보여줬다. 제이스가 아직 걸어 두지는 않은 사진들이다. 그녀의 말을 인용하자면 "테사의 기운을 느낄 수 있다"고 했다.

겨우 20분간 그녀와 같이 있었지만, 그녀가 쏟아붓는 아기에 관련한 이야기 덕에 20년은 지난 것처럼 느껴졌다. 그리고 다행히 로버트도 일찍 모습을 나타냈다. **감사합니다, 하나님.** 제이스는 이미 아기에 대한 모든 이야기, 예를 들어 아기가 우는 이유, 아기 공동 양육, 수면 패턴을 빨리 배우는 아기에 대해 다 들었다. 끝이 없었다. 그는 하마터면 참지 못하고 사람들이 그를 살인자로 생각하고 있는 걸 모르냐고 말할 뻔했다.

　로버트는 벌써 값비싼 정장과 신발을 갖춰 신고 있었다. 제이스는 운동을 하다 나온 듯한 자신의 모습을 보고 자신의 멍청함을 느꼈다. 로버트와 벨라는 인사말을 주고받았고, 로버트는 가져온 베이글과 크림치즈를 테이블 위에 올려놓았다. 벨라는 정중히 사양했다. 아마도 유전자변형 식품 때문이리라. 하지만 제이스는 고맙게 받아들였다. 제이스는 로버트에게 커피를 권했고 그렇게 셋은 부엌 테이블에 앉아 서로를 바라보며 누군가 말을 꺼내기를 기다리고 있었다.

　"제가 제 고객에게 대답하지 않도록 조언하면, 그 질문은 거기서 끝인 겁니다." 로버트가 말을 시작했다. "질문에 답하라고 계속 몰아붙이시면 안 됩니다."

　"알겠습니다! 좋아요." 벨라가 답을 하고 나서 자신의 핸드백에서 작은 음성 녹음기를 꺼냈다. "인터뷰는 이걸로 녹음할게요. 빼먹는 이야기가 없어야 하니까요. 괜찮으시죠?"

　"저희도 그편이 좋습니다." 로버트가 답했다. "말이 중간에 빠지면 이야기가 어떻게 흘러갈지 모르니까요."

　벨라는 녹음기를 가지고 헤맸다. 작고 얇은 모양의 녹음기는 제이스의 한 손바닥 안에 숨길 수 있는 크기였다. "죄송해요! 제 남편 물건인데 작동법을 잘 모르겠네요. 남편도 산 지 얼마 되지 않은 데다가 오늘 아침에는 베이비시터와 처리할 일이 있었거든요. 남편은 벌써 출근하고 없더라고요. 그래서 작동법을 미처 알아오지 못했어요. 아기가 변화가 필요해 보여서 그 일부터 빨리 처리하고 싶었거든요. 저는 엄마 일도 잘 하고 싶어요. 시터에게 전부 맡기고 싶지는 않아요. 여기 오기 전에 아기도 달래 줬어야 했어요. 소리를 지르면서 우는 거 있죠! 어쨌든 쉬워 보이네요." 그녀는 녹음기 옆에 있는 작은 버튼들을 가리키며 말했다. "재생, 그 옆에는 녹음, 삭제. 쉽네. 맞겠죠?"

"그럼 녹음 누르세요." 로버트가 날카로운 말투로 말했다. 단 2분 만에 벨라가 로버트의 인내심을 시험한 듯 보였다.

"네. 시작하겠습니다!" 그녀는 녹음 버튼을 누른 직후 기자 모드로 돌변했다. 그녀의 목소리는 부드러웠고 천천히 또박또박 단어를 발음했다. "벨리 레이크 블레이즈의 벨라 존슨 기자입니다. 저는 여기 살인 혐의를 받는 제이스 몽고메리와 함께 있습니다. 지난주 목요일 저녁 그의 부인인 테사 스미스가 실종된 사건과 관련해 언론에서는 다양한 추측 기사가 쏟아지고 있습니다. 부인은 여전히 실종 상태이지만, 안타깝게도 사건 며칠 후 그의 직장 동료인 로지타 모렐즈의 시신이 발견됐습니다. 제이스는 그녀의 살인 혐의를 받고 있습니다. 몽고메리, 여기에 대해 하실 말 있으십니까?"

로버트가 고개를 끄덕였다. 이제 시작이다.

제이스는 그와 테사가 처음 만난 날부터 말하기 시작했다. 로버트의 지시하에 실명을 제외한 모든 정보를 이야기했다. 벨라가 압박했지만, 로버트가 한 손을 들어 올리며 다음 이야기로 넘어가도록 빠르게 끼어들었다. 제이스는 테사에 대한 이야기과 그녀를 얼마나 사랑했는지를 빼먹지 않고 이야기했다. 로버트는 일전에 테사의 이름을 되도록 많이 이야기하도록 조언했다. 그래야 테사를 데리고 있는 자가 그녀가 실제 사람이라는 사실을 느낄 수 있다고 했다. 제이스는 그러도록 노력했다. 그녀의 비밀, 성품, 그리고 분명 쉽지 않던 성장기를 보냈음에도 제이스와 캔디를 사랑하던 마음을 내비쳤다.

벨라는 고개를 끄덕이며 듣기도 했고 심지어 한두 번은 눈물을 훔치기도 했다. 제이스는 그녀가 진심으로 반응하고 있는 건지 아니면 동정 어린 기자 연기를 하는 건지 확신이 들지 않았다. 하지만 그녀의 눈물만큼은 진짜였다. 그녀에 대한 개인적이고 세세한 이야기들을 하니 그가 잊고 있던 것들이 떠오르기 시작했다. 계란은 늘 태웠지만 결국 수플레를 만들어낸 기억, 수 없이 반복해서 **금발이 너무해**를 보게 했던 기억, 와인에 얼음을 넣어 즐기던 모습까지. 작은 것들이 매일 그의 마음을 흔들고 있었다. 입 밖으로 꺼내니 감정이 더욱 올라왔다. 마치 추모 연설을 하는 기분이 들어 제이스는 무서워졌다.

그는 로지타에 대한 이야기를 공적으로만 짧게 할 수 있도록 애를 썼다. 그녀의 이야기를 사적인 영역으로 다루지 않도록 노력했다. 언론에서는 그녀를 제이스의 불륜 상대로 지목하고 있었기 때문이다. 테사가 지금 어디에 붙들려 있던 이런 혐의들을 보지 않고, 또 최악의 경우 그 추문들을 믿지 않기만 바랄 뿐이었다. 자리를 마무리하며 로버트는 벨라에게 명함을 건넸고 이후에 추가적인 요청이 있다면 모든 일은 자신을 통해야 한다고 말했다.

"좋습니다! 이해했어요. 제 명함도 드릴게요."

벨라가 말하며 자신의 핸드백을 열었다. 그리고 정신없는 십 대 청소년처럼 핸드백 안의 모든 물건을 부산스럽게 꺼내기 시작했다. 화장품 파우치, 핸드폰, 펜, 지갑… 모두 부엌 테이블 위에 쏟아부었다.

"세상에! 명함 지갑이 어디 있지?" 더 많은 물건이 날아다니기 시작했다. 티슈, 립스틱, 열쇠. "이 망할─! 아 또 깜빡했네. 분명 아기 침대나 기저귀 가는 테이블 근처에 두고 나왔을 거예요. 이게 제가 힘들게 일하면서 슈퍼 맘이 되려다 보니까 이래요. 복직하기 너무 힘들었어요."

"그러시군요." 로버트가 일어나 손을 그녀에게 뻗었다. "그럼 기자님 연락처 정보는 이메일로 보내주시고 되도록 빨리 인터뷰 녹음 사본도 같이 보내주세요. 문 앞까지 제가 모셔다드리죠."

그들이 복도로 걷기 시작하자 캔디가 다시 짖어대기 시작했다. 제이스는 서둘러 그녀를 문 앞까지 배웅하며 주인 노릇을 하는 로버트의 모습에 당황했다. 곧이어 문이 닫혔다.

부엌으로 돌아온 그는 눈을 한번 크게 떠 보였다.

"알아요. 말이 많죠." 제이스가 말했다. "저한테는 좋은 일일 수도 있겠죠, 아닌가요?"

"아니요. 전혀요. 여기 도착하자마자 뭔가 걸리는 게 있었어요." 제이스의 심장이 내려앉았다. "네?"

"주차하는데 보니까 그 여자 차 번호판이 렌터카 번호더라고요. 그래서 사진을 찍어놨어요."

"허." 제이스는 아직 무슨 일인지 감이 오지 않았다. "그게 무슨 상관인데요? 어쩌면 차를 카센터에 맡겨 놓았을 수도 있잖아요."

"그렇죠. 저도 그렇게 생각했어요. 그런데 마지막 모습이 결정적이었어요."

"어떤 모습이요?"

"가방에 있던 물건을 쏟아내던 게요. 아기에 대한 온갖 이야기도 그렇고, 아기 물티슈나 젖병, 아기 파우더같이 아기한테 집착하는

'슈퍼 맘'이 가지고 다닐 물건이 하나도 보이지 않았어요."

"어쩌면 가방을 따로 들고 다닐 수도 있는 거잖아요?"

"잠시만요. 전화 한 통만 빨리하고 올게요. 잠깐 서재 좀 써도 될까요?"

"그럼요."

로버트는 서재로 들어가 문을 닫고 낮은 목소리로 통화하기 시작했다. 제이스는 이야기를 엿듣고 있지는 않았지만 어떤 대화가 오가는지 알고 싶었다. 그는 보통 사람을 잘 보는 편이었는데 벨라가 말이 좀 많기는 했지만, 사람이 좋아 보이고 진실해 보이기도 했다.

제이스는 거실에 앉아 캔디의 머리를 쓰다듬고 있었다. 그때 로버트가 통화를 마치고 나왔다. 로버트의 얼굴이 창백했다.

"문제가 생겼어요, 제이스."

"뭔데요?"

"벨리 레이크 블레이즈에 벨라 존슨이라는 사람은 없답니다." 로버트의 얼굴에 수심이 가득했다. "이 일을 알아봐 줄 사람을 알아요." 로버트가 말했다. "며칠 걸릴 수는 있지만 누가 그 차를 빌렸는지 알아낼 수 있을 거예요."

대체 그들이 이야기를 나눈 그 사람은 누구인 걸까?

29
테사

주피터가 지난달 영업을 재개했다. 지역 주민들은 마이클에게 누가 인테리어를 맡았는지 묻기 시작했다. 그 이후로 나는 지역 이탈리안 레스토랑인 로마노의 프랭키와 미팅을 할 수 있었다. 로마노는 전형적인 '피자집'이었는데 식당 왼쪽에는 곧 쓰러질듯한 낡은 나무 테이블이 있었고 오른쪽에는 피자 바가 있었다. 테이블을 덮고 있는 비닐 테이블보는 빨간색과 하얀색이 어우러진 체크무늬였고, 오랜 세월 사용된 탓에 기름 자국이 여기저기 묻어있었다. 테이블 한 켠에는 금속 통에 든 파마산 치즈와 아주 작은 수저가 있었고 그 옆에는 소금과 후추통이 놓여 있었다. 모든 테이블 위를 장식하고 있는 플라스틱 화병에 담긴 데이지 조화는 할인상품점에서 산 것처럼 보였다. 식당 뒤편에는 한쪽에 세 개씩 총 여섯 개의 식사 공간이 마련되어 있었고 각 공간 중앙에 크고 둥근 테이블이 있었다. 그 테이블들은 린넨 테이블보로 덮여 있었고 그 위에는 린넨 냅킨과 식기 도구가 올려져 있었다.

프랭키는 모든 공간을 현대적으로 다시 꾸미고 싶다고 했다. 그는 클래식한 이탈리아의 모습은 계속 보이면서도 종이 접시와 테이블 위 금속 디스펜서에서 냅킨을 뽑아 쓰길 원치 않는 고객들은 계속 끌어안고 가려고 했다. 그의 예산은 주피터의 예산보다는 적었으나 여전히 나는 적지 않은 돈을 벌 수 있었다. 제이스는 물론 그런 나를 자랑스러워했고 새로운 프로젝트를 축하하기 위해 오늘 밤은 새로운 곳에서 저녁을 먹자고 했다. 아무리 작은 성과라도 항상 나를 축하해 주려는 그는 정말 완벽한 남자이다. 어릴 때의 기억과는 전혀 다르다. 2학년인지 3학년 때 정말 열심히 노력해서 수학시험에서 A 점수를 받았다. 그 점수를 자랑스레 엄마에게 보여줬었는데, 엄마는 내게 한마디도 하지 않았다. 대신 술에 취해 있었다. 보드카 병을 쏟자 내 시험지를 냅킨으로 쓸 수 있어 행복해했다. 시험지에 빨간 글씨로 적힌 A라는 글자가 보드카에 젖어 번져 보이는 건지 아니면 눈물이 나서 앞이 흐려 보이는 건지 분간할 수 없었다. 둘 중 어떤 이유가 됐던 그 날 이후로 나는 성취감에 대한 동기부여가 생기지 않았다. 그럴 필요가 뭐 있을까? 어차피 내 인생에서 어떤 성취라도 했던 모든 순간은 곧 실망으로 직결되어버렸는데 말이다.

캐롤린이라는 같은 반 친구는 전 과목 A를 받은 다음 날, 반 아이들 모두에게 새로 구운 컵케익을 선물했었다. 내가 받은 선물이라고는 멍 자국과 어쩌다 한 번씩 먹었던 따뜻한 음식이었고, 따뜻한 음식이라고 해봤자 전자레인지에 돌린 음식뿐이었다. 과연 누가 소금을 쳐서 전자레인지에 뻑뻑하게 돌린 고기를 훌륭한 음식이라고 생각할까? 아직도 그 생각만 하면 말문이 막힌다.

하지만 이제 그런 삶은 끝났고 나는 내가 있어야 할 곳에 있다.

제이스는 퇴근하고 나면 수선화를 한 아름 사 왔고 나는 그것들을 동전 한 개와 함께 꽃병에 꽂아 놓곤 했다. 인터넷에서 보았는데 수선화나 튤립을 꽃병에 꽂을 때 동전을 함께 넣으면 시들지 않고 잘 자란다고 했다. 물론 이런 정보들은 내 비즈니스 인스타그램 계정에도 올려놓았다. 디자인 학위의 유무와는 상관없이 나는 제대로 일을 하는 중인지도 모르겠다. 제이스는 여전히 내가 RISD를 졸업했다고 생각하고 있다. 언젠가는 진실을 이야기해야 할 날이 올 것이다. 많은 것들에 대해서. 제이스는 내게 거짓말을 하지 않는다. 오늘 저녁을 먹으며 모든 이야기를 해야겠다.

우리는 함께 차를 타고 바닷가에 있는 식당으로 갔다. 아직 가본 적 없는 곳이었다. 아직 금요일 6시도 안 된 시간이었기에 진짜 주말 방문객들은 아직 무리 지어 나타나지 않았고, 그 덕에 우리는 예약 없이도 식당에 자리를 잡을 수 있었다. 제이스는 레드와인 한 병을 주문하고 테이블 위로 내 손을 잡았다. "당신이 자랑스러워." 온 얼굴에 미소를 머금은 채 그가 말했다. "이제 곧 이 근방에서 제일 고객들이 많이 찾는 디자이너가 될 거야. 어쩌면 주 전체에서 제일 잘 나갈지도 모르고."

나도 웃음으로 답했다. 내 양 볼은 위로 활짝 올라갔지만, 치아는 보이지 않았다. "고마워. 사실 그 일하고 관련해서 말하고 싶은 게 있어. 내 이전 디자인 경력 말이야. 중요한 이야기야."

"어? 그의 얼굴에 걱정이 드리우고 그가 다른 손을 내 손 위로 겹쳤다. "괜찮은 거야?"

나는 이야기를 시작하기 위해 입을 열었다. 맹세컨대 정말 말하려고 했다. 그런데 갑자기 우리 테이블 근처에 있던 한 여자가 제이스의 머리 위에 물을 끼얹었었다.

"네가 자초한 일이야, 나쁜 새끼야!"

나쁜 새끼. 그 단어가 내 마음을 강타했다.

식당 안에는 손님이 반 정도 찬 상태였는데 그곳에 있던 모두가 우리를 쳐다보고 있었다. 이 여자는 누구일까? 작은 체구의 그녀는 어두운 머리 색을 하고 있었고 짙게 그린 눈화장에 인조 속눈썹을 하고 있었다. 분홍색 비치 원피스를 입고 발목에 끈을 묶는 굉장히 높은 굽의 웨지 샌들을 신고 있어, 그 모습이 마치 곧 넘어질 듯 위태로워 보였다.

나는 이렇다 할 반응을 할 시간도 없었고, 제이스는 냅킨으로 그의 얼굴을 닦고 있었다. "맙소사."

그 여자가 나를 쳐다봤다. "당신은 대체 누군데요? 이 남자 여자 친구 있어요. 알아요?" 여자가 다시 제이스에게 화를 내기 시작했다. "나하고 제대로 헤어지지도 않았잖아. 남자답게 말이야."

몸이 뻣뻣해지는 게 느껴졌다. "제이스, 누군데 그래?" 저 여자, 왜 낯이 익은 얼굴일까?

그녀가 다시 나를 휙 쳐다보며 말했다. "조안나예요. 당신은 누군데요?"

"이 사람 아내예요."

작게 말하고 싶었지만 그러지 않았다. 그를 대신해 말했다. 제이스는 그 말을 내가 자신의 편에 있는 것이라고 받아들였겠지만, 그 순간만큼은 **그렇지 않았다.** 그건 우리끼리 있을 때의 이야기였다.

"이 사람의 **뭐라고요?**" 조안나의 표정이 어두워졌다.

내가 건넨 냅킨으로 얼굴에 남은 물기를 마저 닦은 제이스가 자신의 왼쪽 손을 허공에 들어 보여 결혼반지를 보여줬다.

"와, 굉장하네." 그녀가 말하고 난 후 함께 온 여자 일행에게 돌아가 그녀의 팔을 잡았다. 일행 역시 두꺼운 화장을 한 채 우리를 못마땅하게 보고 있었다. "이 새끼 결혼했대." 그리고 다시 제이스를 향해 말했다. "나랑 만날 때도 결혼한 거였어? 그럼 내가 네 노리개였던 거야?"

"그만해." 제이스가 말하며 그녀의 친구를 불렀다. "에리카, 조안나 좀 데리고 나가줄래? 너무 소란을 벌이고 있어."

에리카가 어깨를 으쓱해 보였다. "알겠어. 그런데 조안나 말이 맞아. 넌 나쁜 새끼야."

둘은 바로 걸어가 맥줏값을 계산했다. 그들의 매서운 눈초리가 내 이마에 와서 꽂혔다. 직원 두 명이 아무 말 없이 우리 테이블로 와 바닥에 남은 물기를 닦았다. 마른 수건으로 테이블 위까지 닦은 후 물을 다시 채워 넣었다. 웨이터가 새 냅킨 두 개를 가지고 우리에게 왔다. 그 역시 어떤 말도 하지 않았다.

그때 말소리가 들렸다.

"제이스, 이 **나쁜 새끼**야! 네가 한 일은 무조건 다시 갚아 줄 거야." 조안나가 나가면서 문에 서서는 소리쳤다.

모두가 우리를 대신해 당황하고 있었다. 그러니까… 나를 대신해.

말소리가 다시 천천히 작게 들리기 시작했다. 사람들의 시선이 사라질 때쯤 나는 제이스를 바라봤다.

"대체 이게 무슨 일이야?"

제이스가 씁쓸한 얼굴로 내 손을 잡았지만 나는 본능적으로 손을 뺐다. 재빠르게.

"테사, 미안해."

그는 어떻게 말을 이어 나가야 할지 모르겠는지 얼굴을 연신 문질렀다.

"우리가 사귀기 시작할 때 여자친구가 있던 거였어?" 다른 여자. 이제야 그 여자가 왜 낯이 익어 보였는지 알 수 있었다. 데이먼과 같이 있던 날 그의 아파트에 있던 그 여자였다. "우리가 만날 때 여자친구와는 헤어졌다고 했었잖아. 이런 일을 벌였다는 게 믿어지지 않아. 당신을 믿었어."

"제발, 그런 거 아니야."

나는 그가 거짓말쟁이인 듯 의심하는 눈으로 쳐다봤다. 말도 안 되는 소리는 하지 말라고 눈으로 말했다.

"알겠어, 어떤 면에서는 맞아. 들어봐. 조안나하고 나 사이에는 문제가 있었어. 내가 멀리 있었고, 조안나도 먼 곳에 살아서 갈등이 많았어. 내가 연락을 제대로 하지 않아서 조안나가 나를 쫓아다니기 시작했어."

"그래. 우리가 처음 만난 날 그 여자는 당신 집에 있었어. 당신한테 메모를 남긴다고 했고. 당신이 자기하고 계속 사귀고 있다고 생각했을 거야."

나는 울지 않으려고 노력했다. 제이스를 만난 뒤로 남자 때문에 우는 일은 없었다. 그는 한 번도 나를 울리지 않았다.

"응. 그날 밤 친구들하고 나가서 논다고 했고 조안나는 집에서 기다리겠다고 문자를 보냈어. 나는 집에 거의 다 왔을때쯤 조안나한테 답장했어. 밤새 놀 거니까 돌아가라고. 보고 싶지 않았거든. 그렇게 끝났어. 그래, 물론 조안나하고 제대로 헤어지지 않은 건 내 잘못이야."

"그때까지 둘이 **사귀는 중**이었다는 거야?"

"테사. 주피터에 처음 간 날 이후로 매일 밤 당신하고 같이 있었던 거 알잖아. 다시 만난 적 없어. 맹세해. 당신을 만나고 나서 조안나를 본 적도 없어." 그의 눈이 뿌옇게 흐렸다. "당신을 본 그 순간부터 내가 원한 건 당신뿐이었어."

"그 얘기를 듣고 내가 '다른 여자'가 된 거에 대해서 마음이 좋아져야 하는 거야?"

내 목소리가 높아졌다. 만화에 나오는 것처럼 심장이 가슴을 뚫고 나와 뛰는 듯했다. 그도 분명 느꼈을 테다.

"이제 이런 일은 내 인생에 없을 거라고 생각했어. 이런 비밀들."

내 입 밖으로 이 단어가 나오는 순간, 나는 위선자가 되어버린 나 자신이 싫어졌다. 어떻게 내가 그에게 이런 말을 할 수 있지? 나야말로 온갖 거짓말과 비밀로 가득한 사람이었다. 그래서 다시 목소리를 낮췄다.

"제이스, 나도 내가 내 과거에 대해 많이 이야기하지 않은 걸 알아. 내 전남편에 대해서도 그렇고."

그가 고개를 끄덕였다. "말하고 싶어?"

"나는…" 나는 뭐? 나는 가짜고, 사기꾼이고 당신보다 더 나빠. "나도 거짓말했어."

그는 어리둥절했지만 지금 상황에서는 할 수 있는 일이 없었다. 여전히 비난의 대상은 그였다. "말하고 싶은 거야?" 그가 재차 물었다.

맙소사, 그는 나와 헤어질 게 뻔했다. 우리의 결혼이 법적으로 마무리된 것도 아니었다. 나는 내가 누구인지에 대해 거짓말했다. 그는 자신이 결혼한 상대가 어떤 사람인지 알지 못했다.

"내 전남편은. 내가 도망쳤어. 전남편이 고객 접대를 나간 날 집을 나왔어. 그 사람이 나를 찾고 있고."

제이스는 꿈쩍도 하지 않았다. 그러고 싶었는지는 모르겠지만. "어떻게 알아?"

나는 그의 눈을 제대로 바라볼 수조차 없어 애꿎은 물잔만 바라보고 있었다. "그쪽에 있는 사람하고 연락해봤어." 말해, 테시. "그 사람하고 아직 이혼하지 못했어."

"망할." 제이스는 자신의 물잔을 움켜잡았고 물을 한 모금 마신 후 냅킨을 집어 들어 자신의 머리 양옆을 다시 한번 닦았다. "그럼 당신이 아직 내 아내가 아니라는 거야?"

"당신 부인이야 난. 그런데 일이 좀 복잡해. 신분증을 발급받았어. 그런데 진짜는 아니야. 주 정부 날인은 있어, 그건 진짜야. 정보를 약간 조작해야 했어."

"조작?" 그의 목소리가 갈라졌다. "어떻게 신분증을 조작할 수 있다는 거야?"

"나름대로 방법이 있어." 나는 그의 입에서 **그러려고 누구랑 자기라도 했다는 거야?** 라는 말이 나오기 전에 말을 막았다. 그 말을 하면 그를 용서할 수 없을 것 같았기 때문이다. "그런 건 아니야. 당신이 생각하는 그런 거 아니야."

"아무것도 생각하고 있지 않아." 그가 다시 나의 손을 잡았다. "얼마나 상황이 안 좋았던 거야? 그 남자 누구였어?"

제이스에게 자세한 이야기를 모두 할 수 없었다. 이미 너무 많은 것을 알고 있다. 그가 더 알아보겠다고 나설 게 분명했다.

"그냥 나쁜 새끼였어. 많고 많은 그런 사람 중 하나였지. 크면서 제대로 된 남자 어른을 만난 적이 없었어. 엄마가 만났던 폭력적인 남자들뿐이었어. 영화에서 본 것처럼 살려고 아무리 노력해도 제대로 일이 풀리지 않았어. 어린 여자아이를 착취하려는… 에드워드 루이스 같은 남자들만 만났지. **내추럴 본 킬러**에 나오는 미키 녹스와 같은 결말만 맞은 거야. 그런데 전 남편은 망할 돈 드레이퍼[26]같은 사람이었어. 밖에 나가면 세상 좋은 남편이었지만, 집에 오면 온갖 추악한 일은 다 했어."

"당신한테 타투 남긴 그 사람이야?"

"아니. 그건 다른 사람이야." 나는 손으로 얼굴을 문질렀다. "당신 지금 말도 안 되는 사람이랑 엮인 거야. 나는 작은 동네 중에서도 제일 시골에서 자랐어. 내 인생은 엉망이야."

"테사, 더 이상은 아니야. 난 당신을 사랑해."

이 말은 전에도 들어본 적 있었다. 남자에게 맞기 전이나 후에 주로 들은 말이었다.

나는 목소리를 낮췄다. 옆 테이블과 자리가 그렇게 가깝지 않아 다행이었지만 혹시 몰랐다. "무서워. 많은 게 무서워. 그 남자와 이혼을 할 수 없었어. 그 사람은 아는 사람도 많고 항상 나를 감시했어. 나 운전 못 하잖아. 그 남자가 그걸 너무 좋아했어. 집 밖을 잘 나가지 못하게 되니까. 이웃 사람들을 보내서 내가 집에 있는지 확

---

26 미국 드라마 매드 맨에 나오는 남의 신분을 도용해 살아가는 인물

인하고 서명이 필요한 물건들을 집으로 보냈어. 그래야 내가 집에 있는지 알 수 있으니까. 집으로 보낸 물건 대부분이 그냥 봉투 안에 담긴 백지였지만 그 사람은 내가 거기에 서명하게 했어. 집 전화로 열 번은 전화했던 것 같아. 난 죄수나 다름없었어." 내가 훌쩍이며 말했다.

"왜 참고 산 거야?"

"내가 나고 자란 곳들보다는 그나마 나은 환경이었으니까. 어릴 때부터 나는 계속 좋지 못한 관계만 이어갔어. 전에 만난 남자들이 나를 때리는 건 당연했고. 그냥 내게 주어진 삶이 그랬어. 내가 아는 게 그뿐이었고. 엄마 남자친구들도 엄마한테 끔찍하게 대했지만, 엄마는 다 받아들였어. 언니들도 그런 남자들만 만났고. 심지어는 오빠들도 사귀는 여자들한테 불만이 가득했어. 그래서 그 사람, 그 나쁜 새끼랑 있는 게 그런 삶에서 도망칠 기회라고 생각했지. 적어도 그 사람한테는 안정적인 직업이 있었으니까. 그 전 남자들처럼 트럭을 몰지도 않았고 도박업자나 마약상도 아니었으니까."

나는 제이스가 얼마나 나를 역겨워하고 있을지 보기 위해 말을 잠시 멈췄지만, 그는 따뜻한 시선으로 나를 바라보고 있었다.

"나 사실 고등학교도 졸업하지 못했어. RISD 나왔다는 것도 거짓말이야. 그 남자를 만났을 때까지는 작은 동네 식당에서 서빙을 했어. 판잣집에서 살았고. 그때 이미 다른 사회보장번호로 된 합법적인 주정부 신분증도 있었어. 그 전에 살던 위탁 가정에서 도망쳤을 때 방법을 알았거든. 그래서 현금 받는 일을 하는 걸 원했어. 살려고 무슨 일이든 한 것 같아. 당신이 묻기 전에 말하는데, 절대 몸을 팔지는 않았어."

그가 소리 내 웃었다. "당신이 아까 **프리티 우먼**에 나오는 에드워드 루이스 이야기를 했잖아."

"하.하.하." 목소리를 가다듬고 나는 이야기를 다시 시작했다. 작은 소리로. "그렇지만, 그래. 남자가 정장을 입고 좋은 시계에 머리도 깔끔하게 다듬고 그랬으니까. 그리고 나한테 관심도 있었고. 지금은 내가 그 사람의 타겟인 걸 알지만, 그 당시에는 몰랐어. 나를 구해주는 건 줄 알았지. 해피엔딩 결말로. 그 사람은 자기가 나를 구원해줬다는 이야기를 하면서 늘 스스로 만족했어. 자기가 불임이어서 자격지심이 있었거든. 정말 다행이지, 그런 사람이 아이를 못 낳다니. 그 상대가 나든 아니든 다행이라고 생각했어. 그리고 내게 집, 옷, 신발이 생겼고, 그러다 결국 나를 때리기 시작했어. 나는 이미 그런 경험이 있었으니 맞는 게 익숙했고. 그래도 이번에는 그가 내게 물질적인 것을 제공하기라도 하니 그 사람 곁에 남기로 했었어."

"그럼 뭣 때문에 떠나기로 정한 거야?"

나는 침을 무겁게 삼켰다. "온 힘을 다해 내 얼굴로 머그잔을 집어 던졌어. 이전에 부러졌던 뼈들만 봐도 알 수 있었지만, 곧 그가 나를 죽이고 말 거란 걸 느꼈어."

제이스가 놀라 말했다. "말도 안 돼. 그 일 바로 직후에 데이먼이…" 그는 말을 마치지 않았다. 그럴 필요가 없었기 때문이었다.

내가 고개를 끄덕였다. "맞아, 그리고 당신을 만난 거야. 너무 순식간에 벌어졌어. 너무, 너무 순식간에. 그리고 그 사람이 나를 찾고 있는 걸 알아. 우리한테 찾아올까 겁나."

"나 좀 봐, 테사." 제이스가 말하며 내 양손을 잡았다. 우리의 시선이 마주쳤다. "당신한테 무슨 일도 생기지 않도록 할게. 어떤 일이 생겨도 당신을 지켜줄 거야."

　그가 그러길 원한다는 걸 안다. 제이스는 진심이었다. 하지만 그
가 무슨 수로, 어떻게 내 과거로부터 나를 지킬 수 있다는 말인가?

30
제이스

—◆—

제이스는 벨라 존슨의 정체를 알아보는 데 최소 사흘은 걸릴 줄 알면서도 핸드폰 화면에 로버트의 전화번호가 뜨기만을 애타게 기다리고 있었다. 자신이 속았다는 사실을 믿을 수 없었다. 자신의 이야기를 증명하고 싶은 욕심에 스스로 야수에게 먹잇감이 되고 말았다. 인터넷을 보니 진짜 기자들이 쓴 기사들이 동네 작은 찌라시 신문뿐만 아니라 카운티의 신문에까지 나 있었다. 뉴저지에는 주 전체에 기사가 보도됐다. 기사는 물론 거기에 달린 댓글 대부분이 맹렬히 그를 비난하고 있었기에 가짜 벨라 존슨은 그의 유일한 희망이었다. 평소 아무 문제가 없었던 그의 정신 건강은 그에 대해 아무 말이나 떠드는 인터넷 기사를 그만 읽어야 하는 수준까지 이르렀다.

초인종이 가끔 울렸고 그때마다 캔디가 짖어댔다. 하지만 이제 제이스는 어떻게 대응해야 할지 잘 알았다. 입구 계단에 서 있는 사람을 바로 알아보지 못하는 경우 문을 열어주지 않았다. 그 뒤에는 위층 침실로 캔디와 떠밀려 올라왔다. 밖에서 소음이 들려도 캔디가 불안해하지 않도록 했다. 그는 커튼을 치고 텔레비전을 켠 상태로 캔디를 쓰다듬다가도, 불현듯 자신의 아내가 어디 있을지 궁금했다. 그녀가 사용하던 옷장 문을 열 때마다 눈물을 흘렸다. 옷장에 걸려 있는 몇몇 옷가지에서는 여전히 그녀가 사용하던 향수 냄새가 났고, 그 냄새를 맡을 때마다 그녀의 미소와 부스스하던 그녀의 머리카락, 또는 그녀가 요리했던 음식들이 떠오르곤 했다. 그녀가 주로 사용하던 세면대 옆에는 여전히 그녀의 헤어드라이어와 컬링 아이언 그리고 화장품들이 올려져 있었다. 당장이라도 그녀가 걸어들어와, 샤워를 마친 뒤 단장을 할 것만 같았다. 제이스가 바라는 풍경이었다.

경찰이 아직 테사의 머리빗을 가지고 있었다.

제이스는 그웬에게 문자를 보내 집으로 와서 테사의 물건들을 좀 봐 달라고 했다. 어쩌면 그웬은 그가 보지 못하는 부분을 알아차릴지도 모른다.

돌아온 그웬의 답장은 차가웠다.

생각은 고맙지만 거절할게요. 지난주에는 당신의 말을 믿었지만, 지금은 당신을 계속 믿어야 할지 확신이 서지 않아요. 테사를 괴롭히고 있던 거죠, 그렇죠? 저나 닉에게 더 이상 연락하지 말아요.

바로 답장을 하려다가 그러지 않기로 했다. 도움이 되지 않을 것이다. 고맙다고 답장을 보내도 공격적으로 들릴 게 뻔했다. 그리고 그때 망할 초인종이 다시 한번 울렸다. 제이스는 욕실 창밖으로 집 앞에 누가 온 건지 지켜봤다. 도로 옆에 택시 한 대가 서 있었다. 그는 조심스럽게 계단을 내려가 문 옆에 난 창문으로 밖을 바라봤고 거기에는 낯익은 얼굴이 보였다. 어떤 목적의 방문인지는 짐작이 되지 않았기에 그는 문을 살짝만 열어 보였다.

"안녕하세요." 제이스가 인사했다. 안도감이 느껴졌다.

"제이스. 불쌍한 사람. 우리가 좀 들어가도 될까요?"

괜찮았다. 그들은 제이스에게 달려들어 목을 조르며 그를 살인자라 비난하지는 않을 것이었다. 선한 목적의 방문일 것이다. 제이스는 문을 활짝 열고 호버트와 펄을 집 안으로 맞이했다. 펄은 들어오는 바로 두 팔을 펼쳐 제이스 쪽으로 뻗었다. "불쌍한 사람. 우리는 사람들이 하는 말 같은 건 믿지 않아요."

그녀의 두 눈은 눈물로 가득 차 있었고 제이스는 호버트와 악수를 나눴다. 호버트 역시 그를 안아주었다.

"당신이 테사를 다치게 했을 거라고 생각하지 않아요." 호버트가 말했다.

제이스는 그들을 부엌으로 안내했다. 호버트는 손에 들고 있던 알루미늄 쟁반을 부엌 조리대 위에 올려놓았다.

"치킨하고 호핑존[27]을 좀 가져왔어요." 펄이 자랑스럽게 말했다. "오늘 가져오려고 어제 넉넉하게 요리했거든요. 밖에도 못 나가는 것 같기도 했고 제대로 먹고 있지도 못할 것 같아서요. 그래도 오늘은 내가 가져온 요리로 배불리 먹어봐요. 앉아요, 앉아." 펄이 제이스의 부엌에서 주인 행세를 했다. "접시는 어디 있어요?"

"고맙습니다만 손님이시잖아요, 제가 할게요." 제이스가 말했다.

그녀가 제이스의 앞에 대고 손가락을 흔들었다. "호버트 옆에 얌전히 앉아있는 게 좋을 거예요."

---

27 미국 남부의 콩 요리

가끔 제이스는 펄 또래 여성들이 누군가를 보살피는 역할을 하도록 교육받고 자랐다는 사실을 잊곤 했다. 그의 어머니 역시 마찬가지였다. 요리하고 청소하고 음식을 내오고 정리했다. 그는 펄의 기분이 상하지 않도록 접시가 들어있는 찬장을 가리켰고 그녀가 요구한 대로 자리에 가만히 엉덩이를 붙이고 있었다.

"제이스." 호버트가 말을 시작했다. "대체 무슨 일인 거요?"

제이스가 호버트와 펄에게 모든 이야기를 들려줬다. 펄이 음식을 데우는 동안 그는 처음부터 끝까지 모든 이야기를 했다. 그는 다시 울기 시작했고, 그들이 어떻게 만났는지 이야기하며 데이먼 이야기를 꺼냈을 때는 호버트와 펄 역시 눈물을 보였다.

"내 잘못이오." 호버트가 말했다. "만약 그 데이먼이라는 작자가 테사를 데려갔거나 무슨 짓을 한 거라면 내가 가만히 있지 않을 거요. 그날 밤 거기에 테사를 데려간 게 나니까."

"호버트 씨가 잘못하신 거 없어요." 제이스가 말했다. "어떻게 거기 바텐더가 나쁜 놈이란 걸 아셨겠어요?" 그의 고개가 음식을 접시 위에 올려놓고 있던 펄에게로 휙 돌아갔다. "냄새가 아주 좋네요. 제가 잘 몰라서 그러는데 혹시 호핑존이 뭐죠?"

펄이 손뼉을 쳤다. "처음이군요! 이건 우리 엄마의, 엄마의, 엄마의 레시피랍니다. 남부 지방에서 내려오는 음식이죠. 소시지나 돼지 옆구리살 대신에 베이컨 썼고 식초도 조금 넣었어요. 한 방울 정도. 그게 차이가 커요."

펄은 둘 앞에 음식을 내오고는 그제야 자신의 것도 준비해 식탁에 자리했다. 제이스가 포크를 들기 전 펄은 제이스와 호버트의 손을 잡고 눈을 감은 후 중얼거렸다.

"하나님, 이런 음식을 준비해 주셔서 감사합니다. 우리 가족과 딸들, 그리고 제이스 몽고메리 씨에게 은총을 내려 주시고 부디 그의 아내 테사가 무사히 돌아올 때까지 그녀를 지켜주시옵소서."

펄은 눈을 뜨고 고개를 끄덕였다. "이제 먹죠."

그들은 세 시간 동안 머물렀다. 호버트는 테사에 대한 몇 가지 일들을 알려주었다. 제이스는 테사가 뉴저지에 도착한 첫 며칠 간의 생활에 대해 알지 못했다. 테사가 줄곧 둘이 지냈던 호텔에서 머물렀을 거라고 짐작만 했을 뿐이었다. 제이스는 엠파이어 모텔에 대해서도, 거기서 어떤 일이 있었는지도, 어째서 호버트가 총을 꺼내야만 했는지에 대해서도 알지 못했다.

그들은 떠나면서도 제이스가 필요하다면 어느 때라도 함께 해주겠노라고 약속했다.

"저녁 가져다주셔서 감사해요." 제이스가 말하며 배를 쓰다듬었다. "생각이 맞으셨어요. 집밥이 이렇게 필요했는지 몰랐어요."

"아무 때나 연락해요." 펄이 말했다. "필요한 거 있으면 아무 때라도."

"감사해요. 생각하시는 것보다 더 힘이 됐어요."

다시 한번 포옹을 한 후 제이스는 현관문을 닫았다. 한결 나아진 기분으로 그는 하루를 마무리해야 했다. 하지만 그러지 못했다. 그는 컴퓨터를 켜 새로운 기사 제목을 읽었다.

살해 피해자 로지타 모렐즈, 임신 6개월이었던 것으로 밝혀져
혐의 추가될 것으로 예상돼

31
테사

— ◆ —

제이스는 오늘 밤 내게 중요하게 할 말이 있다고 했다. 그래서 나는 종일 긴장한 상태로 있었다. 솔직히 말하면 요 며칠 내내 컨디션이 좋지 않기도 했다. 아마도 지난주 마트 농수산물 코너에서 입도 가리지 않고 계속 재채기를 해대던 여자가 바이러스를 옮긴 듯하다. 게다가 제이스의 목소리에서 무언가 느껴지기도 했다. 동네에 새로 들어설 지역 센터 유치를 위해 자금을 확보하느라 바쁘다는 사실은 알고 있다. 이제 거의 5시 30분이 되어 가는 시간이라 온 신경이 곤두서 있었다.

그의 차가 차고로 들어서자 캔디가 평소와는 다르게 짖었다. 그는 집 안으로 들어와 내게 키스를 했고 웃어 보였다. 그래서 제이스가 기분이 좋은 상태이고, 그토록 말하고 싶은 내용이 별거 아니라는 것을 직감할 수 있었다.

"일은 어땠어?" 내가 물었다. "지역 센터 비딩 결과는 아직 소식 없어?"

"응, 아직은. 이번 주 목요일에 퇴근하고 트레이, 로지타하고 같이 접대하기로 했어. 그 사람들이 결정하는 데 도움이 되어야 할 텐데. 어쩌면 크리스마스 즈음에 보너스가 나올 수도 있겠어. 제대로 된 다이아몬드 하나 사주고 싶어." 그가 자신의 결혼반지를 치며 미소 지었다. "저녁은 뭐야? 내가 그릴로 뭐 구울 거 있어?"

"타코 만들려고." 나는 냉장고를 열고 안을 들여다봤다. 최근 몇 달 동안 제이스는 즉석에서 해 먹는 햄버거나 핫도그를 자주 만들어 먹었다. 그는 직접 고기나 소시지를 굽는 일을 좋아하는데 아마 날이 추워지기 전까지 바비큐를 할 날은 한 달 정도만 남은 것 같았다.

"햄버거 재료는 있는데 빵이 없네. 시내에 얼른 다녀와야겠다. 다녀오면 10분 정도 걸리겠지. 아니면 그냥 타코 만들어 줄 수도 있고." 그게 아니면 하고 싶은 말을 지금 바로 해도 될 텐데. 선택해.

"좋지. 타코 괜찮겠다. 그릴은 금요일에 쓰자. 퇴근하면서 빵 사 올게."

항상 내게 맞춰주는 그였다. "좋아." 나는 부엌 아일랜드 아래 수납장에서 팬 하나를 꺼냈다. "그래서 나한테 하려던 말이 뭐야?"

"아, 맞다. 잠깐 앉아볼래?"

제길. "그래."

"잠시만. 가져올 게 있어." 그는 다시 차고로 달려갔고 트렁크가 열렸다가 세게 닫히는 소리가 들렸다. 곧 돌아온 그의 손에는 캔버스 소재의 가방 하나가 들려 있었다.

"그게 뭐야?" 내가 물었다.

그는 가방을 테이블 위에 놓았다. 내려놓을 때 소리가 쿵 들렸다. "지난달에 우리가 했던 이야기를 다시 생각해봤어. 당신 전남편 이야기 말이야. 그 사람이 당신을 쫓고 있다는 이야기."

"아직 나를 찾고 있는지는 모르겠어." 마리벨에게 그렇게 불쑥 연락하는 게 아니었다. "연결점을 끊고 이제 내 삶을 사는 게 맞는 것 같아. 과거를 붙잡고 사는 건 건강하지 못해."

"맞아, 내 말은 당신이 혹시 아직 에반이 우리의… 일을 처리해주기를 바라는 거야? 결혼도 법적으로 문제없게 하고 당신 신분증도 제대로 발급받고?"

"그럼, 당연하지. 알잖아. 그런데 내가 두려운 건 우리가 그 일을 시작하면 그 사람이 내가 어디 사는지 알게 될까 하는 거야. 내 이름이 공식 기록으로 남기라도 한다면."

"그게 내가 당신한테 하고 싶었던 말이야." 그가 가방을 툭툭 치며 말했다. "당신 전남편이 당신을 다치게 하는 걸 두고만 보고 있지 않을 거라고 했던 말 기억해?"

"응."

그가 가방 속으로 자신의 손을 집어넣었다가 뺐다. …총이었다. 망할 총. 나는 자리에서 크게 뛰어올라 뒤로 물러섰고, 두 손으로 얼굴을 가렸다. 마치 공포 영화에서 옷장 속에서 귀신이 갑자기 튀어나와 주인공을 놀라게 하는 모습 같았을 것이다.

"당장 그거 내 앞에서 치워!" 내가 소리쳤다.

총의 끝부분을 보는 것으로도 온몸에 소름이 끼쳤다. 가장 나쁜 유형의 PTSD였다. 어릴 때 총구에 겨눠져 본 적이 있다면 이런 반응이 나타나는 게 정상이다.

"괜찮아, 테사. 어떻게 사용하는지 알아."

그의 손이 총 위에 올려져 있었고 곧 그것을 집어 들었다.

"나한테 총 겨누지 마!"

"아니야. 절대 안 그래. 총알도 없어. 봐봐."

뭐라고 불리는지는 모르겠지만 제이스가 작게 돌아가는 부분을 손가락으로 치며 총알이 들어있지 않음을 보여줬다. "봤지?"

심장이 너무 빨리 뛰어서 심장마비가 올 것만 같이 두려웠다.

"제이스, 제발 그거 집에서 가지고 나가. 내 주변에 두지 말아줘."

그가 한숨을 내쉬었다. "당신 지켜주기로 내가 약속했잖아."

"그럼 보안장치를 달아. 카메라도 달고." 우리 둘의 대화를 지켜보고 있는 캔디가 어리둥절한지 고개를 위아래로 숙였다. "개도 한 마리 더 키워. 핏불 같은 아이로. 아니면 내가 태권도라도 배울게. 총만 아니면 돼. 대체 총기 허가는 어떻게 받은 거야?"

그의 얼굴이 답을 대신하고 있는 듯했다. 그에게는 총기 **허가가 없었다. 불법 총기**다. 길거리에서 돌아다니던 시리얼 넘버가 지워진, 아마도 누군가를 죽이는 데 사용된 총일 게 분명했다. 그리고 지금 그 물건이 우리 집 안에 있다.

"어떻게 당신이?" 내 눈에서 눈물이 떨어졌다. 지금은 그와 같이 있고 싶지 않았다. "잠깐 산책 좀 다녀올게." 나는 일어나 현관문으로 향했다.

"테사, 잠깐만!" 그가 소리쳤지만 나는 계속 걸었다. 이미 문을 닫고 나온 후였다.

바깥 공기는 눅눅했다. 인디언 썸머[28]다. 달리는 것이 내 발이 할 줄 아는 유일한 일이었지만 도망갈 수 있는 것도 아니었다. 동네를

---

28 가을에서 겨울로 넘어갈 때 잠시 더워지는 시기

벗어나 시내로 걸어나가는 대신에 나는 발길을 돌려 집 뒤에 난 숲길로 향했다. 나뭇잎들은 벌써 지고 있었고 그 위를 걷자 낙엽이 부서지는 소리가 들렸다. 오솔길을 따라 호수로 걷는 동안 나는 잔가지들을 부수며 걸었다.

지난여름 남겨진, 누구의 것인지 모를 카약과 카누 주변을 걸었다. 드류가 여기 있지 않은 한 이곳은 안전한 동네였고 집에 도둑이 들까 걱정을 하지 않아도 되는 곳이었다. 집 밖에 물건을 놓아두어도 아무도 그것을 가져가지 않았다. 호수에는 인기 있는 낚시터가 있고 시에서 운영하는 작은 부두에서는 사람들이 자신들의 작은 보트를 타고 나가기도 한다.

부두에 이르러 나는 신고 있던 슬리퍼를 벗고 부두 옆에 걸터앉았다. 서쪽을 바라보니 해가 지는 모습이 보였다. 하늘이 눈앞에서 아름다운 분홍빛으로 변했다. 구름도 솜사탕 같아 보였다. 발가락 끝이 물 바로 위에 닿을락 말락 했지만, 물에 젖지는 않았다. 나는 물을 내려다보며 호수에 비친 나를 바라봤다.

두려움에 가득 찬 모습이었다.

진정해. 넌 안전해.

세상은 고요했고 들리는 소리라고는 해조류나 피라미를 찾기 위해 물가로 올라오는 물고기가 내는 꿀렁거리는 소리뿐이었다. 물고기들은 자신들을 맛있는 저녁으로 만들기 위해 낚시꾼들이 던져주는 빵 조각에 익숙한 것 같았다.

제이스는 내게 총이 겨눠졌던 시기의 일에 대해 알지 못한다. 내가 겪었던 무시무시한 일들을 제이스가 알지 못하도록 했다. 만일 그가 그 일들을 알았더라면 총을 집으로 들이는 것보다 두 배는 더

험한 일을 저질렀을 것이다. 누군가를 힘으로 저지하려는 계획은 무서운 일이고, 나는 내 눈앞에서 제이스가 그런 일을 벌이기를 원치 않는다. 아무리 나를 위해 하는 일이라고 해도 그랬다.

마음을 가라앉히려 거의 한 시간 동안 그 자리에 있었다. 해가 나무 뒤로 넘어갔고 하늘은 불타는 듯한 주황색을 띠고 있었다. 나는 제이스를 싫어하지 말자고 혼잣말로 되뇌었다. 그가 정말로 나를 위한 일을 하고 있다고 생각했고, 나는 그런 그를 사랑한다. 하지만 그래도 나는 그런 물건이 내 집에 있는 걸 바라지 않는다. 타코를 먹으려던 화요일 저녁을 망쳤지만, 그 전에도 입맛은 없었다. 목욕 후 침대에 눕고 싶은 생각만 가득했다.

집으로 돌아가자 제이스는 마치 혼이 난 어린아이처럼 얼굴에 쓸쓸함이 가득 묻어 있었다. 그는 내게 여유를 주려는지 먼저 말을 하지 않았다.

"나 올라가서 반신욕 할게. 저녁 식사는 미안해. 오늘은 요리하고 싶지가 않네."

"괜찮아." 그가 말했다. "나가서 피자 한 조각 사 오면 돼. 다른 거 뭐 사다 줄까? 아니면 당신이 좋아하는 가게에서 샐러드 하나 사다 줄까?"

"아니야, 됐어." 나는 계속 예의를 지키며 말했다. "바로 잘 거야. 난 배 안 고파. 약속 하나만 해줄래? 그거 제발 없애줘. 집에 그런 걸 가지고 있고 싶지 않아."

"약속해, 테사. 내가 처리할게."

다음 날 아침까지 억지로 잠을 청했다. 자고 일어나니 짜증이 났

316

고 일할 기분도 아니었다. 눈을 비비고 일어나 얼굴에 물을 끼얹었고 양치를 했다. 캔디와 아래층으로 내려갔다. 평소라면 캔디의 밥을 챙겨주고, 울타리 쳐진 마당을 캔디가 탐색하며 돌아다니는 동안 나는 야외에 앉아 커피를 마셨을 것이다. 그러나 지금은 커피를 내리기도 힘이 들었다. 캔디가 밥을 먹는 모습을 지켜보며 초조한 기분을 떨쳐보려 애썼다. 그러나 기분은 나아지지 않았다. 오히려 욕실로 뛰어들어가 바닥에 토하는 것을 겨우 면했다. 지난밤 먹은 것이 없어 아무것도 게워내지 못했다.

걱정이 많은 게 탈이 난 원인 같았다.

총이 아직 집 안에 있는지 아니면 제이스가 가지고 나갔는지 궁금해졌다. 불법 총기를 가지고 운전을 한다니, 퍽이나 좋은 생각이었다.

나는 여전히 욕실 바닥에 주저앉아 침을 뱉어내고 있었고 그때 캔디가 뒷문을 긁는 소리를 들었다. 변기 물을 내리고 세면대에서 입을 헹군 후 천천히 뒷문으로 걸어가 캔디를 안으로 들였다. 여전히 아무것도 먹지도 마시지도 못하고 있었다. 어쩌면 그웬과 대화를 나누는 게 도움이 될지도 모르겠다고 생각했다. 그웬에게 집에 있는지 문자를 해보니 집에서 칼렙의 아침을 먹이고 있다며 30분 후에 들르라고 답장이 왔다.

나는 재빨리 샤워를 마치고 탱크탑과 청반바지를 입었다. 머리는 뒤로 쪽을 져 묶었다. 앞머리가 길어져 시야를 자꾸 가리는 바람에 계속해서 귀 뒤로 머리를 넘겨 고정해야 했다. **제발 가만히 좀 있어라.** 캔디에게 말하듯 혼잣말을 뱉었다. 마침내 실핀을 사용해 양쪽

머리를 고정했다. R2D2[29]같아 보였지만 어차피 잘 보일 사람도 없었다.

그웬의 집까지는 걸어서 1~2분이면 도착했다. 그녀의 집 진입로를 걸을 때마다 나는 타르나 콘크리트 대신 사용한 도로 포장재를 부러워했다. 우편함도 특별히 제작했다. 그 화려함과 디테일이 눈에 띄었다. 우리 집 바닥에 꽂힌 나무 막대기 같은 우편함보다 훨씬 멋있었다. 하지만 이미 제이스와 나는 진입로를 공사하는 데 돈을 많이 쓴 상태였다. 아마 내년쯤이면 가능할지도 모르겠다.

노크하니 평소처럼 칼렙을 안고 있는 그웬이 나타났다.

"안녕, 아가!" 나는 그에게 미소를 지으며 인사했다.

"안녕하세요, 테파 아줌마." 칼렙이 인사했다.

"커피 마실래요?"

그러려던 건 아니었지만 나는 목구멍을 타고 올라오는 구역질을 삼켜야 했고 손으로 입을 틀어막았다. 지난밤에 느꼈던 걱정이 여전히 내 안에 존재했고 내 속을 뒤집어 놓고 있었고, 손에 휴지를 쥐기 전까지는 토를 할까 두려웠다.

"세상에, 괜찮아요?" 그웬이 물었다.

"아니요. 안 괜찮아요. 이래서 이야기하고 싶었어요."

"앉아요. 칼렙 좀 내려놓고 올게요, 잠시만요."

그웬은 요가 바지와 탱크탑을 입고 있었다. 함께 저녁 식사나 술을 마시러 갈 때를 제외하면 그녀는 늘 이 복장이었다. 유모차에 칼렙을 태우고 동네를 걷는 걸 본 적이 있다. 그때도 요가 바지에 탱

<hr>

29 스타워즈에 나오는 로봇

크탑을 입고 있었다. 마트에서도 요가 바지에 탱크탑이었다. 앞마당 잔디를 깎을 때도 요가 바지에 탱크탑이었다. 이 복장은 그녀가 엄마 노릇을 할 때 입는 옷이다. 그웬은 칼렙을 내 옆에 놓인 의자에 앉히고 앞에는 아이패드를 켜 주었다.

"이러면 얌전히 있거든요." 그녀가 말했다. "무슨 일이예요?"

"어젯밤에요, 제가…"

나는 곁눈질로 칼렙을 쳐다봤다. 그의 눈은 내가 아닌 아이패드에 고정되어 있었다. 칼렙이 화면에 어떤 버튼을 누르자 만화가 재생됐다. 크게.

"제이스한테 전 남편 이야기를…"

그리고 지금은 노래가 흘러나오고 있었다. 아이들의 목소리였다. "내가 무섭다고…" 칼렙이 그들을 따라 노래 부르기 시작했다.

정신이 사나워졌다. 그웬은 그녀의 큰 눈에 걱정을 가득 담고 나를 바라보고 있었다. 마치 내가 말을 꺼내기를 기다리는 눈빛이었다. 기다리지 못하겠다는 눈빛이었다.

"미안해요. 다른 방으로 가서 얘기할 수 있을까요?" 내가 물었다.

"여기 칼렙만 두고요?" 그녀는 네 살짜리 아이를 10초 이상 혼자 두자고 제안하는 사람을 처음 본 듯 많이 놀랐다. "내가 자리를 비우면 소리를 지를 거예요."

대단한 양육법이네.

"내가 말하려는 내용을 칼렙이 듣지 않았으면 해요. 민감한 이야기거든요."

"우리 얘기를 듣고 있지 않은데요, 뭐." 그녀는 눈을 크게 뜨고 노래를 부르고 있는 칼렙을 향해 손을 흔들어 보였다. "칼렙이 좋아하는 프로그램이에요."

"그렇구나. 하지만 내가 저 노래 때문에 집중이 안 돼요." 내가 소리 내 웃었다. "아이들한테 익숙하지가 않아서요. 그웬처럼 저 소리를 무시하는 게 쉽지 않네요."

그녀가 씩씩대고 일어나더니 부엌 끝으로 걸어가서는 나를 불렀다. 일어나서 이야기하라는 눈치였다.

"이야기해봐요. 무슨 일인데요?"

"제이스한테, 전 남편이 나를 찾고 있을까 봐 무섭다고 했어요."

"오. 진짜 그래요?"

"마지막으로 전해 들은 이야기에 의하면 그래요. 하지만 벌써 몇 달 된 이야기예요. 어쨌든 지난달에 우연히 제이스의 전 여자친구를 만났거든요. 그래서 나도 전남편 이야기를 하게 된 거고요. 그리고 그 사람이 무섭다고 말했어요. 그… 사람은 좋은 사람은 아니었거든요."

나는 칼렙을 돌아봤다. 칼렙은 여전히 노래를 부르고 있어 우리 이야기를 들을 수 없었다.

"나를 때렸어요. 그런 관계였어요."

그웬이 내 팔을 움켜잡았다. "오, 이런. 안됐네요."

"네. 어떻게 해서든 그 지옥을 빠져나왔죠. 이야기하자면 길어요. 어쨌든 내 속이 좋지 않은 이유가 뭐냐 하면, 지난밤에 제이스하고 다퉜거든요."

"제이스가 때린 거예요?"

눈 깜짝하기도 전에 그녀의 눈빛이 걱정에서 분노로 바뀌었다.

"아니요!" 나는 바로 상황을 바로잡고 싶었다.

"나를 보호하고 싶다고 했어요. 그래서 총을 구해 왔더라고요."

"총이요? 농담이죠?"

이제서야 그녀는 캘럽을 바라봤다. 마치 캘럽이 혼자 밖을 걸어 다니는 상상이라도 하는 듯했다. 그리고 제이스가 자기 아들을 향해 총을 쏘기라도 한 듯한 모습이었다. 그웬은 캘럽 혼자 걷게 하지도 않았다. 캘럽은 네 살이었지만 아직도 유모차를 타고 다녔다. 그 모습을 보면 개를 유모차에 태워 다니는 사람들이 생각났다.

"총을 대체 어디서 구했대요?"

"그게 문제예요. 그냥 구했다고 하더라고요."

나는 손동작으로 그의 말을 인용했다는 제스처를 취했다.

"오, 말도 안 돼. 경찰에 알려야 해요."

남을 통제하기 좋아하는 그웬은 자기 아들뿐만 아니라 나의 결혼 생활까지 통제하려 들었다.

"그렇게는 못 해요. 제이스가 감옥에 가는 건 원치 않아요. 제이스는 자기가 올바른 일을 하고 있다고 생각해요. 모르겠어요. 그냥 총이 너무 싫어요. 정말 **싫어요.**"

"나도 그래요. 캘럽 근처에도 두고 싶지 않고요. 오, 제발. 다시는 당신 집에 가지 못하겠어요. 아니, 대체 무슨 짓을 하려고 그러는 거래요?"

약간은 과장된 반응이었지만, 슬프게도 나는 충격 받지 않았다.

"없애버리라고 했어요. 어떤 수를 쓰든지요."

"잘했어요. 말을 들을 것 같던가요?"

"그래야죠!"

그것에 대한 말을 하는 것만으로도 다시 기분이 안 좋아지기 시작했다. 게다가 여기 오는 것 자체가 시간 낭비였다. 대체 말을 밖으로 뱉어내서 무얼 얻고자 했는지 모르겠고 그웬이 아들에게서 눈을 떼고 내 이야기를 들어줄 것이라고… 어째서 바랐는지도 모르겠다.

"가야겠어요. 바이러스에 감염된 것 같아요. 이야기 들어줘서 고마워요."

"어휴. 요새 유행인 것 같더라고요. 칼렙도 아침 내내 콧물을 흘리지 뭐예요. 바이러스에 걸린 것 같아요. 혹시 필요한 거 있으면 연락해요."

"고마워요, 그웬."

짧게 포옹을 하고 문밖을 나섰다. 내 걸음은 곧 달리기가 됐다. 그녀의 집 앞마당에 토하지 않기 위해 내가 할 수 있는 유일한 일이었다. 집 안에서 참아 내다니 스스로가 놀라웠다.

32
제이스

차고 문이 열리자 캔디는 짖어댔다. 제이스는 허리를 펴고 소파에 앉았다. 청소해야 할까? 하는 생각을 잠간 했지만, 에반은 신경쓰지 않을 거란 생각에 치우지 않기로 했다. 에반이 엉망인 집 안으로 걸어 들어오자 캔디가 달려들었다. 캔디의 머리를 쓰다듬으며 얼굴을 캔디에게 가까이하는 에반의 모습은 그야말로 가장 친한 친구처럼 보였다.

"제이스, 좋지 않은 소식이야. 이제 경찰이 이중 살인 혐의 얘기를 하고 있어."

자리에서 벌떡 일어나는 제이스의 온몸이 쑤셨다.

"차라리 잘된 일 아니야? 유전자 검사를 해 보면 알 거 아니야? 내 애가 아니니까. 그러면 내가 바람을 피우고 있었던 게 아니라는 것도 증명되는 거잖아? 혐의에서 벗어날 수 있을 거 같은데. 그 시간에 경찰은 테사를 찾아야지. 테사를 찾기만 하면 이 멍청한 자식들을 다 고소할 거야." 제이스의 의지는 강력해 보였다.

"무슨 근거로?"

에반은 언제나 변호사처럼 굴었다.

"나야 모르지. '잘못된 체포'는 어때, 혐의가 벗어나기만 한다면."

"음, 정확히 말하면 경찰은…"

"정확하고 자시고 나는 신경 쓰지 않아. 불쌍한 로지타, 살해당했을 때 임신중이었다고. 로지타가 그 사실을 알고나 있었는지 모르겠네. 맙소사, 로지타의 마지막 모습을 생각해봐."

제이스는 누구에게도 손가락질 하고 싶지는 않았지만 누가 아기의 아빠인지는 알 것만 같았다.

트레이가 죽인 걸까?

지금은 아무도 제이스의 말을 믿어주지 않을 것이다. 뉴저지 전체가 제이스를 살인자라고 생각하고 있었다.

제이스의 핸드폰이 울렸다. 또다시 모르는 번호가 화면에 나타났다. 그는 핸드폰을 손에 쥐고 올스타전 9회 말에 마운드에 선 투수라도 된 듯 손에 쥔 핸드폰을 벽에 던졌다. 어찌나 세게 던졌는지 핸드폰은 바닥에 나뒹굴기 전에 벽에 자국을 남겼다. 캔디는 소스라치게 놀랐다. 뛰어서 거실 반대쪽으로 몸을 피했다.

에반의 눈이 예리해졌다. "최근에 제대로 잠을 잔 적 있어? 꼴이 이게 뭐야. 그래, 이해는 해. 하지만 적어도 잠은 자야지."

"알아, 그런데 못 자겠어. 아내가 실종됐는데 남편이란 작자는 자택 연금이나 되는 바람에 나가서 찾아보지도 못하고 있다고. 게다가 말도 안 되는 살인 누명이라니. 가짜 기자나 집에 들이고…"

"아, 잠깐. 무슨 가짜 기자?"

제이스는 머리를 헝클었다. 기름때가 낀 그의 머리카락이 사방으로 뻗쳤다. 지금 감정이라면 머리를 다듬기보다는 차라리 밀어버리고 싶을 지경이었다.

"어제 어떤 여자가 전화해서 내 이야기를 쓰고 싶다고 하더라고. 오늘 아침에 왔어. 자기를 지역 신문에 새로 온 기자 벨라 존슨이라고 소개했고. 눈물까지 흘리면서 인터뷰를 했는데 로버트가 뭔가 이상하다고 하더라고. 그 여자가…"

제이스는 온갖 아기 이야기를 할 수 없어 잠시 말을 멈췄다.

"알고 보니 그 여자는 완전 사기꾼이었어. 신문사에 그런 이름의 기자는 없대. 그런데 내가 집으로 들인 거지. 심지어 집 구경도 시켜줬어. 대체 그 여자가 뭐 하는 사람인지도 모른다고."

"그래도 로버트가 알아보고 있다는 거지?"

"응."

"알겠어."

제이스는 땅에 떨어진 자신의 핸드폰을 보다가 이내 집어 들었다. 물론 화면 상태는 엉망이었다. 겨우 살아남은 화면 한쪽에서 문자 메시지를 하나 확인할 수 있었다. 트레이가 보낸 문자였다.

클라라 클레이튼이라는 사람하고 퇴직자 면담을 하면 돼. 일이 해결되면.

제이스는 웃었다. 미치광이들이 모여 사는 섬으로 떠나는 편도 티켓을 산 사람처럼, 무섭게 웃었다. 물론 지금은 이중 살인 혐의를 받고 있기는 하다. 하지만 트레이가 자신이 싸지른 문제를 수습하기 급급해하는 게 좀 우습지 않은가?

에반은 로버트에게 문자를 보내 제이스의 핸드폰의 상태를 설명하고 자세한 이야기는 자신에게 즉시 알려달라고 이야기했다. 로버트가 답장했다. 그가 검사와 이야기를 했는데 새로운 정보가 있다고 했다.

"아직 끝이 아니야." 로버트에게서 온 문자를 읽다 말을 멈춘 에반이 다시 말을 시작했다. "듣고 싶어?"

"모르겠어, 그러는 게 나은가?" 제이스가 물었다.

"로버트 생각에 우리 쪽에 유리한 이야기인 거 같대."

"말도 안 돼. 지금 이 상황에 유리한 소식이란 건 있을 수 없어." 제이스가 빈정대며 말했다.

"아니야. 그게 아니야." 에반이 핸드폰 화면을 내리며 문자를 다시 읽었다. "과학수사대가 현장에서 다른 사람의 DNA를 찾았대. 여기. 너희 집에서. 테사의 것 말고."

"그게 무슨 뜻이야? 누군가 테사를 데려갔다는 거야? 다른 누군가가 여기 있었다고?"

이번주 처음으로 제이스는 희망을 얻을 수 있었다. 만일 그 감정을 희망이라고 부를 수 있다면 말이다.

"이제 진짜 현실로 다가오는 거야. 만일 네가 정말로 이 일과 관련이 없다고 아직도 주장한다면…"

"난 아니야!" 어떻게 제이스가 그런 일을 할 수 있다는 말인가?

"알아. 어쨌든 무죄를 계속 주장해. 누가 저지른 일인지 모르겠지만 증거를 남겼어. 아마추어 같은 실수지." 에반의 눈이 커졌다.

"로버트하고 이야기하고 싶어. 핸드폰 좀 빌려줘."

에반이 제이스에게 자신의 핸드폰을 건네줬다. 제이스는 짜증에 차서 핸드폰 화면 제일 위에 있는 앱을 클릭했다. 사진앨범이었다. 그리고 제일 먼저 보이는 사진 속 인물은 테사였다. 테사와 에반의 사진. 둘이 함께 웃고 있었다.

"이게 뭐야?" 제이스가 핸드폰을 자신의 제일 친한 친구에게 내보였다.

"오. 그거." 에반이 자신의 수염을 문질렀다. "저번에 테사가 작업하고 있던 피자집에 우연히 들렀거든. 점심 먹으러 갔던 거였어. 그래서 같이 사진 한 장 찍었지. 테사가 말 안 했어?"

제이스는 천천히 자신의 친구 얼굴을 살펴보았다. "아니, 말 안 했어." 그리고 다시 핸드폰 속 사진을 들여다봤다. "지난주 목요일 사진이네. 그 날 본 거야? 테사가 사라지기 전에?"

에반이 제이스의 손에 들려있던 자신의 핸드폰을 다시 가져갔다. "내 잘못이야. 너한테 내가 문자 하기로 했는데 소송 건 때문에 정신이 없었어." 에반이 화면을 주시했다. "이렇게 사진을 보게 해서 미안해. 테사가 웃는 것 좀 봐. 너랑 함께여서 정말 행복했던 거 같아."

그런 미소를 지을 때 그녀의 곁에 제이스는 없었다. 사실 그는 그 순간 그녀의 얼굴에서 빛이 나는 무언가를 느낄 수 있었다. 에반이 핸드폰의 버튼 몇 개를 눌렀다. "너한테 문자로 보냈어. 핸드폰 고치게 되면 다시 봐. 그렇지만 지금은 사건에 집중하자. 일단 로버트한테 전화해봐. 현장에서 무슨 DNA가 나왔는지 물어봐야지."

제이스는 에반이 사실을 말하고 있다고 생각했다. 그의 직감이 이번에만 틀렸던 것이 아니기 때문이다. 이번 주 내내 그의 예상이 맞았던 적은 없었다. 집중하자.

떨리는 손가락으로 제이스는 로버트에게 전화를 걸었고 로버트는 바로 전화를 받았다. 다른 사람의 DNA. 다른 사람의 피.

제이스는 좌절감에 찬 목소리로 자신이 핸드폰에 무슨 짓을 했는지 그에게 설명했고, 새로운 핸드폰을 장만하기 전까지는 제이스의 집에서 5분 거리에 사는 에반에게 대신 연락해 바로 소식을 전해 들을 수 있도록 해 달라고 부탁했다. 제이스는 조금 전 에반에 대해 잠시나마 가졌던 의심이 그를 알고 지내온 시간을 무력하게 만들지 않도록 노력하기로 했다. 에반은 제이스가 믿을 수 있는 유일한 사람이었다. 제이스는 전화를 끊고 에반에게 핸드폰을 넘겨줬다.

"진실은 밝혀질 거야, 제이스." 에반이 말했다. "우리가 점점 더 진실에 가까워지고 있어."

33
테사

—◆—

어제 제이스를 계속 피한 이후 그와 계속 어색한 상태다. 그는 내게 생각할 시간을 주고 있다. 나는 아직도 구역감을 느꼈다. 감기 초반의 증상처럼 나를 덮쳐왔다. 침대에서 일어나 캔디와 함께 아래층으로 내려갔다. 계단을 내려오면 바로 보이는 테이블 위에 제이스가 작은 메모 한 장을 남겨 놓았다.

테사. 총은 없었어. 당신이 다시는 불안해하는 일 없도록 할게. 오늘밤 최대한 일찍 올게. 사랑해. 제이스.

그는 노력하는 중이었다. 항상 그래왔다. 내게 안정감을 주도록 노력했다. 나는 메모를 읽는 즉시 그를 용서했고 그의 일이 끝날 때까지 기다릴 수 없을 것 같았다. 일단 제이스에게 몸이 좋지 않다고 문자를 했다. 혹시라도 오후에 낮잠을 자는 동안 내게 연락을 해올지도 몰랐기 때문이다. 그가 아직도 내 화가 풀리지 않았다고 생각하게 하고 싶지 않았다. 사실이 아니었기 때문이다.

커피포트에 물을 따르고 냉장고에서 커피를 집어 들었다. 커피

향이 코에 닿는 순간 입에 침이 한가득 고였다. **맛있는** 음식 냄새를 맡았을 때의 반응이 아니라 **빨리 화장실로 튀어 가!** 하는 신호였다. 가까스로 화장실에 도착해 머리카락을 부여잡고 속을 게워냈다. 캔디는 열린 화장실 문 앞에 앉아서 내가 괜찮은지 지켜보고 있었다.

아픈 건 정말 싫다. 그런데 왜 자꾸 커피 냄새만 맡으면…

아, 말도 안 돼.

오늘 날짜가 어떻게 되지?

나는 핸드폰을 놓아둔 곳으로 뛰어가 얼른 날짜를 확인했다. 이전, 이전, 이전… 몇 주 전이지. 생리를 마지막으로 한 게 언제지? 한 달이 넘었다.

감기가 아니었다. 아기를 가진 것일 수도 있다.

메스꺼움을 억지로 눌러내고 일어나 임신 테스트기가 있는 위층으로 뛰어 올라갔다. 이 나잇대 여자들이라면 모두 가지고 있을 물건이다. 혹시 모를 상황을 대비해야 하기 때문이다. 포장지를 벗기고 테스트기 위로 소변을 봤다. 그리고 욕실 안에서 앞에서 뒤로, 다시 뒤에서 앞으로 서성거렸다. 캔디도 나를 따라 서성였다. 10초가 1년 같았고 30초는 10년 같았다. 그러는 동안 2분이 지났고 나는 곧 사회적으로 보호가 필요한 사람이 될 것이라는 확신이 들었다.

보지 않아도 알 수 있었다. 결과는 뻔했다.

그리고 내 예상이 맞았다.

처음 이 결과를 받아 봤을 때 나는 십 대였다. 당시 들었던 감정이라고는 혼란과 두려움뿐이었고 결과를 알게 된 그 즉시 어떻게 하면 아이를 지울 수 있을까 생각했었다. 두 번째로 임신을 했을 때는 아주 찰나의 시간 동안 '아이를 낳는 것은 어떤 기분일까' 생각했었다. 하지만 아이의 아빠는 직업도 없는 부랑아 같은 사람이었다. 내가 안정적인 삶을 살기 전에 아이를 낳으면 결국 나는 내 엄마와 똑같은 삶을 살게 될 거라는 걸 알 수 있었다. 그 말도 안 되는 남자를 버리자 생각했다. **나**는 제대로 된 무언가가 필요했다.

세 번째, 지금의 임신은 마법같이 느껴졌다.

내가 지금 느끼고 있는 감정은 온통 희망과 사랑으로 가득했다. 젖병과 모빌 그리고 불룩 나올 내 배를 상상했다. 얼마나 귀여운 아기일까 기대하는 마음이 가득했다. 이 아이를 원한다, 너무나도 간절히 원한다. 이제 정말로 아이를 가질 수 있게 됐다. 해피엔딩.

제이스에게 전화를 걸어야겠다!

아니다. 얼굴을 보고 직접 말해 줘야지. 모두가 다 볼 수 있는 광고판에 이 소식을 게재하지 않고 어떻게 하루를 버틸 수 있을까?

제이스에게 어떻게 말할지 생각하니 즐겁기만 하다. 뭐라고 말해야 하지? 아이에 대해 이야기를 나눠 본 적이 없다. 특히 이렇게 결혼을 하자마자 생길 줄은 더더욱 몰랐다. 임신 이야기를 하기 전에 내 모든 이야기를 털어놓아야겠다고 다짐했다. 그게 옳은 일이기도 했지만, 그에게는 그럴 자격이 있었다. 내가 어떻게 자라왔는지, 나의 과거는 어땠는지, 드류와는 어땠는지. 그리고 이전에 겪었던 유산의 경험까지. 어쩌면 나는 치료가 필요한 사람일지도 모르겠다. 문제는 늘 겪어왔지만, 치료할 이유를 찾지는 못했었다. 하지만 내가 엄마가 된다면… 좋은 엄마가 되고 싶다. 나의 엄마가 보여준 것과는 다른 모습의 엄마가 되고 싶다. 몇 시간 동안이나 이런 생각에 잠겨 있었다. 제이스에게 **어떻게** 말을 하느냐 하는 문제는 내가 무슨 이야기를 하는지 만큼이나 중요하다.

간단히 씻고 나와서 시내로 걸어갔다. 해는 잘 달궈진 프라이팬만큼이나 뜨거웠다. 그 때문에 비타민 D를 온몸으로 흡수하는 것 같은 건강한 기분을 느꼈다. 그웬의 집을 지날 때는 당장이라도 들어가 소식을 전하고 싶었다. 하지만 그녀의 차가 보이지 않았다. 그 덕에 오늘이 목요일이라는 것을 새삼 깨달았다. 오늘은 칼렙의 미술 수업이 있는 날이었다. 그웬이 판지로 꽃을 만드는 동안 나는, 아니 우리는 쇼핑을 하러 시내로 걸었다. 어떻게 하면 제이스에게 곧 아빠가 된다는 소식을 재밌게 전할 수 있을까. 손을 배 위로 가져가 본다. 아가. 시간이 지나면 걸음마도 배우고 어린이가 되겠지. 아이가 십 대가 되면 나는 내 아이를 사랑으로 지지하는 부모가 돼서, 아이가 집을 떠나야 할 이유 같은 건 절대로 만들지 않을 것이다.

시내에 다다르자 나는 아기방을 어떤 색으로 칠할까 하는 마음으로 들떴다. 처음에는 걸음마를 배우다가 네 발 자전거의 보조 바퀴를 뗄 거고, 더 커서는 축구나 야구팀에 들어가겠지. 크리스마스 아침에는 온 가족이 트리 주변에 둘러앉을 거고 저녁에는 가족 식사를 하고 같이 숙제도 하게 될 거다. 대학 졸업식에도 가겠지. 아이가 우리를 보고 졸업생 대표 연설을 하는 순간에 제이스와 나는 나이가 들어서도 서로 손을 잡고 다니는, 서로를 여전히 사랑하는 부부가 되어있을 것이다.

내가 로맨틱 코미디 영화에서 본 장면들이 그랬다.

시내 중심가로 들어서 선물 가게에 들어가기 직전에 작은 전자제품 상점이 보였다. 그리고 아이디어가 하나 떠올랐다. 내 음성을 먼저 들어봐야겠다는 생각이 들었다. 문을 열자 문에 달린 작은 종이 울렸고, 문이 닫히기도 전에 한 점원이 내게 다가왔다.

"좋은 아침입니다!" 인사를 하던 그가 곧 자신의 전자시계를 쳐다봤다. 분명 정각마다 알람이 울리는 시계일 것 같았다. "아, 벌써 오후가 됐네요!"

그가 스스로가 어이없다는 듯 웃었다. 그는 명랑했고 전자제품 매니아다운 괴짜스러움이 있었다. 동시에 사랑스러운 면도 보였다. 아마 나이는 스물한 살쯤 된 것 같았고 큰 키에 마른 체형이었으며 안경을 쓰고 있었다. 그는 내뱉는 모든 말이 지적으로 느껴졌다. 그의 곧은 심성과 넘치는 열정 덕에 상점에 들어온 모든 손님이 자신들에게 필요하지 않은 물건까지 살 것만 같은 그런 인상을 갖춘 직원이었다.

"네, 좋은 오후네요." 그에게 장단을 맞춰 인사했다.

나는 손님이 직원들의 이름을 불러서 그들이 그저 손님을 상대하는 많고 많은 직원 중 하나가 아니라는 인식을 주면, 손님으로서 더 나은 서비스를 받을 수 있다는 사실을 알고 있었다.

"안녕하세요. 랄프. 저는 테사라고 해요." 나는 손을 뻗어 그에게 악수를 청했고 그도 자신의 축축한 손을 뻗어 인사했다.

"작은 녹음기를 찾고 있는데요?" 나는 엄지손가락과 검지손가락을 펼쳐서 작은 사이즈를 묘사하며 질문하듯 말했다. 내가 필요한 녹음기는 아주 작고 얇은 크기의 사업가들이 회의에 가지고 들어가는 그런 녹음기였다.

"아이폰 없으세요?" 그는 중세 시대 드레스와 모자를 쓰고 마차에서 막 내린 사람을 보기라도 한 듯 내게 물었다.

"없어요. 저는 기계들을 별로 좋아하지 않아요." 그에게 내가 선불폰을 사용하고 있다는 말은 하고 싶지 않았다.

"찾아 드릴게요. 따라오세요."

가게가 그리 크지 않았기에 따라오라는 말은 왼쪽으로 두 걸음을 걷는 것을 의미했다. 그는 두 팔을 벌려 **짜잔!** 하는 자세를 취했지만 나는 도통 내가 무엇을 보고 있는지 알 수 없었다. 벽에는 각기 다른 패키지로 포장된 상품들이 가득했다. 모든 기기가 두꺼운 플라스틱 포장지에 포장되어 벽에 전시되어 있었다.

"음. 추천해 주실 수 있을까요?" 내가 물었다.

"무슨 용도로 쓰실 건데요?"

임신했다는 말을 최고의 말로 들려줄 수 있을 때까지 계속 반복하고 또 반복해서 말하고 들어보려고요.

"스피치 연습을 하려고요. 제 말소리가 어떤지 들어보고 싶어요."

"그러시군요." 그는 벽 쪽으로 몸을 돌려 손가락으로 몇 가지 모델들을 훑다가 녹음기 하나를 꺼내 들었다. "이건 한 번 충전하시면 최대 8시간까지 녹음하실 수 있어요. 299달러고요."

아이쿠. 나는 제이스에게 내가 임신했다는 이야기를 8시간 동안 할 필요는 없을 것 같았다.

"제가 생각했던 것보다 사양이 넘치게 좋은 것 같아요." 내가 말했다. "더 저렴한 가격대는 없을까요?"

"음." 그의 시선이 위에서 아래를 훑다가 다시 다른 녹음기를 하나 꺼내 보였다. 더 작고 얇은 모델이었다. "이건 한 번 충전하면 4시간 30분 정도 녹음할 수 있고 실시간으로 클라우드에 자동 백업돼요. 아이폰의 아이클라우드 같은 기능인데 이름은 '더 문'이에요."

그는 기계 아래쪽에 있는 작은 버튼을 가리켰다. "여기 보이시죠? 이게 삭제 버튼이에요. 디자인 결점인 것 같아요. 사람들이 녹음기를 들고 말할 때 엄지손가락이 닿는 부분과 삭제 버튼이 너무 가깝지 뭐예요. 어떤 분들은 녹음한 걸 저장하기도 전에 삭제해버린다니까요. 그래도 클라우드 기능이 그런 위험을 커버하죠." 그는 포장지를 뒤집어서 뒷부분에 프린트된 달 사진을 톡톡 쳤다. "근사하죠?"

랄프는 내게 무언가 가르쳐줄 수 있다는 사실에 즐거워했다. 이 젊은이가 물건을 팔면 그에 대한 수수료를 받는다는 사실을 알고 있기에 그를 통해 물건을 사고 싶었다. "얼마예요?"

"이건 119달러예요. 그리고 '더 문' 구독권은 일 년 동안 무료로 제공되고요. 그 이후에도 계속 서비스를 이용하고 싶으시면 1년에 5달러만 내시면 돼요. 저렴하죠."

미소를 짓는 그의 얼굴을 보니 아랫니의 교정 장치가 드러났다.

"그렇군요. 이걸로 할게요."

"좋습니다!" 그가 너무 큰 소리로 말한 탓에, 나는 사장으로 보이는 남자가 타이를 멘 채 엄지를 들어 보이는 모습을 보게 됐다. "계산해 드릴게요."

이번에는 나와 그 모두 오른편으로 열 발자국 정도 걸어서 계산대로 향했다. 뒤에 서 있는 그 남성은 랄프의 어깨너머로 그가 화면의 버튼을 누르는 모습을 지켜봤다. 랄프는 어설픈 손놀림으로 봉투를 열어 내 녹음기를 넣으며 웃고 있었다.

"도와줘서 고마워요, 랄프." 내가 말했다.

"당연한 말씀을요. 들러주셔서 감사해요. 다음에도 필요한 기기가 있으면 방문해주세요!"

"그럴게요." 나는 눈을 찡긋하며 웃어 보였다. 그리고 문을 나서기 전 사장에게도 살짝 손을 흔들어 보였다.

한 블록 정도 내려가면 아기용품점이 있다. 아기용품. 말도 안 돼, 내가 진짜로 구매 목적을 가지고 아기용품점에 가다니, 믿기지 않는다. 아기용품점 안에는 음악 소리가 흐르고 있었다, 부드럽게… 영화에서나 들리던 그런 음악이었다.

"아가야 쉿, 아무 말도 하지 말렴, 엄마가 예쁜 새를 사줄게."

이 노래가 내게 희망을 가득 안겨줬다. 나는 엄마가 어떤 남자를 만나는지에 따라서 앨리스 쿠퍼나 투팍 같은 음악을 들으며 컸다.

이 작은 규모의 상점 안에는 시내 중심가에 나온, 곧 엄마와 아빠가 될 사람들이 몇몇 보였다. 잠깐 상점 안을 빠르게 둘러보니 상점 왼쪽은 아기들을 위한 장난감이, 오른쪽에는 열 살 미만의 아이들을 위한 장난감이, 그리고 뒤쪽에는 사랑스럽고 부드러운 아기 이불과 아기 양 인형, 우주복, 모빌이 보였다. 눈물이 났다.

"찾는 물건 있으세요?" 키가 크고 늘씬한 여성 점원이 내게 다가왔다. "손님이 직접 쓰실 물건을 보고 계시는 걸까요?"

"아, 안녕하세요." 그웬 집의 진입로를 지날 때 그녀의 집 안으로 뛰어들어가 임신 소식을 전하고 싶기는 했지만, 가장 먼저 이 소식을 들어야 할 사람은 제이스라는 생각이 들었다.

"선물이요. 직장 동료한테 주려고요."

"아, 그러시구나. 아기가 몇 살일까요?"

"이제 막 태어났어요. 한 달도 안 됐어요." 뱃속 아이를 생각하며 대답했다.

"신생아 용품은 모두 뒤편에 마련되어 있어요." 점원은 몸을 돌려 상점 맞은편으로 나를 안내했다. "도움이 필요하시면 언제든지 말씀해 주세요."

"그럴게요. 감사해요."

뒤쪽으로 걸어가자 익숙한 향기가 코끝을 스쳤다. 허공에 대고 코를 킁킁대는 내 모습이 아마 강아지처럼 보였을 것이다. 나는 곧 그 냄새가 아기 로션이라는 것을 알 수 있었다. 열다섯에서 스무 살 언저리쯤의 나이가 되었을 때 임신을 한 친구들이 주변에 많았었기 때문에 주변에는 늘 아기가 있었다. 그리고 그웬 역시 칼렙을 신생아처럼 키운다. 그녀가 칼렙의 엉덩이에 로션을 듬뿍 바르던 모습을 본 적도 있었다.

나는 부드러운 이불들을 손가락으로 훑다가 아기 손과 발자국을 찍는 키트까지 보게 됐다. 하고 싶은 게 너무 많았다! 그러다가 제이스를 위한 완벽한 선물을 발견했다. 아기를 위한 선물이 아니었다.

머그. 컵 위에 **세상에서 가장 멋진 아빠**라고 적혀 있었다. 나는 그 컵을 말 그대로 낚아채서 계산대 앞으로 달려갔다. 아까 본 여자 직원이 파란색 종이 포장지 다섯 장을 이용해 컵을 포장했고 그 위를 파란색 리본으로 묶어 작고 튼튼한 갈색 종이봉투 안에 넣었다.

오늘의 구매에 만족하며 로마노 앞을 지나다가 잠시 그곳에 들러서 새로 주문한 식탁보가 도착했는지 확인하기로 했다. 놀랍게도 에반이 로마노 카운터에서 음식을 주문하고 있었다. "안녕하세요!" 나는 신나서 인사했다.

그가 몸을 틀어 나를 보며 미소 지었다. "테사, 어쩐 일이예요?"

계속 웃고 있는 내가 아마 바보 같아 보였을 것이다. 그에게라도 먼저 이야기할까? 누군가에게는 말해야 해! 아니다, 제이스에게 그럴 수는 없다. 제일 먼저 이 소식을 들어야 하는 사람은 제이스다. "그냥 지나다 들렸어요. 살 게 있어서요." 종이봉투를 쥐고 있는 내 손에 힘이 들어갔고 나는 이내 종이봉투를 몸 안쪽으로 붙여 그가 상점 이름을 보지 못하게 했다.

"전 피자 먹으려고 들렸어요. 힘든 사건이 걸렸거든요. 아, 우리 사진이나 같이 찍어서 제이스한테 보내요. 제이스가 보면 좋아할 거예요."

에반이 내 어깨에 팔을 둘렀고 나는 미소를 지었다. 아주 활짝. 내 게는 비밀이 있었다. 내게서 신입 엄마다운 빛이 나고 있었다. 피자를 포장한 에반에게 나는 이번 주말에 저녁을 먹으러 오라고 초대 했고 그도 수락했다.

로마노의 인테리어 공사 진척을 확인한 후 나는 따뜻한 오후 햇 살을 맞으며 집으로 발걸음을 옮겼다. 그제야 제이스에게 내 과거 이야기를 반드시 해야겠다는 생각이 들었다. 변호사가 필요할 것이 다. 에반에게 말해서 모든 일을 바로잡아야 한다. 드류와의 결혼 생 활을 정리하고 나의 원래 신상정보로 제이스와의 결혼을 유효하게 할 것이다. 제이스를 속인 나 자신을 생각하면 미칠 것만 같았다. 그 는 내 아이의 아빠다. 모든 것을 바로잡은 후 운전면허도 따야겠다 고 생각했다. 언제까지 아기를 둘러메고 걸어 다닐 수는 없는 노릇 이었다. 소아과를 가야 할 일도 생길 것이다. 그리고 만에 하나 아기 에게 위급한 상황이 생기면 어쩐단 말인가?

제이스가 오늘 밤 고객 접대를 하고 집에 돌아오기만을 기다렸다 가 그에게 모든 사실을 털어놓을 계획이었다. 나는 연습을 하며 밤 이 되기만을 기다렸다. 보통 혼자 집에 있을 때면 드류가 내 뒤를 쫓고 있다는 사실에 마음이 불편했다. 그때 나는 무얼 했던가? 불편해하면서 멍든 눈을 보고 있는 거? 어떤 날은 내가 그에게 어뎄냐고 물었다는 이유로 내 갈비뼈가 부러지기도 했다. 끔찍한 고통을 온몸으로 느끼며 바닥에 누워 소리치고 있던 내게 그는 바로 돌아올 테니 움직이지 말고 있으라고 했다. 마치 내가 움직일 수 있기라도 한 것처럼. 그는 핸드폰을 빼앗아 내 손목을 케이블 타이로 거실 기둥에 묶고는 어딘가로 사라졌다. 20분쯤 뒤에 그가 돌아왔고 차고에서는 여전히 자동차 엔진 소리가 들렸다.

"일어나." 그는 내 손목에 묶은 케이블 타이를 자르며 말했다. 나는 그에게 머리채를 잡힌 채 차고로 끌려갔다. 그의 자동차 조수석이 부서져 있었다. 그는 차 문을 열고 나를 안으로 그 안으로 집어넣었다. 움직일 때마다 느껴지는 내 고통은 그의 안중에도 없었다.

"병원에 갈 거야. 우리는 방금 차 사고가 난 거야. 노스웨스트 바인 가에서. 갑자기 차가 튀어나와서 우리 차를 치고 도망갔어. 하얀색 SUV였고. 알아들어?"

옆구리에서 느껴지는 통증에 앞이 보이지 않는 것 같았지만 나는 고개를 끄덕였다. 무슨 일이 있었어야 했는지, 그것만 제대로 말하면 된다. 그러면 이 말도 안 되는 수준의 통증이 사라질 것이고 엑스레이를 찍어 부러진 뼈가 장기를 찌르지 않도록 해줄 것이다. 그 생각을 하자 기분이 좋아졌다. 나는 치료를 받고 싶었고 드류는 내가 치료를 받을 수 있도록 병원에 데려다줄 것이다.

그때는 그게 내가 생각할 수 있는 전부였다.

드류는 아는 사람이 많기도 했고, 나는 그가 속한 헤지펀드 회사가 기업 유명 인사나 정치인들의 돈세탁을 돕고 있을 거라고 확신했다. 그가 심하게 많은 시간을 워싱턴에서 보냈기 때문이다. 우리가 살았던 델라웨어에서 한 시간 삼십 분도 되지 않는 시간 안에 출장을 다녔다. 최소한 그가 내부 정보를 다루고 있는 것만은 분명했다. 너무 많은 사람이 그의 비위를 맞춰주고 있었다.

그는 자기가 지나간 길을 숨기는 것에 능숙했다.

그런 이유로 나는 혼자 지내는 밤마다 머릿속이 온통 공포와 피해망상으로 가득했다. 하지만 제이스와 함께 한 이후부터는 안정감이 느껴졌다. 그가 직장에서 필요한 일을 끝마쳐야 한다는 것도 이해가 됐고, 그가 자신의 아내인 나와 반려견인 캔디를 보기 위해 서둘러 집에 올 것이란 것 또한 잘 알고 있었다. 우리가 정말 훌륭한 일상을 보내고 있기도 했고 내가 생각하던 나의 미래가 이제는 모두 변했기에 그 사실을 제이스에게 너무나 말하고 싶었다.

"이리와, 캔디." 내 부름에 캔디는 천천히 내게 다가와 자신의 그 커다란 갈색 눈으로 나를 바라보았다. 사랑스럽고 진실한 눈이다. 내가 캔디의 머리를 쓰다듬자 그녀는 고양이처럼 다시 가랑댔다. 귀엽기도 하지. "서재로 가자, 캔디."

내가 자리에서 일어서자 캔디는 평소처럼 나를 따라 걸었다. 무거운 가죽 의자를 타일 바닥에 대고 끌자 캔디는 책상 바로 옆에 있는 부드러운 침대 위에 자신의 몸을 뉘었다. 나는 컴퓨터를 켜고 로마노의 인테리어 작업을 위한 리서치를 시작했다. 나는 결혼반지를 보며 많은 아이디어를 얻고는 했다. 지금은 반지를 닦아야 할 때가 온 것 같다. 위층 욕실에 액세서리 클리너가 있어서 나는 클리너를 통에 넣고 반지와 함께 흔들어 거품을 냈다. 그리고 전용 브러시를 사용해 떼를 지웠다. 다시 빛이 나기 시작하니 원래대로 그 완벽한 모습을 찾았다. 나의 이야기를 털어놓는 순간에 반지의 흠집보다는 빛이 눈에 띄었으면 하는 마음이었다. 나는 반지를 주얼리 상자에 넣어 놓았다. 제이스가 집에 오면 이야기를 하기 직전에 반지를 다시 끼울 참이었다.

임신 소식을 제이스에게 알리려면 연습이 필요했다.

나는 부엌으로 다시 내려가 녹음기가 들어있는 가방을 찾았다. 설명문을 읽고 와이파이에 녹음기를 연결한 후 온라인 계정을 만들었다. 제이스가 지출을 관리하는 서류철 안에 녹음기 영수증을 넣어 놓았다. 연말에 내 사업 비용처리를 위해 필요할 거라는 생각이 들었다. 실제로 녹음기가 내 사업에 도움도 될 것 같았다. 인테리어가 필요한 공간을 돌아다니면서 아이디어가 생각날 때면 그 즉시 녹음을 할 수 있을 것이다. 수첩과 펜보다는 훨씬 더 효율적일 테고 종일 핸드폰을 들고 다니며 타이핑을 하는 기계 친화적 방법보다도 합리적으로 느껴졌다.

녹음 버튼에 손가락을 갖다 대어 봤다. 랄프가 말했던 대로 녹음이 켜지고 꺼지는 버튼인데, 한 손에 쥐어보니 사람들이 왜 녹음 버튼 옆에 있는 삭제 버튼을 눌러 녹음을 지우게 되는지 알 수 있었다. 디자인 결함이 분명했다.

버튼을 누르고 말을 해본다.

"제이스, 우리가 아이를 만들었어!"

아니야. 녹음 버튼을 멈추긴 했지만, 파일을 지우지는 않았다. 녹음 내용 전체를 한 번에 들어보고 싶었으나 내 입 밖으로 나온 말들이 얼마나 우스운지만 깨닫게 됐다. 다시 녹음 버튼을 눌렀다.

제이스, 나 임신했어. 라는 말을 할 수 있는 한 여러 개의 변형 문장으로 바꾸어 말했다. 한 번은 똑같은 말에 '아기'라는 단어만 덧붙여 보기도 했다. 나는 눈을 굴리며 내가 뱉은 말들이 어떻게 들리는지 들어봤고 녹음이라는 아이디어를 냈다는 것 자체에 감사했다. 좋은 일이어야 하는데 나는 벌써 문제를 단순화하고 있었다. 내 시선이 납작한 내 배로 향했고 ―이 안에 아기가 있다니!― 나는 다시 입을 떼기 시작했다.

"제이스, 나는 아마 당신을 처음 본 순간부터 당신을 사랑했던 것 같아. 당신은 나를 더없이 행복하게 해주는 사람이야." 하던 말을 잠시 멈췄다. 목이 메었다. 그에게 모든 것을 말하고 싶었고 입 밖으로 모든 이야기가 나오고 있었다.

"거짓말해서 너무 미안해. 내 사회보장번호는 가짜고, 내 성도 원래 철자랑 조금 달라. 그리고 난 전 남편에게서, 내 과거에서, 위탁가정에서, 폭력에서… 그리고 내 중독에서 도망쳤고 지금도 도망치는 중이야. 하지만 더 이상 그러고 싶지 않아. 내가 했던 거짓말을 모두 밝히고 싶어."

뭘 말하든 나중에 파일을 전부 지울 수 있다.

"그러고 싶어. 복잡한 문제 없이 당신하고 앞으로의 시간을 함께하고 싶어. 이렇게 모든 이야기를 하고 싶었어. 당신이 알고 있는 나는 진짜 내가 아니니까."

나는 잠시 하던 말을 멈췄다. 중요한 순간이었다.

"제이스, 나 임신했어. 우리 인생의 새로운 시작이 너무 기다려지고 우리 아이도 얼른 안아보고 싶어. 그리고 정말 말하고 싶었어. 당신은 나를 이 지구상에서 가장 행복한 사람으로 만들어 줬어. 이것만은 알아줘. 당신을 사랑해. 그리고 벌써 당신과 함께할 우리의 멋진 미래가 머릿속에 그려져. 이제 우리는 가족이 된 거야."

녹음한 내용을 다시 들어보니 마음이 저릿했다. 준비한 내용이 아니었다. 하지만 다시 반복하고 또 반복해서 말했다. 어떤 녹음 파일에서는 마리벨이 드류의 문제를 도와줬다는 말까지 했다. 또 다른 녹음에서는 에반이 법적인 문제를 도와줬으면 한다는 말이 담겨 있었다. 그렇지만 다른 버전에서는 트레이가 제이스를 승진시켜줘서 얼마나 기쁘고 그 시기 역시 얼마나 완벽했는지에 대해서 말했다. 심지어는 데이먼이 우리 둘을 만나게 해줘서 고맙다고까지 말했다. 몇 번을 더 말해보고 다시 들어보는 사이 초인종이 울렸고 캔디스는 머리를 들어 올렸다. 양쪽으로 젓는 모양새가 누가 왔는지 궁금해하는 눈치였다. 그러나 짖지는 않았다. 시계를 보니 아직 6시 30분이어서 아마도 그웬이 칼렙과 함께 수다를 떨기 위해 들렀으리라 짐작했다. 녹음기는 테이블 위에 잠시 올려놓고 현관문으로 향했다. 문을 여는 순간 나는 내 눈앞에 서 있는 사람을 보고 그 놀라운 우연의 순간에 놀라 벙찔 수밖에 없었다.

지금 막 당신 이야기를 하던 참이었는데.

34
제이스

—◆—

제이스는 집 밖으로 나갈 수 있다는 사실 자체에 기뻤다. 밖으로 나올 수 있도록 로버트가 법원의 허가를 받아주었다. 물론 집에서 로버트의 사무실까지 바로 가는 경로만 가능했다. 지난 며칠 동안 발목에 추적장치를 달고 자택 연금을 당한 바람에 집 밖을 나선다는 것이 이상할 만치 새삼스럽게 느껴졌다. 제이스는 차에 타고 몇 동네를 지났다. 집을 떠나니 기분이 좋았다. 여태 제이스의 집이 벨리 레이크 사람들의 날카로운 시선을 받았기 때문이다. 심지어 우편함에 우편물을 가지러 가는 것조차 두려웠다. 동네 사람들이 그를 연쇄 살인마로 볼 것만 같았기 때문이었다. 이웃들이 보기에 그는 자유의 시간이 얼마 남지 않은, 곧 처형을 당할 목숨이다. 그는 사무실로 가는 동안 혹시나 누군가 인터넷에 올라온 사진, 정확히 말하면 그의 머그샷을 보고 자신을 알아보지는 않을까 걱정했다. 혹여 당황스러운 상황이 생기지는 않을까 하는 마음에 커피를 사러 카페에 들르지도 않았다.

게다가 로버트에게 지불하는 변호사 선임비를 생각하면 로버트의 회사에서 그에게 최소한 커피 정도는 내어줄 것 같았다. 그에게 신용카드가 있어 다행이었다. 만일 빠른 시일 내에 진실이 밝혀지지 않는다면 또다시 집을 담보로 대출을 받아야 하는 건 아닐까 걱정됐다. 아마 대출을 새로 받지는 못할 것이다. 그 분야의 전문가로서 생각해보면 그는 집을 담보로 대출을 받을 자격이 되지 않았다. 더 최악인 건 도움을 처할 사람도 더 이상 없다는 것이었다. 그가 속한 은행이 도움을 줄까? 트레이가? 절대. 트레이는 제이스를 해고한 사람이었다. 어쩌면 제이스에게 남은 자유시간이 얼마나 남았을지 가장 크게 영향을 줄 사람이 트레이일지도 모른다.

일전에 로버트가 말하기를 로지타의 살해 혐의에 대한 기소가 취하될 수도 있다고 했다. 경찰이 가지고 있는 증거라고는 로지타가 맞은 총이 제이스의 집에서 발견된 총과 같은 것이라는 사실뿐이었다. 그 사실만으로는 제이스가 테사를 살해했다는 증거가 될 수 없을뿐더러 새로 발견된 DNA도 분석 중이었다. 솔로몬 그 멍청이를 포함한 벨리 레이크 경찰 측은 제이스를 체포함으로써 자신들의 목적을 달성했다. 혹시라도 범인을 잡지 못할 상황을 대비해 제이스를 미치광이 살인마로 보이게 하려는 의도임이 분명했다. 생각지도 못할 장소에서 테사의 사체가 발견되기라도 한다면… 아니, 제이스는 그런 생각은 하지 않을 것이다. 테사는 괜찮을 것이다. 제이스가 곧 테사를 찾아낼 것이다.

잘 해냈네, 솔로몬, 이 나쁜 새끼.

40분이 걸려 도착한 로버트의 사무실은 벨리 레이크 시내 중심가보다 조금 더 도시적인 지역에 있었다. 로버트 회사가 있는 빌딩

외관은 모두 거울로 이루어져 있어서 도시를 연결하는 대교의 전경이 그대로 비쳤다. 다행히 주차장은 지하에 있었다. 제이스는 주차 기계에서 티켓을 받아 들었다. 무인으로 운영되고 있어 마음이 놓였다. "어, 낯이 익은데 혹시…"라고 묻고 나서 살인마를 마주쳤다는 두려움에 어디론가 숨어버릴지도 모를 직원을 만나지 않을 수 있기 때문이다.

제이스는 엘리베이터에서 멀리 떨어진 곳에 주차했다. 누군가를 마주치지 않기 위한 일종의 전략이었다. 로버트의 회사가 있는 7층으로 올라간 제이스는 회사의 유리문을 여는 순간 바로 불안감을 느꼈다. 리셉션 데스크 뒤에서 날카롭게 쳐다보는 시선이 그에게 칼처럼 꽂혔다.

"안녕하세요. 로버트 브라운 변호사님과 예약이 있는데요. 제이스…"

"네, 제이스 몽고메리 씨."

리셉션 직원은 어깨 바로 위로 일자로 자른 붉은색 단발머리를 하고 있었고 두꺼운 검은 테 안경을 쓰고 있었다. 입술 라인은 그녀의 머리 색과 맞춰 다크레드 색상이었고 표정은 보이지 않았다. 그녀가 매일 얼마나 많은 범죄자를 대응하고 있는지는 모르겠으나 제이스는 자신이 그녀가 본 첫번째 시골 뜨내기 출신 연쇄 살인마일 것이라고 확신했다. **이 살인자!**

그녀는 자리에서 일어나 책상을 돌아 걸어 나오더니 손가락을 굽혀 자신을 따라오라는 시늉을 했다. 그 뒤를 제이스가 따라갔다. 그녀는 복도 맨 끝에 있는 로버트의 사무실로 안내했다. 안내받은 그의 사무실 역시 유리로 돼 있었다. 다리와 강이 훤히 내다보였다. 제이스는 로버트의 사무실이 건물 모퉁이에 있어 전망이 좋다는 것을 느꼈다. 그는 로버트가 허둥지둥하는 모습이 신경 쓰였다. 로버트는 소매를 팔꿈치까지 올려 접은 모습이었고 보통 잘 정돈되어있던 머리가 제멋대로 헝클어져 있었다. 누구와 통화하는지는 모르겠지만 목소리가 한껏 올라가 있었다. 로버트는 고개를 돌려 제이스와 직원을 바라보고는 제이스에게 들어오라 손짓했다.

제이스가 돌아섰다. "감사합…" 아니, 감사할 필요가 없었다. 빨간 머리의 그녀는 이미 사라지고 없었다. **이 살인자!**

로버트가 그의 책상 앞에 놓인 빈 의자를 가리켰다. 그의 얼굴에 절망이 가득해 보였다.

"상관 안 합니다!" 로버트는 전화기를 집어 던지듯 내려놓더니 크게 한숨을 쉬었다. "문제가 생겼어요, 제이스. 로지타의 왼쪽 귀에 걸려 있던 귀걸이가 사라졌답니다. 큰 에메랄드 귀걸이요. 그리고 경찰이 방금 당신 집에서 그걸 발견했답니다. 정확히 말하면 당신 침대에서요."

이게 무슨 말도 안 되는…

"잠깐. 뭐라고요? 누구요? 누가 내 집에 있다고요?"

"검사 쪽에서 새로운 수색 영장을 집행한다는 전화를 받았어요. 당신 전화가 고장 나서 연락을 못 하기도 했고 어차피 여기로 벌써 오고 있기도 했고요. 또다시 익명의 제보가 있었답니다. 당신하고 로지타가 불륜관계였고 그 여자가 살해당한 날 밤에 당신이 로지타의 집에 가는 걸 봤답니다."

절대로 불가능한 소리였다. 누가 제이스에게 죄를 뒤집어씌우려는 걸까?

"이건 말도 안 돼요, 로버트. 어떻게 그자들이 내 집에 들어갈 수 있는 겁니까?"

"제가 에반을 보내서 그 사람들을 들여보냈어요. 당신이 에반한테 연락하라고 했으니까요. 에반이 그쪽 일을 봐주고 있어요."

제이스는 충격으로 가득했다. 어떻게 로지타의 소지품이 제이스의 집에 있을 수 있다는 말인가? 로지타가 그의 집에 온 건 단 한 번, 제이스의 승진 축하파티 자리뿐이었다. 그리고 그날 이후에도 제이스는 로지타가 그 귀걸이를 한 모습을 본 적이 있었다. 로지타는 항상 그 귀걸이를 하고 다녔다.

"벌써 당신이 로지타의 살해 혐의로 한번 체포되기도 했지만, 이번 일로 기소가 취하되는 건 아예 불가능해졌어요. 불가능하다고요!" 로버트는 두 손으로 책상을 내리쳤다. "앞으로 어떻게 해야 할지 모르겠어요. 제 말은 익명의 제보라고 하는 것들이 전부 다 전해들은 말뿐이라고요. 그렇지만 그래도 상황이 좋지 않아요. 보석이 취소될지도 모릅니다."

그는 감옥에서 죽게 될 것이다. 자신이 하지 않은 일 때문에.

결정적인 한 수가 필요한 때였다.

"제 말 들어보세요. 그 사람을 살인자라고 말하려는 건 아니지만 로지타가 가진 아이의 아빠가 그 사람이라는 데 제 전부를 걸겠습니다. 제가 궁금한 건…"

제이스의 결백함을 알고 그의 어깨에 천사가 앉아있었던 것처럼, 마침 로버트의 전화가 울렸다. 전화를 받기 전 그는 손가락 하나를 펼쳐 제이스가 내뱉기 직전이었던 고함을 막았다.

"로버트 브라운입니다." 그가 전화를 받으며 말했다. "오, 딱 적당한 때 전화를 주셨네요. 뭐 찾은 거 있으십니까?" 로버트는 메모장에 무언가를 받아 적었다. "그렇군요. 여기 제이스 몽고메리 씨와 같이 있습니다. 알아보겠습니다."

그는 전화를 세게 내려놓았다. "지난번에 렌터카에 대한 정보를 알아 봐주기로 했던 사람이에요. 혹시 마리벨 로페즈라는 사람 아십니까?"

35
테사

———•◆•———

문을 당겨 열었을 때 눈앞에 보이는 상황이 도무지 믿기지 않았다. 내 앞에 있는 여자를 본 순간 놀랐다는 말 정도로는 내 감정을 표현할 수 없었다. 작은 체구의 그녀는 두려움이 서린 얼굴로 검은색 옷을 입었고, 금발의 머리는 야구 모자 안으로 집어넣은 차림이었다.

"마리벨?" 충격에 빠진 상태여서 그런지 목소리가 제대로 나오지 않았다. "말도 안 돼. 어떻게 온 거예요? 내가 여기 있는 줄은 어떻게 알았고요?"

"들어가도 될까요?" 눈 주변이 붉은 것이 이곳에 오기 전에 이미 울고 난 후라는 걸 짐작할 수 있었다. "드류가 여기 있어요. 당신을 찾아냈어요. 얘기 좀 해요."

내가 세심히 가꾸어 온 세상이 내 앞에서 궤도를 그리며 돌고 있었다. **드류가 여기 있어요. 당신을 찾아냈어요.** 그녀의 목소리가, 그녀의 말들이 바로 이해되지 않았다. 그렇지만 나는 일단 고개를 끄덕였다. 유령처럼 하얗게 질린 게 느껴졌다. 나는 옆으로 비켜서서 그녀를 집 안으로 들였고, 그녀는 나를 지나 집 안으로 들어섰다. 나는 고개를 문밖으로 빼서 좌우를 살폈다. 그녀가 혹시 미행당한 건 아닌지 확인한 것이다. 누군가, 그러니까 드류가 골목길 끝 어딘가에 숨어있을지도 모른다. 어쩌면 대문 밖 덤불 안에서 우리를 공격하기 위해 기다리는 중일지도 모는 일이었다. 나는 그녀를, 그리고 나 자신을 지켜야 한다. 나는 천천히 그리고 조용히 문을 닫아 마치 이 만남이 비밀리에 이뤄지는 것처럼 행동했다.

차라리 더 크게 소리를 내고 요란을 떨어서 주변 이웃들에게 우리의 만남을 알려야 했는지도 모르겠다. 내가 뒤로 돌아선 순간 이후로 기억나는 것이라고는 고통뿐이었기 때문이다.

나는 기절했다.

정신을 차렸을 때 밖은 조금 더 어둑해져 있었지만, 한밤중은 아닌 것으로 보아 한 시간 정도밖에 지나지 않은 듯했다. 무슨 일이 일어난 거지? 머리가 아팠다. 손은 묶여 있었다. 어떻게…

"돌아온 걸 환영해요, 테사."

부엌이었다. 내 앞에 앉은 마리벨의 손에는 총이 들려있었다.

총이 눈에 들어온 순간 긴장감이 온 신경으로 느껴졌다. 등 뒤로는 땀 줄기가 흘렀다. 총이다. 잠깐… 총? 마리벨. 그녀는 내 편이 아니었다. 무슨 상황인 거지?

"개는 어딨어?" 엄마의 직감 같은 것이었다.

"개는 안전해. 서재에 넣어 놨어. 내가 괴물은 아니라고." 하지만 그녀는 괴물이었다.

"이제 내가 무슨 짓까지 할 수 있는지 알게 될 거야."

머릿속에 번개가 내리치듯 내 안으로 두려움이 들이닥쳤다. 내 앞에 있는 이 여자는 몇 달 전 드류에게서 내가 도망칠 수 있도록 도와주겠다던 그 여자의 모습이 아니었다. 지금 그녀는 자경단원이라도 된 듯 검은색 옷을 위아래로 입고서 내게 차가운 총을 들이대고 있다.

"이해가 안 돼요." 나는 손에 묶인 밧줄을 풀기 위해 애썼다. 느슨하게 묶여 있었다. "풀어줘요!"

바닥에서 내가 안간힘을 쓰는 모습을 보며 그녀는 웃고 있었다.

"테사, 밧줄을 풀면 그다음에는 어떻게 하려고 그러는데? 나한테는 총이 있는데. 명령은 당신이 내리는 게 아니야. 당신은 애초에 그럴 자격이 없었지."

"무슨 소리를 하는 거예요?"

그녀는 총구를 이용해 자신의 옆 머리를 긁었다. 나는 내 부엌에서 그녀가 자기 머리를 총으로 쏘게 되면 어떻게 해야 하는지 고민했다.

"너. **네가** 뭐가 그렇게 특별한데? 미친."

"대체 무슨 소리를 하는 거예요. 나한테 왜 이러는 거예요? 나를 돕고 있었잖아요!"

"난 한 번도 당신을 도운 적 없어, 이 불쌍한 년아! 왜 이렇게 멍청한 거야? 드류는 내 남자야, 앞으로도 그럴 거고."

"가져요!" 내가 소리쳤다. "나는 이제 다른 사람하고 결혼했어요! 드류는 필요 없다고요!"

"오, 그렇지 않을지도 모르지. 드류는 당신을 원하고 있다고. 당신이 떠난 그 순간부터 단 한 순간도 당신 이야기를 멈춘 적이 없어. 그래서 당신하고 내가 같이 수작을 부리고 있다고 얘기했지. 당신이 얼마나 걸레 같은 여자인지 드류가 알았으면 했거든. 바로 새 남자를 찾아서 잤잖아, 그렇지? 물론 드류는 내가 본인에게 더 어울리는 여자라는 걸 알고 있겠지만, 자신이 생각하는 이상적이고 완벽한 삶을 되찾길 바라고 있어. 제때 저녁을 차리고 빨래도 하고 자기 심부름도 하고 사업상 하는 모임에는 디자이너 드레스를 입고 나타나는 그런 순종적인 아내 말이야. …나? 나는 그 사람이 곁다리로 가지고 노는 장난감 같은 거지. 그 사람은 내가 당신의 빈 자리를 채우는 걸 원치 않았어. 더 쉽게 풀렸어야 했는데. 당신이 사라지는 걸 도우면 그 사람이 당신을 잊을 줄 알았지. 그런데. 그게. 아니더라고." 그녀는 자신의 말 한마디 한마디를 강조했다.

"아니야." 나는 머리를 흔들며 말했다. 그녀가 하는 말이 이해되지 않았다. "그 사람한테 누명을 씌우도록 나를 도왔잖아요."

그녀가 코웃음을 쳤다. "당신이 그렇게 생각하도록 놔둔 거지. 그래서 당신이 관련 기사를 딱 하나만 찾을 수 있었던 거야… 그래야 내가 당신 편이라고 믿을 테니까. 당신이 어딨는지 말하기를 바랐지. 그래야 내가 일을 더 빨리 처리할 수 있으니까. 난 한 번도 드류를 배신한 적 없어. 우리는 서로 사랑하고 있다고. 그리고 너, 이 멍청한 년아. 네가 전에 나한테 남쪽으로 간다고 했었지. 그런데 통화를 할 때는 해안가에 있다고 말했어. 세상 사람들 모두 해안가가 뉴저지를 뜻한다는 걸 안다고. 어쩜 그렇게 바보 같지? 더 멀리 떠났어야지. 그게 나한테는 문제가 돼."

"오, 마리벨, 그러지 마요." 그녀 역시 내가 걸렸던 그가 놓은 덫에 걸리고 말았다. "안 돼요. 그 사람이 당신한테도 내게 했던 짓을 똑같이 할 거라고요."

그녀는 진심으로 웃었다. "나한테? 나는 헤지펀드 회사에서 일하는 사람이야. MBA 학위도 있다고. 나는 누구한테 놀아날 그런 사람이 아니란 말이야. 그런데 넌? 그이가 당신이 어떤 사람인지 다 말해줬어, 이 하찮은 계집애야. 위탁 가정에서 양부들한테 따먹히고 트럭 운전자 휴게소를 전전했다지? 당신이 어떤 부류인지 그이는 다 안다고. 백인 부랑자 출신 종업원. 타겟. 아무나하고 **잘 수 있는** 그런 여자. 그래서 그이도 그랬던 거지."

"그 새끼가 어떤 놈인지 정말 모르겠어?"

그녀가 내게 총을 흔들어 대는 순간 나는 움찔하고 말았다.

"아니, 아니, 아니, 이 불쌍하고 멍청한 테사야. 드류가 너한테 그렇게 행동한 건 네가 그 정도 수준이기 때문이야. 난 더 나은 대우를 받을 자격이 있고. 난 너보다 더 높은 **위치**에 있잖아."

"이해가 안 돼요. 경찰이 그 사람을 의심할 만한 증거를 찾았다고 생각했는데?"

"맙소사, 내 말을 전혀 듣지 않고 있네. 애초에 난 경찰한테 우리 관계에 대해서 말한 적이 없어. 우리 할머니 반지를 당신 침실에 심어 놓지도 않았고, 드류 양말 서랍에 총을 숨겨놓지도 않았다고. 그이 차 트렁크에 피를 묻혀 놓지도 않았고. 그래, 뭐 그이 회사가 처음에는 문제 삼긴 했지. 그런데 당신의 실종 소란이 가라앉으니까 사람들이 결국 당신이 집을 나갔다고 생각하네. 어렵지 않았어, 그렇지? 사람들은 항상 그렇게 떠나버리니까."

이번에 그녀는 총을 자신의 입술로 가져다 대고 깊은 생각에 잠긴 듯한 모습을 취했다.

"그런데 드류가 당신 찾는 일에 집착하더라고. 지는 거에 익숙한

354

사람이 아니니까. 그래서 당신하고 하기로 했던 일을 거기서 멈춘 거지. 그리고 우리가 당신을 찾았을 때 운명처럼 나는 문제의 싹을 완전히 없애야 하는 마지막 시간이 됐구나, 생각한 거지."

그녀가 허튼 말을 하는 게 아니었다. 드류가 다 안다고?

"드…드류가 여기 있다고?" 목소리가 떨리는 게 느껴졌다.

"그이는 자기 이름에 실종된 아내가 따라붙어 다녀야 한다는 사실에 약간 당황했어. 결국은 우리 **앤드류**가 다시 앤디로 태어났지. 건축 회사에 CFO 자리로 새 직업도 구했어. 당신이 뉴저지에 있다는 걸 내가 알아낸 후부터, 그이는 새 쇼핑센터가 필요했던 이 지역을 샅샅이 조사하기 시작했지. 그래야 여기서 시간을 더 보낼 수 있으니까. 그리고 넌 몰랐겠지. 여기 이 뭣 같은 뉴저지 시골 동네에서 그이가 널 본 거야. 그 쇼핑센터 자금 건에 대해서 이번 주 초에 제이슨하고 그이 하고 미팅이 있었거든. 그때 그 사람 책상에서 당신하고 제이슨의 결혼사진을 본 거지."

"제이스. 그 사람 이름은 제이스야."

제이스, 빛나는 갑옷을 입은 나의 기사님. 제발 나를 구해줘요, 제발.

그녀는 눈을 치켜떴다. "내가 그 망할 자식의 이름까지 신경 써야 해? 드류가 아주 신이 나서는 나한테 당신을 찾았다고 전화를 하더라. 그리고 다시 널 그 사람의 인생으로 데려올 거라고 말하더군. 우리의 인생인데. **나의** 인생이라고. 난 그걸 가질 수가 없어, 테사. 가질 수 없다고."

"내 말 좀 제발 들어요, 마리벨. 난 그 사람을 원하지 않아요." 그때 내 엄지손가락이 묶인 매듭 아래로 들어갔다. 밧줄을 풀 수 있다. 도망쳐야 한다.

그녀가 거칠게 자신의 머리를 앞뒤로 흔들었다. "그렇지만 그이가 널 원해. 그 누구도 그 사람을 내게서 데려갈 수 없어. 너도 안 되고 은행에 있는 그 걸레 같은 년도 안 돼. 그이가 어제 그년하고 잤어. 로지타. 그이가 나한테 전화해서는 으스대더군."

아주 잠깐 그녀가 자신이 내뱉는 말들이 얼마나 말도 안 되는지 느끼는 것처럼 그녀에게서 인간미가 느껴지는 찰나의 순간이 있었다. 그러나 이내 나를 완전히 없애 버리려는 그 야수 같은 눈빛이 돌아왔다. 나는 인간적인 수준에서 그녀와 논리적으로 대화하려고 시도했다. 같은 여자로서.

"마리벨, 제발. 그 사람이 어떤 사람인지 모르겠어요? 바람피운 걸 당신한테 자랑하는 게 말이 돼요? 당신이 말한 것처럼 당신은 똑똑하잖아요. 예쁘고요. 그런 나쁜 새끼… 말고 더 나은 사람을 만날 수 있어요."

그녀가 다시 총구를 내게 겨눴다. "그이를 그딴 식으로 말하지 마."

나는 시선을 돌렸다. "괜찮아요, 마리벨. 이해해요. 그 사람한테 집착하는 거. 나도 그랬어요. 그래서 그 사람이 하고 싶은 대로 하게 내버려 둔 거였고요. 자기애가 강한 사람이잖아요. 지금 당신은 당신이 그 사람한테 조종당하고 있다는 걸 깨닫지 못하고 있어요. 더 나은 삶을 살 수 있다고요. 나는 더 나은 삶을 찾는 데 성공했고요. 그러니 당신도 할 수 있어요."

"아니. 난 당신이 사라지길 바라." 그리고 그녀는 마치 그 자리에서 다음 할 말을 찾은 듯 고개를 끄덕였다. "맞아, 난 당신이 사라지길 원해, 로지타도 같이. 그 여자 때문에 그이가 날 떠나게 두지 않을 거야."

눈을 잠깐 감은 순간 불현듯 어떤 생각이 스치고 지나갔다.

"로지타? 혹시 당신…"

"당연하지, 그 여자가 다음 순서야!" 그녀가 허공에 총을 흔들어 댔다. "그 여자가 우리 사이에 들어오게 내가 놔둘 것 같아?"

"마리벨, 이 일에서 당신은 결코 자유로워질 수 없을 거예요."

"아니, 난 벗어날 수 있어. 훌륭한 선생님이 있거든." 그녀는 자신의 옆 통수를 총으로 툭툭 쳤다. "누군가 그러더라고. 우리 할머니 반지를 자기 침실에 숨겨놓으면 불륜의 증거로 쓸 수 있을 거라고."

그녀의 두 눈이 내 머리를 파고들었다. 나는 모든 게 엉망이 됐다는 것을 느낄 수 있었다.

"물론, 그런 척했지. 그리고 드류의 인맥을 동원해서 모든 일을 비밀에 부쳤지만, 사실 꽤 좋은 전략이었어. 난 너를 죽이고 며칠 동안은 그 시체를 숨길 거야. 그리고 로지타를 죽이는 거지. 이 총은 이 집에 숨기면 되고."

그녀는 다시 총을 흔들기 시작했다. 마치 총구에서 나오는 것이 총알이 아니라 물인 줄 아는 듯 자연스러워 보였다.

"당신 집에 다시 들어오는 방법이 있어… 지켜봐… 그리고 그 여자의 물건을 당신 침실에 심어 놓을 거야. 그 여자 아주 야망이 있더라고. 드류하고 잔 것도 모자라서 트레이하고 그렇고 그런 사이라고 말했다더군. 참 적절한 베갯잇 대화야, 어? 그 여자는 야망가면서, 걸레인 거지."

사실일 리 없다. 트레이는 앨리샤를 사랑한다. 둘이 함께 있는 모습을 내가 직접 두 눈으로 봤다.

"로지타는 그런 사람이 아니예요. 당신이 잘 몰라서 그래요."

"그 여자를 모르는 건 너야. 드류가 로지타에게 제이스 사무실에 있는 당신 결혼사진을 훔쳐오라고 시켰어. 그래야 사진 속 인물이 진짜 당신인 걸 확인할 수 있을 테니까. 내일 사진을 가져오기로 했어. 아침 일찍 사진을 챙겨서 오후에 잡힌 미팅에서 건네주기로 했지. 그 여자는 당신하고 남편이 헤어지도록 돕고 있어. 그러면 그 여자가 자기가 빼앗겼다고 생각하는 당신 남편 자리도 차지할 수 있을 테지. 아주 못된 인간이야. 그 여자 옹호할 생각 하지 마."

그 이야기가 사실이라면 안타까운 일이었지만, 그렇다고 그게 로지타가 죽어야 한다는 걸 의미하지는 않았다.

"로지타를 해치지 마요." 내가 빌었다.

"제이스와 로지타가 불륜관계였고, 당신 새 남편이 당신 둘을 없애려고 한 거로 일을 꾸밀 수 있어. 당신 피를 어디다 묻혀 놔야 하는지 내가 알잖아, 테사. 감사하게도 나는 제이스에게 두 사람의 살인자 누명을 씌울 방법을 알고 있지. 당신은 보기보다 똑똑해."

그 계획은 훌륭했고, 운이 나쁘게도 내가 만든 계획이었다.

"당신이 지금 무슨 일을 하고 있는지 당신은 몰라요." 내가 소리를 낮춰 말했다. "마리벨, 제발. 이러지 마요. 제이스한테 그러지 말아요. 좋은 사람이에요. 내가 뭐든지 할게요, 이렇게 내가 빌게요."

그녀는 자리에서 일어나 거실로 향할 때 나는 손을 묶고 있던 밧줄을 풀 수 있었다. 그렇지만 시간이 부족했다. 그녀는 내가 가장 좋아하는 베개를 손에 들고 다시 부엌으로 돌아왔다. 제이스와 내가 저녁 시간에 함께 텔레비전을 볼 때 소파 위에서 함께 베는 금색 메모리폼 베개였다. 그녀가 소리를 죽이기 위해 총을 베개 깊숙이 갖다 대자 구릿빛 장식이 흔들리기 시작했다.

나는 두 눈을 꼭 감고 총소리가 나기만을 기다렸다.

안녕, 제이스. 안녕, 아가.

소식을 전했을 때 반짝 빛이 날 제이스의 눈빛을 볼 기회조차 내게 주어지지 않았다. 내게 남은 마지막 기회였다.

"마리벨, 나 임신했어요. 제발요. 제발 이러지 말아요."

그녀가 움찔한 순간 실수로 발사된 듯한 총소리가 들렸고 나는 그녀의 눈에서 후회를 읽을 수 있었다. 메모리폼이 여기저기로 흩날렸다. 등으로 넘어진 순간 느껴진 통증이 끔찍했다. 뜨겁게 느껴질 정도다. 맨 처음 든 생각은 몸에 박힌 총알을 꺼내야 한다는 것이었지만, 나는 의사가 아니었다. 나는 곧 죽고 말 것이다. 그보다 더 최악은 나의 아기가 죽을 거라는 사실이었다. 슬펐고, 절망적이었고, 비통했다.

화가 치밀어 올랐다. 모성애라는 건 정말 존재하는 것이었다.

단전 깊숙한 곳에서 올라온 소리가 내 입 밖으로 나오는 순간에도 나는 놀랐다. 하지만 그보다 더 놀란 건 내가 자리에서 벌떡 일어나 공황에 빠진 마리벨을 공격했다는 것이다. 그녀는 내가 밧줄을 푼 줄 몰랐던 것 같다. 정신을 차려보니 나는 그녀의 위에 올라타 있었고 총은 그녀의 뒤로 날아갔다. 그리고 나는 두 손으로 그녀의 목을 졸랐다. 내 손톱이 그녀의 목을 파고들었다. 우리 두 사람 주변으로 많은 양의 피가 흘러내렸고, 나는 그것이 내가 그녀의 목에 상처를 내 나온 피인지 아니면 무서운 속도로 내게서 흘러나오고 있는 피인지 분간할 수 없었다.

내가 그녀 안에 남아 있는 살인자의 목을 조르는 동안 그녀는 있는 힘껏 비명을 질러 댔다. 그녀는 팔로 나의 몸을 휘감았고 자신의 손가락을 내 상처 안으로 집어넣었다. 총알은 위험한 부위를 피해 간 것 같았다. 하지만 어깨에 난 총상을 그녀가 손으로 누르는 순간 밀려오는 통증은 말로 표현하지 못할 정도였다. 나는 중심을 잃고 쓰러졌다. 이제 그녀가 내 위에 올라타 온 힘을 다해 나를 내리치기 시작했다. 나도 주먹을 쓰는 법은 알았지만, 그녀가 나를 뒤로 밀치는 바람에 머리를 대리석 테이블 옆면에 부딪히고 말았다. 그녀는 총을 찾아 자신의 몸을 던졌고 결국 내게 다시 총구를 겨눴다.

"씨발!" 그녀가 소리쳤고, 손에 묻은 피로 인해 총이 그녀의 손에서 미끄러졌다. "움직일 생각 하지도 마."

눈앞에는 별이 아른거렸고 캔디는 서재에서 짖어대고 있었다. 마리벨은 앞뒤를 서성였다.

"씨발. 당신 정말 임신한 거 맞아?"

어깨에서 피가 나고 있었고 거기서 느껴지는 통증은 인생에서 한 번도 경험해 보지 못한 최악의 수준이었다. "맞아."

그녀의 목소리가 갈라졌다. "드류가 날 죽일 거야."

그녀는 손에 핸드폰을 쥐고 있는 순간에도 절대 내가 움직이지 못하게 예의주시하고 있었다. 어차피 움직이는 건 불가능한 일이었다. 이전에 경험해 보지 못한 통증이 온몸을 휘감았다. 일어나려고 하면 어지러워 기절할 것만 같았다.

그녀는 주방에서 천을 하나 집어서 내게 던졌다. "상처 부위를 눌러." 그녀가 전화를 걸었고 통화가 연결되는 순간 그녀의 입에서 그녀가 느끼고 있는 공포가 터져 나왔다. "드류, 도와줘."

이런 젠장, 그녀가 그 나쁜 새끼에게 전화를 했다. 한쪽 편의 대화만 듣고 있는 수밖에 없었다.

"도와줘… 테사의 집에 있어요. 그리고 아기… 아기, 내가 테사를 쐈어. 아니요, 살았어요. 임신했대요… 도움이 좀 필요해요. 여기 아는 사람 있다고 하지 않았어요? …응, 데려갈게요… 새로운 곳이요? 어딘데요? …아니. 기억할게요. …알았다고요. 어딘지나 말해요…. 응, 센터우 파크웨이 899번지… 응…." 그녀가 나를 내려다봤다. "그럴게요."

그녀가 전화를 끊고 내게 걸어왔다. "미안해. 아니 사실 별로 그렇지도 않아."

그녀의 팔이 위로 올라가더니 그녀가 쥐고 있던 총이 내 머리를 내려쳤다.

36
제이스

—◆—

"마리벨 로페즈요? 처음 듣는 이름인데요." 제이스가 말했다. "대체 마리벨 로페즈가 누굽니까?"

"그날 렌터카를 빌려서 당신 집에 왔던 그 여자 말입니다. 자기 이름이 벨라 존슨이라고 했던."

"그래서 그 여자가 누구랍니까?"

"모르겠어요. 내 개인 탐정을 붙여보죠." 로버트는 자신의 커다란 마호가니 책상에 앉아 컴퓨터에 무언가를 입력하기 시작했다. "우리 사건을 해결하는 데 큰 도움이 될지도 모르겠어요. 그 여자를 찾기만 하면."

"테사가 한 번도 말 한 적 없는데." 제이스는 그녀의 이름을 기억해보려 부단히 애썼다. 테사의 언니 중 한 명일까? 아니야, 그렇다면 이름을 기억했을 것이다. 아니, 정말 기억할 수 있을까? 애초에 테사가 자신의 언니들에 대해서 말한 적이 있던가? 쌍둥이. 언니들은 쌍둥이다. 이름은? 망할! 왜 그 이상은 알지 못하는 걸까?

"지금 제가 여기서 당장 도와야 하는 게 있나요?"

제이스가 계속 그 이름을 되뇌며 말했다.

"이제 이름을 알았으니 집에 가서 테사 물건들을 보면서 그 이름과 연관이 있는 물건이 있는지 좀 봐야겠어요. 마리벨이라는 사람이 누구인지, 왜 우리 집에 들어와서 나를 인터뷰해야 했는지, 왜 본인 이름까지 지어내면서까지 거짓말을 했는지 알아야겠어요. 그 여자가 테사와 아는 사이였던 게 분명해요. 테사도 그 여자를 알고 있을 테고요."

제이스는 솔로몬이 자신의 집을 찾아왔던 첫날 밤을 회상했다. 솔로몬은 테사가 그 사람과 안면이 있어 집 안으로 들였을 거라고 했었다. 그게 아니었다면 캔디가 그 사람을 공격했을 것이라고 말하기도 했다.

캔디.

제이스가 벨라를 집으로 들였을 때 캔디가 미친듯이 짖어댔다. 제이스는 캔디가 낯선 사람을 보고 방어적인 태도를 보이는 것으로 생각했다. 제길, 왜 자신의 직감을 믿지 못했던 것일까? 무언가 잘못된 게 있었던 거다. 제이스는 이상한 분위기를 감지했었다. 이제 제이스는 자신을 한 대 치고 싶기까지 했다. 왜 제이스는 낯선 여자에게 자신의 집을 구경까지 시켜줬을까?

제길! 그 여자가 로지타를 죽인 게 틀림없다. 집을 둘러 보면서 몰래 로지타의 귀걸이를 심어 둔 게 분명했다. 그래서 귀걸이가 집에서 나왔구나! 그리고 그 여자가 경찰에 익명으로 제보를 한 것이었다. 로지타를 왜 죽인 걸까?

이제 제이스는 그 여자가 테사를 데려간 게 분명하다고 생각했다. 그런데 대체 **왜**?

로버트 역시 제이스가 집에 돌아가야 한다는 점에 동의했다. 제이스는 그의 사무실을 떠났다. 제이스는 자신의 차로 뛰어가 주차 기계에서 주차비를 정산하고 집으로 내달렸다. 몇 번이나 과속을 이유로 경찰이 차를 멈춰 세우지는 않을까 걱정이 될 정도의 속도로 달렸지만 그런 일은 일어나지 않았다. 살인 전과 기록까지 있는 그였다.

진입로에 들어서자 에반의 차가 보였다.

이번 일을 겪으며 제이스는 에반이 자신의 모든 일을 도와주고 있음에 감사했다. 언제까지고 함께 할 친구였다. 집 안에서는 에반이 통화 중이었고 그의 발아래에는 캔디가 있었다. 로버트와의 미팅에서 제이스가 일찍 돌아온 것을 보고 에반의 눈이 번뜩였다.

"제이스, 로버트 전화 받고 최대한 일찍 집에 왔어. 그리고 경찰이 찾은 게…"

"에반." 제이스가 그의 말을 끊었다. "고마워. 와줘서 정말 고마워." 그리고 제이스는 에반을 꼭 안고 등을 토닥였다. 사건에 진전이 있었다. "그 가짜 기자 말이야. 로버트가 방금 전화를 받았대. 차를 렌트한 사람의 진짜 이름이 마리벨 로페즈라고 하네."

"들었어. 문자 했더라고." 에반이 말했다. "대체 그게 누구야?"

"모르겠어." 수색 영장을 집행한 후라 집안이 다시 엉망이었다. "그 여자가 귀걸이를 심어 놓은 게 분명해. 확실해. 이제 어떻게 테사하고 그 여자가 어떻게 아는 사이인지 알아내야겠어."

"내가 있잖아. 필요한 게 있으면 도울게."

제이스는 에반이 그렇게 나올 거라고 벌써 알고 있었다. 지난 25

년간 변함없이 자신의 곁을 지켜준 에반에게 고마움을 느꼈다. 제이스는 테사도 언젠가 이런 친구를 만날 수 있으면 좋겠다고 생각했다. 언제라도.

양의 탈을 쓴 늑대 같은… 이 마리벨이라는 여자가 그녀의 주변에만 없다면.

에반은 회의가 있어 제이스의 집을 떠났고 이제 집에는 다시 그와 캔디만 남았다. 서재에 들어선 제이스는 제정신으로 있을 수가 없었다. 서류 더미가 여기저기 흩뿌려져 있어 제 자리에 있는 물건이 없었다. 정리부터 시작하자는 마음으로 자신의 월별 지출 폴더부터 집어 들었다. 처음 보는 영수증 하나가 바닥으로 떨어졌다.

지난 목요일에 발행된 영수증이었다. 테사가 사라진 바로 그 날이었다.

120달러 정도를 구매한 내역이었고, 시내에 있는 전자제품 가게에서 발행된 것이었다. 제이스는 영수증을 자세히 들여다본 후 주머니에 넣고 차에 탔다. 추적장치는 개나 줘버리라는 마음이었다. 경찰이 와서 그를 체포해 가도 지금은 밖으로 나가야 한다는 마음뿐이었다. 진입로를 빠져나가며 집 밖으로 차가 나가자 발목에 달린 추적장치에서 진동이 느껴졌다. 시간이 많이 없었다. 시내까지는 3분 정도가 소요됐고 신이 돕기라도 한 듯 시내 한복판에 있는 전자제품 상점 앞에 주차 공간이 딱 한 자리 남아 있었다. 제이스는 경찰이 집 밖을 나간 그를 체포해 유치장에 넣기 전까지 남은 시간이 얼마나 남았는지 모른 상태로 주차를 한 후 상점 안으로 뛰어들어갔다.

"좋은 아침입니다. 찾으시는 물건 있으세요?"

삐쩍 마르고 괴짜같이 생긴 어린 직원 하나가 제이스를 맞이하다

말고 눈을 찌푸려 그를 바라보기 시작했다.

"혹시 그 사람 아닌…"

"맞아요, 내가 바로 그 제이스 몽고메리입니다. 그래요, 내 아내
가 실종된 상태고 지금은 직장 동료 살인범으로도 불리고 있어요."

사실부터 짚어내는 것만큼 빠른 해결책은 없다. 두 사람 모두 그
가 누구인지 알고 있었다.

"사건하고 관련해서 제가 뭔가를 찾았는데 제 아내를 찾는 일에
당신 도움이 필요해요. 제 누명을 벗기는 데도요."

사사롭고 쓸데없는 말을 할 시간이 없었다. 직원의 눈에서 불안
함이 엿보였고 결국 그는 몇 발자국 뒤로 천천히 물러서며 방어적
인 자세로 두 손을 들어 올렸다.

"저는… 당신이 뭘 찾고 있는지 몰라요." 그가 말을 더듬었다.

"이거요." 제이스가 영수증을 들어 보였다. "제 아내가 사라진 날
여기 들렸던 것 같아요. 뭘 산 거죠?"

"전… 죄, 죄송해요. 도와드릴 수 없어요." 어린 직원은 곧이라도
바지에 소변을 볼 것 같이 떨고 있었다.

제이스가 마음을 가다듬고 직원의 이름표를 바라봤다.

"봐요, 랄프. 난 아무도 죽이지 않았어요. 내 아내를 찾아야 하고
요. 이 영수증이 그 날 무슨 일이 있었는지 밝히는 데 도움이 될 것
같아요. 제발, 한 번 봐줄 수 있을까요?" 제이스는 간절했다. "제발
요… 아내 이름은 테사예요. 키는 160 후반 정도고 머리 색은 어두
워요. 예쁘고요." 테사를 설명하는 제이스의 눈에 눈물이 가득했다.

"알아요. 기억나요." 랄프가 말했다. 직원이 상점의 반대편을 가
리키며 말했다. "저걸 사 가셨어요."

366

제이스가 고개를 돌려 직원이 말한 벽 쪽을 바라봤다. 녹음기들이 장난감 병정들처럼 줄지어 전시되어 있었다. 제이스는 랄프가 가리킨 쪽으로 걸어가 위부터 아래까지 살펴봤다.

"이게 뭐죠? 어떤 걸 샀나요? 왜 사는 거라던가요?"

랄프가 테사를 개인적으로 알고 있기라도 한 듯 제이스가 질문을 이어갔다. 랄프는 조심스레 제이스 곁으로 갔다. 테사가 구입해 간 물건을 찾기 위해 손가락을 바삐 움직였다.

"이거요. 이거 사 가셨어요."

제이스는 바로 알 수 있었다. 벨라 존슨─마리벨 로페즈─가 인터뷰 때 사용했던 기기와 같은 모델이었다. 테사의 녹음기였던 것이다. 제이스의 짐작이 맞았다. 그 마리벨이라는 여자가 테사를 데리고 있는 게 분명했다.

"왜 이걸 사가는 건지 말하진 않던가요?"

"아니요. 무언가 녹음하려고 한다고만 했어요. 아이폰이 없다고 말했던 건 기억해요."

제이스는 당황스러웠다. 테사가 대체 뭘 녹음하려던 것이었을까?

"다른 기억나는 건 없나요?"

제이스는 고개를 문 쪽으로 돌려 알아채지 못할 수 없는 그 불빛이 보이지는 않는지 확인했다. 시간이 없었다.

"제발요. 아내를 찾아야 해요. 누가 데려갔는지 알 것 같아요. 지금 아내가 위험한 상황에 처한 게 분명하다고요. 저도 곧 잡혀 들어갈 거고요. 어디 있는지 알아내야 해요. 뭘 녹음한다던가요?"

"몰라요." 랄프도 이제는 제이스를 믿는 것처럼 보였다. "그런데 만약 아내분이 녹음기를 세팅했으면 녹음한 게 더 문에 올라와 있을 거예요."

"더 문이요?" 이 젊은 친구가 약이라도 하는 것일까?

"네, 더 문이요." 직원이 판매원 모자를 집어쓰더니 목소리 톤을
바꿨다. "이 기기에 디자인 결함이 있거든요. 녹음 버튼하고 삭제
버튼이 여기 보이는 가까이에 있어요. 보이시죠?" 그가 플라스틱
포장 안쪽을 가리키며 말했다. 제이스는 벨라인지 마리벨인지 하는
여자도 같은 말을 했던 것을 기억해 냈다. "만일 아내분이 계정을
만들어 두셨으면 더 문에 백업 파일이 올라와 있을 거예요. 아이클
라우드의 낮은 버전이라고 생각하시면 돼요."

빙고!

"그날 아내가 했던 말이 녹음되어 있을 수도 있다는 말이죠?"

"네. 온라인 계정만 만들어 놓았다면요."

제이스의 간절함이 열 곱절은 된 듯 느껴졌다. "영수증을 보고 어
떤 기기를 사 갔는지 알아낼 수 있을까요? 제발, 제발요. 비밀번호
같은 걸 알 수 있을까요? 어떻게 접속하면 되나요?"

"컴퓨터로 로그인하셔야 해요. 계정을 만들 때 입력했던 비밀번
호가 필요할 거예요. 대문자, 소문자, 숫자 그리고 특수문자 하나로
된 조합이에요. 8 글자고요."

제이스에게 기회란 애초에 없었는지도 모르겠다. 제이스는 그 비
밀번호를 절대로 알아내지 못할 것이다.

그러나 그때 랄프가 그를 구원했다.

"아내분이 사간 기기에 부여된 특정 번호가 있긴 해요. 뒷면 바코
드를 찍어보면 알 수 있을 거예요. 번호가 다 다르거든요. 정말 당신
이 죄가 없다면 그걸 경찰에 제출해 보세요. 영장을 받아서 수색해

보겠죠."

"랄프, 정말 정말 고마워요. 그 숫자 좀 줄 수 있어요?"

그의 얼굴에는 확신이 없었다. "경찰이 필요하면 영장을 가져오겠죠."

제이스는 고개를 떨구고 눈물을 쏟아냈다. "아내에게 시간이 얼마나 남았는지 알 수 없어요. 그리고 나도 내 무죄를 증명하려고 노력하고 있고요. 제발요!"

제이스는 랄프의 머릿속에 탁구공처럼 여러 생각이 오고 가는 것을 느낄 수 있었다. 이제 됐다. "알겠어요. 잠시만요."

랄프가 종이에 숫자를 적는 순간 소리가 들렸다. 경찰 사이렌이었다. 처음에는 작은 소리로 들리던 것이 점점 크게 들리면서 경찰이 가까이 거의 그곳에 도착했음이 느껴졌다. 그를 체포하려 온 것이다.

"랄프, 서둘러줘요. 경찰이 오고 있어요. 경찰한테 이걸 보여줘요. 제발."

상점 앞에 경찰이 끽-하는 소리와 함께 아무렇게나 차를 세웠고, 차 안에서 솔로몬이 내려 문을 활짝 열고 들어왔다.

"자, 자." 솔로몬이 그의 손가락으로 수갑을 빙빙 돌리며 제이스에게 말했다. "찾던 분이 여기 계시네. 손을 뒤로하시죠, 몽고메리 씨."

제이스가 간절한 눈으로 랄프를 바라봤고 그는 마침내 종이 한 장을 카운터 위로 올려놨다.

"이럴 시간이 없어요, 솔로몬." 제이스가 영수증과 함께 랄프가 건넨 기기 접속 정보를 솔로몬에게 건넸다. "당신이 봐야 할 게 있어요."

37
테사

—◆—

얼마나 정신을 잃었는지 모르겠다. 눈을 떴을 때 나는 처음 보는 침실에 누워있었다. 싸구려 호텔에서나 볼 법한 파란색 벽과 하얀색 레이스 커튼이 있는 인테리어였다. 나는 파란색과 하얀색이 줄무늬가 교차하는 두꺼운 이불 속에 누워있었다. 왼쪽으로 보이는 창밖을 보니 어두웠다. 저녁 시간 같았다. 땅거미가 지고 있었다. 방 안으로 들어오는 빛의 움직임을 보고 시간대를 짐작할 수 있었다. 여기저기 통증이 느껴졌다. 머리, 어깨, 팔… 망할. 정맥 주사가 팔에 달려 있었다.

내 아기.

"누구 있어요?"

한주 내내 무언가 먹지도 마시지도 못한 사람처럼 목소리가 갈라져 나왔다. 어쩌면 정말 그랬을지도 모르겠다. "거기 누구 없어요?"

오른편으로 빛이 새어 들어왔다. "테사, 나야."

돌아볼 필요도 없었다. 목소리만으로도 누군지 알 수 있었기에 속이 뒤집힐 것만 같았다. 눈을 꼭 감고 그가 사라지기만을 바랐다. 악몽 같았다.

"당신 때문에 우리가 많이 놀랐어."

드류는 앉아있던 자리에서 일어나 내가 누워있는 침대의 한쪽 모서리에 걸터앉았다. 너무 가까이 다가온 그 때문에 내 뺨 위로 눈물이 흘러내렸다.

"며칠 동안 당신을 재워야 했어."

"여기가 어디야? 제이스는 어딨어?"

"쉬, 조용히 하자. 자기야."

그의 손가락이 나의 입술에 닿았지만 나는 지금 그를 물 힘조차 없었다.

"걱정마. 당신 괜찮으니까. 아기도 무사해. 여기서 잘 치료받고 있었어."

그가 방에 놓인 기계를 가리켰다. 서로 다른 색의 선들이 구불구불하게 그래프를 그리며 이상한 소리를 내는 커다란 기계가 방에 놓여 있었다. 그 주변으로 여러 의료용 가방들이 놓여 있었다. 정신이 없었다면 여기가 병원이라고 생각했을지도 모른다.

맙소사. 저 사람이 아기에 대해서는 어떻게 아는 거지?

마리벨.

"마리벨은 어딨어? 그 여자 짓이야."

"알지, 알아. 그 여자가 당신을 여기로 데려왔어. 잭이 당신을 치료해줄 걸 알았으니까. 닥터 잭 켈리 기억하지? 그 사람이 당신 몸에서 총알을 제거했어. 항생제도 놓고. 치료 때문에 당신을 재웠던 거야.

잭 켈리라는 사람은 드류가 필라델피아에서부터 알고 지내던 비도덕적인 의사이다. 드류가 가끔 약에 취하고 싶거나 내가 그에게 맞은 후 필요했던 의사 처방이 필수인 진통제를 처방해야 할 때 도움을 주던 사람이었다. 아무도 몰래 내 피부를 꿰매야 하는 일이 있다거나 하는 때에도 드류는 그를 불렀다. 드류는 끔찍하고 비양심적인 사람들을 많이 알고 있다.

"잭 기억하지." 이 말이 내가 내뱉은 전부였다.

"내가 잭한테 응급 상황이라고 말하니까 바로 여기에 와서 당신을 치료해줬어. 걱정하지 마, 당신은 이제 안전하니까. 당신이 자는 동안 필요한 모든 테스트는 다 했어."

여기로 와서. 그러니까 나는 아직 집 근처에 있다는 말이었다.

"무슨 테스트? 내가 얼마나 누워있던 거야?"

"우리 아기에 대한 테스트지, 물론. 기억해? 내가 **할 수 없는** 유일한 게 그거였잖아. 그렇지만 내게는 당신이 있고 이제는 아기까지 있어. 내 아기는 이제 안전해. 딸이었으면 좋겠네. 알잖아, 나 항상 딸을 갖고 싶었던 거."

그의 악마 같은 미소가 내 몸속을 파고들었다. 나는 두려움의 한기를 느꼈다. 곧 눈에 띄게 몸을 떨기 시작했다. 그러자 그는 그 촌스러운 이불을 내 목까지 끌어 올려 덮었다. 만약 드류가 내 아기에게 잠시라도 손을 댄다면, 나는… 안돼, 내가 대체 뭘 할 수 있다는 말인가? 내가 할 수 있는 일이 과연 뭐가 있을까? 그는 곧 나를 집안에 가두고 바깥세상으로부터 나를 완전히 차단해서 예전과 같은 삶을 반복해 살게 하겠지.

"여기가 어디야?"

"말했잖아, 이제 안전하다고."

이제 그의 얼굴에서 미소가 사라졌고 그의 목소리 톤도 낮아졌다. 농담이 아니었다. 그는 나를 놓아주지 않을 것이다.

제이스. 여기서 나가야 해.

나는 제대로 몸을 누이기 위해 조금 움직였다. 하지만 온몸에서 통증이 느껴졌다. 다리에 감각이 있는지 파악하기 위해 발가락을 움직여 봤다. 물에 젖은 스파게티면 같이 다리가 무겁게 느껴졌다. 뛰어 도망칠 수는 없다. 마지막으로 움직였던 게 언제인지 알 수조차 없었다.

일단 아기는 안전하다고 그가 말했다. 내 아기, 내 남편 제이스와 나의 아기. 나의 모든 것. 드류가 너무 많은 것을 빼앗아갔다. 절대로 이 나쁜 새끼에게 아기를 빼앗기지 않을 것이다. 일단 내가 어디에 있는 건지, 여기서 얼마나 있었던 건지, 마리벨은 어디 있고 그의 계획은 무엇인지 알아내야 했다.

그렇기에 나는 생각지도 못한 일을 하기 시작했다. 나는 살아남을 것이다. 그게 나란 사람이다. 생존자. 다리 근육을 움직이고 발목을 돌려봤다.

그리고 그를 돌아보며 미소지었다. "날 집으로 데려다줄 거야?"

그의 역겨운 손이 내 얼굴에 닿았고 그의 손가락은 내 뺨을 어루만졌다. 그의 미소가 돌아왔다. 그리고 손등으로 내 얼굴을 내리쳤다. 강하게. 나는 고개가 옆으로 떨궈지는 것을 애써 막지 않았다. 그는 내가 순종적으로 반응하는 것을 좋아했다.

"집으로 데려가냐고? 당신이 침대에서 일어나기만 하면 당연히 바로 집으로 가야지. 이제 깼으니 집에 갈 날도 머지않은 것 같네.

닷새를 누워있었어. 다른 합병증 없이 치료되길 바랐지. 아기도 건강하게 했고. 내가 나머지 일을 처리하는 동안 말이야."

"나머지 일? 아기를 위해서 무슨 일을 했는데?"

그가 나의 다리를 쓰다듬었고 나는 그의 얼굴을 바라보며 억지로 다시 미소를 지었다. 내 볼이 떨리고 있었다. 그의 손길이 닿았던 모든 곳이 어디인지, 그리고 어떻게 보이는지 정확히 알고 있었다. 위액이 목구멍을 타고 올라올 것 같았지만 그가 말을 하기 시작할 때 억지로 그것을 집어삼켰다.

"마리벨은 처음 며칠 동안 당신이 낫길 바라면서 연기를 했지. 그렇지만 난 그 여자가 어떻게 나올지 알고 있었어." 그가 크게 웃다가 한숨을 내쉬었다. "질투가 많은 여자였어. 당신이 나를 떠났을 때 얼마나 좋아했다고. 하지만 당신은 내 거야. 아무도 이해를 못 하는 부분이지. 내가 당신을 가진 거라고."

거칠게 뜬 그의 눈에서 소유욕이 느껴졌다. 그는 내게 집착하고 있었다. "며칠 전에 그 여자가 로지타를 죽이고 나서야 그 여자가 무슨 짓까지 할 수 있는지 알게 됐어. 당신의 그 남자를 속이는 일은 당연히 해야 할 일이었지만, 내가 로지타하고 잤다고 해서 그 여자를 죽이더라니까? 당신이 다시 내 인생에 들어오는 걸 마리벨은 견디지 못했을 거야. 우리가 가족이라는 사실을 인정하지 못했을 거야. 당신 주변에 그 여자를 남겨두는 위험을 감수할 수 없었어."

오, 말도 안 돼. 그래서 마리벨이 정말 로지타를 죽였다는 거야? 안돼. 제이스는 안전한 것일까? 어디에 있는 것일까?

대신 나는 좋은 아내 연기를 했다. 순종적인 아내.

"다시 당신과 함께할 수 있어서 기뻐. 당신이 바람피우는 건 알고 있었고 그게 내게는 큰 상처였어. 하지만 당신은 내 남자고 나를 위해서 많은 걸 해줬어. 누가 그걸 알아줄까?" 그리고 나는 침을 한 번 삼켰다. "마리벨은 지금 어딨어?"

그가 자신의 목 뒤를 문지르며 말했다. "그 여자 시체는 지하에 뒀어. 우리는 지금 당신이 제이스라는 놈하고 소꿉놀이했던 동네 바로 근처에 얻은 숙소에 있어. 이제 더 이상 그 여자가 당신을 해칠 수 없어."

그가 마리벨을 죽였다. 그는 이제 나를 델라웨어로 다시 끌고 가 나를 가두고 우리 아기를 자신의 아기처럼 키울 것이다.

절대 그럴 수 없어.

나는 그에게 고개를 끄덕여 보였다.

"그렇게 해줘서 고마워. 그 여자를 죽이고 나를 지켜줘서. 난 당신이 나를 사랑한다는 사실은 언제나 알고 있었어."

그가 내가 누운 침대로 달려왔고 나는 무의식중에 몸을 움찔했다. 그가 나를 때릴 것 같았다. 하지만 그는 이불을 들추고 억지로 나를 일으켜 세웠다. 그가 나를 강하게 껴안았다. 내가 아무것도 모른 채 진정으로 그를 아끼기라도 한다는 듯이.

하지만 나는 그보다는 더 많이 안다.

정맥 주사에 연결된 선이 꼬여 통증이 느껴졌다. "아, 조심해줘." 내가 줄을 가리키며 말했다. 지금 나는 내 두 다리로 서 있다. 할 수 있다. "배고파. 혹시 먹을 거 있어? 내가 요리해줄까?"

나를 때리고 나면 그는 내 상처를 치료했다. 나를 때린 본인으로부터 나를 구해줬다. 그럴 때마다 나는 그의 비위를 맞춰야만 했다. 하지만 오늘은 달랐다.

"부엌에 먹을 거 있어."

나는 최선을 다해 걸음을 내딛었다. 나는 정말로 해낼 수 있었다. 나는 살 수 있다.

"이것 좀 빼도 될까?" 손등에 꽂힌 바늘을 그에게 들어 올려 보이며 말했다. "당신은 항상 나한테 자상했잖아. 이것 좀 빼 줄 수 있어?"

이 망할 새끼.

정맥 주사를 빼낼 때의 느낌이 너무 싫었고 속도 불편했다. 하지만 더 큰 계획을 머릿속으로 그렸다. 메스꺼움 따위는 문제가 되지 않았다.

나는 곧바로 협탁 위에 놓여 있던 유리 램프를 집어 들고 할 수 있는 한 제일 강하게 그의 머리를 내리쳤다. 신음소리와 함께 그가 벽으로 부딪혔다. 안타깝게도 나는 그를 죽이지 못했다. 오히려 그의 화를 키웠을 뿐이었다. 그에게서 도망쳐야 해.

나는 달렸다.

38
제이스

———◆———

솔로몬은 제이스가 형사, 탐정, 경찰, 판사, 배심원 놀이를 하고 있다는 사실에 전혀 놀라지 않았다. 그는 손목에 수갑이 채워진 상태로 경찰서 안 어느 냉기가 도는 방에 홀로 앉아있었다. 로버트가 밸리 레이크 경찰서에 도착하기를 기다리는 내내 머저리 솔로몬은 제이스의 손에 채워진 수갑을 풀어주지 않았다. 그리고 제이스는 그 상태로 거의 두 시간을 보냈다. 다행인 점이 있다면 그가 아직 오렌지 색 수의를 입고 카운티 교도소에 수감 되지 않았다는 점이다. 이게 분명 의미하는 바가 있지 않을까?

경찰서로 가는 동안 제이스는 테사에게 무슨 일이 생겼는지 설명했다. 마리벨과 벨라의 이야기, 녹음기과 '더 문'에 대해 발견한 정보를 솔로몬에게 전달하면서 자신을 풀어 달라고 애원했다. 솔로몬은 경찰차 안에서 담배에 불을 붙이는 것으로 자신의 대답을 대신했고, 살인자로 낙인 찍힌 그를 끌고 경찰에서 들어가는 사이 여기저기서 터지는 온갖 카메라 조명에다 웃음을 지어 보였다. 아마도 솔로몬이 직접 부른 기자들이 틀림없었다. 이 작은 지역의 경찰이 지난 한주 내내 자신의 이름을 여기저기에 전시하고 있었다. 제이스는 솔로몬이 나중에 시장이 되는데 이번 사건을 이용할 것이라고 생각했다. 또 어쩌면 그가 더 큰 그림을 그리고 있을지도 모르겠다고 생각했다. **지역 뚱보 경찰이 악인을 체포하다.**

재수 없는 놈.

문이 열리는 소리와 함께, 웃고 있는 얼굴의 로버트와 앙다문 입술로 싸움에서 진 얼굴을 한 솔로몬이 방안으로 들어왔다.

멍청한 놈.

"자, 몽고메리 씨." 솔로몬이 몇 가지 서류들을 테이블 위에 던져 놓으며 말을 시작했다. "새로운 정보가 나왔어요."

"그렇겠죠." 솔로몬이 그렇게 말할 줄 알았다는 듯 제이스는 작은 목소리로 대답했다. 솔로몬은 그를 체포하고 싶어 안달이었다. 그는 자신이 최초에 제기한 혐의가 모두 사실이기를 바랐다.

제이스는 로버트를 쳐다보면서 자신의 손목을 공중에 들어 보였다. "이거 합법적인 건가요?" 그리고 다시 솔로몬을 쳐다봤다. "이 망할 수갑 좀 풀어주시죠?"

솔로몬은 제이스의 말과 말투에 기분이 나빴지만, 성큼 걸어와 그의 팔에서 수갑을 풀었다. 제이스는 수갑이 풀리는 동시에 자신의 손목과 얼굴을 차례로 문지르고 다시 로버트를 바라봤다.

"어떻게 되어가고 있어요?"

로버트가 솔로몬 쪽으로 고개를 가리키며 말했다. "우리 쪽 사람이 저 사람하고 얘기를 했어요. 나도 마리벨 그 여자하고 인터뷰하는 동안 거기 있었다고 진술했고요. 전자제품 상점의 직원 랄프도 경찰에 진술했어요. 그리고 녹음기 회사에도 협조를 구했고, 결국… 녹음 파일을 확보했어요. 지난주 목요일에 녹음된 파일이요."

제이스가 침을 삼켰다. 그의 눈이 커졌다. "그리고요? 무슨 내용이 녹음됐는데요?"

로버트와 솔로몬이 서로를 바라봤고 이번에는 솔로몬이 대화를 주도했다. "단서를 찾았어요. 주소요. 경찰 특공대도 협조해주기로 했고 15분 뒤에 현장으로 출동하기로 했습니다."

제이스가 일어섰다. "저도 갈게요."

"아니요. 몽고메리 씨. 안됩니다."

제이스가 로버트를 바라봤다. 그의 눈이 애원하고 있었다.

"솔로몬 형사님. 이번에는 제 의뢰인이 여기서 나갈 수 있도록 해주시죠." 로버트가 말했다.

솔로몬이 로버트의 말을 받아들이며 고개를 끄덕였다. "기소를 취하할 겁니다, 몽고메리 씨. 가셔도 좋습니다."

제이스가 로버트에게 감사를 표했고 로버트는 그에게 눈으로 대답했다. 로버트가 눈으로 **서둘러요, 어서 일어나 같이 가봅시다.** 라고 말하는 것 같았다. 제이스는 그의 말을 따랐다.

로버트는 서둘러 경찰서 후문을 향해 걸었다. 제이스도 속도를 내 그를 따라갔다. "로버트, 테사는 대체 어딨는 겁니까? 괜찮은 겁니까? 살아는 있답니까? 누가 데리고 있는 거랍니까?"

로버트가 자신의 손가락을 입술에 갖다 대며 말했다. "일단 당신부터 여기서 안전하게 나가 봅시다. 기자들이 저 앞에 있어요."

"상관없어요. 지금 내가 알고 싶은 건 테사의 행방이에요. 어떻게 일이 돌아가고 있는 건데요?"

로버트가 문을 밀고 나가서 우측으로 돌자 에반의 차가 보였다. "앞에 타세요." 로버트가 말했다. 제이스는 로버트의 말을 따라 차에 탔고 그 뒤로 로버트가 탔다. "여기 녹음 파일 녹취록이 있어요."

"보여주세요." 제이스가 말했다.

"아니요. 아직은 안돼요. 아직… 아직은 보지 않는 게 좋겠어요."

제이스의 눈에서 눈물이 터져 나왔다. 좋은 소식이 아닌 게 분명했다. 제이스가 듣지 않기를 바라는 내용이란 게 과연 뭘까?

"죽었나요? 아, 제발요. 죽은 거야?" 제이스가 에반을 바라봤고, 에반은 의기소침해 보였다.

"제발, 말해줘."

로버트가 깊게 숨을 들이마셨다. "그건 아직 몰라요, 제이스. 아는 거라고는 테사가 총에 맞…"

"아, 안돼!" 제이스가 소리를 쳤다.

그의 머릿속에는 아름답게 미소 짓고 있는 테사의 얼굴이 스쳐 지나갔다. 슬프게도 그 뒤를 따라 제이스에게 떠오른 이미지는 차가운 시체 안치실에 누워있던 신원 미상 여자의 모습이었다. 상처 나고, 고문당하고, 총에 맞은. 그리고 로지타가 총에 맞은 모습까지 머릿속을 장악했다.

"괜찮을 수도 있어요. 마리벨이 테사를 어디론가 데려갔어요. 서로 아는 사이인 것 같더라고요. 어디 있을지 예상되는 장소의 주소를 확보했어요. 여기로 특공대를 보낸 상황이고요." 그가 에반을 바라봤다.

"센타우 파크웨이 899번지야."

에반이 내비게이션에 주소를 입력하고 제이스를 바라보며 말했다.

"우리가 먼저 갈 수 있도록 할게. 준비됐지?"

로버트가 손을 잡으며 말했다.

"나는 가면 변호사 자격이 박탈될 수도 있어요. 그래서 같이 못 가요. 만약 누군가 어떻게 알고 왔냐고 물어보면 아까 솔로몬 형사가 집어 던진 파일에서 봤다고 말해요. 자, 가세요."

"로버트, 뭐라고 감사 인사를 해야 할지 모르겠다." 에반이 말했다. 그리고 둘은 다시 한번 손가락으로 총 모양을 만들어 서로에게 겨눴다. "어떤 말로도 우리 마음을 다 표현 못 할 거야."

제이스는 로버트가 입고 있는 정장의 재킷을 잡아끌어 말 그대로 앞 좌석에서부터 로버트를 거의 껴안다시피 했다. 그리고 다시 에반을 보며 미소를 짓고는 말했다. "가볼까?"

로버트가 차에서 내렸다. 에반은 서둘러 그 자리를 빠져나갔다.

39
테사

나는 침실 문을 열고 밖으로 뛰쳐나갔다.

"이 빌어먹을 년이!" 드류가 뒤에서 소리쳤다.

복도가 나왔고 계단이 보였다.

거의 다 빠져나왔다고 생각한 순간 뒤에서 머리카락을 잡혔다. 나는 바닥으로 넘어져 다시 뒤쪽으로 끌려갔다. 축 늘어진 다리로 나마 딱딱한 바닥 위에 일어서보려 안간힘을 썼다. 그러다 갑자기 그가 내 머리를 잡은 손을 놓았고 그 순간 나는 바닥에 머리를 부딪 쳤다. 그때 그가 다친 내 팔을 움켜잡았다. 총상을 입은 팔의 통증이 극심하게 느껴졌고, 그가 나를 끌고 다시 침실로 들어갈 때 내 몸은 힘없이 축 늘어졌다.

드류는 끙-하는 소리를 내고 한쪽 다리를 들어 올려 나를 밟으려 고 했다. 나는 본능적으로 배를 껴안았다. 절대 내 아기를 다치게 놔 두지 않을 거야. 그럼 내가 널 죽일 거야.

그가 다시 다리를 내렸다. 이 자식은 정말로 내 아기가 자신의 아기라고 생각하는 듯했다.

그러나 다시 몸을 숙여 내 얼굴에 주먹을 날렸다. 내가 아픈 것에
는 여전히 신경을 쓰지 않는 듯 보였다. 두 배는 더 아팠다. 데이먼
이 나를 때린 후로 꽤 오랜만에 누군가에게 맞는 것이었다. 아마도
지난 20년 동안 가장 오랫동안 맞지 않았던 시간인 듯했다. 그래서
인지 통증이 예전만큼 익숙하게 느껴지지 않았다.

이제는 사랑받는 것에 익숙해진 것이다.

나는 바닥에 누워 피를 흘렸다. 약해졌다. 드류가 자신의 머리에
손을 올리더니 방안을 서성였다.

"넌 도대체 배우는 게 없지, 어?" 그가 말했다.

아니, 이 싸이코 같은 새끼야, 네게 배운 게 한두 개 정도는 있지.
내가 와인 병을 실수로 깨면 네가 그 유리 파편을 집어 들고 내게
상처를 낸다는 거. 그래서 난 물건을 깨뜨리면 안 된다는 걸 **배웠어**.

고마운 내 남편아, 그건 고맙다.

그가 내게서 등을 돌리고 방을 서성이는 순간, 나는 바닥에 나뒹
구는 유리 램프 파편 하나를 집어 들고 그의 아킬레스를 찔렀다.

그의 입에서 나오는 소리는 마치 동물의 포효 같았고 바닥으로
쓰러진 그는 자신의 발목을 움켜잡았다. 그는 계속해서 고통에 몸
부림쳤다. 나는 손바닥을 희생해 깨진 유리 조각 위를 기었다. 자유
를 얻기 위해 문 쪽으로 기어갔다. 그가 나에게 손을 뻗은 순간 나
는 바닥에서 일어섰고… 그것이 그가 나를 자신의 손아귀에 넣으려
는 간절한 마지막 시도였다.

나는 눈앞에 보이는 계단으로 뛰어 내려갔다. 현관문이 보였다.
문을 열자 눈앞에 믿을 수 없는 광경이 펼쳐졌다. 두 남자가 잔디밭

위를 뛰어오고 있었다. 볕이 강해 눈을 찡그리고 보니 에반이 보였다. 그리고 다른 한 사람은 제이스였다. 그가 내 이름을 외치며 뛰어오고 있었다. 꿈인가? 나는 피가 나고 있는 팔을 그에게로 뻗었다. 그의 이름을 외치며 울었다. 이제 자유다.

자유야.

제이스에게로 당장 뛰어가고 싶었지만, 막상 제이스를 보니 힘없이 무너지고 말았다. 그리고 더 이상 드류가 계단을 내려오는 소리가 들리지 않았다. 그는 나보다 크고 힘이 셌다. 애초에 그를 무너뜨리기 위해서 그 작은 유리 조각 하나보다는 더 큰 것이 필요하다는 사실을 진작 알았어야 했다. 그 순간 그가 내 머리카락을 자기 손에 쥐었다. 그리고 내 관자놀이에서 익숙한 총의 촉감이 느껴졌다.

제이스와 에반이 그 자리에 굳었다. 제이스의 얼굴이 뒤틀렸다.

"앤디?" 그가 말했다. "앤디, 내 아내에게 무슨 짓을 하는 거야?"

그렇다. 마리벨이 내게 그 이름을 말했었다. 제이스는 아직 그가 같이 일하던 남자가 드류라는 사실을 알지 못했다. 나를 때리던 전 남편.

"물러서!" 드류가 소리쳤다. "이 여자를 쏠 거야!"

"이 사람이 내 전남편이야, 제이스." 내가 말했다. "내가 도망쳐 나왔다는 그 사람."

제이스가 내게로 가까이 걸어오는 것을 보자 내 눈에서 눈물이 쉴 새 없이 흘러나왔고, 순식간에 총구가 내가 아닌 제이스를 향했다.

안돼. 제이스는 안돼. 나는 드류의 팔에 갇힌 채로 하던 행동을 멈췄다. 그냥 내가 너와 같이 죽을게, 이 나쁜 새끼야. 제이스만 다치게 하지 말아 줘.

제이스의 얼굴에서 안도감과 혼란 그리고 분노가 함께 보였다. 그와 에반 모두 두 팔을 들어 올려 방어하는 자세를 취했다. 제이스는 내게서 눈을 떼지 않았다.

"괜찮아, 테사. 다 끝났어. 사람들이 알아. 여기 오고 있어." 그가 고개를 끄덕이며 말했다. "이 사람이 무사히 풀려날 일은 없어."

그리고 저 멀리서 검은색 밴이 속도를 내어 다가오는 게 보였다. 그 모습을 본 드류가 팔에서 힘을 뺐다. 그 순간 나는 사람이 느낄 수 있는 절정의 감정에 휩싸였다. 이제 모든 게 끝났다는 것을 그도 알 수밖에 없었다.

그가 나를 놓아줬다.

그 길로 나는 제이스에게 뛰어갔다. 그리고 그의 품에서 쓰러졌다. "당신이 나를 구했어." 내가 말했다. "다시 한번."

그가 내 얼굴을 두 손으로 잡았다. 더는 아픔이 느껴지지 않았다. 그리고 그는 피 범벅이 된 내 얼굴에 키스했다. "절대 당신에게서 눈을 떼지 않을 거야. 말했잖아. 내가 지켜준다고."

내가 본 중 최고의 영화 결말이었다.

내 뒤에서 총성이 들리기 전까지는.

40
제이스

———◆———

몇 주가 흐른 월요일 아침, 제이스는 이제 공식적으로 자유의 몸이 됐다. 그의 무죄가 밝혀졌고 모든 기소가 취하됐다. 전자제품 상점의 랄프 말이 맞았다. 녹음기의 녹음 버튼이 너무 이상한 자리에 있어서, 테사는 마리벨이 집에 들이닥쳤을 때 녹음 버튼을 끄는 것을 잊었다. 그 후 마리벨이 녹음기를 훔쳐서 그날 저녁 녹음했던 파일을 모두 지우긴 했지만, '더 문'에 백업 파일이 존재한다는 사실은 알 길이 없었다. 녹음 파일에서 마리벨은 스스로 자신이 누구인지 설명했다. 로지타를 상대로 계획했던 모든 일이 그 파일 안에 있었다. 벨라 존슨으로 변해 제이스를 인터뷰한 내용도 함께 있었다. 모두 더 문에 업로드되어 있었다.

증거. 이 모든 것이 공개됐고 이제 모든 일이 마무리됐다.

녹음 파일, 테사의 증언, 지하실에서 발견된 마리벨의 시체, 자신이 벌인 일의 대가를 감수하는 대신 입에 총을 물고 자살한 앤드류 그랜트. 그리고 이제 제이스는 자유의 몸이 됐다. 테사도 마찬가지였다. 드디어.

트레이에게는 아무런 일도 생기지 않았다. 로지타가 임신했던 아이는 그 존재를 아무도 몰랐던 다른 남자의 아이였다. 제이스는 자신이 알고 있는 사실을 입 밖으로 꺼내지 않기로 했다. 트레이의 아내 앨리사에게 상처를 주고 싶지 않았기 때문이다. 신원 미상의 여성 사체도 그사이 신원이 밝혀졌다. 피해자의 죽음에 그녀의 남자친구가 연루된 것으로 파악되었고, 그 남자친구가 살인 혐의로 체포됐다.

서류작업이 일사천리로 진행됐다. 테사의 신분증도 이제 법적으로 문제가 없이 완벽했다.

"준비됐어?" 제이스가 자신이 가장 좋아하는 머그잔에 담긴 커피를 마시며 말했다.

세상 최고의 아빠.

"응, 다 챙긴 것 같아." 그녀가 말했다. "보이는 건 다 챙겼어."

그녀는 아기방을 꾸미기에 여념이 없었다. 모든 색을 회색과 노란―수선화―색으로 맞추고 분홍색과 파란색으로 포인트를 줬다. 아직 아기의 성별은 모르는 상태였다. 출산하는 그 날까지 모르는 채로 있기로 했다.

그녀는 작은 가방을 어깨에 메고 문 옆에 섰다. 제이스는 머그를 씻어서 건조대에 올려놓았다. 그의 가방은 이미 차 트렁크에 있었다. 그리고 제이스는 캔디의 목에 목줄을 채웠다.

"이리 와, 캔디. 할머니 할아버지 보고 싶지?"

캔디가 엉덩이를 흔들며 집에서 나왔다. 제이스는 집 문을 잠갔다. 플로리다에 가서 자신의 부모님께 테사를 정식으로 소개해드릴

계획이었다. 그리고 며칠 뒤에는 에반과 그의 부모님, 그리고 호버트와 펄도 그들의 여정을 함께할 것이다.

어느 해변에서, 테사가 제이스의 가족이 되는 것을 그들이 함께 지켜볼 것이다.

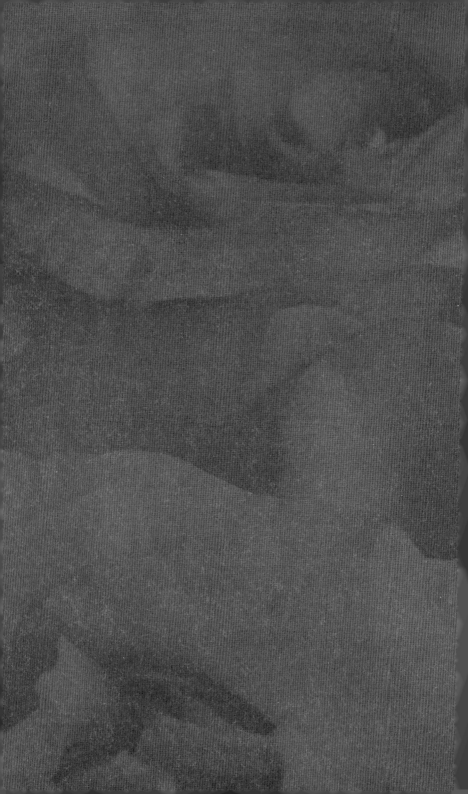

FINDING TESSA

테사를 찾아서

초판인쇄 2024년 8월 30일
초판발행 2024년 8월 30일

글쓴이 제이미 린 헨드릭스
옮긴이 정다운
발행인 채종준

출판총괄 박능원
국제업무 채보라
책임편집 구현희
디자인 홍은표
마케팅 안영은
전자책 정담자리

브랜드 그늘
주소 경기도 파주시 회동길 230 (문발동)
투고문의 ksibook13@kstudy.com

발행처 한국학술정보(주)
출판신고 2003년 9월 25일 제406-2003-000012호
인쇄 북토리

ISBN 979-11-7217-410-1 03840

그늘은 한국학술정보(주)의 소설 출판 전문브랜드입니다.
더운 여름날 그늘 밑에서 편하게 읽을 수 있는 책이라는 의미를 담았습니다.
세상에 없던 이야기를 발굴하고, 우리가 닿지 못한 세계의 그림자를 찾아냅니다.
스토리 속 일상의 즐거움을 발견할 수 있도록 이야기의 쉼터가 되겠습니다.

@geuneul_book